文
景

———

Horizon

日系 | Horizon

社 科 新 知　文 艺 新 潮

[日] 吉田修一

平成猿蟹合战图

—— 著

岳远坤 —— 译

上海人民出版社

第一幕

第一景

　　真岛美月避开室外机的热风，蜷缩着坐在台阶上。商住两用楼之间的两台空调室外机源源不断地冒出热风。在美月腿上哭闹的婴儿终于平静下来，热风直接吹到美月的后背，她腋下积攒的汗水一下子流到乳房下方。汗水从全身冒了出来，连抱着孩子的胳膊都变得湿漉漉的。美月温柔地将婴儿被汗水打湿的额发捋上去，婴儿好奇地望着她的指尖。

　　美月坐在中式按摩店"夜来香"和夜总会"CELL"的招牌之间的夹缝里。谁都以为没人会待在这种地方吧，她已经坐在这里休息了将近二十分钟，仍没有人注意到她。

　　这里路上的行人并不少，虽然不在歌舞伎町的大路上，要从那里拐过两个胡同才能到，但是依然有很多空出租车不停地从眼前驶过，还有一些醉酒的客人或女招待路过，差点踢翻"夜来香"的招牌。

　　出租车在狭窄的小路上缓缓前行。发动机的声音、喇叭声、醉酒客人和女招待的笑声、附近酒吧传来的大音量的音乐声，与身后室外机的声音混杂在一起。美月却反而感觉周围鸦雀无声。

　　在"朱薇尔"，音量大小是固定的。旁边公寓的居民来抱怨过好几回，说俺们卡拉OK的声音太大。所以，治美妈妈桑就在音量控制按钮上贴上胶带，防止客人调大音量。

　　美月想起酒吧开门前，治美妈妈桑总要蹲在大型卡拉OK机前，一遍遍地贴透明胶带。想到这里，美月不禁有些怀念，脸上泛起微笑。

　　美月离开长崎的五岛福江岛，已经是前天的事了。刚从岛上离开三天，却感觉好像有半年没见妈妈桑了。高一退学后的这三年时间里，每天晚上在酒吧里都能见面，也难怪刚一离开就开始思念。尤其是妈妈桑的声音，真是太令人怀念。——"哎，美月，亦竹酒还有剩吗？"

　　她突然感觉到一道视线，抬起头来，发现停在前边的出租车后座上坐着的中年男人，正紧紧地盯着蹲在招牌之间的自己。美月护住孩子，挡住了那道视线。室外机的热气一下子吹到脸上，孩子哭闹起来。幸好出租车很快便开了起来。美月向孩子说着"对不起，对不起"，又将湿漉漉的后背转向室外机。

　　两天前，坐上早晨七点三十分从福江港口出发的波音水翼船，首先到了长崎港。水翼船的船票比渡轮贵，原本美月是想尽量节省开支的，但妈妈桑说，小孩要是晕船就麻烦了。于是，美月就老实地听从了妈妈桑的忠告。其实，她原本也想体验一次水翼船。

　　父母身体都还好的时候，美月去过长崎很多次。在大商场里买过东西，在中华街吃过什锦面，还坐过一次缆车，看了长崎的夜景。

　　美月上小学二年级的时候，母亲咲惠去世了。母亲原本肝就不好。去世前半年她独自离开小岛，住进长崎的大学附属医院，病情突然恶化。那年暑假美月去探望母亲，没想到竟成了永别。当时，咲惠的身体状况应该已经很糟糕了，但她仍旧为前来探病的女儿，偷偷地跑出病房，在附近的咖啡馆买了草莓芭菲。

　　母亲住院后，美月和在福江岛上开出租车的父亲一起生活。咲惠去世后，年幼的美月承担起所有家务。父亲由和对待工作一丝不苟，可一到休息日就泡在小钢珠店。

　　母亲去世后，美月只离开过小岛两次。一次是上小学的时候，学校里组织修学旅行，去熊本的阿苏。第二次是上初中的时候，也是修学旅行，去的是京都。

美月之所以高中辍学，有经济方面的原因，但归根结底，主要还是因为她压根儿就不喜欢学习。她上的那所高中，虽然是一所县立高中，但一个年级的学生总共也就四十名左右。正因为学校太小，所以其中若是有一个学生学习跟不上，就会特别显眼。

美月高中辍学后，马上去了位于岛上最繁华地段荣町的酒吧"朱薇尔"工作。当然，以前没做过女招待，一开始总归有些担心。但那里的妈妈桑石野治美是母亲咲惠的发小，美月从小就认识。咲惠去世之后，妈妈桑也总是事事帮衬美月，所以她很快便适应了那里的工作。

其实，也可以说美月之所以下定决心退学，就是因为已经打定主意去"朱薇尔"工作。当然，她事先找妈妈桑商量过。起初妈妈桑劝她说：好不容易考上了高中，好歹撑到高中毕业吧。但是，当美月一脸满不在乎的样子将惨不忍睹的成绩单拿给妈妈桑看过后，妈妈桑也不再说什么了。

其实，即便高中辍了学，只要留在岛上，也找不到什么好工作。美月不忍心将父亲一个人丢在岛上。而且，她既没有勇气也没有意愿离开这座小岛，去外面闯荡。

当时，美月朦朦胧胧地开始在心中描绘自己的未来。在酒吧工作期间，说不定能遇到一个好人。那个人若是这座岛上的人就最好了，如果是长崎或者福冈的人也没关系。并没有觉得一定要什么样的人才好。父亲相对比较朴实，所以只要不是那种爱打人耍酒疯的男人就没有关系。那个人要对自己好，好好工作。而且，还有一点，就是那个人一定要对他们将来生的孩子好。她觉得自己某一天会在"朱薇尔"遇到这样一个人。

前天早晨，水翼船抵达长崎港。美月先给孩子换了尿布。在游艇乘船口的卫生间给孩子换尿布时，打扫卫生的阿姨看着美月手戴塑胶手套换着尿布，一脸羡慕地说："哎呀，这孩子长得真俊。要不是在打扫卫生，俺真想抱抱他哩。"

然后，她又伸头瞧了一眼脱掉尿布的婴儿，问道："男孩？"美月"嗯"了一声，迅速地为婴儿擦了屁股。

在船上，瑛太一次都没有哭。他一直伸着手，想要去抓跟着船一起飞过来的海鸥。

"小、海、鸥。"

美月慢慢地告诉孩子这种鸟儿的名字。

从长崎港的汽车站开往博多的高速巴士，两个小时左右即可抵达。巴士虽然满员，但座位宽敞舒适，即便抱着瑛太也不感觉憋屈。旁边坐着一个与美月年纪相仿的女孩。原本想问一下她从终点站西铁天神汽车总站到中洲怎么走，但是见那个女孩一上车便拿出一本看起来很深奥的书读了起来，结果到最后美月也没敢开口跟她说话。

瑛太在汽车上也没有哭，原本美月最担心的是万一瑛太在满员的汽车上哭起来该如何是好。汽车抵达西铁天神汽车总站的时候已经下午一点多了。听说朋生打工的那家牛郎店从夜里八点开始营业，所以即便朋生提早到店里上班，也还要等七个多小时。

想到要在人生地不熟的地方待上七个小时，美月就已经感到身心俱疲，这才想起自己早晨只吃了一个饭团。

爸爸有没有好好吃午饭呢。说在营业所的食堂吃，到最后肯定还是回家吃。啊，忘了把青花鱼块拿出来了。味噌汤要热热喝了啊。俺好不容易做的。

美月担心父亲吃饭问题的时候，自己的肚子也咕噜噜叫了起来。

走出汽车总站，她想找一个可以大大方方进去吃饭的小饭馆。但商场林立的大街上，每家餐馆看起来都很贵。到了一天中最热的时候，汗水很快从被汽车空调吹凉的身体中喷涌出来。美月拿着一条印有米老鼠花纹的新毛巾，不停地擦着脖子和手腕。

现在正好是午饭时间，巷子里的所有餐馆都挤满了人。虽然也找到一家看起来很好吃的意大利面餐厅，但是看到颇有情调的餐厅里都是年轻女孩结伴用餐，而自己一个人还带着孩子，就有些不好意思进去了。

最后，美月实在饿得厉害，终于决定去麦当劳。这里的点餐台前面也排了长队，幸好遇到一个好心的店员。那个女孩见美月一边抱着孩子一边拿餐盘，便帮她将餐盘送到靠窗的桌子上。

"几个月啦？"

触到瑛太手指的年轻店员问道。

"马上就六个月了。"美月回答。

嗓子干得厉害，喝了一口香草奶昔，感觉美味极了。由于从早晨就一直紧绷着神经，吃了吉士汉堡后突然有些发困。

通过岛上的旅行社预订的商务旅馆与这家麦当劳近在咫尺。办完入住手续后，走进房间。房间很小，窗外紧邻另一栋楼的墙。但是，在这个狭小的空间里终于可以不用再介意别人的眼光，美月喂瑛太吃完奶，不知不觉就睡着了。

朋生打工的那家牛郎店"DEEP"位于中洲运河沿岸一栋商业大楼的六层。美月一手抱着瑛太一手拿着地图，好不容易找到那里的时候已经是晚上九点多了。然而，大老远找来的美月原本以为自己终于能见到朝思暮想的丈夫，可她的期望却被无情地打破。

美月战战兢兢地推开牛郎店厚实的大门。光线昏暗的店里站着一个半裸的年轻男人，冷生生地说道："还没开门呢。"美月慌忙解释："你好，我来找真岛朋生……"男人一边穿衬衣，一边走了过来，直瞪瞪地看着美月怀中的瑛太。

"请问，真岛……"美月重复道。

"哦，朋生啊，已经不在这里了。"

"啊？"

"你是朋生的……"

"我是他太太。"

"啊？……啊？"

这个皮肤白皙、看上去病恹恹的男人左右打量着美月和瑛太。

这个自称冈田的男人与朋生同岁，两人关系似乎不错。据他说，朋生大概在三个月前离开了这里。"店长他们都不知道呢。这小子去东京牛郎店打工去了。"男人告诉她歌舞伎町一家店的名字。

男人又问了她几次是否真的和朋生结了婚。每次美月都点头说"是"，但他好像始终无法相信。

美月已经一个月没有朋生的消息了。他刚离开海岛到博多的这家牛郎店上班的时候，三天两头打电话回来，向美月炫耀，比如店里生意多么好，今天又赚了多少钱……但是，没有任何征兆，就突然不打电话回来了。因为手机还是通的，所以美月仍旧每天给他发送瑛太的照片。起初以为他只是太忙，没想太多，但一周两周过去后，便逐渐担心起来。美月与住在一起的父亲商量，谁知父亲根本不理，只说道："别那么大惊小怪的，马上就会跟你联系啦。"朋生离开海岛，有一部分原因也是因为不愿跟父亲住在一起，因此美月也没法指望父亲给自己出主意。而且，"朱薇尔"的治美妈妈桑也说些让人费解的话："我听说朋生要去福冈的时候，就有不祥的预感啦。"不管是父亲还是治美妈妈桑，都总是只看到朋生的缺点，对他的优点视而不见。

由于下周为瑛太预约了疫苗接种，所以美月等了一周，然后才去了福冈。她总觉得朋生或许是病倒了，正在牛郎店提供的高级公寓里卧床不起。

美月决定在博多的商务酒店住一晚，第二天早晨去东京找朋生。她不知道朋生为什么一声不响地就消失了，忍不住思考其中缘故，但想了半天后，又开始觉得朋生或许是想在东京安顿下来后再与自己联系，反正只要明天见到朋生就真相大白了，便看着怀中熟睡的瑛太，自己也睡着了。

第二天早晨，找了半天终于找到一家邮政银行，取了五万日元，坐上了从博多开往东京的新干线。美月当年修学旅行时曾坐过一次新干线，那之后就再也没坐过。瑛太大概是因为耳鸣，一反常态地哭个不停，美月只好一直抱着他站在车厢与车厢的连廊处。

美月有生以来第一次到东京。在新干线的站台上，与年轻的搞笑艺人擦肩而过。她虽然没有特别喜欢那个人，但感觉真人比电视上还要帅好几倍。仅仅如此，美月就欢欣鼓舞起来，想着回去跟治美妈妈桑和"朱薇尔"的客人们炫耀一下。

她知道朋生上班的那家店的地址。这时，她又觉得明天去见他也无妨，便径直去了迪士尼乐园。或许在她决定到东京来找朋生的那一瞬间，内心深处就已经有了这样的打算。

这一天，她抱着瑛太，在迪士尼乐园一直玩到关门。起初觉得有些奢侈，但"难得来一次"的想法更强烈，便住进了附近的一家酒店。第二天又到迪士尼乐园玩了一天，然后才来到歌舞伎町。而现在，她在歌舞伎町的一隅，坐在中式按摩店和夜总会的招牌之间，等着朋生工作的那家店开门营业，竟觉得在迪士尼度过的两天时间仿佛只是一瞬间。

晚上九点后，歌舞伎町大街上的行人更多了。怀中熟睡的瑛太很沉。对面的大楼里，顶着时尚发型的女招待捏着长礼服的下摆，乘上灯光炫目的电梯。朋生上班的那家"西昂"牛郎店就在那栋大楼的三层。刚才美月到电梯间确认了一下，看到店里的招牌上挂着朋生的照片，上面写着他的花名"龙也"。

美月在招牌间站了起来。

俺要是说去迪士尼乐园了，朋生会不会生气呢？要不就不跟他说了。要是朋生问俺，你想去哪里啊？俺就说想去迪士尼乐园。嗯，好主意！要是和朋生、瑛太一家三口一起去，一定更好玩儿！

美月把沉甸甸的瑛太抱好，朝对面的大楼迈开步子，脸上不由得绽放出开心的笑容。

走出四楼电梯，滨本纯平又听到婴儿的哭声。迈起步子就几乎听不到那微弱的声音，但停下脚步却仍能听到。刚才他准备去店里的专属停车场为客人取车，在等电梯的时候也听到了哭声，当时他以为是幻听。车主是妈妈桑的旧相识玄老板，在板桥经营一家纺织工厂。他的公司经营的品牌很有名，就连纯平也知道。虽然最近他经常在店里抱怨公司的生意不景气，但妈妈桑却说："可是您还带这么多客户来咱家喝酒，说明越南分工厂的生意不错啊。"

的确如妈妈桑所说。纯平在停车场为玄老板停好车，将车钥匙交给他时，他一脸高兴地说着"哦，你小子还在这儿干呢"，大方地给了纯平五千日元小费。

"……你帮我把妈妈桑看紧喽。我现在公司生意不好，万一这时候她跟别人跑了，之前我花在她身上的钱就全都打水漂了。"

玄老板身材魁梧，笑声爽朗，即便在纯平看来，也是一个充满自信的男人。

纯平开始在这家歌舞伎町的韩国俱乐部"兰"打杂，已有将近半年的时间。他虽然以这里的保镖自居，但实际上既当服务生，也会去接送常客和女招待，紧急情况下还会被安排去采购。这个俱乐部的妈妈桑是他以前工作的那个酒吧的常客。那时妈妈桑每天下班后会到那里喝一杯马天尼鸡尾酒。也没有特别说过什么话，不知为何妈妈桑看中了他，向他发出邀请："最近我店里有个服务生辞职了。我出两倍的时薪，去我那里上班吧。"

纯平老实告诉妈妈桑，自己并不想学调酒当什么出色的调酒师，当然也并不想像漫画里描绘的那样要在这个歌舞伎町出人头地。结果，妈妈却说："要是有什么歪心野心，反而不好使唤。"原来，之前在她店里上班的一个服务生是她一个远房亲戚介绍过来的，那个小伙子总是想方设法讨好客人，想着自己捞一笔。

"可韩国话我一句也不会说啊。"纯平说。

"那总比会说韩国话，勾搭我家的女孩好啊。"

于是，事情很快就敲定了。

纯平下了电梯，停下脚步，依然能听到婴儿的哭声。四楼有"兰"和另外一家俱乐部，里面传来卡拉OK的声音和其他各种杂音。纯平竖起耳朵，婴儿的哭声夹杂在这些声音当中，听得越发清晰。

纯平走近电梯旁的安全通道口，将耳朵贴在门上，声音更清晰了。

门外是随处可见的商住两用楼的疏散楼梯。纯平打开门，夜晚闷湿的空气瞬间扑面而来。

"啊……"

从门缝里探出头去的纯平惊叫了一声。原来，一个女子抱着婴儿坐在他面前的楼梯上。

这场景过于奇异，纯平几乎是无意识地问道："怎……怎么啦？"

女子不知为何盯着纯平握住的门把，小声道歉："对不起……"腿上刚刚停止哭泣的婴儿，又突然大声哭了起来。

"哎，不用道歉的。"纯平试图盖过婴儿的哭声，大声说道。

"我来找我先生的。听说他在这里上班。可是，店里的人却说他不在了，已经辞职了。我没想到他已经走了，不知道怎么办。我想在这里休息一下，想想法子。我会马上下去的。"

女子大概是看到纯平看婴儿的眼神很温柔，突然打开了话匣子。

"先生？你说的这里是指哪里？"

纯平打断女子的话，问道。

"就是三楼的'西昂'。"女子指着脚下。纯平的视线也跟着她的手指投向她的脚下。

"'西昂'是一家牛郎店啊。你先生在那里上班？"

"嗯……啊，可人家说他已经不在那里了。"

"先不说这个。他辞职了，你都不知道吗？或者说，你都不知道他辞职去哪儿了吗？"

纯平越问越觉得自己面前这个抱着婴儿的女子像个傻子。可能真的是缺根筋。仔细听她说话，多少有些九州口音。也许就是这口音让她看起来傻乎乎的。楼梯上还放着一个小小的旅行包。

"店里的人也不知道你先生在哪儿？"纯平问道。

"嗯，说来了之后很快就辞职了。没有人知道。"

纯平走到疏散楼梯上。室外机的热风和歌舞伎町的噪声让全身的汗水一涌而出。

"你从哪里来的？"纯平看着她的旅行包问道。

女子见纯平走了出来，想要起身，可因为怀中抱着孩子，身子有些摇晃。

"没……没关系，就坐着吧。"

"从九州来。长崎，一个叫五岛的地方……"

"哦？五岛是一座岛吧？"

"……嗯。"

"你先生该不会是楼下'西昂'那家店里的龙也吧？"

"不……啊，是的，是他！他在店里叫这个名字，真名叫真岛朋生……"

"啊！我认识他。原来龙也结了婚啊，还有孩子。"

"嗯，是的。"

女子抱着哭闹的婴儿给纯平看，仿佛在说：瞧，就是这孩子。

那你可找不到他啦。他辞职的事，我知道。当时还问他"辞了去哪里啊"，他说回老家，看来并没有回去。到现在已经一个多星期了。

纯平与龙也大概是在三周前认识的。当时龙也刚来下面的"西昂"上班。纯平知道三楼的牛郎店里有很多梳着千篇一律的发型，穿着大同小异的衣服的牛郎。但是，纯平原本就不喜欢牛郎这种职业，即便与他们同乘电梯，也只是微微点头致意。之所以跟龙也交谈，是因为那天他像往常一样傍晚来上班时，在一楼的楼梯拐角处看到一只脚，继而看到一个男人躺在那里。他还以为是有人被杀了，慌忙跑过去一看，才发现只是一个喝得酩酊大醉的牛郎昏睡在楼梯上。这个人就是龙也。他当时的样子实在惨不忍睹，纯平便把他扶起来，两人就这样认识了。后来纯平才知道，龙也前一日陪前辈牛郎的常客喝酒，连续被灌了十五个小时，走到楼梯处终于用尽全身的力气，瘫倒在地上。

"当牛郎也不容易呢。"纯平说道。"实在对不起。能帮我去买一瓶水吗？"龙也彬彬有礼地说道。

那之后，一个偶然接着一个偶然，两人每次在楼里碰面都会寒暄几句。龙也感叹自己在这人生地不熟的地方，总没有什么业绩。在纯平看来，这个龙也也是一个笨家伙。几天后，纯平在街头遇到龙也在拉客，听他说"来东京后还从没离开过歌舞伎町"，便觉得他实在可怜，在附近的一家中餐馆请他吃了碗拉面。

交流时发现，他根本就是一个胆小之人，不适合当牛郎。除了同事，他也没有别的熟人。跟前辈牛郎住在一个房间，难免感觉憋屈，还来纯平这里住过几次。

这个自称美月的龙也的太太，一边哄着怀中的婴儿，一边认真地听纯平简单讲述他与龙也相识相熟的经过。

"他告诉过你辞职后去哪儿吗？"

听完纯平的讲述，美月问道。纯平觉得没有必要让这个怀抱婴儿的女人更难过，便歪了歪脑袋，表示不知道。

"这样啊……"

"对了，你叫美月对吧？你今天有地方住吗？"纯平问道。

纯平原本想着把她送回酒店，没想到美月低着头说道："没有。我原想着来到这里就肯定能找到他的。"

"那也就是说，连酒店也没有预定？现在回九州的话，飞机和新干线也都没有了吧？你也总不能一直抱着孩子待在这里啊。"

"哦……"

"要我帮你订家酒店吗？不过，这个时间在这附近能住的酒店都不是什么正经地方。"

"哦……"

她这种不急不躁，或者说无论别人说什么都无动于衷的感觉，倒确实有点像龙也。

"对了，我家还有不少他留下来的行李呢。衣服啊，游戏碟啊，要不你帮他拿回去？"

"哦……"

"啊，要不干脆到我家住一晚？"

原本只是出于好意，但话说出来后，纯平便开始担心对方会以为自己不怀好意，突然紧张起来。但听者好像并没有多想，问道："东西很多吗？"在这短短的时间里，她看纯平的眼神已经完全像在看丈夫的好朋友了。

纯平拿出手机，给她看了一张照片。这是大概十天前他和龙也一起去烤肉店吃烤肉时拍的照片，照片上两人喝得烂醉，龙也满脸通红，欢快地比出胜利的手势。

美月看到照片上丈夫开心的样子，似乎又放下心来，小声说了一句："他肥肉吃太多会流鼻血的。"

"我也不打算在那种店里当一辈子跑腿的。"

纯平一边将自己在便利店买的蛋糕卷递给美月，一边说道。美月终于将婴儿哄睡，放在纯平的床上，也松了一口气，拿起叉子开始吃蛋糕。

"那你也会辞职吗？"

"那倒不是，不会马上就辞掉的。"

纯平将美月和婴儿送到自己常去的一家中餐馆"家宝"，让他们在那里等自己下班。那家店的炒饭很好吃，纯平三天两头去那里吃饭，不久便与老板老王和餐厅大堂经理陈阿姨混熟了。纯平想着陈阿姨有个上大学的儿子，如果美月的儿子哭起来，她能帮着照看。不过幸运的是，婴儿在店里并没有哭闹。而且，不出所料，陈阿姨非常喜欢小孩，据说一直抱着婴儿不肯放手。

纯平租住的公寓位于歌舞伎町附近的爱住町。这里上下左右全都是十平方米左右的单间公寓，住的多是在附近的夜总会上班的牛郎或女招待，也有人违反公寓的规定饲养宠物，或者开大音量听音乐，这里的住户对深夜的噪声相对比较宽容。

"我觉得龙也，啊，不，真名叫朋生对吧？你先生总有一天还会回到这里的。"纯平说道。吃完蛋糕卷的美月，将视线转向放在地板上的朋生的背包。背包拉链敞开，里面的东西凌乱地放着。

"……虽然那小子没说还会回来，可是行李还在这里呢。"

美月从包里取出朋生的内裤，印着"阿玛尼"的松紧带已经变得松松垮垮。

"该不会遇到什么意外了吧……"

美月一边叠着内裤一边说道。

"不会啦，如果真有什么意外，肯定会有人联系你的。而且，应该也不会是卷入什么案子了。这么说可能有些不妥，不过龙也的确干不了那种事。"

虽说卷入案件与本人干得了干不了没有什么必然联系，但纯平无论如何也无法将整天吊儿郎当、天天泡在游戏厅的龙也跟"歌舞伎町——失踪——案件"这样的词联系在一起。

"明天早晨是坐新干线回去吧？坐飞机不是更快一点吗？"

"小孩子还不行，会耳痛耳鸣，带他坐飞机太可怜了。"

纯平坐在床边，摸了一下熟睡的婴儿的脸颊。微弱的鼻息触在指尖上。

"刚才跟你说过，我不想一直做现在这种工作，对吧？"

纯平用指尖感受着婴儿的呼吸，说道。一直开着的电视里正在播放搞笑节目，美月看着电视，心不在焉地回答："哦。"

纯平又摸了一下婴儿的脸颊。

对了，上次抱真希表姐家的闺女是啥时候来着？已经长大了吧？平常总是哭，我一抱就不哭了。躺在我的肚子上就睡得很香。真希表姐说，现在就这么喜欢男人，长大了更不得了。

"……哎，要不要和你说呢？"

纯平突然一副煞有介事的样子。美月一边瞅着电视机，一边看着纯平。

"……嗯，其实我跟龙也也稍微说过一点，前不久我目睹了一场肇事逃逸事件。"

"肇事逃逸？"

美月回了一句，但眼睛仍盯着电视。

"对，肇事逃逸。可惨了。被撞的那个人是一个长得高大魁梧的大叔，或者说是个老爷爷，可能当时醉得不轻，咣当一声，嗖的一下子飞到天上，又咣当一下子落到护栏和电线杆之间，头先着地。当场就死了，我猜。"

美月大概觉得连说带比画的纯平比电视节目更有意思，终于将视线从电视机上移开。

"然后，肇事的那个家伙马上从车里下来，浑身打着哆嗦。我正想他会怎么办呢，没想到他竟然又上了车，逃走了。我当时整个人都给吓傻了。肇事车逃逸之后，马上就有一个骑着自行车的大婶过来，慌忙用手机打了电话报警。我原本也想留下做个证的，可又觉得麻烦。不过，那个犯人很快就去自首了。我心里一直惦着这事儿，看电视新闻来着。不过，自首的那个家伙和我看到的那个肇事者根本就不是一个人。我看得清清楚楚的。所以，我就想着威胁一下那个真凶，敲他一笔钱。他开的汽车是奔驰的S级，虽然不知道有什么内情，但既然能找人替自己顶罪，我想至少也能讹个上千万吧。哈哈，开玩笑啦。"

纯平激动地说完，伸了一个长长的懒腰。美月不知道是否听完了他的话，现在又一脸困倦地盯着电视屏幕了。

关门音乐在游戏厅里响起。音乐声比一排排老虎机发出的声音还大。因此，若没有老虎机的声音，那关门音乐肯定会震耳欲聋。

真岛朋生早就放弃了似的确认最后一枚硬币也没中后，起身离开新大久保站附近的这家游戏厅。

看了一下表，刚好十一点整，距离他这几天投宿的那家桑拿店的优惠时段还有三个小时。

出了游戏厅，走进前面的一家便利店。这家便利店离歌舞伎町很近，因此即便在这个时间，店里仍有很多顾客，收银台前也排成了长队。

"先生，柔和七星牌香烟，请问您要10毫克的还是8毫克的？"

收银员将手伸向香烟柜，问收银台前面的中年男人。听到收银员不紧不慢的应答，排队结账的顾客脸上不约而同地露出厌烦的神色。

"哪种都行，咋这么磨叽呢！快拿来吧你！"

便利店内突然响起男人带关西口音的吼声，排在他后面的顾客三三两两地转移到另外一个收银台。

朋生一边走向饮料货架，一边回头看了看那个骂人的男人。他好像并没有喝醉，只是看到收银员过于彬彬有礼，心中焦躁。这时，男人回过头来，又大声骂道："看啥看啊！"包括朋生在内，在远处围观的顾客又慌忙继续挑选起商品。

啊，新出的欧蕾咖啡。一百七十五日元，比星巴克便宜呢。嗯，这家店是？全家啊。以后想喝欧蕾咖啡就找全家。这种大杯欧蕾咖啡，本来以为到处都有，但其实不太好找。

朋生从冷柜里拿出两杯欧蕾咖啡，走向收银台。刚才破口大骂的那个男人好像已经从店里离开了。

等前面三个人结完账，朋生将咖啡放到收银台上。店长模样的男子就像尿急一样，急匆匆地扫了扫商品的条码。朋生漫不经心地看了一眼收银台的显示屏，发现上面显示着"无糖多奶欧蕾咖啡"。

他差点"啊"的一声叫出来，但因为后面还有别的顾客排队，也不好意思说去换一下商品了。

"谢谢！欢迎再次光临。"

朋生接过零钱，离开了便利店。明明喜欢加糖的欧蕾咖啡，却偏偏买了两杯无糖的。都怪自己没看清楚，但越想越觉得是那个操着关西口音在便利店破口大骂、一副黑社会作风的大叔不好。

朋生没有去桑拿店，而是朝滨本纯平的公寓走去。一个原因是因为买了两杯无糖欧蕾咖啡，另一个原因则是：当他恨恨地看着购物小票时，才发现今天是星期天。

大概一周前，他告诉纯平自己要辞掉工作回老家，之后就再也没跟他联系。因为那之后他的手机掉进桑拿店的厕所，坏掉了，另一方面也是因为他还需要一点准备时间，才好把自己的计划告诉他。

为了避开前不久供职的"西昂"的牛郎们，朋生没有从歌舞伎町穿行，而是从新大久保走向爱住町。途中，全家便利店就像故意找茬，接连出现了好几家。每看到一家全家，手中的无糖欧蕾咖啡便感觉又沉了一些。

这个星期，朋生有生以来第一次去了图书馆。在五岛的中心区域也有一家图书馆。小时候老家的镇上也有移动图书馆，每个月来一次。当时经常借阅一些漫画书，但为了查东西而去图书馆，这还是第一次。

纯平没有说谎。

正如纯平所说，今年年初，准确地说是2011年1月3日凌晨，在大久保路稍微拐进去一点的地方发生了他说的那个肇事逃逸事件。第二天的报纸上只刊登了一则短新闻，写着肇事逃逸的犯人已经自首，内容如下：

3日，牛込警署以机动车过失致死罪及违反道路交通法（肇事逃逸）罪将北区泷野川公司职员奥野宏司（52岁）予以逮捕。嫌疑人对犯罪事实供认不讳。

嫌疑人于当日凌晨4点50分左右，在新宿区户山单行道的1号车道上驾车行驶时，撞了正在过马路的新宿区某公司的经营者榎本阳介（68岁），随后逃逸。

榎本立即被送往医院，但由于头部和胸部受到猛烈撞击，大约两小时后医治无效死亡。

同日下午1点左右，肇事嫌疑人奥野本人到牛込警署自首，警方进行了紧急逮捕。当时嫌疑人喝了酒，因同时涉嫌酒驾而违反道路交通法接受警方的调查。

朋生在图书馆确认了这则新闻报道，但不知道接下来应该从什么地方着手，如何进行调查。

据纯平说，这个被逮捕的奥野宏司并不是真正的犯人。那个肇事的男人也是一个大叔，但长得更年轻一些，长头发，而且穿着比较时尚。但是，几家报纸上刊登的奥野宏司的照片都与"长发的时尚大叔"的形象相差甚远，而更像一个老实巴交的中层管理人员。

打个比方，就像是鲷鱼和沙丁鱼。虽然都是鱼，但鲷鱼和沙丁鱼的区别，无论是谁都能一眼看出来。

这么说，真正的犯人另有其人。有人让奥野宏司给自己顶了罪。如果去威胁一下那个真犯人，"至少应该能敲诈上千万"。

但是，看完新闻报道后，朋生却不知道应该怎样去找出那个真正的犯人。按说应该去调查一下被捕的奥野宏司，找出可能与这件事有关的人，但总不能去问警察："喂，请告诉我这个肇事逃逸犯人的住址和社会关系。"

思考了很久，朋生决定首先坐电车去一趟新闻报道中写到的那个北区泷野川。从地图上来看，离新宿很近的泷野川在JR板桥站附近，但这个泷野川的面积很大，一共有七个街区。

到板桥站还挺顺利，可出了车站，朋生就迷失了方向，垂头丧气地走进一家破旧的咖啡馆。没想到那里的书架上除了周刊杂志和漫画，竟然还有一本北区的电话号码簿。

朋生本来没有抱太大希望，觉得里面不太可能有犯人的电话号码，随便翻看了一下，没想到上面竟然有两个奥野宏司。其中一个住在泷野川三丁目，另外一个住在泷野川七丁目。

朋生赶紧将电话号码记在咖啡馆的纸巾上，立刻走出咖啡馆，找到一个公用电话亭，首先拨打了住在泷野川三丁目的奥野宏司的电话。铃声响了四五声之后，电话那头传来一个声音，明显是位老年妇女。

"您好，请问是奥野宏司先生府上吗？"朋生问道。

"嗯，是啊……"

对方似乎以为是电话诈骗，十分警惕。

"请问奥野宏司先生在家吗？"朋生问道。

"您是哪位？"

朋生一时间想不出合适的谎言。

"啊，是工作方面的事。"

"工作方面？"

对方明显在怀疑，但仍说了一句"请稍等"，离开了电话机。

朋生不知道对方接过电话后自己该说什么才好，着急起来。既然已经说了是工作方面的事，那就……想到这里，朋生突然意识到一个问题。

刚才电话那头的人说"请稍等"，也就是说，这个奥野宏司现在就在家里。而那个肇事逃逸后自首的男人现在不可能还在家。

朋生觉得自己刚才的慌张十分可笑，挂上了电话。这通电话不过是在为敲诈做准备，是最基础的阶段，可他就已经吓出了一身冷汗。

朋生又打起精神，回到板桥站前的区域地图牌前。幸好七丁目正是车站所在的街区。他用手指在脏兮兮的地图上比画着，寻找刚才记下的另外一个地址。

这个奥野宏司的家距车站约十分钟步行路程。再往前一点就是车流量较大的明治大道。也许因为附近有一个绿树掩映的儿童公园，奥野家周围显得十分安静。这是一个奇特的街区。虽然算不上幽静的住宅区，但也有许多单门独户的小院，甚至有的人家还建着气派的大门。而这些小院之间，还有一些小工厂，就像钢琴键盘的黑键一样点缀其间。

奥野宏司家旁边也有一家小工厂。也看不出现在有没有营业，卷帘门开着，工厂里破旧的机床排列在一起。机器好像没有运转，里面也没有工人。野猫懒洋洋地躺在卷帘门下的阴凉处，正在打盹儿。

朋生在工厂前朝奥野宏司家里看了一眼。房子本身很小，却很漂亮。白墙上用红瓦装饰成漂亮的花纹，从小小的大门通往玄关的五六级台阶上摆着牵牛花的盆栽。

门牌上只写着"奥野宏司"一个名字。朋生感觉一个五十岁的男人不可能独自住在这么可爱的房子里。只见所有的窗子都是关着的。

在东京，这一带的地价应该也很贵。俺猜得值一亿日元。不过，这里还有这些萧条的工厂，可能也值不了那么多钱……啊，猫睡醒了。哇，懒洋洋地打哈欠呢。哈哈，还挺惬意哩。哎哟，哎哟，把屁股对着俺伸懒腰哩。

"请问您有什么事吗？"

身后突然传来一个女孩的声音，朋生回过头去，看到一个穿着学校制服的女孩站在那里。女孩胸口系着一条红色的丝带，看起来有点像高中生，又有点像初中生。她狠狠地瞪着朋生。

"啊，没、没事……"朋生顿时不知所措。

"找奥野先生吗？最近没怎么见过他。"女孩将视线转向奥野宏司的家。

朋生避开歌舞伎町，朝纯平的公寓走去。辞职后，朋生就一直认为如果自己被原来店里的那些主管撞见，会被暴打一顿。但其实只有欠店里钱，或者有赊账没还清的离职员工才会被打，而朋生并没有，所以即便他们发现朋生，也不过跟他寒暄几句"你这家伙干啥呢？不是回老家了吗？"。但是，人若钻起牛角尖来，还真是不可思议。朋生总觉得自己会被打，无意识中远离了安全的"危险地带"歌舞伎町。

绕开歌舞伎町的途中，朋生路过一家以前和客人一起去过的情人酒店。

那是他刚开始在歌舞伎町的牛郎店工作的第二天。女人是店里的常客。店里的主管和前辈牛郎都吹捧说："你小子一开始就被美知留姐看上，太厉害了。马上就要荣升主管候补了吧。"实际上，这个美知留姐真的是个金主，在巴厘岛等地经营着几家美容院。她向来在店里出手大方。据说新牛郎上班第二天就被指名，并创造百万销售额的，在此之前只有副主管阿翼。

打烊后，美知留对朋生说："今天陪我一下。"朋生见她也不是那种喜欢男人对自己欲擒故纵的小女生，便想着和她拉近关系，跟她来到了这家酒店。

在博多的时候，店里的客人多是年轻女孩。也有一些中年妇女出于猎奇过来玩玩，但她们大多都是点个廉价的体验套餐，随便喝点酒就回去了。朋生从来没有陪她们去过旅馆。

这个美知留姐年轻时的梦想是当舞蹈家。现在虽然已年近六十，但穿上名贵的衣服，洒着优质的香水，在灯光昏暗的店里看起来也不过四十多岁的样子。但一旦脱光衣服，裸露在明亮的灯光下，就全然不是如此了。

虽说只是一家情人旅馆，但里面也有很大的按摩浴缸。她让朋生陪她一起洗澡，在泡泡浴中一起喝红酒的时候还很惬意。但当她先从浴缸里走出去，朋生看到她屁股上松弛的赘肉时，顿时想起老家的母亲，于是将胃里所有的东西都吐进了洗手间的排水口。可是，总不能这样丢下女人一走了之，只好吃了半颗艾力达，阳具才终于勃起。做爱中，他全程被动，任凭女人舔遍他的全身。

似乎为了逃离这段讨厌的回忆，朋生加快脚步，朝纯平的公寓走去。

在马路对面往上看了一眼，幸运地发现纯平的房间里也亮着灯。等一辆空出租车驶过后，朋生穿过马路。

坐电梯来到十一层，出来后正对电梯的房间就是纯平的家。朋生按了一下门铃，没有人应答。又试着拧了一下把手，发现门是锁着的。就在这时，门开了。

"啊，在家啊。"朋生松了一口气说道。

"嗯，啊？你小子干啥去啦！"纯平吃惊地问道，他好像刚睡醒，声音沙哑。

"哦，到处溜达溜达。"朋生答道。

"美月来了！"

朋生瞬间没听懂纯平在说什么。他无法将纯平和美月联系到一起。

"美月来了，带着瑛太。"

听到这里，朋生才终于反应过来。

"你说美月……"

"对啊，你媳妇儿啊……"

"来了？"

"对啊，来'西昂'找你，发现你不在，可怜巴巴的，不知道怎么办，就坐在咱那栋商住两用楼的疏散楼梯上。先不说这个，对了，你怎么还瞒着我啊？有老婆，有孩子，这种事用不了五秒钟就能告诉我啊。"

见纯平一副气势汹汹的样子，朋生无言以对。他没有故意隐瞒美月和瑛太的存在。如果两人一起打游戏的时候，纯平问一句："你结婚了？"想必自己肯定会毫不犹豫地回答："对啊，还有一个快六个月的儿子呢。"

"反正，赶快进来吧。"

"哦，对不起。"

"你赶紧跟美月联系一下。"

"她还好吗？"

“好是挺好的呀。瑛太也是，体重有十五斤了。”

“啊！真的吗？我最后一次见他的时候，只有现在的一半。”

房间里开着空调，很凉爽。纯平坐在床上，问了一句“你跑到哪儿去了？”，问完便摆弄起了手机。

朋生回答道：“啊，对对，就是上次你说的那件事，我跑去调查了一下。那个肇事逃逸的案子，我也想掺和掺和。”

朋生说完，刚才还在发愣的纯平将手机递给他。

递过来的手机屏幕上，是胖乎乎的小瑛太。

“这是瑛太？”朋生吃惊地问道。

“对啊！”纯平气鼓鼓地说道。

出了好多汗，感觉身上的桑拿浴袍越来越沉。山下美姬躺在据说是岩盘浴始祖的麦饭石桑拿房里，抚摸着流过脖颈的汗水。虽然自认为昨天并没有喝太多酒，却感觉身上冒出来的汗水中混着一些酒味。

傍晚时分，歌舞伎町的会员制女性专用高级桑拿“珍珠会馆”中，有很多与美姬一样经营俱乐部的妈妈桑光顾。这家会馆提供各种桑拿，而且还提供搓澡、按摩、去脂塑身以及激光美容服务，比一般美容院的设施还要完善。正因如此，费用也十分昂贵，即便是从事风俗业的女招待，也只有妈妈桑级别的人，或者在店里数一数二的头牌女招待，才有能力来这里消费。

当然，不仅是费用方面的原因。在这个街区，要想爬上人气女招待的位子，就要对自己的脸蛋和身体进行一些相应的修整，而这个"珍珠会馆"和新大久保的一家美容整形外科医院有合作关系。虽然并没特别严格的规定，但这里的会员大多都是由那家医院介绍过来的。

山下美姬也在那家医院做过几次丰胸手术和皮肤紧致手术。

美姬觉得在这个"珍珠会馆"的干蒸桑拿室和浴池里看到的女人们的身体都特别美。不知是因为她们的身体原本就是为了引诱男人而经过人工再造的，还是因为受不了室内的酷热而发出的喘息让人产生这种感觉。总之，就连从她们细腻的肌肤上流下来的汗珠似乎也都散发出甜蜜的芳香。美姬虽然并没有那一方面的嗜好，可每当看到二十岁左右的女人的肌肤，就有一种想要去触摸一下的冲动。

美姬躺在岩盘上，看了一下墙上的钟表。现在已经四点多了。

"雪村姐，振兴工会文化节的事，你们那儿也接到了通知吗？"

隔扇后面的"雪村"的妈妈桑也在发汗。美姬隔着隔扇对她说道。她们碰巧在同一时间来到会馆，互相感叹最近生意不太好做，一起泡了澡，开始岩盘浴之前，聊起每年十月由商店街振兴工会主办的歌舞伎町文化节。

"今年不由我家组织了。也就稍微参与一下。"雪村俱乐部的妈妈桑的声音从隔扇后面传了过来。

"果然很辛苦吧。"美姬问道。

"是啊，负责组织很麻烦的，你知道啊，得挑几个小姐去表演节目。谁想让自家的女孩子打扮得怪里怪气的去参加那种节目啊。"

在白天举办的这个活动，表面说是为了改变歌舞伎町的形象，找一些搞笑艺人或歌手在广场的舞台上演出。但是，到了晚上，这里还是一如既往的歌舞伎町。街道上莺莺燕燕，整个活动简直就像是江户时代的花魁游街一般。

会员制高级俱乐部"雪村"的妈妈桑去年当值，主持操办了一次文化节的游行，据说前前后后需要花费几百万日元。当然，会有一些老顾客在资金方面给予资助。但是，像美姬妈妈桑的"兰"这样的小型俱乐部，若举办这等活动，肯定会在资金方面受到重创。

"你家也不容易吧？很多女孩都是偷偷在你那里打工的吧。"

美姬听了雪村俱乐部的妈妈桑的话，轻轻"嗯"了一声。

大约十年前，美姬开始负责经营这个俱乐部，当时店里几乎所有的小姐都是（如雪村俱乐部的妈妈桑所说）偷偷在这里打工的韩国人。但是，由于最近几年政府管得严，很难招到合适的小姐。不过，大概三年前，美姬抱着试试看的想法，招了一些曾去韩国留学的日本小姐，出乎意料地受到客人喜爱。之后，俱乐部里的小姐大约有一半是韩国人，一半是日本人。

实际上，来"兰"的客人也是一半韩国人，一半日本人。日本人喜欢韩国小姐，而韩国人则喜欢会说韩语的日本小姐。只要小姐们之间相安无事，美姬就打算暂时这样维持下去。

"那我先走了。今天我预约了美容院，时间比较早。"

美姬听到对方跟自己说话，睁开眼睛，发现雪村俱乐部的妈妈桑已经站起身来，用毛巾擦着脖子，走出昏暗的桑拿房。

"辛苦了。"美姬慌忙回答。

雪村俱乐部的妈妈桑穿着肥大的桑拿浴袍，看起来和普通的中老年妇女没什么区别。接下来去美容院做个发型，穿上和服到俱乐部，看起来也不过五十出头。真是不可思议。

美姬隔着被汗水打湿的桑拿浴袍摸了一下自己的乳房。自己应该比雪村俱乐部的妈妈桑小两旬，但若稍微不注意，可能很快就会看起来比对方还老。

对了，今天得把付款通知单写完。熊井的专务说这星期会来。室伏先生那里，分得很细。对了，不同日期要分开写，跟富冈先生的部门还得分开。啊，对了对了，还得让人给我买点邮票来。哎？这事儿之前跟纯平说了没？好像没说呢。

美姬缓缓地站起身来。疲惫或许与汗水一起从身体里流了出去，大脑清醒了很多。

从桑拿"珍珠会馆"出来后，去常去的那家美容院的途中接到纯平的电话。纯平现在好像已经到了店里。美姬问了一下小姐们今晚的出勤情况，告诉他酒馆等地方的账单需要支付，然后挂了电话。刚挂断电话，纯平又打了过来。

"喂，怎么啦？"美姬吃惊地问道。

"对不起，我忘了一件事。刚才目黑的一家什么房地产公司打来电话，说给您手机打了几次电话，您都没接。"

"哦，这样啊。我知道了，一会儿我就打过去。"

从桑拿出来之前，美姬看了一下来电记录，有三个未接来电，显示为未知号码。

"还有一件事，我想问问您，您有没有认识的侦探？不着急的，等您回来再告诉我就行。"

"侦探？"

"啊，也不一定非得是侦探。"

"喂，纯平，我跟你说，不知道你想干什么，可这种事你不行的，别胡来。"

"啊?"

"我是说啊……"

美姬懒得跟他解释,只说了一句"我现在在外面呢",便挂断了电话。

她真的觉得纯平的说话方式跟自己去世的丈夫年轻时很像。把纯平招进来后,才意识到这一点。到现在也还是会被这种类型的男人吸引,自己也觉得自己真是够了。

当然,两个男人年龄不同,从长相到体型都说不上相像,但性格方面,或者说是精神方面,总感觉他们有相通之处。

若不是当年遇到晃信,自己现在说不定还在老家大阪,一边抱怨丈夫的工资低,一边当着任性的全职太太。当然,到了这个年纪,应该有一两个孩子。比起整天担心店里韩国小姐们的签证问题,小孩的升学问题什么的,闭着眼睛也能搞定。然而,现在后悔也没用了。

美姬当年也并不是那种老实巴交的孩子,但她没有料到自己看男人的眼光会这么差。

她和晃信是在老家大阪到处疯玩时认识的。晃信虽然吊儿郎当的没什么出息,却长得帅气又性感。他经常说什么"我总有一天会赚大钱,让你幸福"。若是现在,自己肯定有自信冷冷地拒绝这种天真的誓言,对他说:"说得倒好听……"但当时她却对此深信不疑。现在想来,当年的自己真像个傻瓜。

实际上,能随口说出这种话的男人,根本不可能赚大钱,也不可能让喜欢的女孩幸福。

当年只要一见面,就整日在晃信脏乱的房间里做爱,并深信那就是属于自己的幸福。在学校当老师的父母整天说什么"为了将来的幸福，希望你能找个韩裔医生结婚"。美姬很反感父母这种天真的想法。当时跟美姬一起玩的女孩子们也都是与她臭味相投的不良少女，都争先恐后地跟渣男结了婚。

很快，美姬也从高中辍学了，像过家家一样跟晃信开始了同居生活。美姬原本就是不良少女，退学后，父母也很快接受了既成事实，开始催她结婚。"赶紧登记吧。"如今美姬反倒对父母动起无名火：当时为什么不极力反对一下呢。

没用的男人成了家也绝不会改头换面。晃信先在水果市场打工，没两天就辞工不干。然后又去卖汽车，结果先贷款给自己买了辆车，贷款还没还清就被炒了鱿鱼。最后，美姬也没跟晃信商量，就通过一个学姐的介绍，到新地那学姐上班的俱乐部打工了。因为在家里看惯了渣男，所以无论接待什么样的客人，美姬都能得心应手，因此很快便成为店里的头牌女招待。

老婆开始赚钱养家了，没用的丈夫好像就等着这一天，马上转换了角色，简直变成软饭专业户，甚至令人怀疑他是软饭专科学校毕业的精英人士。只要给他点零花钱，就悉数"上交"小钢珠店。

美姬在新地的俱乐部工作了六年。这家店是面向日本人的。也许是美姬出色的业绩打响了名号。不久，新地的另外一家韩国俱乐部看中了她，向她发出邀请："能不能来我们店里当妈妈桑？"

让她负责经营的是一家黑社会创办的合法俱乐部。当时美姬也曾犹豫，但调查发现，这家公司前董事长是她的远亲，现在已经退休。

当然，对方给的待遇很好，而且那个时期她也刚刚从风俗业中体会到乐趣，便欣然应允。

也许她本来就有这方面的能力，在美姬的经营下，俱乐部的收益逐年攀升。在她三十五岁的时候，公司要在歌舞伎町开新店，决定让她负责经营。

其实，美姬原本不想离开大阪，起初拒绝了公司的安排，但正好这一年晃信死了。

直到最后，晃信仍旧一事无成。难得一次他开始主动做事情，本以为是好事，没想到竟然是和朋友搞了个阴谋诡计，还以失败告终。最后当然还是美姬拜托董事长为他善后。

不争气也就算了，起码死的时候要壮烈一次吧。比如卷进黑社会的帮会斗争中死掉也好啊。可他却是醉酒溺死。溺死的地点在他年轻时和美姬约会去过的须磨海水浴场。一共活了四十三年，真是愚蠢而短暂的一生。

原本以为他死了，自己也就轻松了。可看到他躺过的沙发上的凹痕，看到他在电视节目表上用红笔在想看的节目上画的记号，或者看到知道会被他偷拿而总是故意多塞一些钱的鼓鼓囊囊的钱包，就不由得伤感。

在丈夫刚去世的那段时间里，感觉整天浑身软绵无力，连自己都觉得很不可思议。可是没多久，她就振作起来，决定去东京开启自己的第二人生。

美姬在美容院做好头发，首先回了一趟家，坐上经常搭乘的个人经营的出租车回店里。路上问了一下司机阪神老虎棒球队的比赛情况，司机笑着说道："第三场下半场0：0。今天我接到一个去成田机场的活儿，运气好得很，阪神肯定能赢。"

下了出租车，距离俱乐部"兰"所在的那栋楼还有几十米，步行过去。在一般人眼中，歌舞伎町还是一如既往地喧闹，但在对这里的风景已经习以为常的美姬看来，还是有一些不同。

对面大楼二楼铁板烧餐厅的招牌不见了。平常随处可见的流浪汉不见了。很多住田系[1]的年轻人在大街上走来走去，看来今天晚上附近有集会。

走进大楼，看见一大早开始营业的三楼牛郎店里的牛郎刚刚下班，他们推推挤挤地从电梯里走出来，脸色苍白像死人一样。

美姬刚要走进弥漫着酒气的电梯，无意间瞥见大厅里纯平的背影，他正在跟某人说话。

美姬好奇地探过身去，这时空荡荡的电梯关上了门，径直上升。

"也没啥大不了的事儿。是店里有客人托我问问的。"

牛郎们出了门，消失在大街上。纯平的声音与空调室外机的声音夹杂在一起，传了过来。

"是要去收款?"男人问道。"哎哎，也不是那种事。"纯平回答。

和纯平说话的那个男人，美姬见过。

大概半年前，一个韩国女演员自杀身亡。当时她的经纪人被认为是将她逼死的元凶，被韩国媒体狂轰滥炸。于是那个经纪人暂时来到日本躲避风头。

帮着他逃到日本的，是美姬认识的一家船运公司的老板。而和纯平说话的这个人叫作垣内，奉船运公司老板之命在那个经纪人手下做事。这个垣内表面上看起来飞扬跋扈，但其实没什么后台，倒是一大把年纪还给人跑腿。奉船运公司老板之命，陪着韩国经纪人到这里来喝酒时，总是自吹自擂，说得就像自己掌控着韩国的演艺界一般。美姬和店里的小姐们听了，无不觉得扫兴。

---

[1] 黑社会组织。

"其实，就是找个人。"

只听纯平接着说道。美姬从包里掏出一支香烟，点着。

"找人？在歌舞伎町？"

"不是啦，对方是有正经职业的。其实，是想调查一些事情。"

"能赚大钱？"

"怎么可能。不过，小钱倒是能赚点儿。"

"多少？"

纯平竖起三根手指。

"这些钱，杀人也有人干啊。我帮你找。"

这对话荒唐得让美姬再也听不下去了，她故意咳嗽了一声。在她眼中，两人就像是在拿着塑料手枪玩闹。纯平听到咳嗽声，慌忙跑了过来。

"美姬姐好。"

"别跟那种人混。不然，就赶紧给我走人。"美姬说道。

"啊？您说垣内？为啥呀？"纯平一脸吃惊地问道。

美姬没有回答，默默地按了一下电梯的按钮。

第二景

　　五岛列岛是九州最西端大约一百四十个海岛的总称，列岛整体被指定为西海国立公园的一部分。横向海岸蜿蜒曲折，美丽的群岛镶嵌在东海的蓝色海面上。在连接五岛列岛和福冈、长崎等地机场的小型公务机上俯瞰大海，这些岛屿就像一颗颗绿宝石散落在海面上。

　　五岛列岛中最大的一个岛是位于南部的福江岛。这座岛是五岛市的一部分，由十一座有人岛和五十二座无人岛组成，人口大约四万人，是五岛市的行政与经济中心。

　　这里有大量的自然景观——火山群，被选为"夕阳景观百选"的大濑崎悬崖等。当地政府为发展旅游产业做出了巨大的努力，但由于连接本土的交通状况太差，因此并没有达到预期的效果。

　　结果这里的人口持续减少，岛内中心地区的商业街也变得一片萧条，很多店铺都关门停业了。

　　在这个萧条的商业街上，现在只剩下孤零零的一家超市。真岛美月正推着婴儿车，像往常一样在超市里购买家里的晚饭和酒吧"朱薇尔"的小菜用的食材。

　　说是超市，不过是稍大一点的小商店。老板娘坐在收银台旁边，对正在里面挑选猪绞肉的美月说道："美月，今天西红柿很便宜哦，正好可以当酒吧里的小菜。"

　　再便宜，客人光吃个西红柿也不会饱啊。男人啊，到底喜欢油腻腻的东西，每次来店里，都让妈妈桑给他们做炒荞麦面。

美月应付着老板娘的建议，突然发现自己是在用普通话在心中自言自语。

自从去东京找了朋生，回来之后，不知道为什么，内心独白就变成了普通话。

虽然最后也没有在东京见到朋生，但受到了朋生的朋友滨本纯平的照顾。虽然只和他用普通话交流了半天，但感觉那时的自己简直就像在演电视剧。

"我联系不上他，很着急。"

"也只能等他联系了。"

跟纯平说的这些话，以前虽然知道，却没有说过。回到五岛已经一个星期了，这些话仍在耳边萦绕。

差不多买完了该买的东西，美月提着沉重的购物篮走向收银台。途中看到甜品冷藏柜，忍不住拿了一块草莓蛋糕放进购物篮里。

在东京纯平家吃的那块蛋糕卷的味道，到现在还难以忘怀。当然，蛋糕卷在五岛也随处可见，但纯平在他家附近的便利店买的那个蛋糕卷，据说是东京著名品牌蛋糕店和便利店合作开发的商品。五岛上虽然也有当地的连锁便利店，却没有知名的便利店，所以买不到那种蛋糕卷。

美月把购物篮放到收银台上。老板娘一边拉过购物篮，一边问道："对了，听说你找到朋生啦？"

与朋生失去联系的事，美月没怎么跟人说过。然而，不知道为什么，在这个岛上，很多事情即便自己不说，也会很快传开。美月知道这一点，但她还是没有想到自己去找朋生的事情竟然连超市的老板娘都听说了。

"找是找着了，可是没见着人，后来他给俺打了电话。"美月回答道。她没有问老板娘是怎么知道的。即便问了，也搞不清消息的源头。

"太好啦。他回来不？"

老板娘如今还用着手动式收银机，将购物篮中的商品一件件地取出来。

"回来也找不到活儿啊。"美月回答。

"那还要在福冈工作一阵子？"

看来朋生现在人在东京的事还没有传到大家的耳朵里。美月含糊其词地答了一句"可能吧"，然后从钱包里拿出钱来结了账。

美月接到朋生的电话，是在她从东京回来三天后的周日那天晚上。

手机来电显示的是"滨本纯平（朋生东京的朋友）"，电话接通后，发现是朋生打来的。

"对不起。你来东京找俺啦？"朋生说道。听到朋生声音的瞬间，美月就放下心来，之前的担心与失望顿时烟消云散。"你咋都不跟俺联系呢？你现在在哪儿？"美月娇声问道。

"在纯平哥家里。你跟瑛太也在这里住了一晚上？"

一瞬间，美月还以为朋生是在怀疑自己，但接着又听他说"你记得从岛上寄点礼物给纯平哥表达感谢啊"，便打消了疑虑，也说道："那寄点儿啥好呢？"

朋生说纯平自己做饭，寄点干货他可能会喜欢。明明应该有很多别的话要说，可接下来两个人却讨论起了干货。"送人家干货，好不好啊？那竹荚鱼干咋样？"

两人终于聊完了干货的话题，朋生开始东一句西一句地解释自己的情况。据他所说，他在博多的牛郎店"DEEP"工作时，店里一个从东京来的女客人给他介绍了一家歌舞伎町的牛郎店。女客人说在那边只要努力，就能赚到比这边多一倍的工资，而且说自己跟那边的经理很熟，于是他就让这个女客人帮忙联系了一下。他在博多做得也很出色，所以马上就被那边的牛郎店录用了。原本想着在东京站稳脚跟就告诉美月，可还没来得及说就辞了职，不想让美月担心，就决定找到下一个工作后再联系。

"你不联系俺，俺才担心哩。"美月说出一个理所当然的事实。

"嗯，对不起。"朋生道歉。

总之，听到朋生的声音，美月终于放下心来。父亲和"朱薇尔"的妈妈桑都断定朋生是个没出息的男人，但她知道朋生把自己和瑛太看得比什么都重要。若要问她凭什么如此断定，她也说不出什么理由。只能说，朋生是个让人费解的人，若给他一万日元，他肯定会胡乱花掉，但若给他十万日元，他便肯定会悉数交给美月。

朋生说以后两天就给美月打一次电话，自己要跟纯平哥一起干件大事，还要在东京待一段时间，说着就要挂断电话，这时纯平接过电话，笑着说道："别给我寄什么鱼干啊，用不着。"美月用普通话彬彬有礼地表示感谢："上次承蒙照顾，非常感谢。我当时真的不知道该怎么办才好。"

最近，父亲换成开早班车，美月等他下班回来，自己才去"朱薇尔"上班。好像今天上午就有客人包车在岛上半日游，父亲回家后心情特别好。美月见他如此高兴，嘱咐他不要吵醒自己好不容易才哄睡的瑛太，出了家门。

从美月家到"朱薇尔"步行需要十五分钟。途中经过福江港的码头。渔业工会中很多人都是"朱薇尔"的常客，与他们擦身而过时，美月还不忘顾着店里的生意，跟他们打招呼："有时间过来玩啊。"

太阳还没有落山，酒吧"朱薇尔"所在的商住两用楼空荡荡的，宛如废墟一般。妈妈桑今天一反常态，早早地就来上班了。她尝了一口美月在家里做好带来的麻婆豆腐，称赞了一句"真想就着米饭吃啊"，然后，不知为何一脸落寞地在柜台上托起腮。

"咋啦?"

美月一边折好晾在柜台上的抹布一边问道。妈妈桑"嗯"了一声，然后深深地叹了一口气。美月机灵地给妈妈桑沏了一杯茶，妈妈桑喝了一口，突然说道：

"美月，这家店交给你一个人打理，行不?"

美月一时间没有听懂妈妈桑的意思，只是听到"这家店"三个字，不由得环视了一下店内。

"其实呢，是这样的……"妈妈桑接下来的说明，按照美月的理解概括一下，情况如下：在福冈的长子要在那边盖新房。不想让母亲独自在这边生活，给她也预备了一个房间。现在还有这种孝顺儿子，当妈妈的当然喜不自禁，但又觉得自己现在还不到五十岁，不想就这样什么都不干了。不过，又觉得如果就这样在五岛老去，也略感孤独伤感。所以，她想着自己多少有点存款，想在福冈做点生意。若是像"朱薇尔"这种程度的酒吧，倒是马上可以开一个。可是，后来才知道，原来大儿媳想要开一家小小的意大利餐厅，希望自己过去给她帮忙。大儿媳以前在博多的一家一流酒店的厨房工作过，在那里认识了当时也在那家酒店上班的妈妈桑的儿子。儿媳妇结婚后也一直学习厨艺，他们的独生子上了初中后，儿媳妇出于兴趣在附近的公民会馆开设了厨艺班，每月教授一次课。所以，如果开店的话，能确保一定的客源。

"怎么样？"

妈妈桑说明完情况后，盯着美月问道。突然被问，美月都不知道她说的到底是什么怎么样。

"啥咋样……？"美月疑惑不解。

"其实，俺心里已经决定去福冈啦。不过，俺不放心你……如果你能在照顾瑛太的同时，独自把这家店经营下去，俺就把这家店白送给你，只要店能开下去就行。你也知道，这里的生意不怎么好，但生活日用的小钱还是能赚到一些的。"

听到这里，美月终于明白了妈妈桑在问她什么。虽然听懂了，可还是只能回答："可是，俺……"

"也不着急今儿明儿这两天答复。你好好考虑一下吧。"

妈妈桑说完，出去打开外面招牌里的灯。独自留在店里的美月又环视了一下店内。妈妈桑偶尔休息的时候，都是美月独自打理这家店。毕竟是风俗业，收入不稳定，但正如妈妈桑所说，每天总会有几千日元的进账。不知道妈妈桑每个月拿多少薪水，如果连妈妈桑那份薪水也进了自己口袋的话……可是，这里客人全都是妈妈桑的老顾客，如果妈妈桑走了，只剩下自己，还有多少人会来呢？

刚想到这里，妈妈桑推门走了进来。美月告诉她："俺跟朋生商量一下。"妈妈桑好像有些无奈，但还是无力地点了点头，说道："那倒也是啊。"

这天，虽然是工作日的晚上，但"朱薇尔"的生意却格外红火，最后一个客人离开的时候已经凌晨一点多了，比平常的关门时间晚了一个多小时。

刚开门那会儿一个客人也没有，可是过了九点，一些常客便陆续出现。美月像往常一样在吧台接待客人，其间，有七个从东京来的男女游客闯了进来。美月进到平常没人坐的包厢招呼他们，可一下子来七个客人，光调酒就忙得不可开交，几乎没有时间跟客人说话。忙乱中听到他们的对话，才知道他们要在五岛拍电影，这次来是为了寻找合适的外景地。

美月很想问一下电影的名字，有没有什么著名演员，但对方说的普通话语速很快，自己根本插不上嘴。不过，听着他们的对话，美月不禁想在大屏幕上看一下这座岛的景色。五岛列岛上一家电影院也没有，美月决定等那部电影拍摄完成后，带着瑛太去长崎的电影院看一下。

妈妈桑今天喝得有点多，美月让她先回去，自己收拾完毕离开酒吧时，已经凌晨一点半多了。

走在苍白的灯光照耀的码头上，听着脚下此起彼伏的海浪声，相比刚才店里的喧杂，此刻心中顿时燃起思念之情。

是否接受傍晚妈妈桑的提议，要跟朋生商量一下。

但是，想到这件事的瞬间，脑海中浮现的却并不是朋生，而是滨本纯平。

不对不对，要找阿朋，就只能给纯平哥打电话，所以俺才会想到他。对，肯定是这样。哎，吓死俺了。俺不是想给纯平哥打电话，而是要联系阿朋，只能给纯平哥打电话。

突然间凌乱的心终于平静下来。美月拿出手机，拨通了"滨本纯平（朋生东京的朋友）"的电话。

电话马上接通了，手机里传来纯平依旧开朗的声音："喂，美月？怎么啦？"

"对不起，这么晚打扰你。"美月首先道歉。

"没关系没关系，我也刚下班。"

站在孤寂的码头上，只能听到海浪声，此时纯平的声音让人感到舒服。自己虽然在这种地方，但耳中听到的声音却来自那繁华的东京，突然感觉距离好近，仿佛只要闭上眼睛便能飞过去一样。

"我想找阿朋。"

美月尽最大努力使用普通话说道。

"朋生？有急事儿？"纯平问道。

"也不是什么急事儿。"

"他现在不在。等他回来我让他给你打电话。你几点睡啊？"

"等他回来？他现在还住在你那里啊？"

"不，那倒也不是……哦，不过，基本上天天都在我家……"

"对不起，给你添麻烦了。"

"没有啦没有啦。那家伙天天帮我打扫卫生，也帮了我不少忙呢。"

明明跟纯平说话，就能这么流利地使用普通话，可不知道为什么，刚才在那些东京来的客人面前却不敢开口。

美月不经意间抬头看了一眼夜空，天上的银河清晰可见。当然，这一点也不稀奇。只是，美月突然想到，若能把这里的夜空拍进电影里就好了。

"今天晚上，最迟明天中午，我就让他跟你联系……对了，瑛太还好吗？"

美月抬头望着夜空，耳边又传来纯平的声音。

"嗯，体重又增加了。"

"哦，你们有时间再过来玩啊。"

"不行啊，不是那么简单就能过去的。"

"也是啊。不过，我是随时欢迎啊。我这里房子虽然小，但总归能有个落脚的地方。"

虽然知道他没有什么特别的意思，但纯平开朗的笑声听得美月心痒痒的。

"不能为了玩去东京。不过，我也许去那边找工作。"

美月望着美丽的星空，自己都不知道自己说了什么。想都没有想过的事情，一旦说出口，感觉就像是从东京回来后就已经做出了这个决定。

"啊，美月，你要到这边来工作啊？"

"啊，不，还没有决定。我想先跟阿朋商量商量。"

"哦，这样啊……"

纯平的话说到一半就停了下来，不知道为什么，美月在心里祈祷着，等待他说出下半句。她没有想过去东京依靠纯平，可是不知为什么，却害怕他脸上露出为难或不情愿的神色。

"好啊，好啊。"

电话那头传来纯平开朗而富有节奏的话语。

"好啊，好啊。"

纯平听对方说完，就有节奏地朗声回答道。

"你真的这样想？"

女人见纯平的附和太漫不经心，似乎有些不知所措，紧紧地盯着纯平的脸。

纯平和女人面对面坐在歌舞伎町中心位置的一家知名咖啡

馆。旁边座位上坐着一个著名的摄影师，被年轻女孩们簇拥着大声笑着。

工作日的傍晚，店里还有很多别的客人。有正在进行商务洽谈的公司职员；也有上班前来这里吃甜点的女招待和牛郎；还有乍一看像流浪老妇的老婆婆，将几个纸袋放在脚边，吃着比自己的脸还大的芭菲。

当然，店里的客人并非全都散发着歌舞伎町的气息。里面的桌子旁坐着几个有闲阶级的阔太太，其中一人在店里还戴着装饰着大玫瑰头花的帽子。不过，邻座完全是另外一幅景象。那里坐着一个穿着衬衫的黑帮小弟，衣服敞开露出胸部的刺青。所以，从整体上来说，这里的确是一家充斥着歌舞伎町气息的咖啡馆。

纯平环视了一下店内，确定这里的客人中没有熟人，又对面前的这个女人说道："好啊，好啊，我支持你。"

坐在纯平对面的是在韩国俱乐部"兰"工作的日本女招待。她的花名叫作秀晶，其实是日本人，曾去韩国留学两年，在那里学了韩语。

这个女孩的肌肤宛如陶瓷一般细腻白皙，喝了酒之后就变得红红的。她说韩语时就像小孩一样磕磕巴巴，在店里受到韩国客人的青睐。

"你真的会支持我吗？"

秀晶点的草莓蛋糕一口都还没有吃，现在她终于用叉子插住蛋糕，满脸疑惑地看着纯平。

她虽然没有涂口红，嘴唇却像草莓一样红。

"真的啊，当然支持啦。反正你也不会辞职不干的，对吧？一边继续在店里工作，一边去拍电影，对吧？"

纯平也终于吃起了那不勒斯意面。秀晶的铺垫太长，说话间意大利面全都凉掉了。

她特意把纯平叫出来，说要跟他谈个事情，但她说的事情其实并没有那么重要。

她似乎原本就想当演员，说正巧最近有一个电影制片人找到她，请她出演一部电影。

"说是电影，但其实是连电影发行公司都还没确定的独立电影。"秀晶又吃了一口蛋糕，接着说道。

"不过，怎么说也是个机会，试一下呗。"纯平也继续吃着意大利面，说道，"……你之前每天都来上班，如果现在告诉妈妈桑说以后每周只能来一两次，妈妈桑可能会生气。不过，等电影拍完了，还能像以前一样来上班的，对吧？"

"回来是能回来的。"

不知道为什么，秀晶不太高兴地回答道。

"哦，对了，都拍了电影了，还回来当女招待，是有点那个啊……"

"所以啊，我不想让任何人知道我拍电影的事。妈妈桑那边要知会一声也没办法，但决不能让店里其他小姐知道。"

"为什么？"

"你想啊，多丢脸啊，演了电影，结果电影还没有公映，就束之高阁了，而且以后我又要每天晚上来店里上班，就都像打了败仗回来似的。"

纯平有点搞不懂秀晶的这段逻辑，但想到既然是连女主角儿都觉得不太好的电影，或许可能真的不会公映吧。不过也没有必要说破，惹对方不高兴。

"我知道了。那今天晚上我就跟妈妈桑说。"

听了纯平的话，秀晶好像终于松了一口气，将剩下的蛋糕塞进嘴里，说着"那我得先回家准备一下了"，拿起桌子上的结账单。

"不用，不用，这里我来结账就行。"

"不用啦，是我叫你出来的。"

纯平还想再客气一下，可秀晶已经走向收银台。有黑帮小弟正在那里排队结账。

现在这个世道，万事皆有可能。就前一段时间，有个大叔来这边，忘了是职业摔跤手还是职业高尔夫球员来着，喝酒很没品，可现在已经是国会议员了。让身边的年轻人脱光衣服，在人家肚子上乱写乱画取乐的家伙，都当上了国会议员。照这种逻辑，秀晶明年出演大河剧主角的夫人角色，也不是没有可能。

就在这时，手机铃声响了起来。纯平一边用叉子拨拢盘子里剩下的青椒和洋葱，一边打开手机，看到手机屏幕上显示的名字是"垣内"。

"喂。"纯平慌忙接通电话。

"喂，是我，是我，现在说话方便吗？"

"嗯，我正在吃饭。"

"你上次说的那件事，我查到了。"

听到垣内的话，纯平"啊"的一声叫了起来，整个咖啡馆里的人都听到了。"你说查到了，意思是你已经查过了？"

答案明摆着，纯平依然问道。

"对啊。不过是查一下那个奥野宏司的背景就好了，对吧？"

"对，是啊。"

"你知道吗？奥野那个家伙，已经被捕了。"

垣内的语气中带着猜疑。对方是肇事逃逸后自首的犯人，纯平当然知道这件事情非同小可。当他听到垣内的声音时，再次意识到自己掺和到了一个棘手的事件当中。

"嗯，我知道。"纯平回答。

"喂，那这个奥野到底是什么人啊？你到底要做什么？"

垣内转而用亲近的口吻试探着问道。

"哎，也没什么事儿。就是一个朋友的朋友拜托我查一查。"

垣内似乎根本不相信纯平说的话，接着说道："算了，没关系。那接下来怎么做？一会儿见一面？我手里有资料。一个小时后在棒球击球练习场见面怎么样？"

纯平不知道垣内为什么要约在棒球击球练习场，但想到总比在咖啡店里请他吃草莓蛋糕要好一些，便答应了他，挂断了电话。

纯平自己待着无聊，便走出咖啡馆，直接去了歌舞伎町的棒球击球练习场。这时他又意识到，像垣内这种黑社会出身的小混混，习惯上会将这种地方指定为秘密碰头的地点。于是，心里想着，棒球击球练习场这种地方，很有点黑帮硬汉电影的感觉。结果走进去一看，发现垣内竟然真的卷起衬衣的袖子，在中速度区练习击球呢。

原来垣内根本不是要在这里找什么黑帮硬汉的感觉，只不过是想来这里打棒球，顺便指定了这个地方碰头而已。

纯平原本打算马上喊他一声，但看到正在练习空挥的垣内表情严肃认真，便决定坐在他背后的长椅上，等他击完剩下的十五个球。

结果，接下来的十五球中，只有两次勉强擦到棒球，剩下的十三次毫无例外地都击空了。已经不是接球的时机与姿势的问题，而是他挥棒的速度太慢了。垣内挥棒的动作，简直就像是要在时速近一百公里飞过来的球上放一枚硬币一样。就连在一旁观看的纯平，每次看到垣内击空，都不由得耷拉下脑袋，一副大失所望的样子。

总之，无论用多么善意的眼光看待，也不能说这个垣内有任何运动细胞。

最后一个球也击空的垣内，一点也不气馁，回过来头准备再塞硬币的时候，纯平叫了他一声。

垣内似乎没有料到纯平会提前一个小时过来，竟然有些慌张，手中的硬币掉落到地上。

"哎呀，你来啦。"

"没别的事情干，好久没玩了，也想过来练一下。"

纯平做出一个挥舞球棒的姿势。想着给垣内指导一下，快速空挥，动作潇洒干脆。

垣内弯腰从网下面钻出来，不停地搓手，看来已经在这里练了很久了。

"在那边呢，奥野那家伙的资料。"垣内用下巴指了指长椅上的大信封。

"可以看一下吗？"

纯平赶紧伸手去拿信封，但垣内却以与挥棒时完全不同的速度迅速抓住纯平的手。

"我那份钱你得先给我。"垣内说道。于是纯平从钱包里取出提前准备好的五万日元，递给垣内。

垣内舔了一下手指，开始数钱。纯平从信封里取出一个透明的文件袋，取出里面的资料。

"哎，那个奥野到底是什么人啊？现在你总可以告诉我了吧？"

垣内数完钱，一屁股坐在长椅上。

"……我刚才看了一眼资料，感觉奥野这家伙真是个倒霉蛋，简直就是个不幸的综合体。勤勤恳恳地当了二十年高中老师，和老婆、独生女一家三口，本来过得挺幸福的，四十五岁的时候却因痴汉行为[1]被捕，被判有期徒刑一年半，缓期三年。当然，结果是被学校开除公职，后来到一家保洁公司上班，勤勤恳恳地工作，终于等到缓期执行期结束，要重头来过的时候，现在又因肇事逃逸罪被捕了。这个世界上果然没有什么救世主。哦，不，既然是因痴汉行为被捕了，肇事逃逸被捕了，说明这个世界还是有救世主的，对吧？"

垣内一边这样说着，一边歪着脑袋对自己的话表示怀疑。纯平看到资料上写着的奥野宏司的经历正如垣内所说。

纯平没有回答，马上又将资料放回信封。

"总之，多谢了。我马上把这个资料拿给那个朋友。告辞。"

纯平随便扯了个谎，快步离开那里。

"喂！等一下！"背后传来垣内的声音。但纯平头也不回地答了一句："我会再联系你的。"

奥野宏司，1958 年生于东京，毕业于东京学艺大学[2]教育学部，

---

[1] 偷窥、偷拍、非法触摸等性骚扰行为。
[2] 日本的国立大学，前身为东京第一师范学校、第二师范学校、第三师范学校、东京青年师范学校四校，1949 年由以上四校合并而成，现为日本最为著名的国立师范院校之一。

父亲克义为秋田县大馆市人，母亲美津子为千叶县千叶市人。

1982年起任世田谷区的私立高中藤松学园数学教师。

1987年与同校的英语教师岩渊直子结婚。1989年长女友香出生。

1992年将位于北区泷野川的妻子直子的娘家旧宅改建，搬到那里居住。

2003年，在埼京线的电车中用手触摸都立高中一个十七岁少女的下半身，因涉嫌违反《防骚扰条例》被捕。虽然本人否认犯罪事实，但最终判决有罪，获有期徒刑一年半，缓期三年执行。

被藤松学园解聘后，供职于东京市内的一家保洁公司。

2006年，缓期执行结束。

2011年1月，在新宿区户山肇事逃逸，然后到牛込署自首。

上月，被判有期徒刑三年，无缓期执行，现在在市原拘役所服刑。

纯平又看了一遍资料第一页纸上记载的信息，躺倒在床上。离上班还有三十分钟左右的时间，抬头看着天花板，竟感觉像是自己在服刑。

在棒球击球练习场翻开这份资料时，纯平最先看到的是奥野宏司的父亲和自己是老乡，也是秋田县大馆市人。不知为何，这个事实让他变得消沉。

如果纯平没有看错，今年年初看到的肇事逃逸事件的犯人肯定不是这个奥野宏司。资料中附有几张他在藤松学园当老师时拍的毕业合影，虽是年轻时的照片，但跟纯平看到的那个肇事者没有一点相似之处。

奥野宏司并非肇事者。

最关键的部分，纯平没有对垣内说。他最想知道的，其实是奥野宏司和真正的肇事逃逸者之间的关系。但是，如果让垣内去查的话，垣内再笨，想必也会意识到其中的问题，所以纯平只对他说："如果可能的话，顺便帮我调查一下他的社会关系。"

资料里除了经历之外，还有纯平提到的社会关系。上面写着他当老师时的同事、当时出于个人兴趣加入的管乐团的朋友之类的信息，最后的最后还有肇事逃逸时借给他车的那个人的名字。

奥野光晴。奥野宏司的胞弟，现名凑圭司，世界知名的大提琴手。

奥野宏司肇事时开的就是凑圭司个人事务所的车。

奥野宏司八年前因猥亵罪被捕时，凑圭司在柏林，当时他的名字在国内鲜为人知，因此虽然奥野宏司是他的近亲，但当时并没有出现相关的报道。

其后，凑圭司于2006年回国。这一年，他演奏的曲目被用于罐装啤酒的广告中，大受欢迎。于是，上电视的机会越来越多，最近半年一直担任NHK某音乐节目的主持人。

躺在床上的纯平又打开手机，连上网络后，刚才检索的凑圭司的个人主页马上打开了。

主页上显示了一则公告——下月他将在果园大剧院举办个人演奏会。此外，还有他的个人简介，以及一张面带微笑的照片。

他大约比奥野宏司小一旬，今年四十二岁。

纯平又看了一眼凑圭司的照片。完全不懂古典音乐的纯平以前没有听说过这个名字。但现在看来，他在古典音乐界中应该非常有名。

奥野宏司驾驶着从弟弟那里借来的车肇事逃逸。不，纯平看到的，毫无疑问并不是奥野，而是他的弟弟凑圭司。

凑圭司当时开着车，撞死了醉汉，然后逃走了。但是，来警局自首的却是哥哥宏司。

纯平一边留意上班时间，一边在大脑中整理自己的思绪。

哥哥替名人弟弟顶了罪。这样想来，一切就都能说得通了。今年年初，凑圭司已经非常有名，但由于汽车并非属于他个人，而是属于他的事务所，或许因此各类新闻报道中均没有提及他的名字。

真岛朋生站在JR市谷站附近的公用电话前，盯着刚刚放下的话筒。

再怎么盯着话筒看，也解决不了任何问题。但是，现在除了盯着还在晃动的话筒，他并不知道自己应该怎么做才好。

刚才那通电话的内容是这样的——

"您好，这里是哈曼尼事务所。"对方说道。

"您好，我姓辻。"朋生报了一个假名。

"辻先生，一直以来承蒙关照。"

"啊，不……"

"……"

"请问，凑圭司先生在吗？"

"他基本上不来事务所，如果您有什么事找他，我可以代为转达。"

"我想联系他本人。"

"非常抱歉，请问您是哪位辻先生？"

听到电话那头的女人的声音变得有些冷淡，朋生不由得挂上了电话。

自己是哪一位辻先生，这个问题他还没有想过。"喂，喂，怎么挂了啊？"朋生放下话筒后，背后的纯平捅着他的肩膀，说道，"还是我打好了。"

纯平正要拿起话筒。

"不，还是我打吧。让对方觉得咱们是一个人作案，而不是团伙，这样比较好吧。"朋生挡在纯平面前。

"那你倒是快打啊。"

"我……我想一下就打。"

两人就这样你一言我一语地说着的时候，纯平大概因为紧张，突然产生便意，说了一句"等我一下，我去拉泡屎"，便穿过绿灯闪烁的十字路口，朝对面便利店的方向走去。

然后，朋生独自盯着话筒。纯平还没有回来。而且，朋生还没有想好接下来打电话时自己应该怎么说。

"看起来像是一个个人事务所，他本人应该会在吧。"纯平之前这样随便说过一句。朋生后悔听他信口瞎说，一直以为凑圭司本人肯定会在。

路口的信号灯变化了七八次之后，纯平终于说着"对不起，对不起"，跑了回来。现在刚好正午，与纯平一起过马路的女白领当中，有一个长得像朋生昨天在纯平的房间里看的电视剧里的女演员。

"我刚才拉屎的时候，想了一下应该怎么说。我跟你讲啊……"

纯平大便之后也不知有没有洗手，便将手搭在朋生的肩膀上。

朋生不由得扭了一下身子。

"不用了，我也想过啦。"朋生回了一句，但纯平却根本不听他的，讲起自己想到的主意："……你就说想跟他说说他哥哥的事，让他明天这个时间务必来事务所等电话。"

"啊，跟我的想法一样。"

"那很好啊，就这么办。"

朋生好像感觉自己的功劳被人抢了先，耷拉着肩膀。纯平又用他那不知洗没洗过的手敲了一下朋生的肩膀。

朋生拿起话筒。那个长得像电视剧女演员的女白领走进正在提供午餐的居酒屋。朋生决定赶紧打完电话，去那家居酒屋吃午饭。

接电话的还是刚才那个女人。

"喂，我是刚才打电话的辻。"

对方听到电话，"啊"了一声，声音有些异样。

"有件事想请您转告凑圭司先生。"

"好的，请讲。"

"我想跟凑先生说一下他哥哥的事，请转告他务必于明天的这个时间来事务所等我电话。"

"哦，这样的话，我让他打给您就好了。"

"不，那倒不用。我打给他。"

"他现在不在国内。"

"不在国内？"

"要到下周才能回来。"

"喂，怎么啦？"纯平捅了一下朋生的后背。"等一下啊。"朋生推开纯平的手。

"下周什么时候回来？"

"下周……还是让他给您……"

"我说不用的！什么时候回来？"

"下周五傍晚就应该……"

"那就定在下周五下午六点！"

"我现在联系一下他……"

"不用，不用，反正下周五下午六点我会再打这个电话。"

朋生不由分说地挂断了电话。

纯平挤在朋生背后，朋生热得要死，而且感觉电话那头的女人的语气好像看不起自己，朋生生起气来。

打完电话后，朋生约纯平一起到刚才那个女白领进的居酒屋吃了午餐。这家居酒屋门面不大，里面却很宽敞。朋生点了一份盐烤青花鱼套餐，直到吃完饭，也没找到刚才看到的那个女白领。

两人被服务员带到大吧台的座位用餐，所以也不能在这里说凑圭司的事。纯平只说了一句"下周五之前都没什么事儿做了啊"，然后两人便默默地吃起了青花鱼。

从居酒屋出来之后，纯平说要回家睡一觉，朋生觉得难得来这里，想沿着大路散散步，去靖国神社看一眼。

纯平刚才告诉他，往前走不远就是靖国神社。朋生对神社之类的地方并不感兴趣，但像靖国神社这种地方，他也是听说过的。

两人之所以特意跑到市谷，主要是怕凑圭司那边的人发现他们的行踪。纯平原本提议去歌舞伎町，但朋生仍害怕之前供职的那家牛郎店的前辈牛郎报复他，反对纯平的提议，坚持要来市谷，结果也不过是从纯平的家向反方向走了十分钟而已。

和纯平分开后，朋生过了马路，突然想起一件事，慌忙回过头去，却已经看不见纯平的身影。

哎，俺忘了一件最重要的事。纯平哥真的跟美月说让她来东京了吗？听说他跟美月说，如果想做风俗业，马上就能给她找到活。美月这家伙，现在一门心思要来东京呢。真的没问题吗？还有，上班还好说，关键是来了之后住哪儿啊？不只有美月，还有瑛太呢。

朋生一边想着昨天跟美月在电话里说的事，一边往靖国神社的方向走着。纯平告诉他一直沿着大路走就能走到，可也许是性格使然，只要一遇到胡同，就忍不住拐进去。

拐向与神社相反的方向，街道的景色突然变了。这里到处都是高级公寓，每栋公寓门口都有气派的停车处。若挂上酒店的招牌，也许大家都会认为这里就是高级酒店。

昨天打电话的时候，美月说这周要去朋生的老家奈留岛打个招呼。既然特意去打招呼，说明美月已经下定了决心。

奈留岛也是五岛列岛中的一座岛屿，是那种离岛中的离岛，总人口不到三千人。朋生在这座岛上读的高中，毕业后到福江岛求职，在那里认识了美月。

朋生的父母现在还在奈留岛上生活。他家本是船东，在岛上算是有钱人家。不过朋生是三兄弟中最小的一个，从小便被宠坏了，上面的两个哥哥从初中开始就离开父母分别到福冈和熊本的著名私立中学念书去了，只有朋生留在岛上，中考时父母也没怎么管他。当然，一方面是因为朋生原本就没有两个哥哥聪明，另一方面也是因为他曾跟着父母去哥哥的学校，发现他们的学校和宿舍生活一点都不自由，令人感到窒息。

高中毕业之后，通过老师的介绍，他来到福江岛上的酒店工作。

朋生本来就不是那种会主动做事的性格，而且又是家里最小的孩子，性格方面乖巧听话，虽然不会主动做事情，但只要吩咐他做什么事，倒是会老老实实地去做。所以，酒店低层服务员的工作，倒是很适合他。但是，这个酒店在他入职的第二年便倒闭了。朋生等酒店的职员都承蒙酒店经营者的关照，转到别的酒店去工作了。可是，福江岛上没有那么多酒店，酒店的职员分别被安排到福冈、长崎和熊本等地。

朋生被分配到熊本阿苏的一家酒店。虽然地方不同，但要做的事情都是一样的，所以起初朋生很卖力，但或许由于他在海边长大，一直待在大山里，就逐渐抑郁起来。不知不觉间，所有同事都看得出他患上了轻度抑郁症。结果，不到半年就逃回了五岛。

一回岛上就有了精神。他一边在福江岛上的便利店打工，一边疯狂地去游戏厅玩小钢珠，过着一种不知道是在工作还是在玩乐的悠闲生活。就在这个时期，他认识了高中辍学后在酒吧"朱薇尔"上班的美月。

绕了个大远，不知不觉间，朋生已经到了靖国神社。走进颇具格调的大门，听到里面蝉鸣聒噪，连夏日的蓝天仿佛都被蝉声震动。

"嗯，来了之后总会有办法的。"朋生小声说道。当然，他说的是美月的事。小声说出来的瞬间，自己也突然感觉一切都会很顺利。

碎石子路的尽头有一个甜食铺，上头挂着一个布帘，上面写着"刨冰"两个字。

如果美月去跟老妈说她要来东京，按照老妈的性子，肯定能给点钱。能给多少钱呢？能给五万？瑛太也一起去的话，说不定能给十万，没准儿能给三十万呢。

朋生走进甜食铺。里面开着空调，身上的汗马上干了。朋生在那里买了一碗宇治金时抹茶沙冰。

第二周周五下午六点前，朋生与纯平约好在新宿黄金街附近的一栋旧小学校舍前见面。

这栋小学校舍现在变成了一家签有很多搞笑艺人的演艺公司的事务所。朋生早就听说过这里，但还从来没有来过。既然是事务所，也就是说搞笑艺人会经常进出这里。如果在这里多站一会儿，说不定就能遇见著名艺人。朋生自己对搞笑节目没什么兴趣，但美月却比较喜欢这类节目，有时候在电视上看到朋生连名字也没有听说过的年轻漫才[1]演员，美月就会做出一副懂行的样子对他说："这对组合，最近越来越有意思了。""照这个路线走下去，说不定能成名。"

这个小学校舍还保持着原来的样子。他漫不经心地想着若是带美月来这里，说不定她会很开心，走到纯平指定的学校门口。门口站着一个威严的保安，虽然保安没有对他说什么，可朋生站在那里还是感觉很不自在。

这个小学校舍的门前就是黄金街。朋生没来过这里。很多看起来要塌掉的房子，挂着酒馆的招牌。其实，正是这些招牌让整个街区保持着一种特殊的平衡。若是撤掉这些招牌，平衡无疑会被打破，整个街区都会轰然倒塌。

朋生等了一会儿，看见纯平从歌舞伎町走了过来，慌忙朝他招手道："这边，这边！"

---

[1] 两人组成一对，进行滑稽性对话的日本曲艺。

狭窄的通道上驶过一辆空出租车，朋生与出租车并排跑了起来，奔向纯平那边。

转过小学校舍，后面的明治大道上有一家便利店。两人决定用那里的公用电话打恐吓电话。一对年轻的男女走进前面的情人酒店。

朋生拿起话筒，开始拨电话号码。"千万别慌！"纯平在身后叮嘱道。

"喂，你好。"

电话那头传来一个男人的声音。

"请问是凑圭司先生吗？"朋生故作冷静。

"是的，我是。"对方回答。朋生回过头去，朝纯平点了点头。

"……我想跟你聊一下你哥哥的事。"朋生按照之前练习过的，声音低沉地说道。

"请问您是哪位？"

凑圭司的声音听上去有点紧张。朋生做了一个深呼吸，然后对他说道："你哥哥并没有肇事逃逸，对吧？"

长时间的沉默。电话那头传来凑圭司紧张的喘息声。

"在那个地方肇事逃逸的，不是你哥，对吧？"

又是许久的沉默。这时，朋生听到电话那头有个男人在说话，但声音很小，听不清内容，可以确定的是，并不是拿着话筒的那个人。

"喂，我不知道您在说什么。这些事电话里说不清楚，咱们不如见面谈一下？"

凑圭司像突然变了一个人，平静地说道。

"没有必要见面。"朋生回答道。这个台词也是事先练习好的。

"那么，虽然我完全听不懂您在说什么，但我还是想问一下，您给我打电话到底是为了……"

"三千万。"

朋生急躁起来，没等对方说完便说出了自己的要求。

"也就是说，您是在威胁我？"

"封口费。"

不知道为什么，口中说出来的并不是之前练习过的句子，而变成单个的单词。

"我没有什么可给人抓住的把柄。但是，我只是假设，假设我按照你的要求给了钱，那我又应该如何相信你会真的'封口'呢？"

对方的话，好像是按照练习一字不差念出来的。朋生之前没想过这个问题，回头看了一下纯平。一脸严肃的纯平不出声地问道："怎么了？"

"……如果你不跟我见面，我们就没法继续谈下去了。我连你长什么样子都不知道，万一你拿了钱又不遵守约定，我就一点办法也没有了。"

朋生原本就不擅长应付这种逻辑严密的说话方式。听着听着，就想赶紧逃开。

"行，我知道了。见一下面就可以，对吧？见了面就能给我钱，对吧？"

朋生不假思索地说道。纯平从背后伸过手去，挂断了电话。

闭上眼睛，川奈高尔夫球场草坪的绿色浮现在眼前。山下美姬有点担心刚才沐浴后擦的香水太多，稍稍摇下副驾驶座的车窗。车内空调的冷风，被向后疾驰的树林吸走。

"冷了？"

手握方向盘的高坂龙也问道。山下美姬则反问道："没事。香水味没有太刺鼻吧？"

高坂说了一声"没有"，轻轻地摇了摇头，灵活地转动着方向盘，在通往修善寺的山路上拐弯。

"有车就是方便。"美姬为了打破沉默，小声说道。

上周高坂在店里邀请美姬出来打高尔夫的时候，美姬起初拒绝了。最近都没有怎么去球场，而且关键是在盛夏打高尔夫，涂再好的防晒霜也免不了被晒黑。

美姬拒绝邀约后，高坂没有坚持，而是转变了话题。但是，美姬想到面朝大海的川奈高尔夫球场，以及之后或许会去的修善寺温泉旅馆，便突然觉得偶尔离开一下歌舞伎町也不错，于是改变了主意。

幸运的是，两人相约的周六从一大早开始就是阴天，球场上可以感受到海边吹来的风，凉爽宜人。

虽然没打几个好球，但因为好久没来这么宽阔的地方，又可以与高坂在这里度过一段悠闲的时光，所以现在在前往修善寺温泉旅馆的路上，感觉平日的疲惫一扫而光，浑身轻松了许多。

"对了，最近店里的生意怎么样？赚钱吗？"

高坂超过一辆低速行驶的面包车，瞥了一眼美姬，问道。

"没啥赚头。"美姬笑道。高坂听到美姬的大阪话，先是吃了一惊，脸上旋即露出微笑。

高坂现在是一家小型建筑公司的经理。当然，虽说是建筑公司的经理，但因为他原本就是地痞混混出身，追根究底，这家公司肯定与某个大型黑帮组织有关系，但表面上是家合法的公司。

美姬与高坂已经认识很多年了。他们第一次见面是在美姬受命经营大阪那家俱乐部的时候。高坂当时是从东京流窜到大阪的地痞混混。当时经常光顾那家俱乐部的黑帮老大罩着高坂，因此美姬猜测他可能是在东京犯了什么事，到大阪来藏身的。

通过这个老大的介绍，高坂开始来美姬的店里。

当时，美姬的丈夫晃信还在世。美姬虽然不敢说自己之前从未背叛过丈夫，但她却敢断言，只有她跟高坂的关系，可以称得上真正意义上对丈夫的背叛。

也不是说两人之间有什么特别的。但他们的确会经常避开他人的耳目，偷偷去情人旅馆开房。当时还年轻的两个人在旅馆的小床上，发泄着无法诉诸语言的欲望、空虚与愤怒。

就在那些日子当中，高坂在大阪杀了人。据说是帮派之间的血拼，为了报答所属帮派对自己的滴水之恩。

高坂为了不给有恩于己的帮派添麻烦，独自承担了所有罪名，逃走了。但很快便在神户被警方抓获。为了证明案发时自己不在场，他对警察说出美姬的名字。

高坂没有拜托美姬为自己撒谎，美姬也没有与他事先商量，就对前来调查的刑警撒了谎，说高坂说的是事实。

"真有这回事儿？"听到老练的刑警无奈地问，美姬告诉他："刑警大哥，您干这行也不是一天两天了吧。您这样就像威胁似的问我一个外行，我也只能告诉您，那天的那个时间，我跟高坂在一起。"老练的刑警听了哈哈大笑道："好久没见过像你这样的女中豪杰……我只跟你说一句：你不记得了。你不记得那天的那个时间是不是跟高坂在一起。感觉好像是在一起。明白了吗？"

最后，高坂被判有罪，在监狱服刑七年。后来美姬听说高坂出狱了，不过也没有主动跟他联系过。距今约三年前，当了建筑公司老板的高坂出现在美姬的店里。

再次见面虽然已经相隔多年，但他们互相都没有问及对方在此期间的经历。高坂来到店里，美姬就把他当成普通的客人对待，高坂也像对其他店里的妈妈桑一样，向美姬示爱。也没觉得两人日后真会发生什么。但是，美姬知道，高坂虽然口上不说，但万一以后自己出了什么事，他肯定会出面保护。

汽车翻越山顶，离修善寺的街道越来越近了。高坂也许是想起美姬在车上说的那句"有车就是方便"，突然说道："对了，对了，这辆车你要是需要，我可以借给你啊。"

"有车也没什么地方可去啊。"美姬笑道。

"你店里不是有个年轻的小子吗？让他给你当司机好了。"

"小子？你说纯平？要是让他开车，肯定又给我开出去干坏事儿。最近肯定又在背地里捣鬼，每天在店里阴沉着脸。跟个孩子似的，总是调皮捣蛋，挨我骂……"

汽车驶入温泉镇的小路。虽然是周六，游人却很少，只有洒在旅馆门前的水[1]让人感觉有些人的气息。

对了，不知道纯平怎么样了。前几天跟我说九州一个岛上有个女孩要带孩子过来，问我有没有好的俱乐部介绍她工作。我骂他说"你让她别来啊"，可是他该不会不听话，把人家叫过来了吧？他自

---

[1] 日本有在院子里或门前洒水的习俗，在神道里起净化作用，也表示对来客的体贴及关怀。

己还是个孩子，根本不知道女人一边带孩子一边做风俗业多么辛苦。真是的。

　　美姬打算在修善寺的温泉旅馆住一个晚上，第二天早晨独自前往相模原给先夫晃信扫墓。

　　第二天在旅馆吃早餐的时候，美姬对高坂说："在相模原附近把我放下就行。"但高坂却说："我也一起去啊。咱们现在这种关系，阿晃也不会嫉妒了吧。"于是，美姬便同意他与自己一起去。

　　美姬来东京的时候，晃信去世还不到四十九天。美姬把他的骨灰带到了东京。晃信的父母兄弟姐妹都还在，但因为晃信的不孝以及因此引起的家庭矛盾，所以没有一个亲属来参加他的葬礼。美姬独自为晃信操办了葬礼。

　　来到东京后，马上开始在俱乐部"兰"工作，原本想快点找个合适的墓地安放骨灰，但实际上很难在附近找到一个价格适中的地方。直到半年后，才终于在一个客人的介绍下，在当时刚刚竣工的相模原陵园买下一块墓地。

　　缓缓的斜坡上，有一块全新的墓地，这里墓碑井然有序。美姬的丈夫晃信便长眠于此。

　　"人死了就都一样，管他是大便还是大酱。"

　　烈日下，美姬迅速将鲜花插进花筒。高坂有些不自在地站在旁边，小声说道。

　　"那当然啦。不管是建筑公司的老板，还是黑帮的老大，活着的时候再怎么了不起，死了都一样。说不定还会葬在我那没用的丈夫旁边。"

　　陵园入口处买的鲜花，在烈日下已经有些枯萎。美姬起初还后悔刚才应该大方一点买两千日元的那种，但马上又想，反正晃信也不会喜欢花。

美姬双手合十，又马上松开，起身环视了一下墓地。刚才高坂说的那句话，话粗理不糙。在这个陵园中，肯定既有像晃信这样的人，也会有像特蕾莎修女那样的人物。美姬深深地感觉到缘分的不可思议。像晃信这种给父母兄弟姐妹和妻子等他遇到的所有人都带来诸多麻烦的人，在自己心里竟然似乎比特蕾莎修女还要可爱。自己都觉得这样想会遭报应，可是不管遭不遭报应，事实就是如此。

与高坂两日游回来后，日子恢复往常。最近店里的小姐们关系差得很。美姬一边在她们之间周旋安抚，一边又要督促她们发邮件或打电话邀请客人来喝酒。

忙乱中必然会生出很多小问题。一直卖力工作的秀晶最近突然说要出演一部独立电影，想请一段时间假。正因她工作卖力，美姬才刚刚把店里最重要的客人交给她接待，可这种时候她却提出请假。美姬当然很生气，但纯平却满不在乎地劝她说："没关系啦。反正拍电影也没那么容易成功的。拍完后马上还会回来的。到时咱们再卖个人情让她回来继续卖力工作也不晚啊。"美姬听了，也无力坚持，只好答应让她继续住在店里提供的公寓里，请假一个月。

看到纯平整天坐立不安的样子，美姬就知道他在跟那个垣内一起搞鬼，但也懒得问他在做什么。

纯平说，他认识的那个女孩下周就要带孩子来东京了。虽然美姬已经严厉告诫他："我可不帮她找工作啊，你告诉她，让她老老实实在老家工作。"但是，她也知道纯平根本不会老实听话。纯平这个傻瓜说不定会偷偷地把她送到别的店里。如果是正经的俱乐部还好，可乡下来的女孩，又带着孩子，来到这种地方，很容易被人骗去拍AV，还没回过神来，便会堕入风尘。

当然，并不是说AV女郎和妓女不好。年轻时怎么样都无所谓。不过，等到了三四十岁，终于准备从中抽身，想要过上幸福生活的时候，她的过去会把一切都毁掉。不得不对心爱的丈夫和孩子隐瞒自己的过去，这样的生活简直就像地狱一样痛苦。还有，如果自己做点什么生意成功了，绯闻也会瞬间传扬出去。这样的女人，美姬见过不止一个。

AV女郎和妓女绝不是一种受人鄙视的职业。但是，当她们有一天想要获得除此之外的东西时，这种经历将会死死地堵在她们的面前。

店里终于打烊，美姬看着正在洗盘子的纯平，下一个瞬间，她竟然无意识地说道："等那个女孩来了东京，领她来见我一下。"

纯平一时间似乎没有听懂她说的是哪个女孩，一脸茫然地回过头来，反问道："什么？"

第二周，纯平把那个女孩带到美姬的公寓。

那天下午，美姬泡了很长时间澡，刚穿着浴袍从浴室出来，头上还裹着毛巾。

那个叫作真岛美月的女孩站在玄关，抱着一个婴儿。婴儿好像正在熟睡。美姬说了一句"快进来吧"，将有些紧张的美月招呼进来。

这时，纯平也想跟着一起进来。美姬推了一下他的胸脯，说道："你别进来了。等我跟她说完，就给你打电话。你到附近随便溜达溜达去吧。"

纯平有点不乐意，但最后还是听了美姬的吩咐。他拍了一下美月的肩膀，说道："美月，等你跟妈妈桑说完了，我再过来接你。"

美姬看着两人的样子，直觉告诉她这两人没有搞在一起。

她的房间在一栋高层公寓，从房间里可以俯视下面的新宿中央公园。对于一个单身女人来说，房间的面积已经足够大。房间里根据她的喜好配置了洛可可风格的家具和插花，氛围安静闲适，她自己也颇为中意。只不过，唯一的缺点是夕照太强烈。像今天这种盛夏的傍晚，即便拉下百叶窗，强烈的夕照也会透过百叶窗的缝隙，将光影洒在白色的墙壁上。

美姬招呼美月坐在沙发上，然后去厨房里倒了一杯冰红茶，回到客厅，见美月并没有坐下，而是抱着孩子，从一扇打开的百叶窗中俯视下方的公园。

"快坐啊。"美姬又招呼道。

美月一脸惶恐的样子，在沙发上坐下。一边偷眼瞧着美姬，一边将怀里的婴儿放躺在身边。

婴儿被轻柔地握住的小手沐浴在阳光中。美姬又忍不住摸了一下他的手指，问道："叫什么名字？"

"他叫瑛太，我叫美月，请多关照。"

美月因为紧张，说话变得磕磕巴巴。为了让她放松，美姬微笑了一下，让她喝一点桌子上的红茶。

当纯平打电话来说带这个女孩过来的时候，美姬就已经决定对她说什么了。要告诉她，不能给她介绍工作，哪怕是为了孩子也要回老家生活。如果眼下缺钱花，自己可以多少借给她一点。

然后，正当她准备这么说的时候，只喝了一口红茶的美月犹犹豫豫地问道："对不起，请问可以借用一下您家的卫生间吗？"

美姬又把话咽了回去，指了指卫生间，见站起身来的美月有点担心孩子，便微笑着告诉她："没事儿，这儿有我看着呢。"

美姬看着美月走向门廊的背影，心里清楚自己应该对这个叫作美月的女孩说什么，但同时她也知道，这个女孩如果好好培养一下，假以时日，必然会成为这个行业中一颗闪耀的新星。

虽然无论怎么看都是一个淳朴的乡下女孩，但只要化化妆，改变一下发型，便肯定能让人刮目相看。而且，最重要的是，她身上有一种特殊的气质，正是来"兰"这种俱乐部寻欢的男人们所需要的。简而言之，就是：美女看久了会让人感到审美疲劳，但像美月这样的女孩，相处越久，便会变得越透明，越透明，男人便越想在她透明的身上涂上自己的颜色。

美姬看着舒服地睡在沙发上的婴儿，摸了一下他的脸颊。婴儿睡得很香，没有一点要醒的样子。

美姬曾怀过两次晃信的孩子，都流产了。现在想来，那都已经是遥远的过去，但当时身心的伤痛至今还刻骨铭心。如今那些伤痛都已经变成自己身体的一部分。

她看了一眼厕所的方向，小心翼翼地将婴儿抱起来。婴儿压在胳膊上，恰到好处的分量令人感到舒适，这种感觉通过胳膊传递到腹部。婴儿在睡梦中似乎要寻找什么似的，要将手伸入美姬的浴袍。

美姬又看了一眼厕所的方向，温柔地衔住婴儿的手指。小小的手指触碰到嘴唇的内侧，像挠痒痒一样在里面搅动。

小瑛太，你妈妈说她找不到上班的地方，拜托你爸爸的朋友来了这里。你也真是太不容易了。从新干线的车窗里看到啥了呢？以前你住在啥地方呢？你出生的那座岛很美吧。天天都能看到蓝色的大海吧？空气很干净吧？你一定要幸福啊。你有这个权利。对吧？对不对？

这时，美姬突然感觉到一道视线，抬起头来，发现美月就站在自己身边。

"我家开的是韩国俱乐部，没法让你到我店里来上班。但我会给你介绍个别的地方。不过，我有一个条件。听说你要在纯平家里住一段时间？这一点我不赞成。稳定下来之前，你就住在我这里吧。那边有个房间空着。这样可以吗？"

美姬抱着孩子，对她说道。美月好像松了一口气，向她鞠了一躬，说道："谢谢。"

第三景

　　邮箱里收到一封新邮件，是信用卡公司的会员杂志发来的PDF版稿件。这是两个星期前凑圭司接受采访的内容，上面刊登着一张微微低头的照片和当时采访的文字内容。

　　园夕子看了一眼采访的文字内容。原本打算刊登这次采访的同时发布演出预告，宣传一下下周将要举办的音乐会，但报道正文对这件事却只字未提，只在个人简介的最后刊登了一则短小的通知。

　　夕子马上拨通了负责人的电话。电话铃响了很长时间，没有人接，转为留言电话。夕子语速很快地说道："喂，您好，一直以来承蒙关照，我是凑圭司事务所'哈曼尼'的园夕子。收到您今天发来的稿件，有点事要跟您商量。等您有时间的时候，请给我回个电话。我也会再打电话给您。"

　　她打算等对方打电话过来时，让对方删减一些采访的内容，在空出来的版面上刊登音乐会的宣传海报。

　　放下话筒，看了一下墙上的钟表。感觉刚刚吃完午饭回来不久，没想到已经快七点了。

　　这时，凑圭司在里面的房间，看自己参加的一档电视节目的录像。夕子对他说道：

　　"如果没有什么要紧的事，我就先回去了。"

　　里面传来电视的声音。夕子重复了两遍，却没有听到凑圭司的回应。

夕子站起身来，准备出门时顺便清理一下里面房间的垃圾桶，便拿着塑料袋，敲响了房间的门。

"有事儿吗？"

"如果没什么要紧的事儿，我就先回去了。"

夕子打开门对他说道。

蜷缩着身子躺在双人沙发上的凑圭司坐起身来，例行公事般地说道："哦，谢谢。我这边没什么事儿了。辛苦了。"

"今天晚上又要出去喝酒吗？明天早晨七点半的航班，今天晚上一定要好好睡觉哦。"夕子一边说着，一边迅速清理了房间里的垃圾桶。透明的塑料袋里扔着香蕉皮。

"今天不出去了。"

"那就好。刚才我也跟您说了。最近您的脸色不好。晚上好好睡觉了吗？"

凑听到夕子的语气好像是在发牢骚，脸上露出苦笑，说道："嗯，谢谢。"

接受电视或杂志采访时倒是衣冠楚楚的，但平常穿着便服随意躺在沙发上的样子，实在不太好看。无论怎么染头发，如何往年轻里打扮，都掩饰不住一个四十多岁中年男人的憔悴。

夕子给垃圾桶换上新的垃圾袋。这时，凑圭司说道："啊，对了。叶月小姐的个人独奏会，帮我送花了吧？"

"送了。还有，伊藤夫妇结婚纪念日的礼物也送过去了。"

"哦，好的，谢谢。"

夕子拿着垃圾袋走出房间。房间里传来拍打抱枕的声音，凑圭司好像把抱枕当成枕头又在沙发上躺下了。

这里虽是世界级的大提琴手凑圭司的个人事务所，但原本只是公寓里的一间普通一居室。夕子的办公桌孤零零地放在餐厅里。虽然待客用品一应俱全，但谈事情的时候还是去附近的咖啡馆，房间里的沙发和桌子上堆满了各种文件和行李，就连柜台后面的连体厨房，也只有洗手台勉强能用，煤气灶和餐具柜等全都被各种文件夹或书籍塞满。

被夕子称为"里屋"的那个地方，是凑圭司的房间。只有十平方米，里面放着凑圭司专用的桌子，还有一个双人沙发，连挪脚的地方都没有。

夕子关掉电脑的电源，只朝里屋说了声"再见"，便离开了房间。旁边是普通的住家，走廊里放着一辆儿童三轮车。

从事务所走向代代木上原站的途中，夕子突然产生一种不祥的预感，感觉凑可能还在事务所，便拨通了事务所的座机。

凑马上接了电话，声音里有些吃惊："喂?"

"啊，没什么事。我是想告诉您，明天的飞机，用您的手机就能登机。"

明天夕子也一起去，这事儿到机场再说也不迟。

"嗯，我知道了，谢谢。"

"那明天见。"

"嗯，辛苦了。"

夕子挂断电话，盯着自己的手机看了一会儿。内心深处仍有一种不祥的预感。

凑圭司的表现变得异常，无疑是从那个自称姓辻的人打来电话开始的。

今年年初，他的亲哥哥犯了肇事逃逸罪，之后这几个月的时间里，他便一直情绪低落，自从接到那通电话，他变得比之前更没有精神。夕子将这一切清楚地看在眼中。

幸运的是，他哥哥的事并未演变为丑闻。由于肇事时开的车是凑圭司借给他的，因此警察当然也来这里调查了情况。不过，凑圭司说："我和哥哥的关系不错。他要借我的车，我就借给他了。"因此，他本人并没有什么过错。而且，刑警们离开事务所的时候，甚至还对他说："您哥哥下午已经到派出所自首了。我们尽量不泄露你们之间的关系。"

即便如此，夕子还是不明白日本演艺界到底是怎样运作的。凑圭司是世界知名的大提琴手，同时也是最近经常上电视的电视明星。这个明星的亲哥哥犯了肇事逃逸罪，但别说电视综艺节目，就连娱乐周刊中也没有任何相关报道。

哥哥的事件败露时，凑圭司一脸严肃地向夕子解释了情况。他说以后的一段日子，这件事可能会被媒体大肆炒作，拜托夕子帮自己一把，然而事情却完全没有像他想象的那样。

夕子起初认为也许凑圭司在社会上的知名度并不像自己想象的那么高，或许根本不值得报道。但是，第二天的演艺新闻中，一个并不太有名的女搞笑艺人减肥成功的消息，竟然成了当日的头条新闻。从这一点来看，凑圭司之所以没有在哥哥的事件中受到任何牵连，肯定还是有哪个部门进行了信息和舆论的控制。

但是，她却想不出来是谁对凑圭司伸出了援手。他跟大型演艺公司应该没有什么联系，而且虽然是音乐界人士，但由于是古典音乐，所以应该也不认识有能力干预社会广角镜之类的节目的人。那么，是别的什么人？政治家？黑社会？夕子在凑圭司身边已经工作了四年，并不认为他有这方面的人脉。

于是，最后能想到的就是那个自称姓辻的年轻男子了。虽然夕子并不知道他是什么人。

嗯，不管怎么讲，最近那个姓辻的人都没有再打过电话来。事情也许已经解决了。明天要在福冈进行公演，希望凑能好好干。他不停地抱怨说："我是音乐家，为什么要先讲一个小时，最后只演奏一首曲子呢？"其实他并不知道，比起真正的音乐迷，现在的他在大众粉丝中更有人气，讲一些大家喜闻乐见的奇闻趣事，比演奏古典音乐什么的更重要。这一点得让他明白。

到了代代木上原站，夕子又打了一个电话。对方是灵媒梅木老师。电话铃刚响了几声，梅木老师就接通了电话。

"是梅木老师吗？我是园，园夕子。"

"啊，园，怎么啦？"

"我想跟您商量一下后天见面的事。"

"啊，抱歉，我还说给你打电话来着。"

"没关系，时间怎么样？"

"嗯，我记得你说要晚一点，对吧？"

"嗯，明天我要到福冈出差。后天下午两点左右到达羽田机场。"

"那下午四点呢？"

"我没问题。您那边可以吗？"

"嗯，可以的。正好有一个客人取消了预约。"

"谢谢您。那后天下午四点我去拜访您。"

"啊，对，对了，那件事后来怎么样了？就是你说在凑的事务所接到一个奇怪的电话。"

"哦，最近那人都没有打来电话。"

"哦，这样啊。上次我也跟你说了，我看到的，肯定是一种不好的颜色。但奇妙的是，就与你的缘分来看，却是很明亮的颜色。

不管怎么样，后天见面再说吧。出差要小心哦。顺便说一下，这个月你的幸运方位是西方，不用担心的。"

夕子听了梅木老师的话，道了谢，然后挂断了电话。

在距今约八年前，夕子开始找梅木老师为自己占卜吉凶。当时，夕子才二十七八岁，用老套的话说，正是那种满怀梦想与希望的年纪。

夕子出生于东京葛饰区，在公立学校上到高中，毕业于早稻田大学政治经济学系。上学期间曾加入各种政治研究会，热心参加各种志愿者活动。

毕业后，满怀梦想与希望的夕子开始投身于政治活动当中。在熟人的介绍下，成为某自民党参议院议员的秘书。虽然名义上是秘书，但毕竟是刚出校门的大学毕业生，她的日常工作不过是为来事务所请愿的民众端茶倒水，与真正意义上的"政治家的秘书"相去甚远。

夕子在那里忍耐了三年，其间专注于拓展各方面的人脉。三年后，她遇到一个叫樽井新太的政治家。当时，这个樽井新太是千叶县议会议员，计划在下次参议院选举中以无党派人士的身份代表千叶选区参选。樽井新太最后在选举中落选，但夕子决定将自己的人生赌在他的身上。初次见面的直觉让夕子觉得这个人是可靠的。因此夕子决定帮他当上国会议员。

樽井新太既不是政治家的后代，也不是资本家或律师。他与夕子毕业于同一所大学，年纪比夕子大一旬。在老家千叶的高中和大学一直是橄榄球队的队员。虽然好像并不是球队的正式队员，但因其性格开朗，深得队友的信赖。

大学毕业后，他一度到当地的食品公司上班，但因当时便对政治感兴趣，二十六岁时辞职，第二年当选为千叶市议会议员，任期结束后又选为县议会议员。

夕子当了樽井的秘书后，他开始加强自己与民生党的关系。但是，遗憾的是并未得到政党的正式推选，在2004年的选举中落败，而2007年又以几百票之差遗憾落选。

灵媒梅木老师就是这个樽井介绍认识的。夕子原本对这种非科学的迷信完全没有兴趣，但跟樽井一起去拜访时，她曾趁樽井不在，偷偷地对夕子说："你将来肯定能培养出一位大政治家……但此人肯定不是樽井。"她还说："我真的能看到很多东西，但是我看到的这些，只有一半左右能实现。对了，不要跟樽井说这些哦。"夕子喜欢上她这种说不上是诚实还是没心机的性格，于是以后遇到什么烦心事，也开始将信将疑地找梅木老师谈心。

经历两次落选，樽井新太逐渐对国政失去了兴趣。无论夕子如何泪流满面地鼓励他，他都没有振作起来。

说实话，夕子也非常失落。樽井的事务所解散后，失意中的夕子通过熟人的介绍，认识了刚从欧洲回来的音乐家凑圭司。

以前夕子与音乐界没有任何交集，而且她想要培养的是一个能够改变日本的政治家，因此当凑圭司请她当经纪人的时候，她一度拒绝。

但是，所谓能够改变日本的政治家也并非满大街都是，没有那么容易找到，而自己若不工作，根本无法维持生活，于是夕子便不情不愿地接受了邀约，当了凑圭司的经纪人。

政治家与音乐家虽然完全不同，但只要熟悉了一些规矩，经纪人这个工作倒也是夕子擅长的。

凑圭司当时只是委托夕子为自己安排一些国内的演奏会或音乐

会，但夕子觉得机会难得，便拼命为他寻找更多的演出机会，再加上她出色的经纪能力，利用世界级大提琴手这个噱头，被各种杂志和电视新闻报道，凑圭司很快成为著名艺人，每周定期上三档固定的电视节目。

福冈的公演盛况空前。回到东京后，夕子将有些疲惫的凑圭司送上出租车，自己乘上单轨电车，前往新桥的梅木老师的事务所赴约。

说是事务所，但其实也和"哈曼尼"事务所一样，原本是一个普通的公寓住宅，房间里没有任何所谓的灵异气氛，乍一看不过是一个爱干净的中年女性的独居公寓。当然，梅木老师的确在这里生活起居，而且的确也是单身，但夕子还是建议她稍微将房间布置得更有灵异气氛一些，而她却满不在乎地说："有没有那些东西，一点都不重要，看到就自然能看到，看不到就是看不到。"还经常当着访客的面，淡然自若地叠着晾好的衣服。

这一天，夕子来到梅木老师的事务所。老师端出刚刚烤好的香橙戚风蛋糕招待夕子。

"啊，又要胖了。"老师一边说着，一边吃掉了半个圆形戚风蛋糕，"那啥，大家不都说嘛，像我这样拥有灵异能力的人都是胖子。"

老师吃甜食的时候，总会找出这个借口。

"福冈的公演怎么样？"夕子听老师问，喝了一口红茶，回答道："托您的福，盛况空前。福冈也成立了粉丝俱乐部分部。光是俱乐部的会员，会场就座无虚席了。"

"我眼力没错，你果然有这方面的天赋。"

"真的吗？"

"当然啦。如果凑圭司没遇到你，到现在也不过是一个普通的大提琴手。"

也许是看到夕子并没有因为听到自己的话而表现出高兴的样子，老师疑惑地问道："怎么？你还是想重回政界？"

"老师，您还记得吗？很久很久以前，那时候我还是樽井的秘书，当时您说我以后肯定能培养出一个大政治家。"

"当然记得啊。事实就是如此。"

"到底什么时候我才能遇到那个人呢？"

"这个我看不到。"

"但肯定会遇到的，对吧？"

"嗯，这是肯定的。"

"我还没有错过那个人吧？"

"还没有。你还没有遇到。"

老师说完，将手伸向她刚才还宣称要留着明天吃的蛋糕。

凑圭司从羽田机场坐上出租车，赶往元代代木自家的途中，读了几封福冈的粉丝写给自己的信。

其中一封信来自一位老婆婆。她说凑圭司每次在福冈开演奏会，她都会来看。字体虽然不漂亮，但那饱含爱意的一字一句宛如跃动的音符，令人看着看着，内心便感觉充实起来。

出租车在一路畅通的首都高速上疾驰。

"先生，还在代代木下高速就可以吗？"

凑圭司听到司机的声音，简短地答了一声："对。"

"之前山手路下边不是建了一条环路吗？有的乘客想走那条路试试。"

这个司机好像是个话痨。凑圭司只暧昧地点点头，视线回到手中的信上。

"……先生，您经常上电视吧？"

原来他只是想打听一下这个。

"嗯，偶尔。"

凑圭司想尽快结束这方面的对话，语气冷淡。

"哎呀，我经常会载到艺人的。也可能只是偶然，对了，你知道吧，就是最近经常演悬疑剧的那个……"

司机说了一个著名女演员的名字。凑圭司几乎没有理会，但司机仍继续说道：

"……我载过她三次呢。载一个人三次，这种事一般不会有的吧？到第三次的时候，那个女演员都记得我了，跟我开玩笑说让我当她的专属司机呢。"

凑圭司见司机没完没了地说个不停，不耐烦地抬起头来。就在这个瞬间，到了滨崎桥的立交枢纽，前面的车突然放慢速度，感觉朝出租车的挡风玻璃撞了过来。

"嘿，嘿！"凑圭司不由得怒喊。他明明坐在后座上，右脚却条件反射似的做出踩油门的动作，踢到副驾驶的车座。

"哎？"

司机急忙踩刹车，同时大声叫了起来。由于急刹车的冲力，凑圭司放在旁边座位上的包撞到驾驶座的靠背上。他本人也差点撞到副驾驶座的靠背。

简直是千钧一发。出租车发出可怕的刹车声，差点撞到前面的车。

好像什么事都没有发生，前面的车又开动了。

"别说那么多废话，开车的时候注意看前面！"

急刹车的冲击和前面的车逼近车窗的情形让凑抑制不住心头的怒火，冲司机吼了起来。司机也的确吓得不轻，不停地道歉："啊，对不起，真的对不起。"

"好，好了，我知道了。前面的车都开走了哦。"

为了让自己平静下来，凑圭司语气变得柔和，有礼貌地告诉司机。

但是，就在这一瞬间，他浑身冒出冷汗。出租车回到主干道，平稳地加快速度。

车内开着空调，却出了一身汗。凑圭司唯恐司机发现自己的异常，慌忙打开车窗。瞬间，东京市中心的热风吹了进来。

撞到榎本阳介那一瞬间的感觉在全身复苏。

那天，看到醉酒的榎本横穿马路时，自己双手紧握方向盘的触感，脚踩下油门的触感，咣当一下背撞到椅背的触感，以及所有的回忆喷薄而出的炸裂感，顿时在全身苏醒过来。

直到一切结束，没有听到半点声响。只见榎本阳介的脸瞬间逼近挡风玻璃，车前灯的光打在他脸上，一副惊呆的表情。

汽车撞到榎本的时候，他的身体弯成了"く"字形。弯折的上半身撞到引擎罩，脸部被撞得稀巴烂，满脸是血。紧接着，他的身体头朝下飞向空中，离开前窗的视野。然后，汽车后面传来他身体落地的声音。

所有这一切发生在一瞬间。但是，这所有的光景就像是足以令人焦躁的慢镜头一样，留在凑圭司的记忆中。

正要驱车离开的时候，不知道为什么，脚无意识地踩了刹车。现在回想起来才知道，自己当时之所以刹车，并非因为后悔，而是出于残忍。他想亲眼看一下被自己撞死的榎本阳介，想下车确认榎本是否真的死了。若当时他还有一口气，自己便会倒车，毫不留情地将濒死的他碾死。

急刹车后，凑圭司从车上下来，慢慢地走回刚才撞人的地方。榎本的身体趴在车道上，双腿扭曲。凑圭司走过去，看了一眼夹在护栏和电线杆之间的榎本。

满脸都是通红的鲜血。还有一点微弱的气息，嘴角冒着细碎的血沫。

"还记得我吗？"凑圭司在心里问道。

血沫从榎本的嘴角溅了出来，他微微颤动的手指最终垂落在地面上，一动不动。

凑圭司环视了一下四周。这里虽然是市中心，但路上根本没有车，甚至连一个行人都没有。他突然发现，橘色的路灯下，自己的影子与榎本的尸体呈相拥状重叠在一起，不禁害怕起来，慌忙离开了那里。

凑圭司居住的公寓距事务所步行五分钟。

这个街区在一个平缓的斜坡上，这里有高墙环绕的独栋别墅，也有建着豪华门廊的高档公寓。

在公寓前面下车的时候，司机再次对刚才疏忽大意以致差点出车祸的事道歉。凑圭司也意识到自己刚才态度有些粗鲁，便微笑着回答说："没出事就好。"但是，那时撞到榎本时的感觉依然真切，于是他迫不及待地要从出租车上下来。

凑圭司的公寓是两年前新建的楼房。凑圭司付了七百万日元的首付，剩下的钱是银行贷款，二十五年分期还清。

房子不大，只是个一居室，不过是复式结构。一层的大客厅占据了房屋的大部分面积，直通二层的天花板，非常敞亮。

凑圭司一眼就看中了这个房子，隔音设备也满足自己的要求。而且天花板这么高，就算在家里练琴，发出的声响也不会沉闷。

凑圭司走进房间，打开关了一整天的窗，同时打开空调。外面一丝风也没有。只有空调吹出令人窒息的人工风，抚摸着凑的脸。

嗯，明天下午有杂志的对谈。跟谁对谈来着？哦，对了，是一个姓佐藤的科学家。脑科学专家？不，是生物学方面的专家。以前好像读过他的书。要找出来再读一遍吗？算了，算了。太累了。睡个午觉，晚上再准备一下好了。嗯，这样最好。累了，真的累了。

空调吹出来的风终于变凉了。凑圭司在正对着空调出风口的沙发上躺下。敞开的窗外，传来孩子呼唤母亲的哭声。

闭上眼睛，马上就要睡着。孩子呼唤母亲的哭声越来越远。不知道是孩子离开了，还是自己已逐渐进入梦乡。

上次之后，那个自称姓辻的男人再也没有打来电话。

凑圭司对他说自己身上并没有什么把柄，不怕别人威胁，而且说自己即便按照他的要求给了钱，也不敢保证对方不会把事情说出去。电话那头年轻的男声变得有些焦躁，说了一句"好了，我知道了。见一下就行，对吧？见了面就给钱，对吧？"然后就挂断了电话。

凑圭司原以为对方马上会再打过来，在电话前等了很久。但是，五分钟过去了，一个小时过去了，夜深了，然后一直到了早上，都没有人再打来电话。

后来，就再也没有接到那个人的电话。园夕子说他不在事务所的时候，也没人打来电话。

凑圭司和他通话的时候，故意装作正在和另外一个人商量的样子。他故意用手捂住话筒，改变腔调，装成另外一个人正在给自己建议。他想让对方误以为自己也是有所准备的。于是，对方的语调果然开始变得不正常，凑圭司猜测自己的策略发生了作用。

但是，挂掉电话后只有自己孤零零地待在事务所中。没有人可以商量。知道这件事的人越多，来威胁自己的人也会越多。

那个年轻男子说："肇事逃逸的，不是你哥哥，对吧？"

毋庸置疑，那个男人目击了事件的经过。原以为当时现场没有人，但其实有人在暗中看到了当时的情景，也就是那个自称姓辻的年轻男子。

但是……

这时，凑圭司像往常一样意识到一个问题。

对方为什么没把目击肇事逃逸的事告诉警察呢？为什么在事情过去几个月后，才突然想到来威胁自己呢？

那个年轻男子的语气听起来有些幼稚。很可能是在去便利店的途中目击了事发现场。而骑着自行车的第一报案者，也就是那个女人，是在之后才来到现场的。

女人到现场的时候，男子应该已经离开了。因此，女人对刑警说当时附近除了她没有别人。

离开现场的那个男子是否对别人说了他目击肇事逃逸的事呢？肯定说了。然后，看到哥哥自首时的照片，他发现那和他看到的肇事逃逸者不是同一个人。

那么，他发现后有没有对别人说呢？不，没有。如果说了，那个人肯定马上就报警了。

他没有说，而是将这件事藏在了心里，然后他想到以此为条件要挟肇事者。

那个男子是什么样的人呢？年轻男子。说话幼稚。听到对方说话逻辑严密便开始着急。会在黎明时分独自去便利店买东西。目击肇事逃逸的现场却可以当作什么也没看见。要三千万封口费。

他是个什么样的人呢？

凑圭司迷迷糊糊地睁开眼睛时，窗外传来乌鸦归巢的声音，好像已经到了傍晚。成群的乌鸦一边叫着，一边飞回代代木公园。

凑圭司在沙发上翻了个身，看了一眼墙上的钟表。已经快六点了。感觉就像刚刚躺下，可一转眼就过了这么长时间了。

凑拖着依旧疲惫的身子起身，冲了一个澡。约定的时间是一个小时后。时间越来越近了。

将近七点时，凑圭司乘出租车来到新宿的一家高层酒店。走进酒店大厅，看到天花板上吊着豪华的吊灯，一个好像是来自中国的旅游团占领了酒店的前台。

凑圭司穿过大厅，走向里面的咖啡厅。这里好像重新进行了装修，气氛与几年前来时有所不同。以前的装修像是酒店大厅里有格调的沙龙，而现在更像青山一带洋溢着小资情调的咖啡馆。

凑圭司告诉入口的服务员自己与人有约，一个女服务员带他坐到最里面的桌子上。为了让人从入口处便能看到自己，凑背对着窗子坐下，向女服务员点了一杯咖啡。这个女服务员大概也在电视上见过他，差点"啊"的一声叫出来，又慌忙掩饰住自己吃惊的神色。

女服务员离开后不久，一个看着像福田功的身影出现了。他在门口看到凑圭司，也没有点头示意，便迅速走了过来。

那人年纪看起来比凑圭司大一旬。体态风貌既像是大企业的董事，又像饰演大企业董事的演员。

"您好，您好，是凑先生吧？哎呀，您突然联系我，不知道是什么事，我就赶紧跑过来了。"

他的语速很快，声音也大。

"哪里哪里，对不起，突然把您约出来。"

凑马上从座位上站起来，鞠躬致意。

"哎呀哎呀。"福田功扶起低头鞠躬的凑圭司，坐在他旁边的座位上。

凑圭司刚才选择座位的时候，原本想象着福田会坐在自己正对面的座位上，而现在他却坐在自己旁边，简直就像一对年轻的情侣。凑圭司有些慌张起来。

"如果让人看到您这样的名人跟我这种人在一起就不好了。今天您就简单告诉我一下什么事，然后咱就赶紧散了吧。"

"对……对不起，百忙之中……"

"哪里哪里。那么，长话短说，您找我有什么事儿？"

"嗯，嗯，就是……"

福田说话宛如连珠炮一般，凑圭司差点要把一切都说出来。

"您什么都可以跟我说。我这人没有别的优点，就是嘴严。啊，对了对了，不知道夕子是怎么对您说我的，想想就好可怕。哦，对了，对了，这次的事，夕子还不知道吧？"

面对福田接连不断的提问，凑圭司越发慌乱，不知道该从何说起，也不知道要向对方打听什么，试探到什么程度。

"……啊，对了，夕子还好吗？听说她在您身边工作。我怕给您添麻烦，一直也没去跟您打招呼。想来我跟夕子认识应该也有十年了吧。我认识她的时候，她还在给一个大人物当秘书。哦，对了，后来夕子支持千叶县的一位县议会议员，我也帮过忙，虽然最后没有成功。"

"那个……"凑圭司打断了福田。他也意识到自己的声音有些嘶哑。

"啊，对不起，我真是太多嘴了。"

"哦，没事。"

"您找我是？"

"请问费用大概需要多少？"

"嗯？"

"就是那个……"

这时，福田豪爽地笑了起来。

"凑先生，您堂堂的大音乐家，怎么能问这么俗气的问题呢？"

"内情我不能告诉您。但是还请您务必帮忙。"

"凑先生，所有找我帮忙的人，都有不能讲的苦衷。我什么都不打听。您只要告诉让我做什么就可以了。那种俗气的问题以后再说。"

福田拍了一下凑的肩膀。他体格不大，手掌却十分厚实。

窗外院子里的草坪经过精心修剪，绿意盎然，几棵树在夏日的阳光下熠熠生辉。也许是这个缘故，透过大大的落地窗照进来的阳光竟有些绿叶的甜味。

岩渊友香盯着窗外看了一会儿，放下已经在手中握了几个小时的画笔。她刚才正在为毕业设计用的素描涂色，但是，像往常一样，她开始觉得这并不是自己想画的，最终只好决定暂时搁笔。

这都是第几次了呢？连友香自己都厌倦起来。有的同学早就已经开始着手毕业设计了，而自己却还在构思草稿的阶段，每天重复着同样的事。

友香走出绘画楼的画室，准备出去转换一下心情。

她上的这所美术大学位于多摩区的郊外。几年前，学校利用这里原本就有的缓坡进行了大规模的改建，宽阔的校园里矗立着一栋栋崭新的教学楼。蓝得有点不像东京的蓝天下，以白色为基调的教学楼与美丽的草坪相互辉映。校园本身就是一幅巨大的现代美术作品。

实际上，的确有很多日本甚至海外的游客特意跑来参观这所大学的校园。

走出绘画楼的友香踏着草坪走向咖啡馆。暑假的校园里，很少看到学生的身影，只有树上的鸟儿啄着果实，婉转的啼鸣充满静谧的校园。

友香再次意识到，现在自己只有在这个校园里时才能平静下来。

多摩地区和市中心虽然同属于东京，但这里的空气不一样，阳光也不一样，而且最重要的是，这里能让人从那种被捆绑的压迫感中解放出来。

在校园里的咖啡馆门口遇到同为日本画专业的同学们。他们与友香擦肩而过时，有些顾虑地对友香笑了笑，友香也有些顾虑地回应。

"香蕉松饼卖完了哦。"

一个同学告诉友香。友香也故作吃惊："啊？这么快？"

她和同学们的关系并非不好。不过，虽然大家朝夕相处了三年半，同学们对友香还是多少有些疏远。

友香知道原因在自己。她不想跟同学太亲近。她知道这种关系是自己希望的结果。若不是在美术大学，而在市内的那种大小姐聚集的贵族学院，想必友香早已经被孤立了。

点了一杯冰咖啡，走出喧嚣的咖啡馆，朝草坪上孤零零的长椅走去。长椅正好在树荫下，偶尔吹过凉爽的风。

正要坐下来，看到椅子上摆着一些小石头。不知是谁用地上的小石头在椅子上摆了两个字。绕到对面一看，发现那两个字是"加油"。

为了不把那两个字弄坏，友香在长椅的边上坐下。

友香清楚自己要创作什么。她喝了一口冰咖啡，抬头看着万里无云的夏日晴空。

她想制作一幅巨大的屏风。起初，她想制作一个两折的，但现在她改变了主意。她要做一个更大的。要有更宏大的叙事。对，要做一个四折的，就像《洛中洛外图》那样宏大。

整体的构思已经有了，但细节部分还没有想好。不，其实已经想好了。只是，她不知道是否有能力把自己的想法画出来。而且，她也不知道自己是否有这个勇气。

"有吗?"友香扪心自问。两个声音同时在心中响起。一个声音告诉她"有"，而另外一个声音却告诉她"没有"。

头顶的蓝天上浮现出想象的画面。友香逐一盯着浮现在空中的画面，不让它们溜走。

第一扇上画着幸福的家人。盛开的樱花下，年轻的父亲抱着小友香，旁边的母亲幸福地微笑。三人生活的东京的老街还保留着下町[1]

---

[1] 平民区，市区中的低洼地段。聚集了继承江户时代传统商户风情的工商业者。

风情。在外公外婆曾经居住的老宅院里新建的房子像是接受着来自全世界的祝福，闪烁着光芒。旁边有一个小工厂。欢闹的叔叔们和小友香一起玩耍。

第二扇上画着长大后的友香。在盛夏耀眼的绿叶中，她穿着高中校服，满面微笑地去上学。但是，除此之外，上方还画着拥挤的电车车厢的画面。里面也有一个穿着高中校服的女孩，但是她和友香不同，一脸苦闷。少女遭到了性骚扰。少女的裙子被人卷上去，一个男人将他肮脏的手伸了进去。只是，少女的身边站着很多男人，在拥挤的车厢内无法断定那是谁的手。拥挤的电车载着焦躁的乘客继续向前行驶。

第三扇上画着一个被捕的男人。夜空中画着逐渐残缺的月亮。男人很像第一幅画中友香的父亲。虽然长得像，但他那疲惫的脸上却没有了温柔的笑容。男人拼命地喊冤，声嘶力竭。母亲和友香也在旁边哭喊。

但是，谁也不听。没有人相信他的话。这第三扇上画着很多人。层层叠叠的群众。如果单看里面的每一个人，他们都没有表情，但从整体上来看，却感觉他们都在笑。这些面无表情捧腹大笑的人们似乎马上就要从屏风中跳出来。

友香开始想象旁边应有的第四扇。但是，不知道为什么，前三扇都能清晰地浮现在眼前，而唯独第四扇却怎么也想象不出来。头顶只有蓝天。

友香试图在空中描绘什么，但无论她怎样盯着天空看，无论怎么集中注意力，空中也没有浮现出任何像样的画面。但是，像这样拼命地盯着天空看时，一个鲜红的"冤"字慢慢地从蓝天上渗透出来。

友香感觉气闷，慌忙从蓝天上转开视线。椅子上用小石头摆的"加油"两个字映入眼帘。

我们都加油了啊。爸爸、妈妈和我都拼命地努力过了。爸爸不可能做那种事。但是，无论我们怎么努力，怎么想办法，都没有人相信我们的话。就连声称相信我们的律师也说这样坚持下去反而对判决不利。他说，这个世界上，正义并不一定会胜利。对，他说正义并不一定会胜利。

背后好像有人喊"岩渊同学"。但现在若回过头去，或许眼泪就会落下来。

友香闭上眼睛，听着身后走近的脚步声。她闭着眼睛，心中默念："泪水快干掉，快干掉。"

"岩渊同学。"声音就在身后。听得出来，是山崎飒太的声音。确定自己不会流出眼泪后，友香才装作刚听到的样子，回过头去。

"毕业设计有什么进展吗？"

飒太站在阳光下，一边用吸管喝着盒装牛奶，一边微笑着问道。友香也微微一笑，说道：

"一点儿进展也没有。"

"我也是。一点进展也没有。也不是不想做。只是只要一开始做，就觉得自己应该能做出更好的才对，所以干脆就丢到一边不做了。"

飒太将视线转向椅子上的"加油"那两个字，不好意思地笑着说："啊，这个，还留着呢。"

"你摆的？"友香问。

"哈哈，是啊。都三天了。哦，不过我要声明，我才不是要给自己鼓劲儿啊什么的。这么丢脸的事我才不会做。那天在这里坐着，正好看到几个同学抱着纸箱子上坡，听到他们喊着'加油加油'给自己鼓劲儿，我就顺便捡了几个小石头，摆了这两个字。"

友香一边听着飒太的解释，一边站起身来。

"我要回画室了。"友香说。

"哦，是吗？"飒太吃惊，"该不会是因为我过来跟你打招呼，你才要回去的吧？啊，要是这样的话，我会很伤心的。"

听到飒太开朗的笑声，友香突然又想坐下。但最后她还是只回答了一句"不是的"，便穿过草坪，朝绘画楼走去。

"回见啊。"

背后传来飒太的声音。他好像坐到了椅子上，用手将上面摆着"加油"二字的石子拨到了地上，发出哗啦啦的响声。

刚入学的时候，飒太曾向她表白，问她能否做他的女朋友。当时，友香明确表示了拒绝，原本以为他再也不会跟自己说话，但是没想到这三年半当中，无论友香对他多么冷淡，他见到友香时还是会开朗地跟她打招呼。

友香并不认为飒太还没有死心，但看到他对自己的态度依然和往常一样，便突然感觉对不起他。

走上草坪的斜坡时，友香回过头去，看到飒太躺在椅子上，盯着自己刚才在脑海中描绘屏风画的那片天空。

友香每天从位于北区泷野川的家到多摩地区的大学上学，坐巴士和电车单程总共要一个半小时，每天往返需要三个小时。这三个小时的时间对于友香来说也是一段可以让心得到休憩的时光。因此，每天当电车抵达离家最近的那个车站，从电车上下来，踏上站台的那一瞬间，家中阴郁的光景和母亲的模样便会立即浮现在眼前，不由得想蹲在地上。

迈着沉重的脚步从车站回到家的友香，视线避开还写着"奥野"二字的门牌，打开了门。

父亲奥野宏司因痴汉行为被捕并被判刑时，友香刚十四岁。父母为了女儿的将来着想，办了形式上的离婚手续，友香随母亲的旧姓改为"岩渊"。

奥野友香和岩渊友香。一个是装满幸福回忆的名字，一个是父母为了让自己未来幸福而为自己改的名字。

走进玄关，友香冲着厨房喊了一声："我回来了。"

"啊，回来啦。"

里面马上传来母亲开朗的声音。但友香听得出来，刚才她还一脸苦闷，只不过是在听到女儿的声音后慌忙装出来的开朗。

"晚饭吃什么啊？"友香装作没有察觉到的样子走进厨房。

自从自己早晨出门后，母亲便似乎待在那里一动未动，她脸上浮现出笑容，说道："那做什么呢？你想吃什么？"

"我刚才应该顺便去趟超市的。"友香一边说着，一边打开冰箱，取出一罐蔬菜汁。

"没事儿，没事儿，反正还有其他要买的东西。妈妈这就骑自行车去。"

"那记得给我买点蜜桃果肉酸奶啊。"

友香故意用一种撒娇的语气说道。

"上次不是买了吗？那些都吃完啦？"

妈妈也故意夸张地表示惊讶。

"因为太好吃啦。"

母亲听了女儿的话，表现出无奈和吃惊的样子，走出厨房。不知为什么，这样的画面浮现在友香的眼前：母亲走到门廊，离开女儿的视线时，双肩突然无力地垂下。

友香在厨房里听到母亲走出玄关的声音。竖起耳朵仔细听，听到母亲推着自行车走下短短的台阶，甚至连开门和关门的声音都听得一清二楚。家中如此安静。

桌子上放着一本存折，妈妈好像拿出来看过。打开一看，看到这个月光晴叔叔又汇来了二十五万日元生活费。

从父亲宏司蒙冤判刑且被学校解雇的时候开始，叔叔光晴就一直努力接济他们母女。友香现在之所以能到学费高昂的私立美术大学就读，也全是依靠光晴的资助。

叔叔是世界知名的大提琴手，最近经常上电视。从去德国留学的时候开始就改名凑圭司。但对于友香来说，无论叔叔多么有名，他都还是自己最温柔的光晴叔叔。

光晴开始照顾友香一家的时候，他曾这样说道：

"听着，友香，不要跟叔叔客气。你爸爸肯定没有对你讲，叔叔之所以能上音乐大学，是多亏了你爸爸。你爸爸虽然是我哥哥，却像父母一样把我养大。我有今天，都是靠你爸爸的帮助。"

光晴说的都是事实。虽然父亲从未提起，但听妈妈说，父亲上大学的时候，他的父母双双自杀，父亲拼命打工，好歹熬到大学毕业，当上了老师。叔叔当时还在上小学，被送到秋田老家父亲的祖母家里。吃饭穿衣虽然不成问题，但后来上高中和音乐大学的学费都非常高，当老师的父亲将他每月低廉的工资几乎全都寄给了叔叔。

据说，母亲之所以决定嫁给父亲，也是因为不忍看着父亲那么艰苦。母亲觉得节衣缩食帮助弟弟的父亲太可怜，想着如果她跟父亲结了婚，便多少能给父亲帮帮手。

叔叔说，母亲直子从来没有怨言，与父亲一起帮助他。

叔叔对友香父母的感激之情是发自内心的，这一点毋庸置疑。

回过神来的时候，厨房里已经一片漆黑。母亲出去买东西已经过了一个小时了。从冰箱里拿出来后还没打开的罐装蔬菜汁，在友香的手中已经变得不那么凉了。

友香从椅子上站起身来，想要去打开灯。当她伸手去拉头顶的日光灯的灯绳时，又突然停了下来。

决定为肇事逃逸的叔叔光晴顶罪的时候，父亲就是在这里，以与友香同样的姿势，打开了漆黑的厨房里的电灯。

父亲、母亲和面色苍白的叔叔围坐在桌旁。

虽然是被冤枉，但一个曾因痴汉行为被判刑的五十多岁的男人，还有什么未来？父亲再三坚持，说服在他面前拼命摇头的叔叔：如果你现在倒下了，我们就全都完了。

友香躲在门后听着这一切。她相信母亲最后肯定会阻止父亲这个愚蠢的决定。

"撞人的不是你，是我，明白吗？你，你要替我照顾友香和直子。"

父亲和叔叔都在哭。门后的友香也在哭。她一边哭，一边祈祷母亲赶快去阻止父亲。

但是，最后，母亲并没有阻止父亲。她蹲在地上，只是哭着说"为什么？为什么？"却没有阻止父亲。

……南无妙法莲华经，南无妙法莲华经，南无妙法莲华经，南无妙法莲华经，南无妙法莲华经，南无妙法莲华经。

木鱼的声音在古旧的院落中有节奏地响着。现在还不到六点，从大门口经过的送报少年早已习惯老婆婆诵经的声音。不过又是一个平常的早晨。

在昏暗的房间里做日课诵经的老婆婆叫奥野佐和，到今年秋天就九十六岁了。还没有戴上假牙，诵念经文时，嘴角稍微有些不利索，但脑子却清醒得很。她一边在心里告诉自己要"专心、专心"，一边又会想："今天早饭汤里加点儿啥呢？"就这样，经文，杂念，经文，杂念，在大脑中忙碌地交替。

佐和跪坐在薄薄的坐垫上，旁边坐着一只老猫，以几乎同样的姿势蜷缩着身子。它恨恨地半睁着双眼，好像是在抗议木鱼的声音。

佐和面前有一个古旧的佛坛，镶着金箔的内壁早已被常年燃烧的蜡烛和香的烟熏得漆黑。

佐和嫁到奥野家的时候就有这个佛坛，算来也已有七十年以上的历史了。她曾一度想换个新的，但就在那时，她的独生子和媳妇丢下两个孩子双双自杀了。那也已经是三十年前的事了。

当然，要换新佛坛这件事与儿子儿媳的自杀并没有任何因果关系，但当时佐和正盯着介绍佛坛的小册子准备换新时，接到了警察打来的电话，听说了这个噩耗。因此以后无论佛坛多么破旧，佐和都没有动过换佛坛的念头。

佛坛两侧分别放着独生子克义和他的妻子美津子的牌位。然后，佐和抬起最近经常痛的脖子，朝佛坛的上方望去，看到上方挂着克义、美津子，以及自己的丈夫克一及其父母的遗像。

佐和独居的这栋房子和佛坛一样破旧。佐和刚刚嫁过来的时候，奥野家还是当地的富农，自家有些土地，雇着几个长工。但是，丈夫在战争中战死。战后，佐和独自拉扯独生子，与公婆一起拼命地干农活。其间，公公受了伤，婆婆得了病，日子过得越来越苦，便开始卖田卖地。起初卖掉了六分之一，以后每隔几年便卖掉一点宝贵的土地，换点钱维系生计。

"佐和婆婆，早上好，我是室田。"

已经不太灵活的玄关的拉门哐啷啷地拉开，门口传来一个女性开朗的声音。佐和正将早餐吃剩的凉透的味噌汤拌了米饭，给老猫喂食。

在佛坛前面铺了一张旧报纸，老猫坐在上面，将鼻子伸到盘子里闻了闻，似乎没有一点食欲。

"来了，来了。"

过了好大一会儿，佐和才答应了一声。但是，护工室田峰子已经脱了鞋，走过门廊，打开了佐和所在的佛室的拉门。

"佐和婆婆，早上好，早饭吃过了？"

峰子又一边打着招呼，一边踢踏着步子，打开拉门，走进里面的房间，打开紧闭的窗户。

"只有这会儿才好开开窗。今天会很热。天气好，给您晒晒被子啊。"

五十多岁的峰子，胖乎乎的，温和的笑脸令人印象深刻。佐和觉得，如果她是个男人，打扮成布袋和尚[1]的样子，肯定很像。

---

[1] 七福神之一。传说布袋和尚经常袒露大肚子，肩背布口袋，云游四方。

峰子的人缘很好，为人开朗。她每周来佐和家两次。佐和总是十分期待她的到来。

据说峰子的丈夫在大馆市内的医院从事事务性工作，峰子也因此当起了护工。

"对了，佐和婆婆，您孙子昨天又上电视咯。"

已经开始在厨房分拣垃圾的峰子两手提着垃圾袋，将视线转向佐和。

"峰子，碗一会儿我自己洗就行。"佐和说道。

"您孙子真的好厉害啊。不光是世界著名的音乐家，还跟那么多名人一起上电视。"佐和的话峰子不知听没听到，只是一个劲儿地说道，"……我老公还买了您孙子的CD呢。下次等他回来的时候，能让他签个名不？还是太忙最近都回不来？"

佐和听着峰子的话，抚摸着已经开始吃食的老猫的头。

有一阵子回不来了。光晴不知咋样，宏司肯定回不来咯，到死可能也见不着咯。为什么肇事逃逸呢？媳妇儿那么好，闺女也那么听话，我能帮他做点什么呢？也就喂喂猫了，也就每天早晨拼命地念念经了……

"对了，佐和婆婆，今天不是要去保育院给孩子们讲故事吗？"

峰子清理完厨房，拿着吸尘器来到佛室，用脖子上的毛巾擦着额头上的汗水，问道。佐和明明看不到，却将视线转向挂在墙上的日历，重复道："哦，是啊，今天是保育院讲故事的日子。"

"快到来接您的时间了吧？"

吸尘器的声音很大，佐和听不太清峰子的声音，却也随声附和了一句，想着再这样坐下去，身体就会被榻榻米吸进去，"哟嗬"

了一声，站起身来。

过了九十岁，就感觉身体不听使唤了，像是别人的身体。吃饭也不是自己吃饭，而是让自己吃饭。不是自己站起来，而是让自己站起来。

佐和避开推着吸尘器来回走的峰子，终于换好外出服，保育院的厢式客车停在门口。

"婆婆，佐和婆婆！"

门口马上传来一个年轻男子的声音。那是在保育院当保育员的西宫诚。

峰子关掉吸尘器，用比吸尘器还大的声音回应道："听到啦，佐和婆婆这就出去。"

佐和站在旧大衣柜柜门的镜子前照了一下。峰子总夸她虽然年纪大了，但脸色很好。

最近佐和每次照镜子都感觉不可思议。这张苍老的脸，不知为何看起来和去世多年的婆婆生前一模一样。她觉得，决定人的长相的也许不是血脉，而是家庭或水土。

走向门口的佐和在西宫诚的搀扶下，穿上木屐。诚老师搀着佐和，熟练地从鞋箱里拿出拐棍交给她。

"佐和婆婆！今天！您！给孩子！讲啥子！故事呢！"

诚老师体贴老年人，在佐和的耳边大声喊道。这心意自然令人高兴，但其实佐和的耳朵还没有那么背。

佐和在诚老师的搀扶下，花了很长时间才乘上保育院的厢式客车。

还没打扫完卫生的峰子也出来送佐和婆婆，跟诚老师说起相亲的事。"诚老师，你现在还是单身吗？我有一个侄女，跟你刚好合适。找个时间见一下哈？听说她现在在仙台上班，自己一个人过得挺开心，可这样下去，怕耽误了嫁人。"佐和听了，觉得诚老师太可怜，想赶紧上车，可耳朵虽好，身体却不听使唤，看着诚老师一脸尴尬地说："哦，这个，谢谢您的好意，我这种人怕是……"却也帮不上他。

佐和生活的大馆市位于秋田县与青森县的交界处，属秋田县管辖。

人口不到八万，中心地区虽然也有政府机构和商业设施，但近来正像各地偏远地区一样，日渐萧条。原本最为繁华的商业街区，很多店铺也都早已关门停业了。

佐和的家远离中心地区，在大馆市的东部。

米代川两侧是广阔的农田，县道两边有一些村庄。她的家就在其中一个村子里。

说是村子，其实其中不少也变成了无人居住的废墟。还有很多像佐和这样的寡居老人。

"佐和婆婆！空调！冷不冷啊？"

开车的诚老师又大声问，佐和坐在后面的座位上，摇了摇头，说道："不冷。"车窗外，绿油油的农田向后流逝，对于整天待在昏暗的房间里的她来说，有些耀眼。

"桃子班的祥太！说想给您当孙子！"

为了让佐和高兴，诚老师故意说道。可是，她却记不起那个桃子班的祥太长什么样子。

车子加快速度，在田间的柏油小路上行驶。少女时代，佐和曾是学校里跑得最快的女孩。父母说她整天没个女孩样儿，但在老师的建议下，她参加了县里组织的运动会，得了第三名。

这里的风景和那时没有什么不同。佐和心想，在这不变的风景中，为何会发生这么多事呢？哭泣，欢笑，愤怒，喜悦……

"佐和婆婆！回来的时候还去超市吗?！"

听到诚老师这样问，佐和回答道："嗯。要是可以的话，带我去一下，谢谢你。"

蒲公英保育院离大馆站很近。佐和每月来一次，给孩子们讲故事。

这里与佐和居住的那个街区不同，周围没有农田，只有公共机构入驻的楼房和平房。

诚老师暂时将车停在保育院门口，像往常一样认真地解释："佐和婆婆，我去开一下门，您先等一下。"然后走出厢式客车的驾驶座。

蓝色的铁门被诚老师缓缓地推开了。戴着清一色黄帽子的孩子们在并不宽阔的院子里追逐一只大鸭子。

这只鸭子叫作"嘎嘎"。佐和在教室里给孩子们讲故事的时候，有时它就会"嘎嘎嘎嘎"地叫着跑进来，把老师和孩子们逗笑。

诚老师打开门，回到车上。车子又慢慢地向前开了起来。佐和按诚老师所说，紧紧地抓住前面座位上的把手。但保育院的地面略高，车子开进去时，她还是没法坐稳。

在停车场下车后，诚老师搀扶着佐和慢慢地走向教室。在走廊中匆忙地与他们擦肩而过的老师们笑脸相迎，"呀，佐和婆婆，今天就拜托您啦。"

很快，孩子们也发现了佐和婆婆，瞬间在她身边围了一圈。

"婆婆，今天讲什么故事呢？"

"我可以坐在婆婆旁边听吗？"

"上次讲的那个故事可以再讲一遍吗？"

"可以叫嘎嘎一起来听吗？"

听到孩子们的问题，佐和全都回答"行、行"。

据诚老师说，孩子们的奶奶大多五六十岁。前一段时间，佐和曾问一个女孩："平常跟奶奶玩啥子吗？"结果女孩子噘起嘴来，说道："奶奶太忙了，从来不跟我玩。"原来，她们加入了很多社团，诸如社交舞、卡拉OK之类的，根本没有时间和孙子孙女玩。还有的男孩说："我奶奶喜欢去国外旅游，上次去了意大利。"

别说意大利了，佐和就连秋田都没出去过几次。听到这些，再看看眼前这些不说家乡话而说普通话的孩子，就感觉他们仿佛很遥远，不敢触摸。

"对了，佐和婆婆，听说您要住进大泷的福寿园咯？"

搀着佐和的诚老师突然问。佐和暧昧地点了点头，"啊，嗯。"

"您孙子是名人。那个福寿园，是这里最好的养老院，听说费用也很贵的。"

"还不知道啥时候能住进去。"

"是吗？咱们保育院里的孩子们也经常去给福寿园里的爷爷奶奶表演游戏，唱唱歌，您要是去了那里，孩子们见到您的机会就更多咯。"

教室里，已经做好了故事会的准备。

佐和坐在教室前面的坐垫上。刚一落座，在周围跑来跑去的孩子们便一个接一个地蹲在自己喜欢的地方。

"孩子们，佐和婆婆来给小朋友们讲故事了。想听故事的小朋友，快点过来啊。"

一个比诚老师更年轻的女老师朝着在院子里和嘎嘎追逐嬉戏的孩子们喊道。

教室里的孩子们越来越多，欢闹声越来越大。诚老师站在孩子们前面，问道："孩子们，想听佐和婆婆讲故事的人请举手？"

孩子们喊着"我想听""我想听"，一齐举起手来。"嘘！"诚老师像往常一样让孩子们安静下来。

在诚老师的示意下，佐和慢慢地讲起了故事。一双双炯炯有神的眼睛目不转睛地盯着佐和。

"很久很久以前，有一个老爷爷和一个老奶奶，过着贫穷的生活。

大年三十那天，老爷爷为了换钱买年糕，到城头卖草帽。草帽呢，就是这种三角形的草帽。

但是，好多人买米买鱼，却没有人买老爷爷的草帽。

老爷爷很伤心，没有办法，决定回家去。回家的路上，下起了鹅毛大雪。

这个时候，他突然看见路边的六个地藏菩萨淋着雪，看起来很冷。

老爷爷觉得他们可怜，赶紧把自己手中的五顶草帽戴在地藏菩萨的头上。可是，还差一顶。

只有一个地藏菩萨没有草帽戴，老爷爷觉得太可怜了，就摘下自己头上的草帽，给最后一个地藏菩萨戴上了……"

第四景

　　园夕子回答完税务师事务所的详细询问，放下话筒。电话打了三十多分钟，对方对她在发票上忘写的细节进行了仔细盘问，诸如："一月二十日伊势丹的那张发票，是演出服装费还是私人的？""二月二日的餐饮费的用餐人员都有谁？"接起电话时觉得很轻的话筒，在答完这些问题放下的时候，感觉就像家里减肥用的杠铃一样重了。

　　放下话筒，夕子转了一下僵硬的肩膀。年轻时就经常肩膀酸痛，每个月去一次针灸院。但是，三个月前，那里的老大夫因年岁大了决定退休。之后本想再找一家别的针灸院，但到现在还没有找到合适的。

　　"园，上次说的那个茶的广告，碰头的时间是五点吧？"

　　正在转肩膀的时候，身后的门打开了，凑圭司探出头来。

　　"嗯，五点在涩谷蓝塔大饭店的会议室。"

　　"涉谷啊。那我们到时在那边见？"

　　"嗯，是这样打算的。怎么啦？"

　　"没什么。"

　　"记得您说三点跟别人有约，有点私事，对吧？"

　　夕子见凑圭司有些担心的样子，向他确认道。

　　"嗯，对……"

　　"来不及？"

　　"不，那倒不是。"

　　凑明显有些慌乱。但夕子却装作没有注意到的样子，只是例行公事般地问道："如果您来不及，我可以跟对方商量，稍微推迟一点时间也可以的。"

　　"哦，没关系。对了，庆功宴是明天吧？"

　　"嗯。七点在六本木。"

　　凑圭司担任主持的一档音乐节目这个月就结束了。其实只是变更一下节目的名称，凑依然担任主持，但内容却发生了变化。原来是介绍古典音乐的信息类节目，而变更之后，将成为一档竞猜形式的娱乐节目。考虑到第一期节目的嘉宾是对古典音乐完全没有兴趣的年轻演员，题目何等容易便可想而知了。

　　"您三点约在哪里呢？"夕子问道。

　　"哦，嗯，我差不多该走了。"

　　凑看了一眼墙上的钟表，神情依然凝重。

　　从事务所走向车站的途中，凑打了一辆出租车。躲在不远处跟踪他的夕子也慌忙来到大路上，招手叫了一辆路过的出租车。

　　"对不起，请跟上前面那辆车。"

　　夕子上车后马上告诉司机。司机通过室内镜看了一眼夕子，有些不情愿的样子，说道："要小心不被发现吗？"

　　"尽量。"夕子回答。

　　原本以为司机还会说些什么，但他什么也没有说，默默地踩下了油门。

　　今天，夕子早已决定了要跟踪凑圭司。这么忙的日子，他却非要出门去办私事，形迹可疑。而且，在此之前，夕子就感到莫名心慌。

　　肯定和那个自称姓辻的年轻男子打来的电话有关。这几个星期以来，凑圭司一直为此烦恼。她知道即便跟踪凑圭司，弄清事情的原委，也帮不上他什么。但是，前几天拜访灵媒梅木老师的时候，她曾预言"这个星期，你的命运将会发生巨大转变。而且，只要我集中注意力，就能看到几个字'不要离开凑圭司'"。所以，园夕子相信自己莫名的心慌并非无缘无故。

载着凑圭司的出租车似乎要开往新宿方向。想到他平常的生活圈都是以涩谷为中心，园夕子便感觉今天的凑圭司的确有些异常。

"大姐，您是侦探吗？看着也不像是刑警啊。"

司机好像一直疑惑不解，驶过代代木站附近的时候忍不住问道。夕子觉得这个身份倒正合适，脸上露出微笑，说道："嗯，是啊，师傅您好眼力。"

"是婚外情吧？"

"啊？"

"我是说，您是在调查前面那人的婚外情吧？"

不知道为什么，司机一脸高兴地回过头来。

"嗯，差不多吧。"夕子冷冷地回答。

"哦，是吗。果然是……不过，真是太可怕了。要是像我这种人，查也查不出来，因为根本就没有机会跟情色扯上关系。"

司机打方向盘的手突然变得灵活起来。

最后，凑圭司乘坐的出租车停在歌舞伎町情人酒店街上的一个棒球击球练习场前面。凑圭司环视了一下四周，然后走了进去。

夕子下了出租车，判断自己不便进去，便爬上对面一栋商住两用楼的疏散楼梯，在二楼楼梯的拐角处等待凑圭司出现。

凑圭司进去五分钟了，但那之后却没有人跟进去。也就是说，与凑圭司约好见面的那个人已经进去了？还是一会儿会来呢？

白天的歌舞伎町，有些地方几乎看不到一个人影。夕子只知道晚上的歌舞伎町很热闹，而白天的歌舞伎町一片悄然，反而十分可怕。

夕子藏身的这个商住两用楼旁边是一家情人酒店。内侧贴着紫色窗纸的小窗近在咫尺，让人感觉从楼梯的拐角处伸出手去，就能够着那个房间的小窗。

我真的是没有性欲啊。杂志上有时会做一些两性特辑，上面说这不是没有性欲，只是还没有体会到女人的乐趣，真的是这样吗？到了这个年纪，虽然有时候也感觉很舒服，但还是觉得太麻烦。果真喜欢做这种事的女人，都是不嫌麻烦的人吗？

这时，两个年轻男子从破旧的情人旅馆林立的小巷中走了出来。没有什么异常，不过是两个普通的时髦青年，所以夕子马上转开了视线。

他们一起走到棒球击球练习场前，其中一人快速走了进去，另一个竟然来到夕子藏身的楼梯拐角处的正下方。

两人分开的方式很不自然。他们既没有挥手道别，也没有说"再见"，简直就像弹开的台球，突然就分开了。

夕子不由得蹲下身子藏了起来。通过声音判断，正下方的男子既没有步行上楼，也没有乘坐电梯，仍站在原地一动不动。

这时，男子的手机响了起来。

"开朗的海螺小姐，光着脚丫，拼命追赶偷鱼吃的野猫。"[1]

嘹亮的来电铃声响了起来。

"喂，喂，早上好！……嗯……嗯……今天有五个小姐来上班吧。秀晶陪饭田先生……啊，现在不行。妈妈桑，您说的是哪儿

---

[1] 日本国民动画《海螺小姐》主题曲。

啊？……嗯，我倒是在歌舞伎町啊。我出来办点事儿，脱不开身啊。嗯，三十分钟后的话……没有啦，没干什么坏事啊。"

夕子清楚地听到男子的声音。她战战兢兢地站起来，小心翼翼地扶着栏杆探着头往下看。

男子倚在护栏上。夕子慌忙往后缩了缩脑袋。男子挂断电话后，打了一个仿佛能让全世界都产生困意的长长的哈欠。

然后，不知过了多久，打哈欠的男子去对面的自动售货机买了一瓶茶，又回到原地，蹲在地上。

夕子唯恐男子发现自己，小心翼翼地待在拐角处，等凑圭司从练习场出来。

下面的男子喝完茶，认真地把空瓶放进自动售货机旁的垃圾箱。就在这时，刚才和男子分别后走进练习场的另外一个男子走了出来。夕子慌忙缩回身子。

那个男子走到路上，朝下方的男子递了个眼色，然后便沿着来时的方向走回去了。

夕子感觉自己应该跟踪离开的那个男子，但下面的那个男子仍站在原地不动，夕子无法从楼梯的拐角处脱身。

正当夕子慌手慌脚，不知该如何是好的时候，凑圭司走了出来。夕子又往后退了一点。凑朝与离开的男子相反的方向走去。

夕子着急起来。从栏杆上稍微探出一点头，看着凑圭司走向大路的背影，他应该是去打车。然而，令人吃惊的是，这时福田功从对面走了过来。

福田与凑圭司擦身而过时没有与他对视，但明显是要去跟踪刚才与凑圭司分开的那个男子。

夕子做了一个深呼吸。凑圭司和福田说了一些事，要请他帮忙……是自己将福田介绍给他的。但是，凑圭司是否知道福田是什么样的人，知道他以什么为生吗？夕子开始担心。

和凑圭司分开的那个年轻男子已经不见了踪影。福田会不会跟丢他呢？

福田的背影从夕子的视野中消失的时候，下面的那个男子也终于走了起来。他前进的方向是刚才凑圭司走向的那条大路，但看起来并不像是在跟踪凑。

夕子从楼梯的拐角处跑下来。来到路上时，已经看不见凑的身影。男子一边玩着手机一边慢慢地向前走着。

夕子突然改变主意，开始跟踪这个男子。

几分钟之后，男子在一栋商住两用楼前停了下来。里面有一些俱乐部和酒吧。他停下脚步，发完短信，快步跑进大楼。

夕子也慌忙要追上去。这时，一个打扮得像朋克摇滚乐手的牛郎不知何时站在她身边，挡住了去路，对她说道："女士，您好，我们店里现在限时优惠……"

"对不起，我有急事。"夕子躲开牛郎，另一个牛郎又嗖地挡在她面前。

夕子拨开像人墙一般挡住去路的牛郎们，跑向商住两用楼。

但是，男子已经不见了踪影。电梯停在一楼。男子好像突然之间就消失了。

正在这时，夕子的手机响了起来。

她慌忙从包里拿出手机，屏幕上出现凑圭司的名字。

"喂，您好。"夕子接了电话。

"喂，园？你离开事务所了吗？"

"嗯，对啊。有什么事吗？"

"接下来的碰头会，我可能会早到一点，想看一下早晨收到的那份杂志的采访稿校样。"

"对不起。我已经出来了，不然倒是能给您带过去。"

"那就没事了。没事，那我在酒店休息室里喝点咖啡吧。"

凑的声音有些异样。当然，他不可能知道夕子在跟踪自己。

"您的事情已经办好了吗？"

夕子决定试探他一下。但是，凑只是非常自然地答了一句："嗯，办好了。那我先挂了，在路上呢。"

凑圭司挂断了电话。夕子盯着已经结束通话的手机看了一会儿。

"你是什么人？"

一个声音突然从背后传了过来。夕子差点把手机摔在地上。

"你在跟踪我吧？"

男子在背后继续问道。夕子战战兢兢地回过头去。

刚才自己跟踪的那个年轻男子就站在面前。他大概早已发现被跟踪，藏到了某个地方。

"啊？我，你是说我吗？"

夕子佯装糊涂，但就连她自己都知道自己的演技非常拙劣。同时，她在心中祈祷：前面就是歌舞伎町的大路，若大喊一声，肯定会有人来帮自己。

"别装蒜了。你在跟踪我，对吧？"

"什……什么啊……"

虽然是在威胁，但男子的表情却并没有那么凶恶，倒是不急不躁的，就像小学生恶作剧欺负女同学，对她说："你的作业做完了吧？让我抄一下。"

"从棒球击球练习场那里就一直跟踪我，对吧？"

"啊？棒球……"

"你就别装了。你在二楼的楼梯拐角处，一直盯着我，我都知道。你可能不知道，从练习场的大门上，看得清清楚楚。"

夕子无言以对。

"……你跟凑圭司有关系？"

"啊？谁？凑……凑什么……"

夕子正在寻找时机，准备随时跑出去。

"怎么办呢……也不能就这样放你走啊……"

男子歪着脑袋，小声嘟囔起来。夕子看准机会，正要飞奔出去。但男子猛地抓住夕子的手腕。

"喂，喂！"

"放手！呀！放手！"

夕子拼命地喊起来。路上的牛郎们听见，朝这边看了过来。

"救……救救我！"夕子喊道。但是，男子反剪着她的双手，对那些牛郎说道："吃霸王餐，吃霸王餐的。"一个原本想过来解救的牛郎听了，也做出一副无奈的表情，耸了耸肩说道："大婶，喝酒就得付钱啊。"

夕子又喊起来："救命啊。"但是，她很快便被拖进了电梯，嘴被捂住，电梯门关上了。关门的前一秒，刚才那个想来帮忙的牛郎在门外微笑着向她挥了挥手。

凑圭司走到酒店门口的停车处，又看了一眼手机。依旧没有园夕子的来电记录。

"在这个阶段就能谈好具体细节，真是太好了。"

广告代理公司的浦野将凑圭司送到酒店门口，在背后对他说道。

"嗯，我也没有想到今天连广告的台词部分都能定下来。"凑圭司说着，将手机放回口袋里。

下午五点在酒店会客室开始的碰头会，双方进行了热烈的讨论，原计划一个小时的碰头会，竟然持续了一个半小时。

这次凑圭司将要接演的是一个大型食品制造商开发的瓶装茶广告。之前的电视广告代言人是一位著名的年轻女星。现在广告公司有了一个新的广告创意，邀请包括凑圭司在内的三位著名文化人士和代言女星就"日本文化"这个话题进行对谈。

凑圭司负责这一系列创意广告的第一集。之后的一个月，将有作家和画家分别登场。

刚接演时谈好的片酬是七百万日元，但不知道园夕子用了什么手段，后来广告公司将片酬提高到一千万日元。对于园夕子作为经纪人的才能，凑圭司非常佩服。

但是，这个关键人物今天却没有参加碰头会。

像这种碰头会，夕子从未缺席过。别说缺席，就连迟到都没有过。

碰头会快开始的时候，凑也担心起来，拨通了夕子的手机。

先后打了两次，手机都没人接，转为留言电话。他知道夕子已经提前离开了事务所，越发担心她遇到意外。广告代理公司和广告制作公司的工作人员都已经到齐。凑圭司只好跟大家说明情况，等会议开始后，仍每隔五分钟给夕子打一次电话。

打了很多次，园夕子都没有接。会议开始大概三十分钟的时候，夕子打来了电话。

当时，凑圭司刚好说起不久前在上海看到的一套茶具，慌忙停下来，接了电话。结果夕子只说了一句"喂，凑先生吗？对不起，我是园，有点事不能去碰头会了。但您不用担心。之后我再好好跟您解释。真的对不起。"便马上挂断了电话。

凑冲着已经挂断的电话"喂"了几声，但电话已经被挂断，当然不可能有什么回应。同席的工作人员看到凑圭司这样，也都表现出担心的样子。

凑打破沉默，只告诉大家："没事，对不起，今天园夕子好像不能来了。"

此时，凑之所以如此断言，是根据电话那头园夕子的语气判断出来的。虽然她还没有给出一个令人完全放心的解释，但电话那头的声音一点也不紧张，感觉就像是在商场买熟食，找错了零钱，只好再回去一趟。让人不由得联想到悠闲的田园生活的画面。

出租车从酒店的停车处开到拥堵的公路上。凑圭司又开始拨打夕子的手机。

原以为又会转为留言电话，没想到才响了两声，夕子就接了电话。

"哎？喂，园？"

"嗯，您好，对不起，没能赶上碰头会。"

"哦，没关系的，你怎么样？没出什么事儿吧？"

"啊，我还在电车上，等回到事务所再详细跟您解释。"

"哦，嗯，嗯。总之，你没事，对吧？"

"对不起，我在电车上。"

"哦，对不起，那事务所见。"

凑圭司比夕子还要慌张。

挂断电话之后，他深深地叹了一口气。刚才夕子给他的感觉，真的就像"在商场买熟食"。

凑圭司放下心来，但这种感觉也是转瞬即逝。他随即又深深地叹了一口气。

碰头的时候，自己一直拼命转移注意力，努力不去想那件事。但是，现在一个人坐在出租车上，才再次意识到自己自身难保，根本没有闲工夫担心夕子的事。那件事就像一块沉重的石头压在心头。

福田去跟踪那个男子，结果是否顺利呢？

还有，今天的事实在像一场闹剧。

对方指定的见面地点是棒球击球练习场。所以凑圭司原本以为对方肯定是黑社会的人，非常害怕。坐在椅子上，拼命地按住颤抖的膝盖，战战兢兢地等待对方出现。然而，很快来了一个男子，犹犹豫豫地过来问"请问，你是……"，那样子更像一个还没有完全脱离乡土气息的农家少年。

因为对方的样子和自己的预想相差太远，凑圭司便以为"这人肯定是替人跑腿的"，冷静地回答："是的，我姓凑。"

男子好像也非常紧张，用带着几分九州口音的语调，像背诵练过无数遍的台词似的跟凑圭司谈了起来。

他说的内容大体可以概括如下：

你哥哥没有肇事逃逸。他没有开那辆车。那天晚上肇事逃逸的肯定是你。如果你不想让我把这件事捅给警察或媒体，就赶紧准备三千万封口费。

记得这时凑插了一句，说："如果我不给呢？"男子突然慌张起来，面红耳赤地说道："你，你不是说见了面就给吗？"

这时，凑圭司就已经确信这小子就是恐吓犯。他忍不住问道："你是主谋？"对方好像没有听懂主谋这个词，回问道："朱某？朱某是什么意思？"

"没事。我是问，事发当天你在现场吗？"

"我没有，我没有，是我朋友，他亲眼看到的！"

简直就像个孩子在跟父母辩解。

"好，我知道了。你别那么激动。"凑不由得开始安慰男子。

男子大概意识到自己的立场开始处于劣势，于是做了一个深呼吸，说了下面这些话：

我们如果把这件事告诉警察，你就会被捕。但是，你也可以以威胁罪告我们。总之，我们现在是一根绳上的蚂蚱，谁都跑不了。你给我们三千万。我们不告发你。但是，你也许会认为我们以后可能还会继续敲诈你。到时你就以威胁罪告我们就好了。我们才不想丢掉已经到手的三千万。所以，我发誓我们不会做那种傻事。

他本人似乎以为这些话很有道理。但其实他的逻辑太愚蠢，凑圭司听了竟无言以对。

男子提出的封口费支付期限为三天。凑马上提出强烈抗议，对他说："太胡闹了。三千万可不是个小数，我也需要时间筹一下。"对方没有表示吃惊，而是爽快地答应延长支付期限，说："好，那就……一个星期吧。"

现在想起来，仍然觉得今天的事更像一场闹剧。

最后，男子说："那，一个星期后我联系你。到时我再告诉你交钱的地方。"

凑圭司觉得之后拜托福田去调查一下男子的底细，用他惯用的方法稍微吓唬一下男子，说不定自己就能轻易地从这件事中脱身。

谈话结束后，男子正要离开棒球击球练习场。这时，他又突然停下脚步，回过头来。"哦，对了。"他说，"……要是你敢报警，我们就把你的事都告诉警察。"

凑听了男子的话，点了点头。男子又走了起来。

"啊，对了。"他又回过头来，说道，"你也没法报警。你又不知道我们是谁。"

听到这里，凑圭司实在有些哭笑不得。他不耐烦地点了点头，男子这才走出练习场的等候室。

男子出去后，凑等了一会儿才走出来。他看到福田从不远处的大楼里走出来，跟他擦肩而过时朝他递了一个眼色。福田也装作面无表情，不动声色地回应了一下。

凑圭司下了出租车，沿着缓坡回到事务所。

事务所里一个人也没有。凑从冰箱里拿出冰镇的大麦茶，倒进杯子里，这时手机响了起来。

一瞬间，他以为是夕子打来的，但打开手机一看，发现屏幕上没有显示联系人的名字。只是，从手机的后四位可以判断是福田的电话号码。

"喂，喂。"

凑太紧张，甚至把大麦茶洒在了手上。

"是凑先生吗？"

福田的声音中含着几分歉意。

"嗯……怎么啦？他到底是什么人？"

焦急的凑圭司听到福田无力的声音："凑先生，对不起……"

"啊？你说对不起，是……"

"哎呀，其实，我，途中……"

"跟丢了？"

凑圭司不由得抬高了声调。

"那之后他去了牛肉盖饭店，我一不小心就……"

"牛肉盖饭店？"

"嗯，我也没想到他做完这种事后竟然会去吃牛肉盖饭……"

"让他逃掉了？"

"哎，与其说是逃掉呢，不如说根本就是我不小心。我稍微一不注意……不过，我拍了照片啊……"

听到福田吞吞吐吐，凑圭司不由得冒出冷汗。

"那……那怎么办啊！这次让他跑了，以后就再也没有机会查清他的底细了！"

凑圭司的声音不由得颤抖起来。

"……喂？喂喂？"

可能是信号不好，福田的声音时断时续。

"……没关系……下次……歌舞伎町一带的小痞子……地头蛇门道多……没关系……我再跟您联系……"

电话啪的一声挂断了。"喂，喂。"凑圭司喊起来。只有无奈的喊声在事务所中回响。凑圭司又重新拨打福田的电话，这次却转为留言电话。凑圭司坐在椅子上等待着，五分钟过去了，十分钟过去了，福田都没有再打来电话。

不知不觉间，映照事务所的夕阳也落山了，昏暗的房间中只剩下空调的声响。

凑圭司突然感到疲惫，闭上眼睛。这一瞬间，那天晚上的情景又清晰地浮现在脑海中。

我撞死榎本阳介那家伙，并非偶然。那天晚上，我开车跟着他，就是打算把他杀了。我在六本木的酒店看到他。他站在酒店的大厅里。一个中年男子跪在他脚边。"榎本先生，求您了，求求您了！请您答应！求求您，榎本先生！"中年男子使劲给他磕头。就像三十年前我的父母那样。

这时，紧闭的眼睑突然感觉到光亮。睁开眼睛，发现事务所的门开了。伸手打开灯的夕子站在那里，一脸吃惊。

"啊，对不起，我有点累。"凑圭司慌忙解释道。

夕子依然一副愣愣的神情，忙道歉说："对不起，我见房间没有开灯，就以为您还没回来。"

"对了，你好像出了什么状况？没事儿吗？"凑强装镇静，站起身来，拿起刚才从冰箱里拿出来的大麦茶瓶子。这时，走进房间的夕子从他手中接过瓶子。

"我来。"

"哦，谢谢你。"

凑圭司坐到墙边的备用椅子上。他本想回里面的房间，但还得听一下夕子缺席碰头会的理由。不过说实话，反正现在夕子已经平安无事地站在自己面前，至于她为什么没来，其实已经无所谓了。

"首先请您答应我一件事。"

夕子倒了一杯大麦茶，递给凑圭司，语气严厉地说。

"答应？"

"对。"

"怎么啦？感觉好可怕啊。"

凑圭司故意开玩笑。

"请不要再跟福田来往。"

"啊？"

突然听到夕子说出福田的名字，凑圭司差点又将杯子里的大麦茶洒出来。

"我反对您找福田解决这件事。您根本不知道福田是什么样的人。"

"等……等等，你在说什么？"

"对不起，请让我说完……我知道您在为什么事烦恼。至于我是怎么知道的，以后我再告诉您。但是，您找福田解决这件事，是错误的。即便福田恰好为您解决了这件事，那他也会以此为把柄威胁您一辈子。"

夕子的语气一反常态地严厉，凑圭司根本插不上话。

"您跟福田说了多少？"

"啊？你说什么，我……"

"凑先生，不要再装了！请您相信我。这件事，福田知道多少？"

"哎呀，到底……"

"他已经知道您被人威胁了，对吧？这没有关系。但您是否也把受人威胁的原因告诉他了呢？"

"哎呀，到底……"

"凑先生！您哥哥替您顶罪的事，福田知道吗？！"

夕子愤怒地瞪着眼睛。凑圭司无力地摇了摇头。夕子好像突然没了力气，瘫坐在椅子上。

"太好了……我觉得也是。太好了。不管怎样，总之，这就太好了。"

反方向驶过的汽车中，有很多都是前往九十九里海滨的年轻人。

即便车上没有冲浪板，这一点也是显而易见的。开车的男孩和副驾驶座上的女孩的笑脸说明了他们的目的地。既有情侣，也有学生团体。只有男孩的汽车稍微有些沉闷，只有女孩的汽车又多少有些嘈杂。即便如此，他们的脸上仍洒满盛夏的阳光，洋溢着青春的活力。

岩渊友香乘坐出租车，从市原监狱出发，开往小凑铁道上总山田站。

一个小时前沿着这条路来到这里。但是，见过在监狱服刑的父亲，再回来时竟感觉路两边的景色变得如此不一样了。

友香已经是第三次走这条路了。第一次是和妈妈一起，第二次是自己一个人来的。

第一次来的时候，妈妈和友香看到穿着囚服在监狱服刑的父亲，都只是不停地哭。明明知道家属见面的时间是有限制的，但母亲还是只叫了一声"她爸"，就泣不成声了。友香也只是在母亲身边抹眼泪。父亲也什么话都没有说。在泣不成声的妻子和女儿面前，他默默地在心中哭泣。

友香觉得自己必须面对现实，所以第二次她决定自己一个人去。"哦，友香，你来啦。"友香听到父亲无力的话语，瞬间又泪流满面。听到父亲问"在学校开心吗？""好好听妈妈的话了吗？""光晴叔给学费了吗?",友香只是一边抹眼泪一边点头。

但是,今天,友香在会面室没有哭。当然,中间曾一度抑制不住,但父亲的笑脸拯救了她。

也许是因为看到父亲的脸上又恢复了昔日温柔的笑容。

"爸爸已逐渐习惯了这里的生活。"父亲说道,"……劳动改造的地点也定下来了。爸爸在做味噌。以前爸爸跟你说过没有?爸爸本来想退休后去做荞麦面的。虽然荞麦面跟味噌完全不是一回事,但爸爸并不讨厌这种劳动。"

女儿非常清楚,父亲其实并没有习惯监狱里的服刑生活。她知道父亲只是为了让她放心,才这样强装笑脸。但是,父亲认真地跟她解释味噌的制作方法,从他的语气中,能听出一点点希望的色彩,虽然这种色彩是微量的,甚至是虚无缥缈的。

在短短的见面时间中,友香跟父亲讲起没有任何进展的毕业设计。

父亲身后站着狱警。友香当然也知道这不是聊毕业设计的场合,但除此之外,也没有别的什么可以对现在的父亲说。

越是强装平静,友香便越觉得,不管出于什么原因,既然家人选择了顶罪,事到如今也就只能接受这个事实。

友香不停地说话。因为只要一停下来,眼泪可能便会马上落下来。

因痴汉行为蒙冤被判刑后过了很久,一心只想当老师的父亲开始到各种补习机构应聘,但没有任何一家机构录用他。当时,友香曾在二楼听到父亲痛苦地大喊:

"与其受这种羞辱,还不如进监狱服刑更舒坦!真是活受罪!"

不知不觉间,出租车即将抵达车站。

开进车站的停车场前，友香闭上眼睛，试图记起爸爸刚才与自己在一起时的样子。但是，无论她如何努力回忆，脑海中浮现出的都是父亲在家悠然自得的面容，而不是在会面室中的样子。

就在这时，手机的短信铃声响了起来。原以为一定是妈妈发短信来询问爸爸的情况，但打开手机一看，屏幕上显示的不是妈妈，而是同学山崎飒太的名字。

"后天和高中同学一起去九十九里海滨。想问你去不去。

海边，绝对令人神清气爽！

可是，我知道你去不了的，对吧？（笑。）"

友香看了飒太发来的短信。只看了一眼，脑海中便想好了回信的内容。

"对不起，很高兴你能约我。可后天我去不了。"

从出租车上下来的时候，她真的打算这样回信。

但是，打字的手指突然停了下来。

友香有些慌了起来。她想告诉自己，之所以停下来，是因为连回信都不想回了，但当她盯着自己的手指时，才知道不是那样。

我想去？想去看看？不，怎么可能呢。是去看大海哦。和飒太的高中同学一起去看大海？去那种地方，能玩得高兴？不可能玩得高兴。在这种状况下，我怎么可能自己去开心。爸爸是为了我们才去监狱服刑的。我怎么能自己一个人开心啊。过得多苦都是理所当然的。

友香下了出租车，呆呆地站在原地。一个中年女人撞了一下友香的肩膀，走向车站。

身体突然失去平衡，手里的手机差点掉到地上，慌忙握紧。

她盯着空白的回信页面。大拇指不听使唤，迅速打了一行字。

速度之快，连她自己都觉得不可思议。

"我想去看大海。"

友香盯着这行字看了一会儿，感觉就像别人发来的短信。友香回过头去。这里明明不可能看到父亲服刑的监狱，但她还是踮起了脚尖。

友香点了发送按钮。点下去的瞬间，友香"啊"了一声，但短信已经飞向了山崎飒太。

那天晚上，友香做了一个非常真实的梦。她梦见自己刚好坐上父亲宏司被人错当成痴汉的电车。拥挤的电车里，友香坐在车座上。

一会儿将要被性骚扰的那个高中女生站在不远处。前后左右被人推搡着，瘦小的她被挤得有些喘不过气来。电车开进父亲平常上车的车站。下去几个人，但上车的人比下车的人还要多好几倍。

友香隐约看到父亲的身影。她想大声喊"不要坐这辆车"，却发不出声音。想站起来，身子也动不了。

父亲被人从后面推着，站到女生的左后方。车门关闭，电车缓缓地开了起来。

友香拼命地转动眼球，寻找真正的罪犯。她想亲眼找到那只咸猪手。她能感觉到自己的眼睛因为太用力而涨出了血丝。电车剧烈摇晃，乘客随之左右摇摆。

瞬间，她看到一只手掀起女生的裙子。友香叫不出声来，只好咬紧牙。

"抓住他！抓住他！"她把牙咬得咯咯作响。

下一个瞬间，她看到伸向女孩的那条手臂连在爸爸的肩膀上。

她惊叫起来。

"不是！不要！"

友香被自己的惊叫吓醒了。空调定时关掉了，房间里又闷又热，友香浑身是汗。床单上就像洒了水，湿漉漉的。

过了两天，友香站在池袋站东口的站前广场上。

发给山崎飒太的那条短信马上收到了回复。回信中如实写着他接到友香回信时的惊讶。其后，两人互相发了几条短信，约好见面的地点。飒太说他会开车来。

友香站在原三越百货前面的背阴处，这时一辆轻卡停在她面前。这是一辆随处可见的货运轻卡，车门上印着"山崎工务店"几个字。于是，友香转开视线，但下一个瞬间，她突然意识到山崎工务店与山崎飒太的关系，又慌忙转回视线。

飒太手动打开副驾驶座的车窗，朝友香挥手，见友香一脸惊讶，抱歉地解释道："不好意思，我家的车就是这辆啦。"

"啊，没有……"

由于太意外，友香一下子不知道该说什么才好。

"如果我说开轻卡去看海的话，谁听了都会改变主意，说'还是不要去了'。"

友香看到飒太夸张地挠头的样子，脸上不由得泛起微笑。

"很搭调。"友香说道。

"啊？"

"你跟轻卡啊。"

"别价！我最不想听到的就是这句话了。"

友香走近轻卡。飒太为她打开门。很明显，车里是细心打扫过的。脚下的橡胶垫还没有干。

"谢谢。"

友香坐进副驾驶座时，这句话从嘴里冒了出来。她并不知道自己在谢什么。

"好了，九十九里海滨，出发！啊，没有车载音响什么的，收音机也只有 AM……就是这个样子啦。好啦，出发，前进！"

飒太踩下了油门。友香也小声说了一句"出发前进"回应飒太。

眼前是一望无际的沙滩。海平线是弧形的，夏日的晴空没有一片云，只有火辣辣的太阳悠然地发出耀眼的光芒，似乎无论发生什么事，它都会始终如一地保护自己。

在开往九十九里海滨的车里，飒太不停地说话。学校里的事，一会儿将要在那边见到的高中好友，那个好友最近刚开始交往的女朋友……

感觉就像他以为如果自己不说点什么，这辆发动机偶尔发出奇怪声响的轻卡就会停下来。

在海之家换好衣服的友香，踩着炽热的沙子走到海滩上。飒太正悄悄地站在别人租用的遮阳伞的阴影下等待。

"不好意思。"友香向他道歉。

飒太走过来，眯起眼睛说道："这件泳装很适合你。"

这是友香昨天匆忙到池袋的商场买的。

"都不知道多少年没来海边了。"

友香小声说了一句。飒太慢慢地抓住她的手，就要跑起来。

友香顺从地跟在他后面。

脚底的沙子很烫。海边吹来的风轻拂汗津津的身体。

"山崎！"

友香叫了一声用力拉住自己的手的飒太。飒太一边迈着罗圈腿向前跑着，一边回过头来。鼻子上的汗水在阳光下闪烁。

"我没有必要忍着，对吧？"

飒太听了友香的话，大声喊道："对！天热的时候，就要跳进大海！"说完，他松开友香的手，冲进涌上来的海浪中。飒太脚下溅起的海水滴落在友香的胸口，眼前溅起巨大的浪花。

跳进海浪中的飒太浑身湿漉漉的，露出头来。

"好凉啊！"

友香拔出渐渐陷入湿沙中的脚，留下一个沙坑。海浪打过来，沙滩瞬间恢复了原来的样子。

一步、两步……友香迈开步子。

海水的冰凉从脚踝传递到膝盖，又从膝盖传递到大腿。

友香仰望着天空。火辣辣的太阳就在头顶。

"啊，那小子终于来了。"

飒太指着海之家的方向，水滴从指尖落下。友香回过头去。

飒太高中时同在剑道社团的朋友带着他最近刚开始交往的女友，踏着炽热的沙子，蹦蹦跳跳地朝这边走来。

"他女朋友看起来挺认真的。"友香说道。"是啊。这个夏天，那小子好像被她的认真折磨得够呛。"飒太笑着回答。

结果，友香他们一直在海边玩到日落。他们租了一艘橡胶船，到海上玩了一圈。买了沙滩球，在海滩上玩耍。在海之家吃了咖喱。飒太和他朋友到海里玩摔跤游戏，女生就躺在折叠椅上看着他们。她们也不说话，只是不知疲倦地看着男生在远处嬉闹。

回去的途中，友香不知不觉间在副驾驶座上睡着了。睡得很沉。也许也是因为玩累了，但好像主要是飒太的超平稳驾驶将她带入了梦乡。

自从父亲蒙冤入狱后，友香从没有像这样自然入睡过。

连自己都觉得不可思议的，令人怀念的，深深的睡眠……

……南无妙法莲华经，南无妙法莲华经，南无妙法莲华经，南无妙法莲华经，南无妙法莲华经，南无妙法莲华经。

和往常一样，奥野佐和正在做早课诵经。

昨夜也几乎一夜未眠。不，或许睡了。但由于腰和肩膀的疼痛，每隔十五分钟就会醒一次，所以感觉就像一夜未眠。

连自己也觉得不可思议。再过四年就一百岁了，全身都有病痛是理所当然的。甚至可以说，到了这种即便死掉也不奇怪的年纪，身体还能感到疼痛，就已经算是健康了。

佐和一边有节奏地敲着木鱼，一边将视线转向佛坛上方。挂在墙上的一排遗像，俯视着诵经的佐和。

上面有丈夫兄弟二人的遗像。战争中丈夫被送往菲律宾，一去不回。佐和只收到丈夫失踪的消息。丈夫的弟弟也被征兵，死在了中国东北。

小叔遗像的旁边是公婆二人的遗像。他们生前与佐和一起，一直等待一去不归的儿子。

佐和刚嫁过来的时候曾备受婆婆的虐待，但现在抬头看着她的遗像，发现她那苛刻的表情中，烙着一个母亲在战争中失去两个心爱的儿子的悲伤。

战后，失去丈夫的佐和一直留在这个家里，继续照顾丈夫的父母。如果没有丈夫给自己留下的"纪念品"克义，或许她会离开这个家，走上另外一条人生路。

独生子克义和他心爱的妻子美津子的遗像挂在丈夫的遗像旁。

克义和美津子被人欺骗，欠下巨额债务，最后丢下两个儿子，双双自杀身亡。转眼已经过去很多年了。

佐和感觉已经是很久很久以前的事了。很久、很久以前，仿佛是在克义还未出生的那个时候……

一定是年纪大了，对时间的感觉也糊涂了。胖小子克义还没出生，怎么可能跟他心爱的妻子一起去自杀呢？

一边敲着木鱼一边诵经的佐和在脑海中回忆着往事。原本应该按时间顺序排列的那些往事，像云一样轻飘飘地浮现在脑海中，一会儿向前，一会儿向后，一会儿消失，一会儿又清晰地浮现出来。

佐和停下敲木鱼的手。

闭上眼睛，克义从东京第一次将美津子带回家时的情景又清晰地浮现在眼前。明明知道不过是回忆，却仿佛能听到他们迟疑着走近玄关的脚步声。

克义猛地打开玄关的门。放在旁边的铁锹倒在泥地上。

佐和一大早就焦急地盼望他们的到来。

她很少顶撞公婆，但唯独孩子上学的事，她与公婆发生了争执。她不顾他们的反对，用卖掉土地换来的钱，送克义上了本地的一所高中。

克义没有辜负佐和的期望，高中毕业后，在东京的一家纺织工厂找到了工作。

要让儿子从事脑力劳动，而不是体力劳动。

这就是佐和对儿子的期待。

克义去东京就职的那天，佐和把他送到了大馆站。二十世纪五十年代后半期，大批农民涌向大城市就业，车站里挤满了前往东京或大阪就业的初中毕业生和他们的父母。前来送高中毕业的儿子克义的佐和，生来第一次感到自己与众不同。

"娘，我走咯。"

"嗯，走吧。"

"娘，您保重哦。"

"娘的事，你别担心。你好好干活，给公司做贡献。人家录用你，这种恩情一辈子都不能忘。"

佐和目送克义拖着大包行李上了火车。

轻易将大包行李扛上肩膀的动作，上火车车厢门口的台阶时抓住扶手的强壮手臂，年轻的克义的一举一动，似乎都预示着幸福的未来。

克义将行李放上行李架，从车窗里探出头来，与母亲最后道别。

佐和什么也没有说，紧紧地握住儿子的手。

"娘，等我安顿下来就给您写信。"

"你先别管我。公司那头受人家照顾，好好向人家表示感谢。"

"知道啦。"

汽笛响了起来，到大城市集体就业的孩子们哭喊着乘上火车。

那些初中毕业的孩子稚气未脱，便要离开家门。别的母亲都旁若无人地放声哭了起来。

她们各自呼唤着自己孩子的名字，出发的汽笛响了起来，仿佛在回应她们的哭喊声。

火车开动了。母亲们哭个不停，似乎觉得她们只要拼命哭，火车就能停下来似的。

载着克义的火车开动了。别人的母亲追着火车跑了起来，只有佐和没有那样做。她站在原地，目送去东京工作的独生子远去。

最后，火车消失在视线中。佐和拿起手中的手帕擦了擦脸。

直到最后她都没有哭。

含辛茹苦养大的儿子离开身边，肯定感到伤心。但是，她更期待的是儿子未来的幸福，而不是把他留在身边。

那天，佐和走出车站后，走进站前唯一一家可以烫发的美发室，足以说明这一点。

当然，这不是计划好的。从车站出来后，她原本打算像往常一样把毛巾系在头上，下地去干农活。但是，就在这时，她突然看到美发室全新的招牌和玻璃窗上的女演员短发造型的海报，便突然停下了脚步。

海报上的女星是当时一个很受欢迎的女演员。卷卷的短发微微染红，像波浪一样熠熠生辉。

"我也终于把儿子拉扯大了。"她兴奋起来，心想，"儿子有出息，到哪儿都不丢人。"

佐和手中握着毛巾，推开了美发室的门。虽然门面时尚，但里面与当地的理发店也没什么太大不同。老板娘过来热情地打招呼："哎呀，是佐和姐啊。"

为了随时能回到地里干农活，佐和还穿着劳动裤[1]。

---

[1] 日本妇女劳动、防寒穿的裙裤。前后片相对，有裆。式样宽松，穿在长和服外。

"这种样子哪行嘛。"

老板娘见佐和走进美发室的瞬间有些退缩，温柔地推她进来。

然后，她让佐和坐在光滑的镜子前。说实话，起初佐和甚至不敢抬头看镜子里那张脏兮兮的脸，但是，当听到老板娘问"哦，对了，你家克义坐刚才的火车去东京了，对不对？"，她马上抬起头来。

"对，就是刚才那辆火车。"佐和看着镜子中的自己说道。

"这边的街坊都说你很了不起。"

"真的？……"

"当然是真的。虽说现在大家生活都好了，但能为了孩子上学把养家糊口的农田都卖掉的人，可不多呢。佐和姐，你真的很了不起。"

"哪有……"

"多亏你，你家克义才进了东京的大公司，真的很厉害。克义努力是一个方面，可要是没有你的支持，他也不会有今天的成绩。我真的觉得，咱们这附近，要是多几个像你这样的女人，肯定会发展得更快。"

佐和有生以来第一次让别人帮自己洗头。两天没洗澡了，应该很脏，但老板娘却夸赞说："佐和姐，你的头发很有光泽，好漂亮哦。"

"佐和婆婆，早上好！我是室田。"

玄关传来一个声音，打断了脑海中复苏的回忆。是护工室田峰子的声音。像往常一样，只要这个声音传来，整个房间里就一下子洒满阳光。

佐和想从久坐的佛坛前面移动一下，将手伸向破旧的榻榻米，结果碰到躺在前面的老猫。老猫用一种怨恨的眼神看着佐和，仿佛在催她快给自己喂食。

"对不起，忘了喂你了。"

佐和摸了一下老猫的头，有些不情愿地站起身，走向开始在厨房收拾东西的峰子。

"哎呀，佐和婆婆，这是昨天的盒饭？您一点都没吃啊。"

厨房里传来峰子的声音。佐和慢慢地拉开拉门。峰子拿着一盒还没打开过的盒饭，闻着味道。

"怎么啦？昨天身体不舒服？"峰子问道。

"不是。"佐和回答，"……昨天光晴从东京寄来很多东西。有上回的那种甜纳豆，一颗两颗地吃着，一会儿就吃掉了一半。"

"哦，就是那种甜纳豆啊。我之前看电视才知道，那是东京一家很有名的老店的特产。"

"哦，真的？贵不贵啊？"

"肯定比在咱这边贵。"

佐和看了一眼桌子上的甜纳豆。吃了一半，剩下的一半用皮筋捆着。

"……反正您家光晴是有钱人，给奶奶买点甜纳豆算不了什么。"

"峰子，还有点没吃完的，要不你带回去？"

"啊，可以吗？"

"可以，可以，我已经吃了很多了。"

佐和坐在电视机前的矮凳上。干瘪的臀部坐在十年没晒的薄坐垫上，硌得生疼。

老猫蹭到峰子的脚边，催她给自己喂食。

"哎，佐和婆婆，猫还没有喂？"

"嗯，还没。"

"哦，原来你还没吃饭啊，饿了吧？吃点什么？这个盒饭，好像还没臭，要不喂你吧？"

佐和一边听着峰子跟猫说话，一边闭上眼睛。

这是说的什么话啊，什么叫好像还没臭……能不能说点好听的话。人吃的和猫吃的怎么能一样呢，真是……不过，峰子脾气直爽，比之前的那个护工强多咯。以前那个护工，一打扫卫生就喊累，一遇到什么事情就唉声叹气，还得让我帮她。跟她比起来，峰子真是太有精神头了。

也许是因为昨天晚上一夜未眠，闭上眼睛，困意顿时袭来。

记得克义刚去东京不久，就把美津子带了回来，对佐和说："我想娶她。"美津子和克义在同一家公司上班，她是打字员。她老家在岩手县，人虽然有些土气，但无论问她什么，她都要看看克义的脸色才回答。看到她这个样子，佐和便相信她一定会对克义好。

两人在东京举办了简单的婚礼，只有两家的家人参加。佐和有生以来第一次去东京，但因为过于匆忙，当时的经历已几乎不记得了。

美津子的父母也从岩手县来到东京。佐和现在只记得当时与他们一起参观了皇居和浅草等地方，但在对方的父母面前也不能喊累，很痛苦。

之后不久，公公婆婆就像说好了似的，在同一个季节相继去世。但是，人生真是不可思议，突然变成孑然一身的佐和就在这时接到了长孙宏司出生的喜讯。

大概在宏司十岁的时候吧，克义说要辞掉好不容易找到的工作，非要出来自己创业，说要开一家服装批发店，利用之前积累的人脉为商场和零售店供货。

看到克义闪闪的眸子，佐和不知道自己是应该鼓励还是反对。这种判断已经超出了她的能力范围。

当时的日本，无论做什么事，很少有不成功的。克义说：不想自己干一番事业的人是傻瓜，只要是真正的日本人，就会想自己创业，干一番大事业。

幸运的是，克义的生意好像很成功。美津子总是打来长途电话，她的声音透出喜悦，今天说租了一间大办公室，明天说租了一个大仓库，好消息总是接连不断。于是，佐和开始在内心嘲笑自己曾那么担心他们。

克义一家的生活越过越好，每月寄给佐和的生活费也越来越多。

但是，在他们的次子光晴出生后，佐和开始感觉到有些不对劲。偶尔回乡的克义和美津子脸色变得十分难看，平常性格稳重的克义也开始在酒后大吼大叫。

克义不在的时候，佐和听美津子说了事情的原委。原来，克义和几个人合伙，为了扩大生意的规模，借了很多钱。那几个人与英国的著名服装品牌签署了独家代理合约。若进口这个品牌的服装，就要通过克义的公司开拓的零售店销往全国，这样便能获取巨额利润。

当时是二十世纪八十年代。那个时代，电视上的年轻人，无论是东京还是大馆，都穿着时尚的服装。

最后，克义被那几个人骗了，欠下巨额债务。

这次，即便佐和卖掉家里所有的土地也还不起了。

说白了，克义就是完全被人坑了。发现自己被骗后，再去大声指责与声讨对方，也都无济于事了。

　　讨债的人也来过佐和家。玄关的门被踢坏，玻璃窗也被石头打碎。就连非直接借款人佐和都被这样对待，克义夫妇当时的困境更是可想而知。现在每当想起当年，佐和仍会忍不住流泪。

　　如果当时阻止他扩大生意规模，如果当时劝他不要辞职，如果当时没让他去东京……

　　不知为何，在无尽的悔恨当中，佐和总会想起那天去美发室，在光滑的镜面中看到自己青春的脸庞，灿烂的笑容……

第
二
幕

第一景

大概一个小时之前开始下的雪，已经将下面的新宿中央公园染成了一片银白。

真岛美月将鼻子贴在窗玻璃上，低头看着雪花一点点将树木覆盖。

从美姬妈妈桑二十层房间的窗子里，能清楚地看到空中飘落的细雪颗粒。盯着看一会儿，便感觉不是细雪在往下落，而是自己的身体在细雪中迅速上升。

五岛福江岛有时也会下雪。但是，九州西部离岛上的雪，落到地面的瞬间便会融化。

美月稍微打开一点窗。寒冷的空气吹进开着暖气的房间。美月摸了一下因香槟的酒劲而发烫的脸颊和脖子。

"美月！快，瑛太抓蛋糕呢！"

美月突然听到喊声，回过头去，看到从厨房里走出来的美姬妈妈桑站在那里，手上还戴着橡胶手套。

顺着美姬妈妈桑的视线，看到刚才从椅子上爬上了桌子的瑛太，马上就要伸手抓到桌子上剩下的生日蛋糕。

美月慌忙跑过去，轻轻地把瑛太抱起来。于是，刚才爬上桌子的瑛太，这回又开始往美月的头上爬了。

"美月，今天要出去伴游吧？"美姬妈妈桑回到厨房，问道。

"嗯，一会儿就出去。"美月回答。

"我送瑛太去托儿所就行了，你开始准备吧。"

"没事儿，还是去那家寿司店，顺路把他带过去就行。"

"没事儿，没事儿，我今天可以晚点去店里。到几点左右都在家。"

美姬妈妈桑的声音和她熟练地洗碗的水声一起传了过来。

桌子上放着剩下一半的生日蛋糕。塌陷的中心位置放着一块巧克力板，上面写着"Happy Birthday，瑛太"。旁边插着一根"1"字形的蜡烛。

"瑛太，你一岁啦，好棒哦。"

美月一边小声说着，一边啪的一下衔住瑛太正要放进她口中的手指。大概是觉得"啪"的声响很有意思，怀中的瑛太扭着身子笑了起来。

刚才，大家在这里为瑛太庆祝了他的一周岁生日。虽然只有美姬妈妈桑、美月和朋生三个人，但最近开始牙牙学语的瑛太似乎明白自己才是今天的主角。他坐在朋生的腿上乱闹，两次打翻美姬妈妈桑的香槟酒杯，而且竟然冲着美月的脸放了一个屁。

每当他胡闹，大家都会哈哈大笑，所以瑛太就更加高兴了，蹒跚着步子在房间里跑来跑去，一会儿撞到门，一会儿撞到墙。

六个月的时候，美月抱着瑛太来到东京。现在半年过去了。这半年中，瑛太学会了爬，学会了扶着东西站起来，学会了走路。

虽然还不太会说话，却好像也在用自己的方式区分美月和美姬妈妈桑，叫美月时是"妈妈"，叫美姬妈妈桑时则是"麻妈妈"，发音和语调有些细微的不同。

对于偶尔才来一次的朋生，也不知道他是否知道那是自己的爸爸，总之每次朋生要抱他，他都会先哭喊一阵子，等朋生慌忙把他放下后，他才自己慢慢地挪到朋生身边，让他陪自己玩。然后，等朋生要走的时候，又会开始大声哭闹。

自从开始在东京生活，美月对心爱的丈夫朋生的看法稍微有些改变。当然，她还爱着他，但是在五岛福江岛的时候，她觉得丈夫是个无所不知的大英雄，但来到东京后，他给美月的这种感觉却荡然无存。

最后，朋生还是回到原来的那家牛郎店上班。他曾一度扬言要跟纯平两人一起搞件大事情，但最后也不知道结果怎么样。美月问他时，他也只是回答说："哦，那个啊……"

美姬妈妈桑干脆地笑着说："很明显，就他那块料，什么也干不成。虽然我不知道他曾企图做什么，但能趁早收手，对于咱们来说就是万幸了。"

起初，朋生非常害怕回原来的那家牛郎店上班。他觉得自己半途辞工，对方会报复自己。但回去之后，前辈牛郎也只是若无其事地说了一句"哎？回来啦"。结果他又有了另外一种担心，心想："这才可怕呢。要是以后店里出点什么事，肯定让我出去给大家当垫背的。"

大概出于这种担心，最近每次见到美月，他都要碎碎念一番，说："我想回五岛，想回五岛。"

若是以前，美月肯定二话不说就跟他一起回五岛了。但是现在，通过美姬妈妈桑的介绍，她在歌舞伎町的高级会员制俱乐部"雪村"上班已有半年。自己不能轻易背叛美姬妈妈桑的信任、"雪村"的妈妈桑的期许，以及那些喜欢自己的客人。

美月乘坐的出租车堵在歌舞伎町的大街上。从这里下车的话，步行也可以到达她和店里的常客天野相约的那家寿司店，但是坐在车上看着行人蜷缩着身子走在寒风中，便始终下不了决心对司机说:"我就在这儿下吧。"

这时,美月发现出租车停下的地方,刚好是半年前自己第一次来东京的那个夜晚抱着瑛太蹲坐的地方。和半年前一样,这里还竖着中式按摩店和夜总会的招牌。那时浑身疲惫的美月就蹲在这两个招牌之间的夹缝中。

虽然是同一个地方,但那天看到的歌舞伎町与现在自己在车上看到的歌舞伎町,竟感觉好像变了一个地方。具体也说不清到底哪儿不一样。打个比方,自己当时完全不知道那条巷子的前方有什么,而现在她却知道那条巷子的尽头向右拐有一个药局,往左拐有一个到深夜依然营业的宠物店。当时自己对这里的了解只是自己能看到的区域,而现在即便是那些一眼看不到的地方,她也已经了然于心。或许正是这个缘故,现在看到的景色才与那天晚上感觉完全不同。

出租车终于开动,在十字路口停了下来。美月下了车。

美月穿得很单薄,外面只穿一件外套。下车的瞬间,凛冽的寒风无情地沁入身体中。

她收紧外套的领子,快步走了起来。高跟鞋踏着柏油路面,就像敲打着寒冰,发出咚咚的声响。男人们与她擦肩而过时,总会忍不住将她上下打量一番,就像是在评估某种物品的价值。

美月避开那种视线,低头向前走着。美姬妈妈桑借给自己的香水发出甜蜜的芳香,流逝到寒冷的空气中。

打开寿司店的门,见天野坐在原木柜台最里面的座位上。他举起手中的啤酒杯,喊道:"喂,绫香,这边,这边。"这家店已经跟他来过很多次了,福冈出身的老板和从里面走出来的老板娘都露出和蔼的笑容,表示欢迎。"欢迎光临。"

坐在柜台上的其他客人，也多是出来伴游的女招待和她们的客人。男人们齐刷刷地将视线投向美月。其中甚至有人将她和自己的女伴比较，脸上显露出懊恼的神色。

"对不起，我迟到了。"美月走向天野。她脱掉外套，递给老板娘。老板娘故意叹了一口气，说道："哎呀，好软和啊，摸着真舒服。"

"这是'兰'的妈妈桑借给我的。"美月说道。这时，天野一脸高兴却故意蹙起眉，说道："老板娘，你这是干吗啊。这样一来，我就必须得送绫香礼物了。"

"天野老师，本周的《上海五点五十五分》，我读过啦！"

美月轻轻地坐在天野身旁，马上为他倒了一杯啤酒，说道。

"本周的是指？"

"跟踪饭仓少佐的流星等人，在领事馆发现了上吊自杀的少佐……"

"哦，这章啊，每周都被截稿日期追得很紧。我都不知道现在发售的杂志上刊登的是哪个部分了。"

"这样啊……对了，我想问的是，那个尸体其实不是饭仓少佐，对吧？前面不是写到饭仓少佐有个双胞胎弟弟吗……啊，等一下。要是听老师讲了，下周的连载读起来就没意思啦。"

天野刚要回答，美月又突然意识到这个问题，慌忙用手捂住他的嘴。

"什么嘛，自己问了又不让人家说。"

天野一脸高兴地抓着美月的手。"她要问我，我肯定回答啊，是吧老板。"老板把美月的杯子递过来时，天野笑着对他说道。

"不过，绫香你这样的女孩真是很少见。一个女孩子家，每星期都买《Ambitious》来看。"

"是啊，在店里见到您之前，我就开始看了。"

"这就很了不起了。在俱乐部里认识的女孩子中，倒是也有不少看的，但她们都是认识我之后才开始看的。像绫香这样每周都坚持买来读的还是第一个。"

天野现在在漫画周刊《Ambitious》上连载一部以二十世纪四十年代的上海为背景的侦探漫画。

漫画的主人公是一个叫作相乐流星的侦探，是一个日本科学家和一个中国女演员生下的混血儿。在魔都上海，他作为侦探侦破当地发生的奇怪案件。到现在已经连载了三年，今年夏天将被翻拍成电影，单行本的销售也很火爆。据"雪村"的妈妈桑说，天野现在和他的妻子及两个儿子住在南麻布的一栋高级别墅中，家里据说还有地下温水泳池。

"绫香，之前我跟你说的那件事，考虑得怎么样了？"

吃完老板捏的寿司，因日本酒而面色发红的天野故作嗲声问道。美月将手放在天野的大腿上，回答道："可是，我请不了假。"

"周五请一天假就行啦。就三天两晚，星期天晚上就回来了。香港很有意思哦。"

"我是想去啊，可是我又没有护照。"

"哎，护照一个星期就能办好的。"

"我是想去，可是……"

美月看着老板，希望他为自己解围。老板大概已经习惯了女招待们的这种求助的视线，一边擦着案板一边插话道："香港也有很大变化吧。我当年去的时候香港还没回归呢。"

于是，天野和老板很快开始谈论起在香港的什么地方能便宜买到高级手表之类的话题。这时，美月起身去了卫生间。

香港啊。要是跟朋生和瑛太三个人一起的话，俺倒是愿意去。可是，跟天野老师……香港好像也有迪士尼乐园。哎，好不容易来了东京，才去了三次迪士尼乐园。朋生为啥不喜欢迪士尼乐园啊。俺知道他本来就不喜欢刺激项目，可飞溅山根本就不算过山车啊。

美月在卫生间洗完手后，从包里拿出手机。

美姬妈妈桑发来短信，上面写着："我刚把瑛太送到了托儿所。两点你能去接吧？新毛巾也交给田代老师了。"

美月马上回信致谢。不知他们谈什么那么高兴，卫生间里都能听到天野老师的笑声。

听着卫生间传来的水声，美月看了一眼床头柜的电子表盘上显示的时间。

昏暗的房间中浮现出红色的数字"1∶51"。

即便现在就去托儿所，也要两点多了。她本来想找一家离托儿所近一点的情人酒店，可是那附近的酒店全都没有空房了。

美月赤裸着身子从床上走下来，从桌子上的包里拿出手机。

地上落着一个用过的避孕套。美月犹豫了一下，还是受不了就这样丢在地上，捡起来用卫生纸包住，丢进了垃圾桶里。

她给田代老师发了一个短信，告诉他自己会迟到十五分钟。田代老师马上回复了短信。

"辛苦了。知道了。瑛太睡得正香呢。"

美月看着短信。瑛太枕着枕角酣睡的样子浮现在眼前。

她用浴巾裹住身子。这时，厕所的门开了，朋生挠着肚皮走了出来。

"为什么跟老婆做爱还要来情人酒店吗。"

朋生仍然像往常一样发牢骚,美月把内裤扔给他。

"没办法,又不能在美姬妈妈桑的房间里做这种事。你的宿舍也是跟前辈两个人一起住啊。"

"哎,咱们租个房子吧。也有那种不收押金和礼金的啊。"

美月听着朋生不厌其烦的提议,穿上了内衣。

"可是,我还是觉得美姬妈妈桑说得对,咱们得有点存款再出去租房子才行。一家三口住在一起,要添置很多家具之类的。而且,万一瑛太有个什么事,也要用钱啊。"

"存款?要多少啊?"

"一百万左右?"

"那啥时候能攒到啊?"

听到这里,美月已感觉无奈,不再回答他的问题。

"哎,干啥来东京啊。"

朋生也不穿内裤,又咕咚一下躺倒在床上。

"又来了。"

美月不理会朋生,换起了衣服。

"哎,美月,咱们一起回五岛吧。"

"话是这样说,可是……"

迅速换完衣服的美月低头看着赤条条躺在床上的朋生。就连那软塌塌的阳具都好像在嘟囔:"俺要回五岛。"

"喂,赶紧穿衣服啊。不然酒店要收加时费的。"

美月在卫生间简单补了一下妆。

先去接瑛太,然后给天野老师发短信表示感谢,然后……对了对了，要把厨房的垃圾扔掉。啊，饿得慌。晚上做点啥吃呢？不知道妈妈桑回不回来吃。要不用高压锅炖点猪肉吧。

卫生间的门外又传来朋生的叹息声。

刚才扔到远处的手机又响了起来。扔出去的手机不可能自己走过来，但正因为知道打电话的人是谁，所以感觉手机离自己比刚才更近了。

既然这么烦，不如干脆把手机关掉好了。虽然自己也这样想，但睡觉的时候不小心忘了关，现在电话铃响了，又懒得去操作，索性把手机扔得远远的。

滨本纯平把脸埋进枕头里，等手机铃声终于停下来，才抬起头。他想看看时间，但手机离得很远。铃声响的时候感觉手机近在咫尺，可现在想把手机拿起来时，却怎么也摸不着。手机是自己扔出去的，也没有办法。

纯平从被窝里爬出来。手心触到温暖的电热毯，又想躺进去睡一会儿。

打开手机看了一下时间，发现刚刚下午一点。原本只想看一下时间，可是屏幕上显示的两排字还是不由分说地飞入他的眼中。"未接来电，园夕子，3个。""留言电话，园夕子，3个。"

纯平又把手机扔了出去，回到床上。他觉得如果现在钻进被窝，没准儿还能继续做刚才的梦。虽然不是多么开心的梦，但颇有点惊心动魄。

纯平梦见自己在后台指挥NHK红白歌会。明明时间不够了，可主持人还在舞台上不紧不慢地介绍曲目。舞台两侧放着大型服装道具。旁边，一个泰斗级演歌歌手正劈头盖脸地骂一个新晋歌手。后台，白队的队长找不到下一场演出的服装。

纯平再次被手机铃声吵醒的时候，透过窗帘的阳光已是傍晚时分的金色。

不知道是一直在梦中，还是回忆了一番之前做的那个梦，总之时间的的确确已经流逝了。

手机转为留言电话前，纯平终于忍不住从被窝里跳出来接了电话。不出所料，园夕子的声音从电话那头传了过来，像连珠炮一般问道："我的留言电话你听了吗？还没有？难道刚睡醒？"

纯平只"嗯"了一声，走向厕所。途中，园夕子的声音依然没有中断。

"我们约好今天晚上见面的，你还记得吧？我想把时间从七点改成八点。可以吗？就是因为那个啊，之前也跟你说过的，梅木老师啊，在她那里预约的时间晚了一个小时……"

纯平满不在乎地尿了尿，冲了水。对方好像也听到了冲水声，厌恶地说道："不是吧，难道你在上厕所？"

"知道了，知道了，改成八点对吧？遵命。"纯平说完，挂断了电话。挂断电话的瞬间好像听到对方又说了什么，但也懒得再抬起手回拨电话。

从厕所出来后，纯平从小小的冰箱里拿出茶，喝了一口，然后把今天早晨睡觉前放在桌子上没吃完的橘子塞进嘴里。

啊，这橘子有点干了。不过，嚼起来还是有点甜味的。哎，好烦人啊。好不容易歇一天，晚上还得去跟大婶约会。最近我到底都在干啥子吗。哎，现在说这些也没用了。最近……不，其实已经是半年前了，见到那个大婶之后，都干了些啥子吗……不过，这橘子还是挺甜的。

纯平又剥了一个橘子，蹲在瘪掉的坐垫上，将整个橘子塞进嘴里，品尝橘子的甜味，不由得想起半年前第一次见到园夕子时的情景，连自己都觉得很丢脸。

那天，纯平让朋生去和凑圭司见面，自己在棒球练习场对面大楼的门口等待。原以为凑圭司会带个人一起来，所以他才跟朋生一起来的。但凑圭司按照约定，一个人也没带，纯平便一边悠然自得地抽着烟，一边等待朋生从练习场出来。

在那里站了一会儿，他便发现一个大婶站在自己上方二楼的楼梯拐角处，一副鬼鬼祟祟的样子。通过球场的铁门看得清清楚楚。

起初他还以为是在这栋楼工作的女白领跑到这里来偷闲，并没有太在意。但是，朋生出来后，用眼神告诉他"搞定了"。然后，他独自走向俱乐部"兰"，这时发现大婶在跟踪自己。起初他仍然以为也许只是偶然。但他还是故意停下脚步，于是那个大婶也停下脚步。他故意跑几步，大婶也赶紧跟着跑起来。不用回头，通过她的脚步声就能知道。在这种情况下跟踪自己，肯定和凑圭司有关。

于是，纯平埋伏在"兰"所在的大楼一层，把她逮了个正着。但是，大婶并不老实就范，竟然大声喊起来。纯平不知道怎么办，便把她拉进电梯，强行拖进还没开始营业的店里。现在想来，真后悔当时这么做。

在慌乱中从口袋里拿出钥匙打开了门，这等于是告诉了对方自己的身份。

大婶被纯平推进昏暗的店里，像一个拙劣的舞台女演员一样挣扎起来。

"你是什么人？到底要把我怎么样？快放我出去！"

纯平见她太激动，稍微跟她保持一点距离，指着平常只有贵宾才能坐的VIP沙发，说道："好了，好了，你先坐那儿。"

于是，大婶老实坐到了那里，样子十分滑稽。明明没有被绑起来，却自己倒背着双手，简直以为自己被人捆绑，嘴里还被塞了毛巾似的。明明嘴上没有封胶带，可无论纯平问什么，她都莫名其妙地歪着嘴回答。

"大婶，我又没绑上你，也没堵你的嘴……"

纯平哭笑不得，对她说道。听纯平这么说，大婶才好像终于醒过神来，一脸难为情的样子，将背后的双手收回来。"先喝点东西吗？"纯平问道。不知道是被吓傻了，还是天然呆，这个大婶竟然一本正经地问道："免、免费吗？"纯平差点笑起来。

然后，事情就这样开始了。

说实话，纯平也不太清楚为什么事情会变成现在这样。

当时的经过是这样的。

你跟踪我，跟凑圭司有关吧？纯平问。一开始死不承认的大婶看到纯平为自己端出冰茉莉花茶，还为她拿出一包百奇，便认定纯平从本质上不是个穷凶极恶之人，便说起了事情的原委。她说自己是凑圭司的经纪人。出于担心，才跟踪他来到这里。最后她还问纯平把凑圭司约出来是为了什么事。

大婶冷静下来后，便不像舞台女演员那样不知所措了。于是，纯平就不小心说漏了嘴。"什么事，当然是肇事逃逸的事儿啊。"纯平后悔自己的嘴太快。当时他想都没想就对大婶说道，"……肇事逃逸那件事。就是凑圭司让他哥哥替他顶罪的那次肇事逃逸啊！"

看到大婶目瞪口呆的样子，纯平突然意识到自己说错话了。

"你不知道吗？"纯平不由得问，又确认了一遍，"……哎，你应该知道的……吧？"

看来，大婶是在完全不知情的情况下跟踪凑圭司的。

"真的什么都不知道？"纯平问。

大婶使劲点了点头。纯平开始心虚起来。

"那凑圭司的哥哥因肇事逃逸罪被捕的事，你知道吧？"纯平用一种引导的语气问道。

大婶又点了点头。

"就是啊，肇事逃逸的真正犯人是凑圭司，不是被捕的他哥哥。"

"啊，啊？！"

"啊什么啊呀……"

大概是因为太吃惊，大婶骨碌碌地转了一下眼球。

"为什么凑圭司肇事逃逸，而他哥哥去自首呢？"

"哎，那我们也不知道啊。"

"这……这是犯罪啊！"

"对……对啊！"

说到这里，纯平终于感觉自己占了上风。"……对，是犯罪对吧？所以我们对他说，如果不想被人知道，就要给我们封口费。"

"封口费？那是敲诈啊！"

"哎，所以啊，就是啊，就因为你鬼鬼祟祟地出现，所以才变成现在这个样子了啊。"

大婶好像终于明白了现在的状况，突然无力地垂下脑袋。

"我们只要拿到三千万，就不会再把这件事告诉任何人。"纯平告诉她。

"三、三千万。"听到这个数字，大婶吓得差点从沙发上跳起来。看到她吃惊的样子，纯平也跟着惊讶起来。

"……对、对啊。凑圭司可是个大名人啊。"

"三千万……"大婶似乎觉得这简直是无稽之谈，恨恨地说道，"总之，三千万不可能马上就筹到的。现在他的账户里连一千万都没有。"

看到大婶一副盛气凌人的样子，纯平也不由得紧张起来。

"……买房子的时候，存款基本上都付了首付，而且即便现在卖房子，也不是一天两天就能卖出去的。"

"可……可是，他是经常上电视的名人啊……"

纯平的声音不由得变小了。

"你以为只要经常上电视的人就会有钱？大错特错！自己开个私人事务所，勤勤恳恳地工作，赚的钱甚至还不够每个月的零碎开支。"

从这时开始，就变成了大婶的独角戏。她详细地跟纯平解释，凑圭司上一次娱乐节目的出场费是多少，开一次有三百个观众席的独奏会能获得多少出场费等。纯平中间插嘴道："你跟我说这些也没用啊。"但也许是平常积攒了太多压力，大婶就像开动的火车一样停不下来。

她还说凑圭司虽然大多是以文化人士的身份参加电视节目，但其实他原本是个大提琴手，光买乐器就要花费不少。好像就是在这个时候，情绪激动的大婶突然诧异道：

"等、等一下……你们威胁凑圭司了对吧？"

听到她突然回到刚才的话题，纯平点了点头，"嗯，嗯。"

"哦，原来如此。我还纳闷他怎么去找福田呢。"

大婶点了点头，好像终于想明白了一件事。

"那个福田，是什么人啊？"

"福田功……这回你们死定了。"

这是很有威慑力的一句话。

"死……死定了？"

大婶解释道：

这个福田功控制着日本的整个黑社会。去求他帮忙解决问题的凑圭司以后可能会被他纠缠到死，而你们也肯定会很快被他杀掉。不知道凑圭司有没有把所有的事都告诉他。如果是这样，你们就等死吧。他可能会先把你们关在某个地方，把你们说的话都录下来，之后就把你们扔进东京湾喂鱼。警察也管不了。黑社会就是这样。有理也说不清。

"等死……"

纯平顿时吓得脸色苍白。

"别……别吓唬我啊。前不久附近的情人酒店里就发现了一具尸体，关于死因有很多传言呢。凑圭司为什么找那种人帮忙啊，真是的！"

纯平已经不知道谁是敌谁是友了。敲诈这件事，原本只是嘴上开个玩笑，没想到朋生却当了真，说这说那的。纯平开始将此视为万恶之源。如果朋生没有提起旧事，这件事就还像一张没有开奖的彩票，或许还能让心有所期待。

"总之，请把这件事交给我处理，好吗？"

这时，大婶看着面色苍白的纯平，对他说道。

"交给你？"

想象自己被人推倒在东京湾岸边的纯平，已经完全顾不上脸面，把大婶的这句话当成了救命的稻草。

"我得先回去问一下凑到底跟福田功说了多少，然后才能告诉你具体怎么办。反正我会尽力把这件事情妥善解决的。"

原以为只是在楼梯拐角处偷闲的"女白领"，现在在纯平的眼中俨然成了与黑社会有关的黑帮大姐，甚至像救援队中勇敢的女队员，要来把他从东京湾捞起来。

"但是，如果那个福田全都知道了，怎么办啊？"纯平战战兢兢地问道。

"如果他知道了，凑就完蛋了，你俩也完蛋了。"

"怎么可能……"

"但是感觉告诉我，凑应该没有跟他说太具体的事。别看他表面上那样，其实很谨慎的。"

"那这样的话，就不会完蛋了？"

"当然，得给福田一些好处。如果现在的话，给他五百万，不，或者一千万，他也许就会答应收手。但这样的话，凑的存款就一点都剩不下了。如果福田答应只要五百万的话，那剩下的就给你们，这样不就行了？"

"啊？钱什么的，不要了，不要了。只要别把我扔进东京湾就好了。"

听了纯平的话，大姊的脸上终于露出笑容，环视了一下昏暗的店内。

"你在这里上班吗？"

听到对方正式问起，纯平这才焦躁起来。但直觉告诉他，到了这个地步，否定也没有意义了。只有跟着这个大姊，才能不会被人扔进东京湾。

"对……对啊，我在这里上班。"

听了纯平的回答，大婶用力点了点头，从包里拿出手机。

"凑给我打了好多次电话了。刚才我要跟踪他，所以设成了静音模式。不管怎么样，一会儿我得先去见见他，问一下具体情况。"

"他应该没说吧？"

"还不清楚。"

"你感觉他没说的，对吧？"

"先别管这么多了。等我弄清情况就跟你联系。"

纯平慌忙拿出手机，哔的一声，用红外传输把自己的手机号码发到了大婶的手机上。

真岛朋生在歌舞伎町的大街上慢慢悠悠地走着，想在上班之前吃点东西填饱肚子。

最近开业的一家拉面馆有一种命名为"撒旦"的特辣浓汤猪骨拉面很好吃，但最近每天都吃这个，也真的吃腻了。

工作日的凌晨三点，还有很多行人在歌舞伎町的大街上徘徊，好像没有去处似的。

肚子饿了，想吃点什么。朋生觉得自己至少有个目标，比那些人强一点。

这里人真的很多。若是在老家五岛，到了凌晨三点，别说行人，就连车也没有了，只有提醒注意行驶的黄灯不停地闪烁。万籁俱寂，仿佛若有什么东西突然动一下，眼前的整个光景便会轰然倒塌。

在老家五岛，行走会引人注意，而在这个歌舞伎町，驻足反而会引人注意。

结果，原本想进拉面店的朋生茫然地看着前方的光景，看见在路边大大地伸着懒腰的纯平。

朋生赶紧跑过去，喊道："纯平哥，你干什么呢！"

纯平听到朋生的声音，伸着懒腰，"嗯"了一声。

"嗯什么嗯啊，你怎么不跟我联系啊？"

"对不起，对不起，有点忙晕了。对了，你现在去上班？"

"对啊。我换成早班了。早晨四点开始呢！四点！"

"最近这样经营的俱乐部挺多的。有什么客人会来啊？"

"嗯，下班后的风俗店女郎，还有，到了七点左右，会有一些女白领上班之前过来玩一下。"

"上班之前的女白领？上班前来喝酒吗？"

"酒是不会喝啦。会点些果汁或红茶之类的。还有，最近我们店里开始提供早餐了。"

"有人到牛郎店吃早餐？"

"我们的早餐挺好吃的。叫什么来着？法国还是什么地方的早餐，好像叫格雷派饼吧？就是在荞麦面粉做的薄饼上，跟可丽饼似的，放上煎鸡蛋……哎，这些无关紧要啦。那件事怎么样了？那件事。"

朋生想起自己叫住纯平的原因。

但是，纯平却佯装糊涂，问道："哪件事？"

"就是那件事啊，那件事！你跟凑圭司的那个大婶经纪人见过面了吧？"

"嗯，见过了。"

"那钱呢？"

"哎，我正要跟你说这事儿呢。"

"喂，等……等一下，该不会没拿到吧？本来就已经少了那么多，到最后连一分也没拿到？"

"哎呀，你别急啊，我会好好跟你解释的。你不饿吗？"

"饿啊。刚才正想去拉面馆呢。"

"我从昨天傍晚什么都还没吃呢。店里的水槽堵了，一直修到现在。这种老楼真是不行。所有的东西从根上就老化了，表面上的修修补补根本没什么用。"

听纯平净扯这些与主题无关的事，就连好脾气的朋生也一脸不满，咂了下嘴。

"对不起，对不起，我们去吃烤肉，烤肉！"

朋生被纯平推着，迈开沉重的脚步。只要纯平说"我会好好跟你解释的"，一般就不会是什么好事。

如果计划成功了，自己已经拿到了一千五百万，说不定现在已经带着美月和瑛太到夏威夷悠闲自在去了。然而，现在却还要继续在这里当牛郎，一大早起来就得陪着那些上班前来店里吃早餐的女白领，一起吃自己根本不爱吃的法式咸薄饼。这一切都怪纯平。

朋生和凑圭司终于在歌舞伎町的棒球练习场见了面。但是过了不久，纯平突然开始说一些丧气话，说什么得赶紧收手，不然咱俩都会被人扔进东京湾，葬身海底。

问他到底发生了什么，他也只是坚持说"收手吧"，根本不跟朋生说具体发生了什么。不过，朋生毕竟也是在歌舞伎町混饭吃的人，从纯平的话里也隐隐约约感觉出情况不妙。看到纯平吓成这个样子，他也决定把这件事忘掉了。

所以，他本来打算带着美月和瑛太离开这个喧嚣的歌舞伎町，回到朝思暮想的老家五岛。可就在这时，纯平又对他说："我现在正跟凑圭司的经纪人谈着呢。咱俩差不多能拿三百万封口费。"

朋生不知道中间到底发生了什么。他放弃原本所要的一千五百万，只是因为害怕被人扔进东京湾喂鱼，而不是跟钱有仇。如果能要到三百万，两人平分，每人还能拿到一百五十万，这样的话，只要不太奢侈，就能悠闲自在地玩大半年了。

然而，转眼就过了半年。都怪自己相信纯平说什么"再等一等""下周就有结果了"之类的鬼话。结果，等是等了，时间白白流逝，结果却没出来。瑛太慢慢长大，美月也开始说自己喜欢上歌舞伎町的工作了。

俺也是啊。起初没有办法，只好继续当牛郎。本来只是没干劲，来店里的女客人却觉得俺这样子酷酷的。一不小心就当上了常务主管。不过，说是常务主管，也不过是个徒有虚名的管理职位，到手的工资反而少了，而且现在还被安排了早班。

朋生跟纯平来到新大久保站附近一家很小的烤肉店。内墙是没有粉刷的混凝土，桌子是铝制的圆桌，好像是模仿韩国的小吃店设计的。现在虽然已经凌晨三点，店里还几乎座无虚席。

在店里吃烤肉的客人中有七成日本人，三成韩国人。虽然仅凭长相看不出国籍，但从他们吃肉的方式上却能分辨出来。韩国人会豪爽地把肉都放到篦子上，而日本人则会一片片地夹上去烤。

几乎全都是刚下班的牛郎、女招待或他们的顾客。但其中也有一桌中年妇女，不知道是去哪里玩了，但看样子就像刚开完家长会回来似的。

朋生用手扇着炭炉上冒出来的浓烟，纯平单手端着扎啤杯，津津有味地吃着烤得有点焦的烤肉。

"喂，纯平哥，结果到底怎样吗？你别光顾着吃，快点说啊。我一会儿还要去上班的。"

朋生嘟嘟囔囔地发着牢骚，但可能也是饿了，不由得动起筷子。

"朋生，我有件事跟你商量。"

纯平喝了一口啤酒，一副神秘兮兮的样子。

"什么事儿啊？"朋生有些警惕。

"就是那三百万啊，咱俩要分的钱。"

"终于……终于拿到了吗？"

"别……别急啊。"

"我都等了半年啦。托你的福，我都当上常务主管了。"

"常务主管？"

"这不重要啦。总之，钱你到底是拿到还是没拿到啊？"

"嗯，拿倒是应该能拿到。之前我也跟你说过，凑圭司不是找了个很凶的黑社会吗？现在终于跟他谈妥了。"

"也就是说，还要给那家伙钱？"

"嗯，说是给了五百万了结。"

"啊？为什么给他五百万，给我们……"

"不都跟你说过了吗？如果不这样，咱兄弟俩早被人扔进东京湾里喂鱼了。但是，现在我们还能坐在这里吃烤肉。"

"可是……"

"然后呢，我要跟你商量的是，那三百万当中，你要拿的那一百五十万，能不能先存我这儿？"

"存你那儿？"

"嗯。"

"存到什么时候？"

"到什么时候，怎么说呢……"

说完这句话的瞬间，纯平开始催促店员再给自己上一杯扎啤。正准备好好听他解释的朋生有些无奈。

像韩剧男星一样帅气的服务生端走纯平的空杯子。朋生终于明白为什么这家店里的女顾客这么多了。

"我听大婶说了很多情况。"

纯平终于回到刚才的话题。"大婶？"朋生问道。

"就是凑圭司的经纪人啊！"

"啊，那个大婶啊。对了，事情之所以变得这么麻烦，就是因为她瞎搅和吧？"

"笨蛋，不是这样的，如果没有那个大婶……"

"我们现在已经葬身东京湾了，对吧？行了，你可别再提这事儿了。"

"可是，事实就是这样啊。"

"哎呀，我知道！"

韩流帅哥服务生端来加点的扎啤。对了，最近问女顾客喜欢什么类型的男生，百分之七十都会说出韩国明星的名字。朋生心中感慨。

之后，纯平解释起来，但中间无数次跑题。把他讲的内容概括起来，大致如下：

凑圭司其实是个可怜人。小时候，父亲做生意被人骗了，欠下巨额贷款，夫妻俩终于不堪生活的重负双双自杀。凑圭司成了孤儿，被送到秋田老家的奶奶家。当时还在上大学的哥哥发奋苦读，毕业后当了高中老师，省吃俭用把每个月低廉工资的一部分寄给他，替死去的父亲抚养弟弟。多亏如此，凑圭司考上了音乐学院，有了现在的成就。不过，几年前哥哥因为被人冤枉性骚扰以痴汉行为被捕，生活陷入困顿。之后，凑圭司便替哥哥照顾他一家人的生活。但是，这次凑不小心开车撞了人，犯了肇事逃逸罪。哥哥便决定替他顶罪。两人是从小相互扶持长大的亲兄弟。自己（纯平）看见这种类型的手足之情就受不了。

朋生半是厌烦半是吃惊地听完纯平的故事，一开口便反驳道："不，不，再怎么可怜，撞了人逃逸，还找人顶罪，都是罪不可赦的吧？"他挺着胸脯，连自己都觉得这些话足以让对方无言以对。

但是，纯平却这样回答道：

"当然是罪不可赦的。不过，又是谁抓住这个罪不可赦的家伙的把柄，想要敲诈人家三千万的？"

的确，这个主张比他的话更让人无言以对。

于是，朋生再次缄口不言。纯平又意味深长地对他说了起来。

"哎呀，其实有一段时期，我也遇到过跟他一样的情况。当然，版本是不一样啦。我老爸以前给人当过借款连带保证人。当然，我家的情况没那么糟，父母也没有双双自杀。当时我才上小学。"

看到纯平泪眼汪汪地向自己倾诉往事，朋生更无言以对，甚至不知道自己应该做出什么样的表情才对。他原本以为纯平是离"不幸"这个词最遥远的人，所以一时间还难以相信他的话。

"你觉得我在说谎？"

纯平似乎看透了朋生的心思，问道。

"也不是觉得你在说谎……"

"真的。讨债的人都找到我家来了，虽然只有一次……所以，我家的情况也是一样的。我姑姑家就住在隔壁，当时姑姑和姑父把我藏起来。可是，你瞧我现在这样，说实话真没脸回去见姑姑和姑父。"

朋生听着纯平饱含深情的讲述，十分同情他的遭遇，却不明白这件事跟刚才说的一百五十万有什么关系。

"你该不会是想拿我的钱去报答你姑姑姑父吧？"朋生问道。

"不是啊，不是那样的。"

"那你打算用那些钱做什么呢？"

朋生不由得抬高了声调。纯平听了，小声说道："别喊啊。我自己现在也不知道怎么用呢。"

"你不知道……"

"你先听我说。我现在跟你说的这些都是真的。你想啊，是我去跟对方谈判的。如果我骗你说没拿到钱你也不知道啊。但是，我跟你说谎了吗？"

"没有。"

"那不就得了？所以啊，你就当自己被诚实的我骗了一次，先把钱放我这儿。以后我一定会还给你的。"

"就当被诚实的我骗了一次"，朋生在心里重复了一遍。语感稍微有些微妙，但好像结果并不会被骗。

"我知道了。"朋生说道。反正自己也还没有想好拿这一百五十万去做什么。

那天，朋生凌晨五点就来到店里。结果，有个顾客久坐不走，朋生一直陪她到下午两点。那个客人是个卖身的风俗女，从福冈到东京来旅游，三天两夜的行程中的大部分时间都在牛郎店度过。

下午两点后，朋生把喝得烂醉如泥的女顾客送到附近的酒店。

然后他没有回宿舍，而是去了美月住的美姬妈妈桑家。当时美月出去买东西，不在家，但美姬妈妈桑开门让他进去了。起居室的地上铺着儿童被，瑛太正躺在上面酣睡。朋生摸了一下他的脸蛋，大概是因为喝了太多酒，也有些发困，便躺在儿子身边睡着了。

虽然朋生一口酒气，但瑛太依然睡得很香。朋生闻着瑛太头上甜甜的奶香，做了一个梦。他梦见瑛太长大后对自己说："我要当一个优秀的牛郎！"而他则哭着阻止："儿子，爸爸就求你一件事，千万不要当牛郎。"

山下美姬家里的浴室比普通的浴室大一些，墙上贴着淡蓝色的瓷砖，椭圆形的浴缸是喷水按摩式的。西边的窗开得很大，二十楼的外面没有什么遮挡，天气好的时候还能看到富士山。

美姬就是因为看中了这个浴室，才选择了这里。而且现在她不太满意这里的装修，自己经常去买一些意大利的照明用具和镶嵌着珍珠的毛巾挂钩之类的东西，按照自己喜好装饰房间。

美姬把没有读完的时尚杂志拿进浴室，在已经不太热的浴缸中泡了将近一个小时了。

美月出门了，美姬想趁瑛太睡着，至少冲个澡，但刚巧朋生及时来了。最近他好像被安排了什么早班，据说每天都要一直喝到中午过后。

虽然他满嘴酒气，但看样子并没有烂醉，美姬便决定让他看着睡着的瑛太，自己去泡个澡。

不过她知道朋生虽然身为人父，但一旦瑛太哭起来，他也束手无策，所以开着洗漱间的门。

可是……美姬心想：

俱乐部这种地方，到十二点或者一点就准时关门不挺好的吗？最近歌舞伎町这边，很多店都开到凌晨两点三点，甚至还有开到天亮的。俱乐部应该定个关门时间才对。客人只有白天好好工作，晚上才能花大钱来喝酒。如果他们工作做不好，就不能来喝酒了。这一点大家难道不知道吗？人这种生物，如果放任不管，就会只想着放纵，想着轻松。可是，我这种想法，是不是已经过时了呢？在大阪时承蒙照顾的妈妈桑说，现在年轻人的脑子里，早已没有"养客"这种想法了。

美姬在洗漱间将浴巾围在头上，隔着门喊了一声："朋生，我没穿衣服啊，要出去了。"

身上只穿着一件浴巾出去，多少有些犹豫，但想到两人的年龄差距大概跟母子差不多，也就没有特别感到难为情。

美姬没等回应便走到客厅，看到朋生已经守在小瑛太身边睡着了。

她站在那里，低头看着父子俩的睡颜。他们醒着的时候没有注意，现在看父子俩闭上的眼睛的形状，简直一模一样，就像四条鲸鱼在水里遨游，小鲸鱼跟在鲸鱼爸爸的后面。

她一直注视着二人，怎么看也看不够似的。

她清楚瑛太原本不应该在这里，而是和美月、朋生一家三口一起生活最好。而且，美月最近也总拐弯抹角地透露自己已经攒了一些钱，能租个便宜的公寓，差不多该搬出去了。

这样的话，他们一家三口就能在一起生活。但美姬却总有一种不祥的预感，觉得那样会出事。

看平常美月的样子，她不可能让瑛太受委屈。朋生虽然也吊儿郎当的，没什么出息，但他是爱着瑛太的。这些美姬都知道。那么，她在犹豫什么呢？

答案不言自明。原因连她自己都很清楚。

她喜欢像现在这样和瑛太生活在一起。仅此而已。眼看着瑛太一天比一天重，每天都学会好多东西，便不忍心让他离开。

虽说如此，也不可能就这样和美月、瑛太三个人一起一直生活下去。她知道自己总要做出一个决断，却不知道应该在什么时候以什么为契机做出这个决断。

最近哄瑛太玩的时候，总会不由自主地想象这孩子从自己身边离开时的情景。

到时瑛太肯定会哭，哭着喊："麻妈妈，麻妈妈！"

想到这里，顿时感觉眼角发热。美姬慌忙从父子俩睡觉的地方离开，这时不小心踢到滚在地上的玩具摇铃。

摇铃响了起来，但父子俩并没有被吵醒。

美姬看到两人悠闲的睡姿，不由得苦笑，突然为自己的感伤不好意思起来。

无论自己多么喜欢瑛太，他也是美月和朋生的孩子，总有一天要离开这里。那样就好。不，是那样才好。

美姬拿起摇铃，回到卫生间。好嘞，接下来又将是一个忙碌的夜晚，就像往常一样。

"纯平，再叫个小姐去二号包厢。这样下去，民秀肯定会被灌醉的。"

美姬把步履摇晃的客人带到卫生间，马上对正在柜台调酒的纯平吩咐道。

今天晚上，"兰"很早就迎来一波团体客人。通过店里的老顾客——船运公司老板的介绍，釜山的一个大型贸易公司的职员在歌舞伎町的涮锅店吃过晚饭后，浩浩荡荡地来到这里。

由于事先就接到了联络，美姬动员所有的女招待在店里待命，熟练地把喝了日本酒而微醺的客人安排到各个包厢，每个包厢都安排了女招待，让他们在这里继续放声欢笑。

店里生意好的时候也真是好得不得了。偏偏在这样的晚上，又有几个最近不常来的老顾客也来店里凑热闹。

美姬把团体客人交给女招待，自己则忙着照顾那些常客。

团体客人说要去唱卡拉OK，带着几个小姐从店里离开的时候刚刚晚上十一点多。

然后，她让留下的女招待替自己去照顾那些常客，自己则回到柜台准备喘口气。

她想着喝一口就回包厢照顾客人，便让纯平给自己做了一杯马天尼。

"今天晚上简直就像海啸呢。"

纯平晃着调酒壶，瞪大眼睛表示吃惊。

"还是韩国男人能喝啊。"

"烧酒兑着啤酒喝。而且，烧酒的量还很多，真是太厉害了。"

美姬端起杯子，喝了一口马天尼。累了的时候，只要喝一口这种酒，马上就能变清醒。

"啊，对了，刚才高坂先生来过。"

开始洗杯子的纯平说道。

"什么时候？"

"大概一个小时前。见店里人太多，又出去了。"

"走了？"

"嗯。不过，他说先去附近找个地方喝几杯，让您下班跟他联系，带您去吃寿司。"

"哦，这样啊。"

美姬看了一下手表，马上就到打烊的时间了。

不知道是太不凑巧，还是高坂拥有一种为美姬招徕客人的能力，他最近每次来，店里都总是有很多客人，美姬很难抽身到包厢去陪他。高坂也体谅美姬的难处，若美姬硬抽出时间过来陪他，他反而会说："我这里你就不用管了。"

盛夏时跟他去川奈的高尔夫球场，已经是将近半年前的事了。

这天晚上，美姬送走最后一个客人，一边询问正收拾东西准备离开的女招待们明天的安排，一边给高坂打电话。

手机铃声响了几声，便转为留言电话。美姬本来以为他今天晚上可能提前回家了，没想到他马上又打了回来。

他好像刚从一家常去的俱乐部出来，问美姬："饿不饿？请你吃寿司。"

美姬说："我正好想吃点清淡的呢。比如缘侧寿司[1]什么的。"

美姬吩咐纯平收拾一下，自己补了一下妆，离开了俱乐部。

她现在要去的是高坂喜欢的歌舞伎町的一家寿司店。虽然门面并不气派，但这家店的老板干这一行已经有三十年了，美姬觉得他做的寿司大概是这一带最好吃的。

---

[1] 用鱼鳍或鱼鳃附近的肉做成的寿司。

美姬穿过意犹未尽的歌舞伎町的大街，走进后街的这家寿司店。短小的柜台前只能坐五六个人。高坂已经坐在里面的座位上，端着一个木质方形底座的玻璃酒杯喝酒。

"辛苦了。"

美姬听到高坂打招呼，也回应道："可把我累坏了。明天得犒劳一下自己，去做个按摩。"

高坂说刚才和一家房地产公司的老板一起喝酒来着。那个老板姓新藤，高坂曾带他来过几次"兰"。为美姬介绍她现在住的这个公寓的也是他。

美姬让高坂在她的小玻璃杯里倒了一点啤酒。"谢啦。来，干杯。"美姬说着，端起自己的玻璃杯，碰了一下高坂的木质酒杯底座。

冰凉的啤酒流进因说话太多而燥热的喉咙。

"哦，对了，你帮我问一下新藤先生能不能再帮我找个房子？"

美姬放下玻璃杯，突然想起来似的，这样问道。

"怎么啦？要搬家？"

"不是，不是我，就是上次你也见过的，住我家的那个美月，给她找房子。"

听了美姬的话，高坂故意夸张地表示吃惊，说道：

"他就是干这行的，如果找他，肯定能给介绍啊。可是，你没关系吗？"

"我？什么？"

"还什么……最近你只要一看到我，就只跟我讲那姑娘的孩子。"

"真的假的？哪有啊。"

"还不承认。上次我带你来这里的时候，你还跟我说什么，那小孩会走路啦，会说话啦。喂，老板，我说的没错吧？"

"会走了，开始说话了，就更可爱了。"寿司店老板听到高坂抛过来话头，脸上露出和蔼的微笑，端出一盘凉拌蛤仔。

"……我还一直以为你会收养那孩子呢。"高坂又做出一副意外的表情，笑了起来。"瞎说啥呀。"美姬也笑道。

高坂答应美姬马上问一下新藤社长。美姬说希望尽量离她的公寓近点，如果有什么事能有个照应。"这样跟奶奶似的，很快会变老哦。"高坂笑着说。

"哦，对了，我正有事要跟你说呢。"

高坂将老板做的寿司一个接一个放进口中，好像突然想起来似的说道。

"我只听好事哦。"美姬先发制人。

"有个特殊情况，大久保医院后面有一栋楼，现在暂时由我们公司管理。说是大楼，其实只有五层。那里的二楼现在空着。只有一个柜台和一个包厢，你如果想租，可以免费租给你用。你可以在店里找个年轻人打理。据说之前有个歌手的妹妹在那里开酒吧，赚了不少钱。不是什么不好的地方。"

听完高坂的话，美姬只笑着说了一句："这是好事儿啊。"

具体原因不清楚，但估计肯定是大楼的业主还不上债，最后落到了高坂手上。在经济不景气的这个时代，听到高坂对自己说可以免费租用这一等地段的店铺，便感觉只有在高坂周围经济高速腾飞的时代还没有结束。

不过，美姬作为"兰"的妈妈桑领着高额的工资，没必要让自己太辛苦再去赚一些外快。

她本来想说"你的好意我心领了"。可是，当她盯着高坂的时候，突然想起了美月。

在美姬看来，美月有做风俗业的才能。刚工作了几个月，"雪村"的妈妈桑便对她的能力表示认可，说："这姑娘可算被我捡着宝了。"如果现在让美月辞职，"雪村"的妈妈桑肯定不会有好脸色。但如果继续干下去，美月肯定会成为"雪村"的头牌女招待。这样还不如在此之前就跟美月提一下这件事比较好。她能成功。

现在让她自己做肯定还有些困难。让纯平去帮忙就好了。然后让朋生代替纯平到"兰"来上班。反正他不是当牛郎的那块料，不如趁现在培养一下他，以便以后给美月帮帮忙。

美姬想到这里，对高坂说道："给我点时间，让我考虑一下好吗？"

正等着烤金枪鱼腩的高坂一副无所谓的样子，说道："嗯，什么时候都行。"

"谢谢。要不我试一下？"

"是啊，做吧，反正又不收你租金，至少能赚点零花钱。"

美姬伸手拿了一只剩下的甜虾刺身，放入口中的瞬间便开始融化。

"对了，刚才我去你那里来着，看到了那个叫垣内的家伙。他最近经常来吗？"

高坂突然转换了话题，眼神不再像刚才那样一本正经。

"偶尔。今天的团体客人，是艾斯汽船公司的老板介绍过来的。他还跟以前一样，自命为老板的跟班。一年前不是有个韩国的女演员自杀吗？她的经纪人逃到日本来了。当时就是垣内受社长之命在那个经纪人手下做事，之后就总是大摇大摆地来我这里玩。"

听完美姬的解释，高坂没有再说什么，大口吃起烤金枪鱼腩，连姜片一起放进嘴里。

美姬也清楚，高坂之所以沉默，是告诉她不要跟那个人有什么瓜葛。其实这一方面的警觉性，不用高坂说，美姬也能意识到。

"我会小心的。"美姬说。

"老板，这烤金枪鱼腩很好吃啊。"高坂的眼神又恢复了原来的样子，笑了起来。

第二景

大提琴的重量压在大腿上，感觉前所未有的舒适。按住琴弦的手指仿佛更加纤长，同时真切地感觉到大提琴的声音传遍音乐厅的每个角落。

凑圭司站在舞台中央的聚光灯下，演奏着巴赫无伴奏大提琴组曲的第一首，在无意识当中希望这首曲子永远持续下去。最近，只有在外地的舞台上演奏时才能做到如此心无杂念，感觉生活中的烦心事都烟消云散，只剩下拉习惯的大提琴和自己，在这个无比广阔的空间快乐地飘游。

然而，世界上没有永不终结的乐曲。无论演奏者在演奏时心情多么舒畅，无论乐曲多么美妙，乐谱上都会有终止，上面记载着结束的最后一个音符。

演奏结束后，凑仍闭着眼睛站了一会儿。最后一个乐音传递到音乐厅中最远的地方，最终融化在音乐厅缓缓流逝的时间中。瞬间，台下响起爆炸般的掌声。

凑缓缓地睁开眼睛，仍旧坐在那里，对鼓掌喝彩的观众报以微笑。观众们看到他的微笑，掌声变得更加热烈。

四个月前开始在全国十个城市开展独奏会巡演，在秋田的这个市民音乐厅的演出是最后一场。从东京开始，依次为名古屋、大阪、福冈、仙台等地，其间在全国飞来飞去。

大概还是因为园夕子的安排巧妙，无论在哪个演出会场，演出票都几乎在开票当日售罄。由于场面火爆，已经决定三个星期后在东京追加一场演出。

凑在掌声中站起来，向台下的观众深深地鞠了一躬。灯光照亮的观众席上，秋田的古典音乐迷们的脸上露出满意的笑容。

这时，凑看到通道上有一位女士抱着花束跑了过来，便将大提琴竖起立好，走到舞台的前方。似乎在她的引领下，前排的观众开始陆陆续续地站起来鼓掌。

凑接过花束，礼貌地和女士握手。每次在东北地区[1]演出，这位女士几乎都会来观看。以前曾在剧场休息厅内与她聊过几句，得知她也从事音乐工作，教人弹钢琴。

"谢谢您一直以来的支持。"凑说道。

"哪里哪里，我才要谢谢您给我们带来这么精彩的演出。"

听到女士有些害羞地这样说，凑终于放下心来。全国十地巡演总算顺利结束了。

长时间的谢幕之后，凑终于从台侧退场。"您辛苦了。"园夕子走过来，笑着说道，"……如果现在赶去车站，应该还能赶上开往大馆方向的特急电车。"

难得回到秋田，凑打算趁这个机会去探望一下住在大馆的奶奶。

"没关系，不着急的。特急也就比普通车快二十分钟而已。"

夕子听到凑非常熟悉这里的情况，吃惊地说道："哦，是吗？"

"反正从明天开始休息三天，也不着急。我想好好看看令人怀念的故乡风景。"

乘坐奥羽本线从秋田到大馆大概需要两个小时，电车一路在美丽的田园中行驶。上高中之前，凑一直住在大馆，每年只有几次会

---

[1]　位于日本本州北部的地区。由青森、岩手、宫城、秋田、山形和福岛等六县组成。

和奶奶一起坐着电车到秋田的大商场买东西。对于他来说，沿途的风景令人怀念。

"周一您几点回东京？"

"怎么啦？有什么事？"

"没，没什么事，我是想，如果您周一没什么事，我下午就跟您请个假。"

"当然可以啊。最近这些天你也一直都没顾得上休息。"

凑一边和会场的工作人员打着招呼，一边沿着走廊走向化妆间。

"这是您的老家，我想一会儿您高中的朋友什么的可能会来化妆间。"

夕子看了一下行程表。

"啊，好啊，好啊，赶紧让他们进来。"

"这样啊。要不您先稍微休息一下？"

"没关系，没关系，都是老朋友，不用客气的。"

凑一个人走进化妆间，摘下领结，解开衬衣的领扣，突然感到疲惫袭来。

门外传来夕子和会场的工作人员说话的声音。

当时把事情告诉她，真的是正确的选择吗？凑赶紧摇头，试图赶走浮现在脑海中的这个疑问。

他也清楚，即便现在怀疑当时的选择，也已经无济于事了。相反，如果没有夕子的帮助，或许现在自己根本不可能在这里无忧无虑地开什么演奏会。不，正如她所说，即便能像这样成功开演奏会，所有的收益也都会流进福田的腰包。若是这样，自己为福田打工的日子早就开始了。

凑打开化妆间的门，站在走廊里的夕子回过头来。

"园，能不能过来一下？"

凑招了招手，夕子满脸疑惑地走进化妆间。

"福田有没有说什么？"凑关上门，小声问道。

夕子明白了凑叫他进来的原因，松了一口气，点了点头。

"都跟您说过了，您就放一百个心吧。我都跟他谈过了，而且他们这种人，只要拿到足够数额的钱，以后就不会再来骚扰您了。"

"那，那两个年轻人呢？"

"这个还不好啊。他们确实亲眼看见那天晚上的事。我们无法保证他们不会在什么时候说出去。所以，不能因为把钱给了福田就掉以轻心。"

"也就是说，以后他们可能还会来威胁我？"

"所以我们得想个办法。"

"那想什么办法啊？"

"这个我还没有想到……不过，在这种情况下，在政界大家惯用的手段是把对方作为共犯拉上船。"

"共犯？"

"嗯，他们知道那天晚上的事。但是，他们没有报警，而是选择来威胁。要找个方法，只要我们栽了，他们也会栽。要建立这种一损俱损的关系。"

"有这样的办法？"

"这个还……"

凑没有对夕子说出全部。他只是如实说出了以下两件事：撞人逃跑并让哥哥替自己顶罪、受到两个年轻目击者的威胁然后找福田帮忙。但是，他没有告诉夕子，自己撞死的那个人就是当年将自己的父母逼死的人。那天的事不是意外，而是故意杀人。

半年前，夕子逼问凑"相信我还是相信福田"并让他说出一切实情的时候，凑紧绷的弦突然断裂，不知不觉间在她面前流下豆大的泪珠。当说起哥哥替自己顶罪的经过和兄弟二人的成长经历时，甚至啜泣起来。但是，即便在如此混乱的情况下，他也没有说出最关键的一点，那就是自己撞死的人是榎本阳介。几乎是在无意识中，他选择不把这件事告诉夕子。

他觉得自己直到最后的最后，都没有信任夕子。

正在这时，外面响起了敲门声。夕子喊了一声"请进"，一群凑的高中同学便推搡着走了进来。

"哎呀，小光，好久不见。我还是老样子，一听古典音乐就发困。你演奏得很好，我猜。嘿嘿。"

听到凑的好友有田这样说，跟着进来的朋友们哄堂大笑。

那天晚上，凑回到大馆市，和来听演奏会的高中好友喝酒喝到很晚。最后去了一个女同学开的酒吧，聊起高中时代的往事，甚至还在大家的鼓动下，唱了几首在东京绝对不会唱的卡拉OK曲目。

深夜一点过后，凑回到奶奶家。今年的雪好像不太多，镇上的雪已经被打扫得干干净净，但是来到自家附近发现，除了车道外，所有地方都仍像以前一样覆盖着积雪。

下了出租车，奶奶家玄关的小灯照亮了地面上的雪。看到玄关门口的雪和屋檐上的雪都被扫过，就知道护工和邻居们经常来照顾奶奶。

北国冬天的夜，悄无声息，连脚步声都有些刺耳。凑小心翼翼地打开锁，尽量不发出声音。为了不让外面冰冷的空气跟着钻进来，他开了一道门缝，小心翼翼地挤了进去。

走进玄关，就闻到令人怀念的味道。焚香的味道，米糠酱腌咸菜的味道，奶奶的味道，甚至还残留着一丝丝少年时期的自己的味道。

摸索着拉开佛室的拉门。房间里只亮着一个小小的电灯泡，奶奶像以前一样睡在原来的地方。不知道是因为奶奶太瘦小，还是自己上个月寄来的羽绒被太大，被子盖在她身上平整得几乎看不到起伏。

凑刚要从她脚边跨过去，被子上微微凸起的部分动了一下，说道："刚回来？"

"对不起，把您吵醒了？"

"没事，还没睡。"

"我跟朋友喝酒去了。"

被子鼓了起来，奶奶缓缓地起身。枕边的玻璃杯里放着假牙。

"没事儿，您睡吧。"凑说道。

大概是因为奶奶的头发快掉光了，能清楚地看到她的头形。

"宏司呢？宏司没事儿吧？"

听到奶奶开口第一句问的便是在监狱服刑的哥哥，凑沉默了。把事情告诉奶奶后，奶奶没有打来过电话。但是，现在才感受到奶奶多么担心哥哥，凑顿时感到一阵心痛。

"没事，奶奶，您不用担心。"

凑好不容易才说出这么一句。

奶奶轻轻地跪坐在被窝上，好像在确认自己的体温似的，抚摸着被单。

"怎么啦？"凑问道。奶奶好像有点难以启齿的样子，突然问了一句，"被撞死的那位先生呢？"

"被撞死的那位先生？"

"去人家家里道歉了吗？"

"嗯，已经去过了。奶奶您就别担心了。"

"我要是身体好一点，也得去给人家的家人道歉。去世的那位先生也有太太和孩子吧？"

"哎呀，奶奶，都跟您说了，没事，没事啊！我会妥善处理一切的。"

也许是因为有些醉了，说话的语气太重，凑有些后悔。

"反正您就别担心了。买车的时候，我买了车险。而且当时就想着可能会借给宏司哥哥用，没有指定驾车人。所以，现在已经从保险公司拿到了赔偿金，数额挺大的。"凑把手搭在奶奶贫瘠的肩膀上。

他说的这些是真的。买车的时候，凑为了以防万一，购买了"对人对物赔偿无限制"[1]的高额车险。而且，为了让哥哥一家人能随时用车，便没有指定驾车人。

"住几天吗？"奶奶问。

"嗯，住两三天。"

凑温柔地抚摸了一下奶奶的肩膀，穿过佛室走向自己的卧室。纸拉门对面传来奶奶又钻进被窝时衣物摩挲的声音。

不能让奶奶再担心了。现在，不说是最好的选择。即便现在告诉奶奶，撞人的其实是我，哥哥其实只是替我去顶罪，也没什么用。更何况，如果告诉奶奶自己撞的那个人是榎本，不是意外，而是故意杀人，只会让奶奶更担心。可是，如果奶奶知道死的那个人

---

[1]　所谓对人赔偿是指投保人在交通事故中对别人造成人身伤害时，由保险公司对受害人进行赔偿，对物赔偿则是在伤害别人的财物时，保险公司对受害人的财物进行补偿，无限制是指不对赔偿额设置上限。

就是榎本，她还会像现在这样替榎本的家人担心吗？还会担心将儿子儿媳逼向自杀的那个人的家人吗？

凑的卧室几乎还保持着原来的样子。他上高中之前一直住在这个房间里。奶奶想得周到，房间里开着电暖气。打开壁橱，发现被子上放着崭新的床单和枕套。

凑用力将被子拉下来。被子从壁橱上落下来，凌乱地散落在破旧的榻榻米上。凑盯着被子看了一会儿，然后蹲在地上，将被子抱在胸口，就像是要变成被子的一部分似的，将被子裹在身体上躺了下去。

那大概是在父亲和母亲去世的几个月前，榎本和他的妻子带着两个男人，说是他们的朋友，突然出现在当时凑一家人租住的公寓里。

当时凑年纪还小，不知道这是怎样的聚会，也不知道这其中的权力关系。但他还清楚地记得，当时榎本和他的妻子说他们突然想打麻将，让凑的父母赶紧准备，于是父亲和母亲就开始慌慌张张地为他们摆好牌桌。

年幼的凑躲在拉门后面，从缝隙中看着围在麻将桌上的大人。那天晚上，哥哥宏司不在家，凑幼小的心里盼望着哥哥早点回来。

父亲和母亲被迫跪坐在榎本等人的麻将桌旁。

"就是因为你们弄不到钱，我们才这样为你们操心。"榎本的妻子不时对父母这样说道。每次听到这句话，跪坐在地上的父母就低一下头，到最后把头都磕到了地上。

"不过呢，这边的丸田先生他们说，可以借给你们钱，但那就要看你们的态度怎么样了。"

榎本的妻子声音尖厉，而榎本呼应她的笑声更显得下流。现在只要想起当时的情景，凑还会感到喉咙里直冒酸水。

当然，不只是那个晚上。父亲和母亲一直被榎本夫妇这样欺负，被逼到了绝境。

一天，凑接到榎本的妻子打来的电话。对方告诉他让母亲接电话。

"一个叫榎本的女人打来的。"凑只是这样告诉母亲，母亲便开始浑身颤抖。

即便这两人非常可恶，父母甚至想杀了他们，却也只能求他们帮忙。正因如此，榎本夫妇才变本加厉，对他们说：如果想要这一百万，就给我当另外三百万的保证人，如果想要这三百万，就给我当另外一千万的保证人……就这样，他们逐渐把父母逼到了绝境。

车祸发生后，保险公司的调查显示，榎本阳介除了妻子外没有别的亲人。他的妻子也在两年前诊断出胃癌，做手术切掉了半个胃。

在办理保险赔偿手续时，凑怕榎本的妻子会想起他们兄弟二人。但据保险员说，比起丈夫的死，这个女人好像更担心自己的病和今后的生活，看到保险公司出示的赔偿金额后，最先问的问题是"数额还能不能商量"。而当保险员回答说"不行"时，她只说了一句："那钱什么时候给我？"

不过，据说当她从保险员口中听到肇事者哥哥的名字和车险投保人凑圭司的真名时，面色突然改变，如此问道：

"哎，万一，我是说万一啊，万一这次车祸不是意外，而是故意杀人的话，我还能拿到保险金吗？"

"不会。那就得另说了。"保险员回答道。

"哦，这样啊。"

据说女人没再说什么，在指定的地方签了字。

凑觉得榎本的妻子已经心知肚明，是被他们逼到自杀的那对夫妇的儿子向她丈夫报仇了。但是，现在她需要眼前的这些钱。为了让生病的自己能独自活下去，她选择了佯作不知丈夫被杀的这个事实。现在想来，这对夫妻以前就这样。他们是一对仅仅用肮脏的金钱拴住彼此的男女。

窗外是新宿御苑中成片的树林。因为季节的关系，很多树的叶子都已经落光了。但其中还有一些树上残留着黄叶。每当寒风吹过园内，黄叶便从树上轻盈地飘落。

这个地方远离新宿的喧嚣。戴着同款围巾的年轻情侣从御苑旁边的步行道上走过。大概是一会儿要在园中约会，男孩双手各拿着一杯星巴克。

园夕子茫然地看着那对情侣远去，脑海中想象着冬日阳光下的园内草坪。虽然风会很冷，但草坪却散发着太阳的味道，就像温暖的被子。园夕子想象自己穿着厚厚的外套呈大字形躺倒在上面。草坪上的小草扎到脸上，外套也会在瞬间染上太阳的味道。

这时，旁边的椅子咣当响了一下。夕子转回视线。

刚才去厕所的滨本纯平回到座位上，盯着夕子问道："哎……对了，刚才说到哪儿了？"

"你说管理店里的小姐们很不容易，说你有让她们都高兴，不让她们吵架的才能……"

"啊，对对，真的是这样的。"在夕子的催促下，纯平又有些兴奋地讲了起来。

"……我们店里的妈妈桑也很有手段，但店里要是没有我，根本就做不下去。女人要是打起架来，谁也不肯让步的。男人还知道退一步海阔天空……"

在夕子眼中，这个兴奋地自吹自擂的男人给人的感觉，简直就像是睡在冬日暖阳下的草坪上。

"……妈妈桑虽然总骂我，让我干这干那的，但其实她是信任我的，根本离不开我。我这人从小就是这样，别人有什么事都会跟我商量，相信我。其实也不见得就是这样的，可老师说我有领导才能。你别看我这样啊，我还当过学生会会长呢。"

纯平说到这里，哈哈笑了起来。夕子茫然地盯着他，不知道为什么，她发现自己并不讨厌纯平吹牛皮。

夕子觉得他这种类型很少见，吹牛皮却并不令人生厌。

这半年期间，夕子以每月一次的频率与纯平见面。

当然，起初他们一个是敲诈犯，一个是被敲诈者的代理人，两人之间说话不可能那么其乐融融。但凑圭司找福田功那件事顺利解决，纯平他们也不再担心自己被扔进东京湾之后，两人之间的话题逐渐从凑的交通事故转向各自的身边小事，而其中大部分时间都是纯平一个人吹牛皮。

而且，福田的事处理起来比预想的要顺利得多，夕子也因此松了一口气。当然，一开始并没有那么顺利。

起初，夕子作为凑的代理人去见福田功的时候，他说即便自己要从这件事中抽手，也希望夕子能告诉他到底发生了什么事。他说这关系到他的个人脸面。

"园小姐，你也知道，我干这行也不是一天两天了，如果被人当成跑腿的使唤半天，到最后只告诉我一句'没事儿，你走吧'，很没面子的。"

夕子明白他是在拐弯抹角地要钱，所以如实告诉他凑现在的财政状况，提出最多也就能拿出五百万日元。

福田似乎也已经调查过凑的经济状况，见夕子并没有讨价还价，而是从一开始就开出了最高价码，似乎从中感受到了诚意。

即便如此，福田仍似乎感觉到这件事能为他带来收入，又问道："我可以收手，但能不能告诉我，到底发生了什么事啊？"

当然，夕子来见福田之前就已经想到他会问这个问题，并想过几个回答。但是，她知道，如果自己主动说的话，无异于主动承认自己在说谎。

夕子认为这才是显示自己手段的关键时刻，咬紧牙关闭口不言。福田终于受不了长时间的沉默，问道："和女人有关？"

夕子认为时机已到，装作有些慌张的样子，并故意掩饰。也许是夕子的演技高超，福田狠狠地盯着她，仿佛刺中对方的要害似的，说道："嗯，我猜也是这样。敲诈他的两个小伙子那么年轻，我就猜有可能是跟女人有关的……对方是未成年人？"

福田狠狠地看着夕子，想要给她致命的一击。

夕子默默地转开视线。

"……原来如此。难怪他都没跟你商量。你也是女人啊。NHK的节目主持人对未成年女孩下手，前途就完了。不过，看你这样和我交涉，肯定是跟那个女孩也都谈妥了吧。"

对于福田的问题，夕子故意装作很想点头又拼命忍住的样子。

"园小姐有手段，现在也已经从女孩那里拿到证词什么的了吧？"

福田问完，夕子忍不住点了点头。当然，这也是演给福田看的，不过福田好像并没有看出来。

"原来如此……不过，有你这样有能力的人给他当经纪人，凑这个家伙也真够幸福的。反正，请你告诉凑先生，如果他还有什么需要，我愿随时效力。"

福田好像放弃了，笑了起来。

"……可是，现在生意真是不好做啊！"

盯着纯平陷入回忆的夕子听到他突然改变了声调，又将目光聚焦在他的脸上。

"……周六的午餐时间，这家店都这么空荡荡的，怎么能经营下去啊。要是我的话，肯定会想点办法。"

两人就餐的地方是一家很有情调的意大利餐馆，无论是古雅情调的内部装修，还是富有原创性的菜品都很吸引人，然而正如纯平所说，这家店的规模不小，客人却少得可怜。

"那么，如果你是这里的老板，你会用什么办法？"为了打发无聊，夕子问道。

"我吗？我的话……"

纯平好像并没有什么好主意，一下子说不出话来。

"什么嘛，你根本就不知道怎么办啊。"夕子笑道。

"不是不知道，只是你问得太突然……我来现在上班的这家店之前，一直在歌舞伎町的一家酒吧当调酒师来着。用了各种办法，让来店的客人增加了一倍呢。做生意最重要的不是要手段，而是留住回头客。开酒吧的话，一定要一眼就看出来客人是来找人说话的，还是只是想一个人来静一下的，这个是最重要的。"

夕子见纯平偷换了话题，又吹起牛皮，觉得有些无奈，又觉得这个人靠得住。这样想着，喝光了杯子里剩下的咖啡。

"对了，本不是我应该担心的事儿，但我还是想问一下，如果拿到三百万，你想做什么呢？"

的确，这并不是被敲诈的一方应该担心的问题，但夕子还是忍不住问道。像这种人，一旦把钱花完，很可能还会找个什么理由再来要钱。即便把钱给了他们，事情也不会就此结束。

夕子又盯着纯平看了起来。有什么方法可以把这个人拉过来呢……怎样才能建立一种一损俱损的关系呢？

她拼命地想了很久，却仍然想不到任何办法。

事务所墙上的钟表显示的时间已经过了下午一点。夕子一边想着中午要吃什么，一边继续整理这几个星期的发票。

将最后一张发票贴到笔记本上，正要起身出门吃午饭，桌子上的电话偏偏在这个时候响了起来。

夕子将手中的钱包放回去，拿起了听筒。而刚接起电话，这时门又开了，几天没有露面的凑来到了事务所。

夕子默默地点头致意，将话筒放在耳边。

"辛苦了。"凑只动了一下嘴唇。

也许是在老家秋田待了几天的缘故，凑的脸色难得不错。

"你好，这里是哈曼尼事务所。"

夕子盯着走进里屋的凑的背影，听到话筒对面传来沉闷的咳嗽声。

"喂？"夕子又问了一次。

"喂，是凑圭司的事务所？"

电话那头传来一个中年女人的声音。从简短的言辞中便能判断出这是一个没有什么修养的女人。然后，又是一阵剧烈的咳嗽。

"是的，请问您是？"

"咳……稍……咳……稍等。"

听着刺耳的咳嗽声，夕子猜测或许是偶尔会有人打来的投诉电话。

这次是投诉什么呢？听声音感觉这个女人不是什么善茬儿，也许是在独奏会上没有听到自己喜欢的曲子便打算发泄一下吧。上次就有人打电话说，旁边座位上的听众喘气声太重，根本没办法集中精力听音乐。难道你真的认为我一个经纪人连人家喘气声音的大小都能管得了吗？一般情况下，只要我诚意道歉，对方便能理解，然后挂断电话。可今天这个人可能有点难缠。感觉可能是要求退钱呢。

"凑在不在？"

女人终于止住了咳嗽，一副盛气凌人的口气。

"凑基本上不来这里。"夕子冷静地回答。

听了夕子的话，对方叹了一口气。那声叹息散发出臭味，似乎穿过话筒扑鼻而来。

"请问您找他有什么事儿吗？"

"你是办公室的？"

"对啊，我是，怎么啦？"

"是他太太还是？"

"……请问您是？"

夕子感觉对方是那种说话时间越长，就会把事情弄得越复杂的类型，于是故作冷淡地问道。

"我叫榎本。凑先生本名是奥野光晴吧？告诉他，让他给我打个电话。"

听到女人不耐烦的声音，夕子回过头去，发现凑已经走进里面的房间。

"对不起，请问您到底找他有什么事？"夕子重复道。

"跟你说不清楚。反正你就告诉他，给我电话，行不行？你记一下号码。"

女人不由分说地说起了自己的电话号码。夕子不管怎样先记了下来。

女人似乎故意让对方感觉到自己很焦躁似的，粗鲁地挂断了电话，简直就像一出演技拙劣的戏剧。听到对方挂断电话的声音，夕子将话筒从耳边拿开。

"怎么啦？没事儿吧？"

凑似乎感觉到这边的异样，不知何时从里屋走了出来。

"哦，没事儿。就是普通的投诉电话。"

夕子若无其事地说道。凑听了她的话，好像放下心来，问道："这几天发生什么事了吗？"

"哦，对了，您在老家过得怎么样？休息好了吗？"夕子反过来问道。

"嗯，奶奶身体还很好，我就放心了。"

"一直住在大馆吗？"

"嗯，什么也不干，整天傻待着。"

凑嘴上告知夕子自己休假期间过得很好，但脸上却浮现出别样的神色。

"那件事儿挺顺利的，放心吧。"夕子说道。

"已经把钱给他们了？"

"没有。本来带在身上打算给他们的，但内心还是想往后拖一拖。跟对方一起吃饭的时候，我观察了一下，发现他好像也不是太急着要钱。可能他也还不太清楚要了钱该怎么花吧。于是，我试着对他讲，能不能再缓半个月，他就说'无所谓啊'。"

夕子一边回忆着前几天和滨本纯平的对话，一边说道。

"他说无所谓吗？"

凑吃惊地哼了一下鼻子，又走进里面的房间。

"我要去吃午饭了。"夕子说道。

里面传来凑圭司的声音，"好的，路上小心。"

夕子走出事务所，朝站前的泰国餐馆走去。那是最近新开的一家餐馆，那里的青咖喱很好吃。夕子想着如果店里人多的话，就买便当吧。就在这时，耳边突然回响起刚才电话那头沉闷的咳嗽声。

那个女人自称榎本。而且她还说："凑先生本名叫奥野光晴吧？"

夕子无意识地停下脚步。

"榎本……榎本……"

夕子不由得念叨起来。突然，"啊"的一声，夕子顿时感到毛骨悚然。

听凑讲了这次的事件之后，夕子自己也进行了一番详细的调查。

她伫立在通往车站的步行道上，开始在回忆中寻找线索。她从上学的时候起记忆力就好。比如记历史年表的时候，她并不像别人那样逐条记忆历史事件，而可以将整页内容整体印在脑海中。

闭上眼睛，有关事故的新闻报道浮现在脑海中。肇事逃逸者奥野宏司（52岁）。地点在新宿区户山。然后被撞身亡的那个男子叫……

榎本阳介。

没错。刚才打电话的那个女人很可能就是死者的妻子，至少是他的家人。

凑说，事故后所有的赔偿都是由保险公司负责的。幸亏买了高额的保险，凑圭司在赔偿金的支付方面没有遇到什么困难。

那么，为什么到了现在，对方还会打来电话呢？而且，不是找哥哥奥野宏司，而是找表面上与这起交通意外并无关系的弟弟凑圭司。

想到这里的时候，手机铃声响了起来，夕子拿出手机，发现是凑圭司打来的。

"喂。"不知为什么，夕子小声应答。

"园，你能回来一下吗？"

"嗯，可以啊。"

"我有件事想跟你讲。刚才我的手机接到一个陌生号码的来电……"

"榎本？"夕子问道。

她听到凑吸了一口气。

"对不起，刚才我接的那个电话，原以为是投诉电话，其实是榎本打来的。"

"这样啊？打电话的人是榎本的老婆！她说有话跟我说，想见见我。"

"有话说？可赔偿的事，保险公司不是都已经……"

"园……我父母一起自杀的事，之前我跟你说过吧。就是榎本逼得他们自杀的。是我撞的……不，是我杀的。她也已经意识到那其实不是意外。不过她说事到如今她也不打算将这件事公之于众，说自己好不容易拿到保险金，才不可能让人收回去。可是，她的要求很奇怪。她让我去监狱问一下我哥哥，当时撞死榎本的时候，他手里的文件去哪儿了，让我问到了马上交给她。哥哥怎么会知道?！我撞的人，我都不知道。"

夕子盯着自己的脚边。脚边有一个白色的大字——"停"。

冬日的阳光照进画室。天气预报说傍晚开始会下雨，可是窗外广阔的蓝天上没有一丝云彩。

岩渊友香嘴里叼着画笔，盯着自己制作的屏风看了一会儿，突然感觉背后有人，慌忙回过头去。

山崎飒太在画室角落的阳光下摆了几张椅子，躺在上面专心致志地看漫画。

"啊，对不起。"

友香慌忙道歉。现在道歉也于事无补，飒太已经在这里等了两个多小时了。看他那似乎早已习惯待在这里的样子，何止两个小时，简直就像是被人扔在这里两天了。

"啊?"

飒太听到友香的说话声，将视线从漫画书上移开，声音里带着困意。

"对不起，我马上结束。"友香说道。

飒太懒懒地坐起身来，手里拿着漫画书，伸了一个大大的懒腰。

"没关系，没关系，还有时间的。"

听飒太这样说，友香看了一眼墙上的钟表。时针已经转过了三点。

"对不起哦。你说吃点什么再去，对吧？"

友香在脑海中思考着之后的计划，说道。

"我去买点什么吗？在这里吃完再走也行。"

"没关系，没关系，真的马上就可以走了。坐高速巴士之前到家庭餐馆吃点……"

"啊，好唉。我刚刚还想吃汉堡牛肉饼上配的煎鸡蛋来着。"

友香听到飒太说得如此具体，不禁哑然失笑。

"只是煎鸡蛋就不行啊？"

"对，要那种浇着牛骨烧汁的。"

飒太从椅子上站起来，走近友香还未制作完成的屏风。

"我能说一句吗？"

飒太小心翼翼地问。

"什么？"

"嗯……感觉好像一点进展都没有呢。"

听他这么一说，友香自己也觉得可笑起来。

"对哦。"

"可是，没关系啦。反正你也决定上研究生了，还有两年时间呢。"

"不要乱讲啦，好不吉利。我是打算在春假期间完成的。"

飒太看了一眼友香，又看了一眼屏风，笑道："很难哦。"

今天晚上，友香带着飒太去涩谷听凑圭司的音乐会。原本也可以在开演之前约在剧场前面见面的，但飒太说反正自己也没什么事，就开车来学校接她了。

开演时间是晚上七点，飒太中午刚过就来到了画室。当时，友香正在画室里苦思冥想，毕业设计没有任何进展，见飒太进来，不由得笑道："怎么来这么早，我还没……"飒太也苦笑道："这下你总该知道我有多闲了吧？"

友香和飒太开始像恋人一样交往已经有半年时间了。虽然两人并没有互相表白爱意，但自从友香去年夏天一时冲动接受飒太的邀请去了海边之后，每到周末，飒太就会发出邀约，不知不觉间，友香已经开始期待他的邀约了。

到了周末，两人便一起去看电影，一起去买东西，一起去兜风，一起吃饭。

在外人眼中，他们与一般的恋人没什么分别。但是，他们的关系始终没有进一步的发展。

就在这样的日子里，有一天飒太约她去了酒店。那是两人去伊豆温泉一日游回来的路上，总是嘻嘻哈哈的飒太突然沉默了一会儿，然后说道："我想再跟你待一会儿。"

友香也马上理解了他的意思。她没有回答。飒太打了一下方向盘，开进一家霓虹灯闪烁的情人酒店。

两个人都冲了澡，分别坐在床的两边。窗外有一条高速公路，汽车一辆接着一辆疾驰而过。

友香默默地盯着公路上行驶的汽车，不知道过了多久，终于开口说道："我是第一次。"

飒太只是"嗯"了一声。走到友香旁边，又"嗯"了一声。

友香感觉，与其说是亲吻，不如说是被吻。

明明知道抚摸自己身体的是飒太的手指，却感觉自己被许多男人乱摸。她在心里告诉自己是自己想多了，可还是感觉这个房间里有很多男人，害怕闭上眼睛。

从那之后，友香又在飒太的邀请下去了几次酒店。但是，到现在她还没有把自己真实的感受告诉他。

"我要不要也考个研究生呢?"

在富谷下了首都高速,通往涩谷的公路十分拥堵。下首都高速前,前方就一直有一辆洗衣店的车。车子每向前移动一下,挂在车厢里的衣服就随之摇晃一下。

虽然距独奏会的开始时间还早,但到了之后还要寻找停车场,又要费一些时间。

"真的不打算找工作吗?"

友香看着手握方向盘的飒太的侧脸,问道。

"想找份正式工作很难啊。"

"之前你说的那家设计师事务所呢?"

"工资太低了。"

"一开始低一点也没关系啊。"

"嗯,那倒也是。可关键是那家事务所吧,他们做的设计实在太差了。"

"可之前不是因什么家电的设计获了什么奖吗?"

"就是那个设计,很土的。怎么说呢,就是那种非要跟人强调:'看,我们的设计很优雅吧,你们看不明白吧?'就是这种感觉。"

飒太在大学里加入了足球爱好者社团。这个公司就是社团中一个比他高两届的师兄介绍的。

"反正要做设计的话,我觉得还是不要太优雅的好。不,也不能这么说。我觉得,真正的优雅其实就是不故作优雅……怎么说呢,可能我还是不太适合当设计师吧。"

"为什么这么说?"

"设计师这种职业吧,有时候其实就是靠自吹自擂,要天天跟人说自己是'设计师'才行。"

"是吗？"

"当然是啊。你自己总不会说自己是画家吧？"

"因为我根本就不是什么画家啊。只是在画画而已。"

"对吧，不会说的吧……我的意思，你明白了？"

友香歪着脑袋，还是不解其意，又盯着飒太的侧脸看了起来。没有刮干净的下巴尖上长着几根细软的胡子。

"可是，你到底打算怎样呢？你现在还可以把这个春假当成学生时代的最后一个假期，可是从四月开始就不能什么都不干了吧？"

友香改变了话题。

"也是啊。不过，在我老爸的工程公司打打下手也可以。"

非常幸运，音乐厅附近的停车场还有空位。

独奏会持续了两个小时。长长的谢幕之后，观众席上的灯亮了起来。

宽敞的会场中人头攒动。观众们似乎对凑的演奏很满意，四处传来中年女人们激动的喊声。"好精彩啊。""在现场听就是不一样呢，仿佛音乐在自己身体中产生共鸣。"

"怎么样？"友香问在旁边站起来的飒太。

"很好啊。不过，演出还是考虑了观众的需求吧。这些大婶，与其说是古典音乐的粉丝，不如说是凑圭司本人的粉丝更合适吧？"

飒太压低声音回答道。

友香决定邀请飒太来听叔叔的独奏会时，原本以为他不会对古典音乐之类的感兴趣，但没想到他却知道凑圭司，一副吃惊的样子问道："真的啊？原来凑圭司是你叔叔啊？"

原来，飒太从小就在母亲的强制要求下学过小提琴。不过他实在不喜欢练琴，学了几年就放弃了，但熟悉的音乐现在依然还很喜欢听。在他的ipod里，除了西方音乐、K-POP，还装着勃拉姆斯和埃尔加等古典音乐家的曲子。

"能跟我一起去化妆间打个招呼吗？"

沿着拥挤的通道走向出口的时候，友香问道。

"啊？我？我就算了吧。我会紧张的。"

"没事啦，就是去打个招呼。"

友香决定邀请飒太来听演奏会的时候，就已经打算把飒太介绍给叔叔了。原本应该先将男朋友介绍给母亲的，但友香总觉得全家好像只有自己开心，因此没能那么做。

观众纷纷走向出口，而友香离开人群朝工作人员通道走去，向保安出示了一下通行证，走进狭窄的走廊里。前方看到一个小小的大厅，一群来听音乐会的熟人正将叔叔围在中间。

"哇，好牛啊！全都是名人。"

大概都是特邀嘉宾。正如飒太所说，将叔叔围住的人群中，有一些是经常在电视里看到的艺人、政治评论家或者占星术士之类的著名人物。

友香站在远处看着叔叔跟大家打招呼，这时身后突然传来一个声音。"哎呀，这不是友香吗？好久不见，还好吧？"友香回过头去，看到叔叔的经纪人园夕子站在那里。

"晚上好。好久不见。"

"哎哟，最近过得怎么样？有一阵子没见，都长成大姑娘了。"

夕子一边说着，一边将视线转向旁边的飒太。

"这位难道是男朋友？"夕子笑嘻嘻地问道。

"不，是大学同……"友香说到这里，停了下来，然后老实地向夕子介绍，"是的，我们正在交往，他姓山崎。"

"原来如此。友香都谈恋爱了啊！"

友香看到夕子如此为自己高兴，偷偷看了一眼旁边的飒太。他也一脸吃惊的样子看着友香。

"我说的对吧？"友香说道。

"嗯，嗯，是的……可是，你这么正式介绍，我还是有点不好意思……"

"哎哟，好清纯哦。"夕子似乎注意到两人之间的对话，故意很夸张地叹了一口气，说道。

"……哦，对了，凑先生还要等一会儿才能过来，你们要不先到化妆间等等？"

友香听到夕子的邀请，点头同意。

从走廊里走过的时候，叔叔发现了友香，给她递了一个眼色，似乎在告诉她："先在那边等我一下。"

化妆间里的摆设十分单调，只有一张会议桌和几张折叠椅。不过，墙边摆着很多花篮，上面写着赠送人的名字，都是家喻户晓的演艺公司、唱片公司或者名人。

飒太看到桌子上的茶和点心，伸出手去，问了一句："这个可以吃吗？"夕子在背后说道："吃吧，吃吧。"

"友香，你们俩该不会还没吃饭吧？"

听夕子这么问，友香回答道："嗯，还没。来的时候本来想去家庭餐馆吃饭的，可时间不够了。"

"是吗？那一会儿一起去吃吧？今天是在东京最后一次演出，要举办一个简单的庆功宴。难得有这样的机会，就任性了一回，订了一家好吃的意大利餐馆。"

夕子一边将叔叔脱下来的外套挂在衣架上，一边向友香发出邀请。每当看到这种场景，友香就特别希望夕子和光晴叔叔在一起。

听到夕子的邀约，友香又与飒太对视了一眼。飒太的脸上明显地写着"比起家庭餐馆，我更想去好吃的意大利餐馆"。

"可以吗？"友香问道。

"当然啦。是二十人左右的立食[1]，你们完全不用拘束。"

"那承蒙好意，我们就去打扰一下啦。"

友香刚这样说完，门就开了，光晴伸进头来。

"友香，一会儿有庆功宴，你也去吧。"

听了叔叔的话，友香与夕子对视了一下，笑了起来。

"友香他们说可以去的。"

夕子代为回答。

"啊，对了，地点是……"

光晴一边这样说着，一边将视线转向飒太。友香慌忙插口道："哦，叔叔，他叫山崎飒太，是……"但是，接下来的话却说不出口。

"是友香的男朋友。"

夕子在一旁帮忙说道。

光晴将飒太从头到脚仔细打量了一番，却只说了一句："哦，这样啊。"

"您好，我是山崎。"

飒太语速很快地自我介绍。

"哦，你好。"

"是。"

---

[1] 站着吃的餐厅。

"嗯。"

两人的对话就此僵持。

"凑先生，感觉你才是友香的亲爸爸呢。"夕子无奈地说道。

"是啊，我有两个爸爸。"友香也笑道。

"那一会儿见。"

光晴一脸不好意思的样子，正要关上门，这时又冲友香招了招手。"啊，对了，友香，你过来一下。"

友香稍微有些惊讶，与光晴一起来到走廊里。

"怎么啦？"

友香原本以为叔叔一定是想问飒太的情况，没想到他脸色稍微有些异样，只是问道："最近有没有什么奇怪的人给你打过电话？"

笑容瞬间从友香的脸上消失了。

"奇怪的人？"

"没事，如果没有接到就算了。"

"妈妈也没有说过。"

"如果有个自称榎本的女人打来，你就什么都不要说，直接挂断电话。"

"榎本？"

"嗯，就是那个榎本的老婆。前几天往我事务所打电话了。反正你就别理她，明白吗？那个女人，脑子有点不正常。"

友香脸色煞白，差点冲面前的叔叔大声喊：爸爸都替你去坐牢了，不是所有的问题都解决了吗？

"佐和婆婆，婆婆！"

外面传来护工室田峰子开朗的声音。

坐在被炉里一边取暖一边打盹的奥野佐和，昏昏沉沉的，不知道这一天是还没有结束，还是早已过去。

同样听到峰子的声音而睁开眼睛的老猫，嗖地从佐和腿上跳下来，朝发出声音的厨房走去。

峰子的身影不是从玄关传来的。她已经在厨房里了。这么看来，今天还没有结束。

"佐和婆婆，婆婆！"

佐和再次听到峰子的喊声，说着"听到啦，听到啦"。可是，由于声音太小，似乎没有传到厨房。峰子对老猫说道："喂，去把婆婆叫醒，回来给你鱼干吃。"

今天一大早，峰子像往常一样干劲十足地过来。佐和吃了她很快做好的早饭。说是早饭，其实不过是半碗米饭，一碗味噌汤，还有几片峰子带来的咸菜。即便如此，也感觉吃饱了，吃完后就直接坐在被炉里打起盹来。

峰子现在还在厨房，也就是说大概打了十几分钟盹儿。不知道是因为睡得太沉，还是已经睡糊涂了，听到峰子的声音醒来后，佐和竟感觉现在已经是新的一天了。

最近经常会有这种感觉。一天到晚总是这样昏昏沉沉，有时感觉一天就像三天一样漫长，而有时却又像一个小时那样短。

据说猫的时间与人类的时间不同。佐和觉得，或许自己现在的时间已经变得和猫的时间一样了。

"去日托所[1]之前，喝杯茶吗？"

---

[1] 去养老院等机构进行日间治疗、疗养，白天治疗、晚上回家的疗养方式。

峰子猛地从拉门的门缝里伸出头来。老猫从她脚下穿过。

"嗯，到时间啦？"

佐和擦了擦依然有些睁不开的眼睛，看了一下被炉上的闹钟。

"还早呢。"

峰子快步走进来，一屁股坐在地上，开始用湿抹布擦被炉上的桌板。由于太用力，整个桌板在被炉上左右摇晃。

就在这时，门口传来喊声。福利机构的职员在门口喊着佐和的名字。"哎呀，今天这么早啊。我干活快的时候他们就来得晚，我正忙的时候，他们又这么早来，真是的。"峰子一边抱怨，一边答应道，"听到啦，听到啦，已经准备出门啦。"

通往玄关的拉门被拉开，福利机构的职员中村伸进头来。

"佐和婆婆，今天好冷哦。峰子姐，你也辛苦啦。"

"今天来得是不是有点早啊？"

"嗯，重盛大爷身体有点不舒服，今天要在家休息。所以没去他那边，就直接来这儿了。"

"重盛大爷怎么啦？"

"好像是洗澡的时候，脚趾撞到门框上了。"

"撞到脚趾可真疼呢。"

"谁说不是呢。不过好在没骨折，只是脚尖还有点麻。"

佐和一边听着峰子和中村的对话，一边慢慢地站起身。

虽然要费点时间，但只要扶着被炉或者椅子，她还能靠自己的力量站起来。

"佐和婆婆身体真好呢。自己还能这么灵活地起身。"

听到中村的感叹，佐和说道："我要是像重盛大爷那样，年轻时就图享受坐轮椅，现在也早就不中用了。"

"年轻的时候？重盛大爷开始用轮椅的时候都八十多啦。"中村笑道。

"八十可不算是年轻吗，对吧，佐和婆婆。"

听峰子故意打趣，佐和稍微有些不愉快，断言道："反正不管多么费时间，自己能做的事情就得自己做。"

在中村的搀扶下，佐和走出玄关。虽然峰子已经扫了雪，但她还是小心翼翼地避开结冰的踏脚石。

停在玄关前面的车里，坐着平常的那三个人。只有重盛大爷不在。

"今天是啥日子来着？"佐和问道。

"今天下午听唱歌。唱歌。"

"谁来唱啊？"

"嗯，是一中合唱部的孩子们。啊，对了，听说今天电视台的人还会来采访呢。有个国会议员叫德田重光，您知道吧？他今天要来参观。电视上会放的。"

中村贴在佐和耳边，大声说道。佐和有些嫌他说话太大声，上了面包车。

春天的小河，哗啦啦啦
紫花地丁呀，莲花呀，盛开河两岸
颜色多鲜艳，形状多娇媚
花儿低声私语，绽放哟绽放

福利机构"茜之丘"的礼堂里传来中学生们合唱的歌声。

礼堂的四个角落里烧着大型暖炉，室内闷热，有些唱歌的学生和年轻的职员额头上甚至微微泛出一点汗水。

或许是这温度或年轻的声音有催眠作用，坐在椅子上倾听着歌声的老人们已经开始打起盹来。

坐在向阳的窗边的佐和也是其中之一。一首曲子结束后，便睁开眼睛，而下一首曲子开始后，便又困得睁不开了。

闭着眼睛的佐和梦见了茜之丘的院子。

实际上，窗外到处冰雪覆盖。但是，佐和心中的那双眼睛看到的却是另外一番景象。孩子们的歌声融化了积雪，阳光下的花坛中萌发出嫩芽。这些嫩芽苗壮成长，绽放出五颜六色的花朵。

梦中，佐和走进院子里，要去摘那些花儿。迈出的步子竟然格外轻盈。

"佐和婆婆，您要去哪里啊？"

听到有人在背后叫自己，她回过头去，看到负责照顾自己的看护员真锅。这个大概快五十岁的中年女人，有着北方人的特征，胖乎乎的脸颊红红的，看起来还像个少女。

"我看今天天气挺好的，想出去散散步。"佐和微笑道。

真锅走过来，抬头看了看碧蓝的天空，也微笑着说道："真的呢，外面空气好。可是马上就到午饭时间了，不要走太远哦。"

"我不会走太远的，就在院子里晒晒太阳。"

佐和穿上在院子里穿的木屐，走向花坛的方向。

三色堇和紫花地丁在风中轻轻摇摆，发出阵阵芳香。佐和正要弯身触碰一下花朵，这时飞来两只菜粉蝶。

两只菜粉蝶在佐和身边追逐嬉戏着飞来飞去。看着它们，感觉自己也在与它们一起飞舞。

阳光照在脸上，舒服极了。深深地吸一口空气，甜甜的。

佐和突然想脱掉木屐，赤脚感受一下地面。

她往房屋的方向看了一下，发现幸好没有人在看她。她先甩掉右脚上的木屐，慢慢地将脚放在地面上，脚下的小石子和杂草的触感真实而鲜明。

佐和又甩掉另外一只木屐。缩一下脚尖，然后伸开。每重复一次，就感觉全身的血管变得更通畅一点。

佐和一直盯着脚下，突然抬起眼睛的时候，发现眼前竟然不是花坛，而是自家那片令人怀念的农田。

"哎呀！"

佐和高兴得忘乎所以，不由得叫了起来。

灌满水的水田在眼前闪烁着光芒。

她又小心翼翼地回过头去，发现茜之丘的房屋也已经不见了。

远方可以看到田代岳的山顶。

佐和迫不及待地将脚迈进水田里。

水冰凉冰凉的，裹住双脚的淤泥稍微有点暖。

佐和挥舞着双手在田里走了起来，似乎要拨开眼前这片广阔的世界。令人怀念的味道包裹着整个身体。

突然好像听见一个声音。佐和停下了脚步。脚下的水反射着耀眼的阳光，照得人有点睁不开眼睛。她眯起眼睛回过头去，看到远方有一个小小的身影沿着田垄走了过来。

"喂，娘！"

发出喊声的是独生子克义。

"哎，刚回来吗？"佐和用力挥舞着双手。

"妈！"

美津子站在克义旁边，抱着刚出生的光晴。

从他们之间跑出来一个男孩。是宏司？

"奶奶！"

宏司仍旧戴着那顶棒球帽，朝这边跑来。

"慢点儿跑，可别摔倒了。"佐和大声喊道。那声音传得好远好远，似乎能传到远方田代岳的山顶。

"佐和婆婆，佐和婆婆！"

佐和感觉有人正拼命地摇晃她的身体，慢慢地从睡梦中醒了过来。

睡眼惺忪的眼睛看到前方有一群排列整齐的孩子，正张着大嘴齐声歌唱。

"佐和婆婆，您得醒醒了。"

身体被人推着，佐和咕哝着答道："知道了，知道了，醒啦，醒啦。"

推她的是负责她的看护员真锅。胖嘟嘟的手指放在佐和的膝盖上。

"喂，要上电视的，您得打起精神来。"

听真锅这么一说，佐和眨了眨眼睛。这么说来，礼堂里的灯光的确似乎比刚才更亮了。

佐和伸了伸脑袋，环视了一下礼堂。

不知不觉间，礼堂里多了很多人，来了很多电视台的工作人员，拿着摄影照明灯和录音机。

"这是做什么？"佐和小声说。

"就是今天电视台来采访啊。佐和婆婆你们在这里高兴地听孩子们唱歌的场景，会在今天晚上的电视新闻里播出的。"

"哦。"

"所以啊，院长今天难得系上领带了呢。"

在佐和耳边窃窃私语的真锅，看着僵直地站在镜头前接受记者采访的院长，嗤嗤地笑出声来。

这时，走廊里突然变得有些嘈杂。福利机构的职员和电视台的工作人员向两边散开，自然形成一条出场通道。一个身材魁梧、穿着西装的男人出现了。

"各位，请掌声欢迎德田先生！"

不知何处传来这个声音，包括真锅在内的看护员们都开始使劲鼓掌。

"喂，婆婆也要鼓掌哦。"

听真锅这么说，佐和漠然地拍了几下干燥的手掌。

"大家好，大家好啊。"

这个人是包括大馆在内的秋田二区选出的众议院议员德田重光。做工精良的西装和臃肿的脸庞，在摄影照明的灯光下发出油腻的光。

"今天，德田先生专程来慰问茜之丘的各位老人！如果大家有什么要求，请尽管告诉先生！先生为了各位老人能够过上幸福的晚年生活，一直努力地在国会工作。"

如此大声喊话的，并不是福利机构的人，而是德田重光带来的一个工作人员。

"大家好啊，对不起，打扰你们了。"

快步从佐和等老人们中间走过的德田，拉过还不太清楚状况的老人们的手，有些强制性地与他们握手。

"婆婆，这里的伙食还好吗？"

"怎么样？这里的生活开心不？"

"大爷，您精神还不错啊。看起来比我还硬朗啊。"

德田一边跟每个人握手，一边这样打着招呼。打招呼倒是好事，不过还没等老人回答，他便马上又转身走开了。

摄影灯的强光照在他身上，摄影机紧追其后。

佐和看着在灯光下满面含笑的这个男人。

前不久去世的阿充说，人啊，总不是白活的。到了这个年纪，只要看上一眼，就知道那人是好人还是坏人。通过一个人的长相，就能看到他的内心。再怎么笑，坏人还是坏人。最近电视新闻上总说有老年人被骗，我觉得那其实是一切了然于心，却甘愿被骗的。他们其实是想告诉这个社会"不要忘了我们，我们还在！"。被骗之后，就有真正的好心人站出来，帮助他们。

摄影灯的光逐渐靠近佐和。德田在灯光下朝这边走来。

佐和突然被德田握住手。

"婆婆，孩子们的歌唱得怎么样啊？"

听到德田的问题，佐和正要回答，对方却马上要松开手。

佐和毫不示弱地抓住他的手。他的手很厚实，柔软得让人感觉有些恶心。

"婆婆，谢谢你啊，这么用力地跟我握手。"

德田又用双手握住佐和的手，啪啪拍了两下，又要松开。即便如此，佐和仍不放手。她感觉出来德田已经慌了起来。

"佐……佐和婆婆。"

真锅慌忙制止，佐和的手终于被甩开了。德田脸上露出不自然的笑容，正要离开。

混蛋！

佐和心中骂道。

第三景

　　真岛美月在伊势丹地下的巧克力店，买了两块八百日元一块的蛋糕。她原本想给躺在婴儿车里睡得正香的瑛太也买一份，但店员说这里所有款式的蛋糕都含有很多可可粉，一岁小孩吃的话可能还有些早。

　　周日下午，地下的食品大卖场挤满了顾客。现场制作的饺子的香味飘了过来。

　　美月推着婴儿车走在拥挤的人群中。这辆婴儿车是她刚来东京的时候，美姬妈妈桑给她买的。听说这款婴儿车是宝马的，价值五万日元，当时觉得太浪费，都不舍得让瑛太坐。

　　来到东京后，美月自己都感觉到自己已经习惯了奢侈的物品。

　　虽然手上还没有多少余钱，但至少遇到想要或想吃的东西，比如一块价格高达八百日元的小蛋糕，她会毫不犹豫地花钱买。

　　当然，不管是首饰、化妆品还是衣服，昂贵优质的东西总是没有上限，但幸好美月的喜好总是停留在中上水平，也是因为这个原因，她总是感觉自己能得到所有想要的东西，幸福感十足。

　　美月拿着打好包的蛋糕，走向美姬的公寓。

　　大约一个月前，美月从美姬妈妈桑家搬了出来，在距她家步行三分钟左右的地方租了一间公寓，过起了一家三口的小日子。虽然没有约定，但每周日下午，美月总会带着瑛太到美姬妈妈桑家里与她共度周末。

　　美姬帮她找的公寓是一个比较宽敞的一居室，月租金十二万日元。据说介绍人是美姬的熟人，因此租金比市场价低三万日元，而且破例没有收押金和礼金。

美月、瑛太和朋生一家三口在这里开始了幸福快乐的生活，但没想到没过多久，朋生工作的那家牛郎店的宿舍碰巧空出来一间，当时朋生嫌孩子晚上哭闹，又懒得照顾孩子，便住到宿舍去了。现在每周有一半时间都住在那边。

朋生不在时，美月虽然也感到寂寞，但他在的时候又觉得他碍事。朋生高兴时便来找儿子玩一下，不高兴时都看不见人影，对于任性的丈夫，她觉得说也不是，不说也不是，到最后也就只好由着他去了。

"那'雪村'的妈妈桑怎么说呢？"

美月在厨房里把买来的蛋糕切开，分放在盘子里。客厅里传来美姬妈妈桑的声音。

美姬妈妈桑好像把瑛太从婴儿车上抱了下来，坐在沙发上让他睡在自己的腿上。

"妈妈桑也说让我参加呢。说现在歌舞伎町女招待的纪录片之类的虽然并不新鲜了，可如果对方能拍好的话，也能为店里做一下宣传。"

美月熟悉美姬家的厨房。她从柜子里取出吃蛋糕用的叉子，用开水为美姬沏了一杯她喜欢的红茶。

"宣传？雪村那边，基本上是不欢迎新客人的吧？即便电视上介绍了你的工作情况，跟店里的生意也没关系啊。"

"是啊，我也不知道为什么。不过，妈妈桑说，她并不是想找新的客源，而是想宣传一下'雪村'是一家多么一流的俱乐部。"

美月将蛋糕和红茶放在托盘里。

"原来如此。那倒是有必要上电视宣传一下呢——"客厅传来美姬拉长的声音。

"你怎么打算？"

美月将盘子放在桌子上。美姬好像突然想起来似的，皱了一下眉。其实今天美姬没有化妆，几乎没有眉毛，只是那块泛青色的皮肤动了一下。

"什么怎么打算？"美月问道。

"你上次不是说，不只要在店里采访，还要采访私人生活吗？"

"嗯，嗯嗯。"

"什么嗯嗯啊，雪村的妈妈桑怎么说？"

"妈妈桑说朋生的事要保密。"

"那瑛太的事就可以说？"

"嗯。"

"美月，你在店里跟人说自己有孩子？"

"跟熟悉的客人说了。"

"啊，最近都流行这样了？"

"我也不太清楚。怎么说呢，跟客人说自己有孩子，客人反而好像更容易亲近我。不过，有老公这件事是绝对不能说的。"

"哦，这样啊。'雪村'家的客人都是上年纪的多，可能听说单亲妈妈自己辛苦养家，就忍不住想帮帮你吧。"

"谁知道怎么回事呢。"

大概两个月前，一个自称藤冈的民营电视台的导演跟着人气漫画家天野来到雪村。当时天野知道美月有个儿子叫瑛太，便半开玩笑地讲起美月独自抚养幼子的艰辛，喝到微醺的美月也多少有些夸张地讲起自己的经历：想要依靠当牛郎的男人，从九州的五岛来到东京，抱着瑛太在歌舞伎町茫然无措，在美姬妈妈桑的帮助下才有了现在的自己……

当时在场的藤冈也半开玩笑似的说："这都可以拍个纪录片了。"可是，没想到一句戏言竟然成了现实。第二周他又来到店里，说："哎呀，上次说的那件事，策划通过了！"

当然，美月拒绝了。说心里话，她也并非不想上电视，但她觉得雪村的妈妈桑肯定不会同意。但是，刚巧店里不忙，妈妈桑也过来陪坐，竟对藤冈的提议表现出兴趣。"哎呀，那不错啊，天野老师也会出镜吧？"

"那下周我就正式申请采访。"藤冈说完就离开了。目送藤冈离开后，美月赶紧对妈妈桑说道：

"妈妈桑，不行啊，即便大家不介意瑛太的存在，可是我家还有朋生呢！藤冈先生现在还认为我是个未婚的单亲妈妈呢。"

妈妈桑倒是一点都不在意，说道："他们不会知道的啦。采访期间让朋生去住酒店就好啦。"

美月心里矛盾起来，一方面觉得这种谎言在电视上肯定会被捅破，另一方面又想上一下电视。

第二天，美月就赶紧和朋生商量了一下。

说实话，美月觉得朋生虽然作为丈夫或者父亲很不够格，但如果抹杀他的存在，他肯定也不乐意。然而，没想到他从一开始就积极地表示支持。"啊？上电视？你？"

"可是，你的事情不能讲。我会以一个未婚妈妈的身份上电视。"

听了美月的话，朋生沉默了一瞬间。

"哎？还是不行的吧？"

"这个节目会在全国播放吗？"

"据说基本上只在东京播放。如果收视率非常好的话，也有可能在全国播放。"

"哦，这样啊，那就没关系啊。"

"没关系？"

"对啊，要是在长崎播放的话肯定就露馅儿了。"

原来，朋生刚才沉默的那一瞬间，并不是因为自己的存在被人无视。

"是这儿吗？"

助理导演穿着一件还带着折痕的崭新衬衫，指着那边说道。美月哄着哭闹不止的瑛太，点了点头。"是的，是那里。"

助理导演指向的地方，是稍微偏离歌舞伎町中心位置的一条胡同的角落，中式按摩店"夜来香"和夜总会"CELINE"的招牌之间。去年夏天，美月带着还不会爬的瑛太来到东京，走得筋疲力尽，蹲在这里休息。

"藤冈导演，怎么拍啊？让真岛小姐真的去那边蹲一下，这种画面比较好吧？"

跟藤冈说话的是摄影师幸田。不仅胡子拉碴，还总是一脸不高兴的样子。采访拍摄的时候，美月总感觉他在趁自己不注意时偷拍。

"是啊，抱歉啊，美月，你抱着瑛太去那边蹲一下好不好？"

藤冈用瓶装水漱了一下口，说道。美月回答道："好啊，没关系的。"

美月的纪录片今天早晨刚刚开始拍摄。原本这个时间还在睡觉，但导演说要从她来到东京的那一天按照时间顺序进行介绍，因此一大早美月便被摄制组带了出来。

"那么，劳驾你坐在那里，我问几个问题，你来回答一下。"

摄像机好像已经转了过来，助理导演躲到招牌后面。

"那么，开始。嗯，美月小姐，你从长崎的五岛先去了福冈的博多，对吧？"

"对，是的。"

"啊，对不起，这样一问一答就没有意思了。回答了我的问题后，希望你能以自己的语言讲一下那之后的经历。"

美月听到助理导演有些不耐烦，把求救的目光投向藤冈。

藤冈马上双手合十，只做出一个说"对不起"的口型。

"那再来一次！"助理导演说道。

"啊，等一下。"摄影师幸田慌忙阻止，"我觉得这个场面以俯瞰的角度拍比较好。一会儿我到旁边的楼上往下拍，你就按这种情况录音吧。"

"明白。那么，开始。嗯，美月小姐，你最先是从长崎的五岛去了福冈的博多，对吧？"

助理导演的问题与刚才完全一样。美月瞬间心里凉了半截，但想着纠缠下去就更拍不好了，便按照他的吩咐讲了起来。"对，我听说他在福冈的博多当牛郎，就带着这个孩子去找他。可是，到了那里我才听说他已经辞职，来了东京……"

这时，美月突然意识到在摄像机旁注视着自己的藤冈、助理导演、将大型麦克风捅向前方的声效等人的身体，都纷纷朝自己的方向倾斜过来，顿时感觉浑身有了力量。

"……我只要知道他在哪里，就足够了。可是，原本以为他在博多的，他却不在那里。于是，我就决定到东京来找找。"

"带着还在襁褓中的孩子，第一次到东京来，对吧？感觉无助吗？"

"不，那倒也没有……怎么说呢，我觉得只要到了东京，就肯定能找到他，跟他见上一面我就放心了，然后我就回五岛，像以前一样和瑛太一起生活。"

"蹲在这个地方，一直等着他上班的那家牛郎店的招牌亮起灯来。在此期间，你都想了什么呢？"

"嗯？在这儿吗？"

"对，在这里。"

听到这个意外的问题，美月突然不知道该怎么回答。

当时，当时俺想啥来着……当时，应该还是盛夏，坐在这里一动不动都会出一身汗。哦，对了，从这个室外机吹出热风。俺坐在这里，热风吹到俺后背上。但是，要是斜过身子，热风就会吹到瑛太的脸上。热风吹着后背，俺当时肯定感到口渴。而且肯定会想，要是朋生知道俺娘俩来了，肯定很吃惊。那天和前一天带着瑛太去了迪士尼乐园。俺当时还想把这件事告诉朋生，跟他炫耀一下。想着机会难得，想跟朋生再去一次……

"……嗯，我当时想去一趟迪士尼乐园。"

沉默了许久，美月缓缓地讲了起来。

"啊？迪士尼乐园？"

"对。您刚才是问我抱着瑛太蹲在这里的时候想什么对吧？我当时想的应该都是迪士尼乐园。"

瞬间，助理导演的表情阴沉下来，而藤冈却拍了拍他的肩膀，做出了一个"OK"的手势。

拍摄仍在继续。

节目组跟拍美月的日常生活。他们早晨到美月租住的公寓，跟拍她一天的生活。早晨在公寓里喂瑛太吃完早饭，推着婴儿车到附近的公园，回来的路上到古董衣店买了一件衬衫，然后在露天咖啡馆喝茶。碰巧在那家店里遇到一个和美月年纪相仿的单亲妈妈，也是未婚生子，独自抚养小孩。节目组请她出镜，拍摄了两人在咖啡馆中的对话。

她虽然没有具体说在哪家，但据说也在歌舞伎町的一家俱乐部上班，独自抚养一个两岁的女儿。

然后，美月先回了一趟家，冲了一个澡，换上工作用的礼服，像往常一样穿着礼服把瑛太送到托儿所。摄影师说这个场面太美，让她在同一条路上反复走了很多次。

来到店里，拍摄仍在继续。

在"雪村"的妈妈桑的安排下，店里常客中的著名人物纷纷出现，表示祝贺，美月从一个包厢跑到另一个包厢，忙得不可开交。

那些以真名实姓上镜的客人中，就有漫画家天野，还有著名的舞台导演、著名演员、作曲家和摄影师等。那些没有告知真名实姓的客人，也有某大型贸易公司的社长、某大型演艺公司的总经理等。节目的这些介绍，仿佛就是要告诉观众，"雪村"这家俱乐部层次有多高，多么有历史。

这一天，美月下班后，去托儿所接来还在熟睡的瑛太，回到家里与瑛太一起睡下。然后摄影便结束了。

"好，CUT！"藤冈喊了一声，房间里的灯又亮了起来。美月稍微有些担心，问藤冈："我说的话没问题吧？"

"非常好！你为瑛太着想的心思，我觉得应该能在现在年轻女孩中产生共鸣。真实，不是用大脑思考，而是用身体在思考。"

"是吗？"

"啊，对了对了，我跟上面讲了一下'雪村'的顾客情况，台里又多拨了一些资金，所以如果你愿意的话，我们想到你的老家五岛也拍一下。"

藤冈的话让美月颇感意外。她大声问道："啊？真的吗？"

"如果能加入你在那边的生活情境，节目就显得更有深度了。"

"好开心啊。我也正想回去看看爸爸呢。"

就这样，美月一口答应返乡。这样一来，脑袋里想的全都是在老家孤独生活的父亲了。为他带点什么礼物回去呢？

羽田机场出发，预计上午八点三十分到达大馆能代机场的ANA787航班，因机场西侧上空的积云，一度尝试降落但着陆前被迫再次升空，现在仍在空中盘旋。

机长广播里说，先观察一下情形，三十分钟左右后再试降一次，若仍旧无法降落，则转飞秋田机场。

盘旋的飞机机舱内，乘客们无奈地等待着。乘务员走来走去，为乘客发放茶水或糖果。

滨本纯平从乘务员那里接过两颗苹果味的糖果，将毛巾被拉到脖子上，准备再睡一觉。

旁边座位上的一对老夫妻已经开始商量，如果飞机转飞秋田机场的话，应该如何变更日程。

但是，纯平竟一点也不着急。直觉告诉他，这班飞机虽然可能会晚一个小时左右，但肯定能在大馆能代机场降落。

上周，纯平突然想到好久没有回家，决定回老家看看。

俱乐部"兰"的漏水问题一直无法解决，美姬妈妈桑决定进行管道维修，但毕竟是一栋老楼，即便是应急处理，也要挖开地面，于是妈妈桑便觉得不如索性趁这个机会进行一下内部装修，突然决定休业三天。

起初，纯平原本打算在东京闲逛一下。之所以突然想到回老家，是因为收到一个高中朋友的邮件。

邮件里说纯平高中时的女友美乡希未，离婚后离开弘前回到了老家。

当然，纯平并不是想回去见一下刚离婚的高中前女友。

只是，收到邮件后，突然想起自己当年和希未一起在长木川的岸边散步，社团活动时在岸边跑得上气不接下气，想着现在差不多到了积雪融化的季节，不由得想回去呼吸一下冰冷而新鲜的空气。

于是，纯平便给许久没联系的真野回了邮件，告诉他自己要回老家看看。

马上收到真野的回复。"真的吗？我马上跟大家联系一下！"纯平似乎能从邮件中听到真野那低沉浑厚的声音。

最后，阻挡在机场西侧上空的积云消散，飞机经过第二次试降后，平安降落在大馆能代机场。

飞机降落时，看到窗外依然覆盖着积雪。纯白的积雪沐浴着和煦的春阳，闪烁着光芒。

走到狭窄的到达大厅，纯平听到有人正在喊自己。"纯平！"

回过头去，发现真野正在自动售货机前痛苦地弯下肥胖的腰身，取出机器中的零钱。

"哦，真野！"纯平的大馆方言脱口而出，"……你怎么在这儿啊？"

"什么怎么啊，你说你今天要回来的啊。"

"你特意起这么大早来接我啊？"

"今天不上班，闲着也是闲着。"

"这样啊。"

"对啊。"

真野拖着肥胖的身体慢吞吞地走过来，纯平攥起拳头，摆出一副敲打他肚皮的样子。

"你又胖了？"

"是啊，这叫压力胖。"

"你这种家伙也会有压力啊？"

真野听了纯平的话，发出浑厚的笑声。

"哦，对了，你咋知道我坐这趟飞机？"

"有啥不知道的，一天就两班飞机。"

"那我要是坐晚上的航班呢？"

"那我就晚上再来一趟呗。"

"你可真闲啊。"

"刚才我都说了嘛。"

纯平与真野并排走出机场。机场周围的雪已经打扫干净，堆在路边夹杂着泥土的积雪也在朝阳下闪闪发光。

"哪辆车是你的？"纯平指着停车场。

"那辆，就那辆。"

真野指着一辆还挺新的小面包车。

"新车啊。"

"嗯，上个月刚换的。"

真野在当地大型汽车制造公司特约经销店上班。纯平以前曾听真野抱怨说，顾客不多，公司的指定销售额却很大，任务不好完成。

纯平坐到副驾驶座上，打开车窗。真野抱怨说："不冷啊。"纯平便对他说："我回来就是想呼吸一下这边的空气的。"于是，真野吃惊地瞪大眼睛，问道："这里的空气真的比东京的新鲜吗？"

"新鲜啊。在东京吃切蒲英火锅也一点都不好吃。只有在这冷飕飕的空气中，浓浓的比内地鸡汤才出味。"

纯平从行驶的车窗中伸出头去，不停地说着。他能感觉到脸颊正在冰冷的空气中变红。

"纯平，你要在老家待多久？"

纯平听真野这么问，缩回头来。

"两三天吧，怎么啦？"

"大家都想见见你。今天晚上四个人有空，明天是周六，有二十人左右能来聚会。"

"二十个人？都有谁会来啊？"

"这还用问。棒球队的那些家伙啊，同班同学啊。明天是周六，还有几个人要从弘前过来呢。哦，对了，二宫也正好从仙台回来。"

"你们都好闲啊。"纯平笑道。

"也是哦。"听到对方的嘲笑，真野也似乎突然意识到这个问题，笑了起来。

"可是，也只有你回来的时候，大家才有机会聚一聚。"

"为啥?"

"为啥?没有你的话,我们大家聚在一起也总是谈以前的事,都没什么新鲜事可说。"

"这样啊?"

"对啊。"

汽车朝着大馆在宽阔的农道上行驶。大概十年前,纯平到东京上大学的时候,还没有这条公路。

比起两年前回来的时候,老家似乎更荒凉了。商业街上的商店本来早就已经关门歇业,紧闭的店门比以前更破了。唉,不过,那绵羊商店还开着呢。老妈的衣服全都是从那里买的。不过,这里变成这个样子,都是因为像我这种离开家乡的人太多,想起来就不好受。

纯平老家的对面有一家秋田犬资料馆。"对了,你家的甚平,还好吗?好想它啊。"纯平突然想了起来,问道。"去年死了。"真野的声音有些感伤。

"这样啊。"纯平说道。

"对啊。"真野点头道。

纯平跟真野约好晚上在同学开的酒馆见面,然后下了车。

纯平的老家在距大馆车站稍远的长木川岸边。东边的每一个窗户都能看到凤凰山上的大文字[1]。房子经过多次改建,现在已经和开

---

[1] 日本盂兰盆节重要活动之一,一般于 8 月 16 日举行。白天人们用木柴在山坡上摆出一个 "大" 字,晚上点燃篝火,在山下便能看到一个 "大" 字出现在山坡上。与著名的京都的五山大文字(又称 "五山送火")不同,凤凰山的 "大文字节" 发祥于二十世纪六十年代末期,是当地政府为了振兴秋田而组织的一种民俗活动。

220

发商新建的商品房没什么区别，但据说在爷爷那一代的时候，堂屋还是茅草屋。

门旁还留着小太郎的窝。小太郎是纯平养的一条秋田犬，在他高中二年级的那年夏天死了。他现在还觉得，正是因为小太郎摇着尾巴拼命为自己加油鼓劲，才让他们的棒球队在那年进入县大会的准决赛，差一点就可以晋级甲子园联赛了。

走进大门，纯平喊了一声"我回来啦"，然后惊讶地发现门口放着两个旅行箱。

"哎？纯平？"

里面传来母亲的声音，一副正要出门的打扮。

"要去哪儿啊？"纯平问。

"你回来也要提前跟我们打个招呼啊。"

"可是，我是突然决定的嘛。你们去哪儿啊？"

"哎？纯平回来啦？"

父亲也跟着母亲走了出来。

"嗯，我回来啦。你们要去哪儿啊？"

"能去哪儿啊，和你妈去冲绳。"

"冲绳？！"

"你回来干什么？"

"干什么？当然是回来休息一下啦。"

"我和你妈也要出去休息一下。"

看到两年没有回来的儿子，母亲似乎并没有太开心，而好像在担心耽误了出发的时间，看了一眼墙上的钟表。父亲则完全不顾儿子，笨拙地为自己打着蝴蝶领结。"没关系啦，你们走吧。"纯平无奈地说道。

"你一个人在家行吗？"

听了母亲的话，纯平一副不高兴的样子，点了点头。

"老公，快点啦，再磨蹭就赶不上飞机啦。"

两人好像真的是正要出门，迅速地穿上鞋子，准备出去。

"去多久？"纯平问道。

"六天五晚。我们去石垣岛。到了给你打电话。家里什么吃的都没有啊。我怕放在家里坏掉，全都扔了。肚子饿了，就去后面美佐子姑姑家吃饭吧。她家什么都有。"

母亲穿上新买的运动鞋，用脚尖顶了一下地面，说道。"出门旅游穿新鞋，脚会磨出水泡的。"纯平心里这样想着，目送着父母出门，说了一句"路上小心"。

两人离开后，纯平走进客厅，吭当坐在沙发上。家里和他两年前回来的时候没什么太大不同，不过桌子上的血压计让纯平感觉到父母的衰老。

纯平环视了一下客厅。房间里摆着母亲出于兴趣手工制作的奇怪的日本人偶。墙上张贴着父亲任市议会议员时获得的奖状，桌子上摆着他的奖杯。

纯平是父亲政胜四十岁之后才有的孩子。母亲文惠是政胜的第二任妻子。他的第一任妻子年轻早逝，两人没有孩子。因此纯平是滨本家唯一一条血脉。

纯平家本来是这一带的小地主，到祖父那代家里还有很多农田，但到了纯平的父亲那代，跟随时代发展的潮流，开始一点点地卖地。

兼职务农的父亲政胜同时也是当地的消防员。因为这个经历，在纯平上小学的时候，父亲出马竞选市议会议员，幸运当选并连任四届。虽然中间因为给一个朋友当连带保证人受到连累，但四年前也就是六十五岁的时候光荣退休。

现在，夫妻二人用自己存下来的养老金，每年到国内各地旅行。

纯平从沙发上站起来，打开后面的窗户，喊道："姑姑，美佐子姑姑。"

"纯平啊？"父亲的妹妹美佐子姑姑马上从窗子里探出头来，答道，"你回来啦？你爸爸刚刚去冲绳了。"

"我知道，刚刚见到了。我现在饿得两眼发晕，站不稳啊。"

"你想吃啥？"

"比萨。"

姑姑听了纯平的话，哈哈大笑起来，咣当一声关上窗户。然后，窗子里又传来姑姑的声音："我给你做亲子盖饭啊。"

在空荡荡的家中，纯平一直睡到傍晚。由于和真野他们约定的时间是六点，所以纯平又去了一趟附近的公共温泉，泡了一下久违的秋田温泉。

身体暖和起来，起身去与朋友相约的酒馆。路上打开手机一看，发现手机里收到几条短信。都是东京发来的，其中有美姬妈妈桑、店里的女招待和朋生等人。天已经完全黑了。走在没有一个人影的大馆的大街上，看着这些短信，感觉那仿佛是从另外一个世界发来的。

真野和朋友们都已经到了酒馆。因为烤鸡肉串的缘故，店里到处烟雾蒙蒙的。即便如此，和两年没见的棒球队的老友在一起喝酒，仍然感觉很开心，啤酒也很好喝。大家互相报告着并没有太大变化的近况，然后说起了往事，比如当时的比赛如何，当时的训练怎样等等。

"不过，大馆真是越来越萧条了。"喝了四杯扎啤的纯平开口说道。

"真羡慕你，也就偶尔回来感叹一下。像我们这种天天生活在这里的人，可是切身的实际问题，不能一笑了之的。"当年棒球队的万年替补队员赤辻说道。

"只有你回来，我们才能稍微开心一下。"

真野一边嚼着加点的烤鸡翅一边说道。"纯平，你就不要在东京当什么酒保啦服务生啦，干脆回来吧。"大家也都随声附和。

"不行。我现在回来也找不到工作。"

"我可以给你介绍一家扫雪公司啊。"

纯平看到赤辻红着脸认真地为自己的前途担忧，摆了摆手说道："别，可别，我就是不喜欢雪才去的东京。"

"哎呀，要是你回来的话，这个小城也会变得更光明一些啊。"

真野又拿起一个烤鸡翅吃了起来，重复道。

"我回来也不会有什么改变的。"

"会的啦。怎么说呢，如果有你在，大家都会变得很开心。"

"你们开心了，大馆也不会有啥子变化。"

"我是说如果，如果啦。"

"纯平，你干脆接你老爸的班儿，去市议会当议员好了。"

一直沉默不语的三垒手桥本突然插口说道。

"对啊，你去当议员，振兴大馆。"

"那很好啊。我支持你。"

"哇，好有意思啊。只要有纯平在，喝酒就会很热闹。"

大家热闹了一番之后，纯平喝光了杯子里的啤酒，对大家的提议不屑一顾。"市议员没什么意思，看我老爸就知道了。"

"三垒手"现在在市政府上班，是大馆市振兴事业的负责人，负责策划各种活动，比如切蒲英文化节啊，秋田犬文化节啊，比内鸡和温泉观光项目之类的。他说每年都会想方设法，希望能振兴大馆，却都没有任何效果。

"对，策划书已经收到了。还有，邮件里我也跟您说过，只是日程调整对吧……对。不，她本人对这个策划很感兴趣。"

古驰专卖店里挂着各种做工精致的衬衣。真岛朋生一手拿着手机，一手扯下一件带刺绣的衬衣。

看了一眼背后的服务员，用眼神询问："可不可以试一下？"然后，便跟着服务员走向试衣间。其间，仍在继续打着电话。

"……对，是的。美月出版自传的事突然定了下来。我们想机会难得，希望这次的策划能和自传的出版日期协调一下……对，一个月后出版……是吧？接下来好好制定一个日程，对您那边杂志的销售也有帮助……"

朋生走进试衣间，用肩膀夹住手机，脱掉衣服。也许试衣间的灯光会让人变得好看，原本瘦巴巴的朋生现在看起来竟然也像一个精悍的拳击手。

朋生站在镜子前面，用力收了一下小腹。但是由于根本没有锻炼过，所以不可能出现隆起的腹肌。

"……是，我知道了。我先跟美月联系一下，今天晚上给您答复。"

朋生挂断电话，穿上那件有刺绣的白衬衣。

看了一下价牌，四万多日元。

朋生犹豫了一瞬间，但系上扣子站在镜子前一看，连自己都感觉身上多了两成男人味。

想为美月出自传的那家出版社说，趁现在的人气出书的话，至少能卖十万册。若是这样，版税至少有一千万。

朋生打开试衣间的门，朝回到前厅的服务员招了招手，喊道："能帮我拿一下挂在这件衬衣旁边的那条牛仔裤吗？"

美月的纪录片在深夜播出，已经过了快半个月了。

节目以美月现在的生活为主轴，拍摄了她抱着瑛太从故乡五岛福江岛到博多，然后辗转来到东京的经历，情节跌宕起伏，富有戏剧性。

由于节目是从凌晨两点开始播出的，本身的收视率很低，才不到百分之二。但是，这个一小时的节目第二天便被人传到了视频网站YouTube上。

节目的导演也不清楚到底是什么地方影响了观众。似乎是美月在日常生活中表现出来的淳朴的对答、表情，以及对瑛太表现出来的母爱，与夜晚世界中华丽女招待的形象形成了鲜明的对比。这种巨大的反差在年轻的女性尤其是高中女生看来，就像灰姑娘的故事一般令人感动。

实际上，视频在YouTube上的点击数已经超过了一百万次。

若只是投稿到YouTube上，也不可能出现如此热烈的反响。关键是一个天后级的模特偶然看到这个视频，在自己的博客上以"万岁，美月！"为题进行了评论。她的这个评论引爆了人气。

节目播出后，大概过了一周，杂志和广播电台都通过节目制作公司陆续找到美月，希望对她进行采访，或者请她上节目。

美月看到自己出演的节目受到欢迎，自然也是高兴的，一边征求"雪村"妈妈桑的意见，一边接受各种媒体的采访。但是，自从出版社提议为她出版自传后，每天接到的电话数量变得非比寻常，还在"雪村"上班的美月已经无力应对这些电话。

于是，朋生便出场了。

美月把这次节目产生的反响和情况都一一告诉了朋生。由于朋生本质上就是一个爱赶时髦的年轻人，节目播出时他就把节目录了下来，听说视频被上传到了YouTube上，就马上上网确认。其他博客中若有有关美月的评论，也特意上网检索。看着网上的那些评论，简直感觉就像是自己被人夸赞，成了大家羡慕的对象一般。

仔细想来，美月假称自己是一个未婚母亲，欺骗了世人，朋生本人的存在也被完全掩盖。不过，他却毫不在乎。他那种爱赶时髦又不上进的性格发挥了能动作用，现在已经当起了美月的经纪人，高高兴兴地为美月安排她的一切活动。

"对不起，我来晚了。"

朋生背着古驰的大购物袋，跑进歌舞伎町的咖啡馆，看到滨本纯平正坐在窗边的座位上伸着大大的懒腰，便夸张地挥着手走了过去。

"哇哦，不愧是大明星的男人，真阔气。"

纯平马上发现了朋生手中的纸袋，伸着脑袋往里面瞧。

"就是衬衣和牛仔裤啦。"朋生主动打开纸袋让他看了一眼。

"……碰头会时没有像样的衣服穿。我的正装都是牛郎风格的西装，还有就是一些从优衣库买来的衣服。"

"从优衣库到古驰，简直是三级跳啊。"

朋生叫住正好从身边走过的女服务员，点了一杯咖啡，然后一屁股坐在椅子上。

桌子上除了纯平的咖啡，还有一杯喝了一点的橙汁。

"哎？凑圭司的经纪人也到了吗？"朋生问道。

"嗯，去厕所了。"

"约定见面的时间是四点对吧？"

"嗯，嗯。我也有些话要跟她说。"

"还是那三百万的事儿吗？"

"嗯，怎么说呢，也算是吧……对了，你之前要的那一百五十万，现在已经完全没有兴趣了吧？"

朋生听纯平这么说，慌忙说道："怎么可能！早晚要你还给我的。"但是，说实话，现在整天忙着美月的事，而且入账很多，对于这一百五十万，他的确已经不像以前那么感兴趣了。

"那钱到手了吗？"朋生问道。

"不，还没。"

"对了，这事儿费了不少劲吧？"

"是啊。"

"那到底什么时候能拿到钱呢？"

"她说钱其实已经准备好了。但我觉得如果现在拿到钱，自己肯定会乱花的，所以我就让她再代我保管一段时间。"

"啊，什么，我听不懂了。你是准备把钱存在被敲诈人那里吗？"

"嗯，就是这样！"

纯平自己似乎也感觉很奇怪，皱着脸说道。

"啊，对了，你家的事情，我也跟园小姐说了个大概。"

听了纯平的话，朋生诧异地问道："哦？园小姐是？"

"园小姐，园夕子小姐，就是凑圭司的经纪人啊。"

"哦，原来是她啊。"

"找人帮忙，至少要把别人的名字记住吧。"

两人这样说的时候，一个经纪人模样的女人从店内里侧走了过来。朋生身体微微前倾，做出起身的动作。

纯平回过头去，介绍道："这小子就是我跟你说的真岛朋生。"

"你好。"

朋生见园夕子鞠躬致意，也向前倾着身子，点头致意。"你好。"但是，接下来两人便都不知道说什么才好了。

总不能对敲诈自己的人说"前段时间承蒙关照"。可话虽如此，现在若互相摆出一副敲诈者与受害人的模样，摆在桌子上的橙汁就显得有些格格不入。

"你家的事情，纯平已经跟我说过了，若有什么需要帮忙，请尽管说。"

果然是年长的夕子资历更深，轻松地找出话题解围。

"哎呀，像经纪人这种活，我也是第一次做。如果您能帮我出出主意，那真是太感谢了。"

朋生如实告诉对方自己的心情，尴尬的气氛稍微缓和了一些。

今天，朋生有很多问题要问夕子，比如，如何交涉酬金或演出费，如何拒绝邀约，如何主动提出策划案等。

朋生如今仍觉得自己做得还可以，不过他总觉得应该还有更好一点的方法。想到这一点，便感觉不能只是自己吃亏。

幸好，园夕子性格直爽，对朋生提出的问题，毫不吝啬地提供了自己的经验或建议。

"嗯，我说得直接一点，像她这种类型，人气不会持续太久，顶多也就一年。所以一定要抓住机会多接活，抓紧时间实现自己的价值。有活就接，如果能在这期间找到合适的工作，上升一个层次就最好了。"

听了夕子的话，朋生佩服得五体投地。

"今天有两个女孩来店里应聘了。说是看了我的节目。"

旁边的瑛太正要入睡。美月温柔地抚摸着他的肚子，小声说道。

朋生趴在旁边的被子上，翻开刚买来的日程本，一笔一画地写下"13：00—14：00，《MISTY》杂志采访"，然后问道："啊？什么？"

"我是说啊，今天有两个看了我的节目的女孩，到雪村来应聘了。"

美月仍旧抚摸着瑛太的肚子，说道。

"那面试上了吗？"朋生问道。

"妈妈桑说有点不靠谱。"

"为什么？"

"不知道……"

瑛太好像已经睡熟了。美月唯恐把他吵醒，轻轻地起身。

"哦，对了，对了，明天要和友爱社的田中先生见面。"朋生说道。

"啊？明天？几点？"

厨房里，美月打开冰箱，脸上一副不乐意的表情。

"跟他说的边吃午饭边谈……怎么啦？没空吗？"

"只是见个面吗？"

"对，说是谈一下书的封面。记者的采访都定在周末。"

美月从冰箱里拿出酸奶，站在那里吃了起来。

"哎，真的没事儿吗？"

听到美月不自信的声音，朋生翻了个身，问道："什么？"

"什么……虽然一切都很顺利，但我实际上又不是真的未婚单亲妈妈……"

"都什么时候了，还说这种话。没事儿，没事儿，不会露馅儿的。就算是露了馅儿，到时也会有办法的。"

"我担心的不是这个啦。我是想说，你不介意吗？"

"我？我无所谓啊。"

"那瑛太呢？"

"瑛太？"

"现在别人可都认为瑛太没有爸爸。"

"虽然大家这样认为，但其实是有的啊。"

"话虽然是这样说……"

"怎么啦？这书你不想出？"

"也不是……"

朋生不知道美月在担心什么。

"凑圭司的经纪人说，像你这种类型，人气不会持续太久的，所以，只要有活就要接下来，然后再想下一步。"

"下一步？"

"是啊，要做什么呢？"

两人互相注视了一下。当然，谁都没有答案。

"比如当演员？"

"啊？我去当演员？"

"也是哦……"

硬扯一个答案出来，话题也无以为继。

"你把灯关上，过来。"

朋生突然用长崎方言说道。

"嗯。"

美月也顺从地点了点头。

最近终于有了家的感觉啦。夜里被尿憋醒的时候，看着旁边熟睡的美月和瑛太，就感觉俺的人生可充实了。在五岛的时候，咋就从来没有这种感觉呢？可能是因为美月的爸爸总在旁边吧，也可能是因为美月没有一点当人家媳妇儿的样子。嗯，怎么说呢，总感觉像是偷了邻居家的小闺女，两个人只是在一起生活而已。

美月关了灯，骑在朋生的身上。

"自传的采访，上次说到高中没毕业就退学到朱薇尔上班，这次采访就要提到跟你认识的经过了。"

美月将整个身体压在朋生的身上，朋生有些喘不过气来。

"俺得说咱们虽然在一起生活，但没有登记结婚，对不？可俺觉得要是书出版了，肯定就会露馅儿的。"

"喂，美月。"朋生把美月从身上推开，说道，"……一家三口躺在这里，俺感觉可幸福了，你呢？"

"啊？"

"东京有那么多人，乌泱乌泱的，那么多人。光是这附近，也得有几千几万人跟咱们一样躺在床上，对不？可是，你不觉得，像咱这样一家三口躺在一起的，其实没几个？"

朋生自己都不知道自己要说什么了。他只是想让美月知道自己现在很幸福。

"我知道你的意思了。可会不会太突然了？"

山下美姬熟练地为瑛太换着尿布，说道。

站在旁边的是滨本纯平。纯平捏着鼻子，盯着美姬的手，说道："这事儿虽然第一次跟您说，但其实我已经在心里想了很久了。"

"纯平，你今年多大了？"

美姬打开一片新的纸尿裤，问道。

最近开始用的这个新牌子的纸尿裤，虽然吸水性好，但腰部稍微有点紧，偶尔会把瑛太弄得皮肤发痒。

"……二十九了。"

纯平一脸不可思议地看着瑛太穿上新的纸尿裤，回答道。

"二十九？你都这么大了？"

"对啊。今年就三十岁了。"

"啊？你都三十啦？"

"是啊。"

大概是因为换了新的纸尿裤，感觉舒服，瑛太举起双手，蹦跳起来。

"舒服吗？"美姬问道。"嗯，嗯，嗯。"瑛太发出三声鼻音，好像是在回答美姬的问题。

"真是长大了。"

纯平捡起地上的球，在瑛太面前滚了一下。瑛太高兴地追着球跑了起来。

"……我第一次见他的时候，美月还把他抱在怀里，那么小呢。"

"在咱家店外面的疏散楼梯上？"

"对，对啊，一脸疲惫，蹲在楼梯上。可现在她都已经是年轻女孩心目中的女神了。"

纯平跟着瑛太在地上爬了起来。看到他撅起的屁股，美姬突然产生·种不祥的预感，叮嘱道："你该不会是受美月这件事的影响，又想干啥坏事儿吧？"

"不是啦。"

"我跟你说啊，就是美月这事儿，只要过上半年，就没人会想起来了。"

"这个我知道。"

纯平被瑛太牵着耳朵在地上高兴地爬来爬去。也不知道他是否真明白。

虽然店里的内部装修完工了，但美姬的周边却总不太平。

首先是店里的一个女招待自杀未遂，所幸被发现及时救了回来。据说她在韩国服兵役的男朋友打电话来向她提出分手，她一时冲动便吃了安眠药。美姬接到联络后赶到医院时，医生已经给她洗了胃，当时她面色苍白。

第二件事就是拍了纪录片的美月意外变成媒体的红人。虽然这种人气不会持续太久，她本人也明白这个道理，但被电视节目视为不存在的朋生却非常激动，现在已经自封为美月的经纪人，整天忙忙叨叨的，扬言要把美月培养成电视明星。

美姬本来以为事情没这么简单，但朋生或许的确有这方面的才能，竟然真的成功让美月当上了东京MX电视台的一档信息节目的主持人，固定每周主持一次。

虽然与日本电视台和富士电视台不同，东京电视台的节目只在首都圈播放，但美月主持这个节目中一个十五分钟左右的版块，为那些从事风俗业的女孩介绍化妆品、餐馆或者时装等信息，酬金据说相当优厚。

美月也是一样。虽然表面上冷静，总对美姬说"反正也就火这一阵子"，可毕竟是年轻的女孩，因为上电视或接受杂志的采访而被造型师打扮得漂漂亮亮的，免不了觉得开心。所以，最近她经常出门，把瑛太送到美姬这里来。

当然，美姬也不能过多指责她。毕竟，当时是自己告诉美月可以随时把瑛太送过来的。美月原本有所顾虑，但因美姬自己想和瑛太在一起，便鼓励她工作加油。

还有一件事，就是高坂竟然向自己求婚了。

装修休假期间，美姬又和高坂去泡了温泉，然后，在没有任何预兆的情况下，高坂说道："喂，我们登记呗。"

美姬不知道他到底有多少出于真心，便一笑而过："干啥啊，都一大把年纪了。"

其实，她想象不出自己和高坂结婚后会是怎样一幅生活图景。结婚后应该也不会有什么改变吧，那还不如保持现在这种关系更好。

之后，高坂也没有特意再联系。或许，对方也不是太认真的。

"那你辞职后打算做什么呢？"美姬好像突然想起来似的，问道。

纯平好像已经跟瑛太玩腻了，贪婪地吃着美姬拿出来的糖炒栗子。

"还没有决定……"

不出所料，这回答很难让人放心。

"刚才听说你马上就三十岁了，说实话，我也觉得再挽留你在店里工作也挺不好意思的，可如果你还是这么吊儿郎当的，我答应你辞职，反而像抛弃你，自己于心不忍。"

"您不用替我想那么多啊。"

"话虽如此，可毕竟是我把你拉过来的……如果你再有点小聪明，狡猾一点，我倒可以放心把你交到高坂手下做点事情……"

美姬一边观察纯平的脸色一边说道。但纯平倒是干脆，笑着说道："不行，不行不行，黑道这行我可干不了。"

"不过，高坂那里，表面上也是个正儿八经的公司。"

"表面上？可谁都知道他是道上的人。大概只有高坂先生本人才会觉得，他的公司表面上是家正儿八经的公司吧。"

这用不着纯平说，美姬也是这样想的。

纯平见瑛太走到自己身边，把切成小块的栗子放进他口中。

"我想回乡下老家……"

纯平像是忽然想到似的说道。

"啊？乡下？"美姬给瑛太擦了一下口水，问道，"……你老家是哪儿来着？"

"秋田。"

"哦，那里啊。可是你回老家做什么呢？"

"具体还没有决定……"

"有工作吗？"

"没有。"

"那你打算怎么办啊？"

"也是啊……"

美姬看出来纯平还没有下定决心。

"你如果决定辞职，我不挽留你。可你这么突然提出来，我也很为难。如果有什么需要帮忙的，尽管告诉我。"

美姬看了一下表。不知不觉间已经到了送瑛太去托儿所的时间了。

"回去的时候要不要去吃点寿司？"

高坂龙也从厕所回来，接过美姬递过来的毛巾，一边说着一边坐到沙发上，用力擦着关节突出的大手。

"不想吃寿司。想吃点口味重的。"

美姬接过高坂用过的毛巾，回答道。

"口味重的……那烤肉怎么样？"

"哦，对了，前不久我发现一家韩式烤肉餐馆。可能那里的酱汁芝麻跟别的地方不一样，肉一点也不腻，非常好吃。你要是想带我去吃饭，就去那家吧。"

美姬也不问高坂的意见，一口气说完，叫住路过的纯平，问道：

"对了，上次你也跟我在一块儿的对吧。就是新大久保那家好吃的烤五花肉餐馆。晚上几点关门来着？"

纯平撤下桌子上的酒杯，不假思索地回答："那里是二十四小时营业的。"

"就这么定了。"

美姬啪地拍了一下高坂放在自己腿上的手。

店里除了高坂之外，只剩下另外一组顾客了。那边传来他们热闹的喊声，好像准备一会儿去唱卡拉OK。陪那桌客人的是一个有经验的女招待，所以现在把店里的事交给纯平，马上跟高坂出去也没什么问题。

"走吗？走的话我马上准备一下。"

美姬正要从沙发上站起来，高坂用力按住她的手。

"怎么啦？"

"对了？最近垣内那个家伙来过吗？"

高坂压低了声音说。

"垣内？那个垣内？最近几乎没来过。怎么啦？"

"那，有个叫凑圭司的人，你知道吧？最近偶尔上电视的那个。"

"哦，那个拉大提琴的啊。我还挺喜欢他的音乐，还买了一张CD呢。"

"是这里的客人？"

"谁啊？"

"就那个姓凑的啊。"

"没来过……到底怎么啦？"

"哎，我也只是碰巧听到了一点。前一段时间，具体忘了什么时候了，我跟垣内的老板打麻将的时候，他老板给他打电话时提到了凑，而且最后还提到了纯平。"

"纯平？就是我家这个纯平？"

美姬慌忙把视线转向柜台。纯平依然像往常一样一边哼着小曲儿一边洗酒杯。

"怎么回事儿啊？"

"我也不太清楚。不过，那个老板当时好像很高兴，说什么'干得好，这样就连上了'之类的话。"

美姬完全想不出会是什么事。

　　她感觉这件事可能跟纯平突然提出回老家有关系，却没有告诉高坂。

　　"该不会是纯平惹了什么麻烦吧？"美姬装作一副不愿惹祸上身的样子说道。

　　"对了，我记得有一次你跟我说你看见纯平跟垣内在一起，鬼鬼祟祟的，好像在跟他商量什么事儿，对吧？"

　　美姬不知道该不该如实告诉他，犹豫了一下，但又预感若是自己隐瞒，一定会留下后患，便照实说道：

　　"我也不是太清楚。好像是拜托他找个人还是什么来着。你帮我查一下。"

　　"啊？我？"

　　"他是我招来的服务生。我不想惹祸上身。"

　　"你自己去问问他不就好了？"

　　高坂默默地喝光杯子里剩下的加水威士忌，结束了这个话题。

　　然后，美姬把店里的工作交代给纯平，跟着高坂一起去了烤五花肉店。

　　美姬站在柜台前，对纯平说着"接下来就交给你了"，心想：如果他真的惹下麻烦想逃到乡下，得先让他把事情处理好再走。

　　不过，纯平本人根本不知道美姬心中所想，仍旧一副乐呵呵的样子，笑着说什么"难得有这样的机会，干吗不让他带您去个更高档一点的地方啊"。

　　在烤五花肉店填饱肚子后，美姬又和高坂分食了一碗朝鲜冷面。

　　高坂见她食欲如此旺盛，目瞪口呆。若白天一直陪着瑛太玩，到晚上美姬就会变得像高中女生一样食欲旺盛。

　　"再陪我一会儿。"高坂说道。于是，两人从店里走出来，直接走进附近的一家酒店。

　　第二天中午过后，美月把瑛太送了过来。

　　昨天美姬跟高坂住在酒店，两个小时前才刚刚回来，悠闲地泡了一个热水澡，刚出来把头发吹干。

　　瑛太刚从美月的怀里下来，便在客厅里撒腿跑起来。

　　"对不起，总是麻烦您。今天傍晚我能回来一次。我送他去托儿所就行了。"

　　"今天是什么工作？"美姬问道。

　　"今天只是碰个面。就上次说的那个电视节目。"

　　"哦，听说那个节目口碑挺好的。我这里的女孩子们也都在看。"

　　"雪村的妈妈桑也很高兴。"

　　"是啊。有雪村，才有今天的美月。这一点你一定不能忘。"

　　"嗯，我知道。"

　　美月向又跑回玄关的瑛太告别。"啊，对了。"美姬突然叫住她，问道，"……美月，你认识凑圭司吗？"

　　"嗯。"

　　"啊，你认识？是雪村的客人？"

　　"不是，朋生好像认识。"

　　"朋生？他怎么会认识的？"

　　"我也不太清楚。他好像认识那位凑先生的经纪人园夕子，我这边有什么活，他总是去找她商量。"

　　"哦，这样啊。"

　　美姬觉得自己终于搞清楚了包括纯平在内的这些人的关系。

　　"我想不用我说你也明白的。你要知道急流勇退，找个适当的时候，赶快从演艺界抽身出来吧。"美姬说道。

"是啊。可朋生总是干劲十足的。"

美月做出一副不好意思的样子，美姬也就没有继续说下去。

美月出去后，美姬马上带着瑛太玩起了积木。瑛太不停地抓起地上的积木搬到沙发上，开心得不得了。

你妈妈也真不容易呢。阿姨知道的。看到自己喜欢的人拼命做什么的时候，就不由得想帮帮他。你爸爸虽然没什么出息，但这次好像挺努力的，你妈妈要应付他也真是不容易呢。但是，他们不是故意丢下你不管的。正因为喜欢你，他们才努力地想要做一个好爸爸，好妈妈。所以，你就再跟阿姨玩一段时间吧。

第四景

　　从电视台开出来的出租车穿过拥堵的新桥站前，行驶在日比谷公园旁边的公路上。

　　还没来得及吃午饭的凑圭司从包里拿出三明治吃了起来。

　　"摄影棚里提供的便当没有吃吗？"

　　旁边的园夕子刚挂断电话，便立刻问道。凑圭司在旁边听着她打的电话，大概知道是关于这几天一直在交涉的音乐节的演出，日程上还是比较困难。

　　"嗯，对，和制作人佐竹先生谈事情，没顾得上。"凑回答道。

　　"哦，佐竹先生要退休了吧？"

　　"好像是。说是准备退休后和妻子一起去澳大利亚定居。"

　　正在这时，夕子手中的手机又响了起来。凑以为又是和工作有关的电话，便将视线转向车窗外向后流逝的皇居的石墙。

　　"啊？喂？你，你先冷静一下。啊？喂？"

　　夕子接通电话后，伸直了身子，慌张起来。

　　"怎，怎么啦？"凑圭司也吃惊地问道。但夕子这时已经无暇顾及凑的问题了。

　　"啊？逃出来了？我有点不太明白啊。没、没事儿吧？你、你现在在哪儿啊？！"

　　夕子的声音已经近乎尖叫。

　　"……嗯，我知道了，知道了，你先冷静一下，我这就去找你。没受伤吧？没事儿吧？你在那儿先别动啊。"

看到夕子紧张的样子，不仅凑圭司，就连司机都好像慌了神，车子摇晃了好几次。

"师傅，停一下车好吗？"

夕子猛地朝驾驶座探过身子，简直就像要扑过去咬司机的脖子，说道。

司机慌忙踩了刹车，在皇居外苑的松林前猛地停下了车。

"怎、怎么啦？"凑又问道。

"有、有点事。"

夕子没有解释，就要下车。凑不知道到底发生了什么事，先付了车费，也跟着她一起下了车。

"怎、怎么啦？"

一群中国的团体游客从皇居的方向踩着碎石子走了过来，说说笑笑。

听到这如田园牧歌一般和谐的笑声，夕子也终于平静下来。"啊，对不起，我刚才吓到了……"她缓缓地按住胸口，说道，"滨本纯平说他昨天晚上突然被人拖上一辆汽车，一直被监禁到现在……"

"监、监禁？"

凑不由得惊叫起来。走到他们旁边的中国团体游客听到凑的叫声，不可思议地看着他。

"被、被谁啊？"

"刚才只是在电话里说了一下，还没来得及问……不过，对方好像知道肇事逃逸的事。他说有人把他关进一个房间里，绑在椅子上，恐吓了一个晚上，要他把知道的事情全都说出来。"

听到夕子的讲述，凑突然感到双腿发软。

果然他们还是跟人说了。当初真不该相信那种小混混。

"……反正我先去看看。"

夕子也不知该如何是好，一会儿打开手机一会儿关上，这时突然说道。

"去看看？去哪儿？"

"纯平说他想办法逃了出来，现在藏在代代木公园。"

夕子招手叫了一辆出租车。

"喂，等一下，我也一起去。这事说到底……"

凑还没有说完，出租车便停在两人面前。夕子听凑也要一起去，也顾不上阻拦就上了出租车，凑也紧跟着上了车。

夕子告诉司机目的地，司机慢慢悠悠地说道："去代代木的话，从对面坐车……"

"前边掉个头就行！"凑吼道。

看到凑气势汹汹的样子，司机赶紧开了起来。

"那小子果然还是跟别人说了。"出租车开起来后，凑小声说道。

"不，应该没有跟别人说。"

夕子压低声音，坚决否定。

"你怎么知道？"

"我还不清楚。但我感觉是这样。"

"你凭什么……"

"我问过了，到底是什么原因导致了这次绑架……"

夕子说到这里，突然"啊"了一声。

"怎、怎么啦？"

"他说他找人调查过你哥哥……"

"查我哥哥？"

"对。说是报纸上除了名字之外，没有任何别的信息，所以就找人调查了你哥哥的身份。也许是那个人发现了问题。"

司机通过后视镜不停地往这边看。凑不想让夕子再说下去，打开了车窗。吹进车内的冷风吹乱了夕子的头发。

凑和夕子在原宿站附近的代代木公园门口下了车，立即跑进公园。刚才夕子在出租车上给纯平打了个电话，约好了见面的地点。

公园有几个摊位，现在没有人，好像只有在休息日才会营业。两人瞪大眼睛环视了一下周围，没有看到男子的身影。正在这时，有个身影从章鱼烧的摊位后面露出头来。

"纯平？"夕子喊道。

这时，正好有一对高中生恋人从摊位和夕子的中间走过，他们听到喊声朝这边看了过来。就在这一瞬间，男子又藏到摊位后面，只举起手来，招手示意夕子他们过去。

夕子看到躲在摊位后面的男子，发出轻声惊叫。男子的眼角留着瘀青，破裂的下唇流出的血已经凝固。

"这、这是……"

夕子失语了半天，终于开口说道。

这是凑第一次见到滨本纯平。当然，之前也听夕子说过。不过，看到纯平本人，他吃惊地发现这个人长得远比自己想象的更加知性。以前在棒球练习场见到的真岛朋生脸色煞白，目光游离，用发胶固定起来的脏兮兮的发型，无论怎么看都是街头小混混的模样。但眼前的这个男子，若没有受伤，再给他穿上一身西装，感觉更像是个年轻的银行职员。

纯平摸着下唇的伤口，警惕地盯着凑。夕子见状，慌忙介绍道："你认得吧。这是凑先生。接到你电话的时候，我们正巧在一起。他也担心你，就跟我过来了。"

听夕子说完，纯平一副迫不及待要开口说话的样子，先是长叹了一口气，然后夸张地摇摇头，说道："真是的，我服了！"

三人都觉得一直站在这里说话也不是个办法，便走向附近的一个长椅。途中，夕子用公厕的水龙头洗了一下手绢，为纯平擦了一下他脸上的血迹。

"简直了，服了。昨天晚上下班后，我像平常一样去便利店买了点东西，刚回到家门口，就被几个人拖进了车里。"纯平让夕子为自己擦着脸上的血迹，痛苦地扭曲着脸，开始说道，"我都以为自己死定了。我也反抗了，可他们来得太突然，我要反抗的时候，车子就开起来了。而且，他们从两边死死地把我按住，我一动也动不了。"

纯平吐了一口像是含在嘴里的唾沫。沾着血迹的唾液落在蒲公英的叶子上。

也许是回忆起从昨天晚上到现在经历的恐惧，激动的纯平滔滔不绝地说了起来。激动时说话声音变大，他赶紧又看看周围，然后再继续讲述，似乎觉得若不把这些事说出来，便还会有同样的遭遇。

"别担心了，他们不会追到这里来的。"夕子安慰道。

"我觉得应该找个谁也想不到的地方，就想到了这里，打个车就赶紧跑过来了。"

纯平好像终于平静下来。把他的话概括一下，经过大致如下：

昨天晚上下班回家的时候他被人塞进车里，接着关进一间公寓里。开车的人离开了，将纯平塞进车里的那两个男人留在房间里，强行把他捆在椅子上。他被捆起来后，挨了两三拳，一时失去知觉。

醒来后，那两人开始逼问他。"……他们对我说：有关凑圭司哥哥肇事逃逸的事，把你知道的全都说出来！我坚持说什么都不知道。于是，他们就对我拳打脚踢。电影和电视里经常看到这种场面，可真挨揍的时候还真受不住。经历这件事后，再也不相信电视剧里的那些场面了。"

看到纯平说话的样子，凑不知道他到底是性格豪放还是只是缺根筋。纯平说着，又缓缓地摸了一下好像还有些疼的脸。

纯平说，被拳打脚踢的时候，绑脚的绳子松开了。怕被他们发现，所以他仍然努力装出被紧紧捆住的样子。

然后，其中一人走出房间，房间里只剩下另外一个人监视他到天亮。虽然他双手还被捆着，但脚是可以动的。所以他便趁着那个人躺在地上睡着的时候，偷偷逃了出来。

"他们是在我家门口把我绑架的，所以我也不敢回家。我觉得朋生可能也会遇到危险，赶紧给他打了电话，幸好他没事，说正跟美月到伊豆去拍温泉外景。然后本来想打电话给美姬妈妈桑，但我又不知道这帮人是什么来历，都不知道自己该相信谁才好了……于是，我就给你打了电话。打完电话，我又觉得也许最有可能的其实是你们，不过后来又想了一下，你们都答应给我封口费了，不可能到现在还找人来吓唬我。"

纯平终于讲清楚事情的经过，这时夕子首先开口说道：

"你能不能想到是谁干的？"

"一点线索也没有啊。知道这件事的，只有我跟朋生两个人。"

"我记得以前你跟我说过，你曾经找人去调查凑先生的哥哥。"

"啊，垣内！"

纯平的表情瞬间变得扭曲。

"……可是，垣内怎么会……"

凑见两人都不说话了，便从椅子上起身，走向公园休息处的自动售货机，从口袋里拿出零钱，买了三瓶茶。

弯身在出货口拿瓶装茶的时候，突然感到双膝无力，差点蹲在地上。

他刚才在两人面前一直强装镇静。但是，谁都清楚，现在所有的一切正朝着糟糕的方向发展。

园太乐观了。真不该相信她。让福田收手，把纯平他们摆平，就万事大吉？根本不可能这么简单的。那可是杀了一个人，事情不可能就这样稀里糊涂地过去了。本来就整天绷着神经，提心吊胆的，如果再出什么事儿，我就真的要崩溃了。我如果倒下了，哥哥就白替我顶罪了，一切就都完了。

凑拿着三瓶茶回到长椅上。浑身无力，手里的茶差点掉落。

"凑先生，咱们得把纯平保护起来。"

夕子表情严肃，似乎情形紧迫。

"保护？"

"对啊，总不能一直藏在这里啊。"

夕子见凑没有痛快答应，有些吃惊。

"哦，没关系的。我先去跟妈妈桑说明一下情况吧。"

"不行，这件事不能再跟任何人说了。"

夕子见纯平有所顾虑，斩钉截铁地说道。

"既然对方想打听凑先生的事，那你待在事务所或者我们身边还会有危险。所以，我们先给你订个酒店……"

"等、等一下。"凑慌忙阻止夕子，"保护起来倒是可以的，但然后怎么办呢？"

凑不由得加重了语气。

"您怎么这么冷漠啊！如果纯平被人抓走，就全都完了！"

凑听到夕子强忍怒火的声音，不由得沉默下来。

归根结底，都是因为自己撞死了榎本阳介。

"我知道了。"凑简短地回答。

就在这时，纯平的手机响了起来。他吓得打了一个愣怔，在两人面前战战兢兢地拿出手机。

"啊，是妈妈桑。"

纯平好像终于松了一口气，打开手机。

"喂，对……啊？您的公寓里？不，我没有……真的！对了，您没出什么事儿吧……那就好……我真的不知道是谁……我真的什么也没有……我现在没事儿了，有人帮我，能躲一段时间……嗯，我知道了，对不起……"

仅凭纯平的这些话，凑就知道了电话的大致内容。他感觉局面已经失控，超出了他们所能控制的范围。眼前突然浮现出在监狱服刑的哥哥的模样。

咖啡馆的露天座位的正上方，能看到高速公路的立交桥。下面是普通公路的立交桥。三层立交桥形成浓厚的阴影，落在咖啡馆的露天座位上。

这里是赤坂见附站附近的咖啡馆，店里只有稀稀拉拉几个客人。

园夕子看着一脸严肃的福田功，等他打完电话。

福田在约定的时间准时出现，刚同园夕子打完招呼，电话铃声就响了起来。他接通电话，已经过了十几分钟了。不过，好像是对方一直在说话，福田只是听着。所以，虽然就在福田对面，夕子却完全不清楚电话的内容。

夕子又将视线转向立交桥。高速公路上好像在堵车，刚才停着的集装箱卡车只向前移动了几米。

夕子正要再加点红茶时，福田毫无征兆地结束了通话。既没有说"回头再聊"，也没有说"我先挂了"，神不知鬼不觉地挂断了电话，让人感觉有点毛骨悚然。

"对不起，有点急事。"

福田一边招手叫服务员，一边道歉。夕子又客套了一番。"哪里哪里。百忙之中把您叫出来，真过意不去。本来应该亲自去您事务所拜访……"

"哪里哪里，您不去我的事务所就对了。跟我扯上关系，只会赔不会赚的。"

福田回答道。虽然表面上一如既往地谦卑，但实际上却是一副高高在上的姿态。

服务员走了过来。福田点了一杯咖啡，等服务员走远后，嘴角才泛起一丝微笑，说道："您让我查的那件事，有点眉目了。"

"我也真是太丢脸了。明明是我拍着胸脯让您收手，现在又……"

"哪里哪里，您完全不必感到不好意思。像我这种人，就是在人觉得难堪或丢脸的时候才能派上用场。"

看到福田卑躬屈膝的样子，夕子感到不快，但仍旧表示感谢。"总之，多谢了。"

"那，我先说结论吧。"福田马上说了起来，"……这次，我不希望再中途收手了，请您答应我。以我们的关系还谈条件，有点太死板了，但我还是希望你能答应我，我才能告诉你。"

夕子知道自己的脸色已经变得苍白。福田打算纠缠不放，这么看来，纯平被人绑架这件事背后肯定隐藏着更大的秘密。

"我知道了。在您面前已经丢过一次脸，我也不想再丢第二次了。"

夕子语气坚决地说道。

"那我就开始说啦。简而言之……"

福田接下来说的内容，远远地超出了夕子的想象。甚至可以说，纯平以前找来调查凑的哥哥的那个小混混连配角儿都算不上。

首先，昨天晚上绑架纯平的是一个叫作麻生组的小型黑道帮会组织。而且，这个麻生组的身后，还有一个大人物。福田没有说出这个人的名字，但据说是执政党的一个大政治家。

"以前凑找我的时候，他什么都没告诉我，但经过这次调查我明白了很多事。首先，凑的哥哥去年一月犯了肇事逃逸罪，对吧？"

听到福田的问题，夕子犹豫了一瞬，老实点了点头。

"……所以，我猜那个滨本纯平就是以这件事敲诈凑先生的。也许是威胁他要把他哥哥肇事逃逸的事揭露给媒体吧？"

福田好像猜错了细节，但夕子仍旧默默地点了点头。

"那我就说结论了。他们要找的是当时被撞死的那个人手上的资料。"

"资料？"

"对，资料。以下就是我的猜测了。可能是有关那个政治家贪污受贿的文件。他们好像在寻找那些资料的下落。"

"资料……"夕子又小声说了一句。

一定是榎本的妻子说的那些资料。凑说她脑子不正常，但现在看来那份资料是真实存在的。夕子强装镇静。

"当然，他们不仅去了被撞死的那个男人家里，还去了肇事者也就是凑先生的哥哥家，搜了个底朝天。"

夕子听到这里，不由得吸了一口气。凑圭司从来没有跟她提起过这件事。

"凑先生哥哥家也被搜了？真的吗？"夕子问道。

"对，没错。就在你认识的那个人被绑架后。"

夕子想打听更多的消息，但她清楚自己必须先听福田说完，于是强忍住提问的冲动。

"他们好像也拼命找过。当他们得知资料在被撞死的那个人手中后，马上进行了调查，却没有找到。于是他们进行了进一步的调查，结果发现死者被撞死当天曾随身携带资料……"

"但是，没有找到，是吗？"夕子确认道。

"对，不过刚巧就在那个时候，麻生组听到一个奇怪的传言。据说有个叫垣内的人，就是歌舞伎町的小混混，说起一家韩国女招待俱乐部的酒保正在暗地里调查这件事。"

"此人就是……"

"对，应该就是那个叫滨本纯平的小子吧？"

夕子试图梳理一下福田的话，但对方突然间提供的信息太多，自己根本没有任何头绪。就在她茫然发呆的时候，福田突然把脸凑了过来，说道：

"那小子真的不知道文件在哪儿吗？"

夕子慌了神，坚决否定。"他肯定不知道。知道的话，他肯定会对我说的。"

"那个政治家竟然不惜动用黑社会，看来那些资料真的很重要。如果我们找到了，一定能派上大用场。"

听到这里，夕子终于明白福田刚才为什么说不想中途收手了。

"我回去问一下滨本纯平。如果问到什么有用的信息，我一定跟您联系。"

夕子拿起账单，正要站起身来，这时福田用力按住她的手。

"园小姐。"

他用一种异常锐利的眼神抬头看着夕子。

"……这件事，我们一定要小心。我干这行这么久，认识很多人，可唯独跟那个政治家没有任何来往。也就是说，没准儿这是一桩能赚大钱的买卖。"

夕子拼命掩饰住内心的慌张，挣脱开福田的手。

和福田道别后，夕子走向赤坂见附站的途中，又慌了神。局面已经失控，她甚至不知道应该从什么地方着手，更别提如何解决问题了。

"啊！"

夕子突然停下脚步，拿出手机。得先给凑打个电话。听说他哥哥家被人翻了个底朝天。

电话马上接通了。凑好像一直在等她的电话。

夕子先告诉他，等回去后再慢慢说纯平的事，然后简明扼要地总结了一下从福田那里听来的事情，问他是否知道。

"我哥哥家……"

凑惊讶得说不出话来。通过他嘶哑的声音，夕子知道他真的不知情。

"什么也没有听说吗？"

"对，对。"

"你快打个电话问问吧。"

"嗯，我马上就打电话。可是，为什么……"

"听说榎本阳介掌握着一个政治家受贿的重要资料，而那份资料下落不明。"

"资料？"

"对，你不知道的，对吧？"

"不……不知道啊。当时……"

凑好像又想起了那一瞬间的情景，声音有些颤抖。

"……当时我什么也没看到。"

凑又说了一句"我先给嫂子打个电话"，然后挂断了电话。

接着，夕子给藏身在涩谷一家商务酒店的纯平打了电话。他也好像在等电话，接通音还没响起，电话就通了。

"喂，纯平？榎本阳介那天晚上携带的资料，你没见过吧？"

夕子语气严厉。"啊？"电话那头传来纯平疑惑的声音。仅凭这一点，夕子就知道他也什么都不知道了。

没有的东西，不可能交出去。但是，再怎么说没有，对方也不会轻易放弃。

夕子不停地挠头。她有一个习惯，就是完全不知道该怎么办的时候就会这样。夕子差点要蹲在地上。但现在蹲在这里，也没有人会出来帮忙。

总之，她告诉纯平一会儿过去见他，然后挂断了电话。只是站在这里不动，就已经喘不过气来。就在这时，灵媒梅木老师的脸庞浮现在眼前。夕子仿佛找到了救命稻草一般，给她打了电话。她说自己知道老师可能不方便，但希望一会儿能跟老师见一面。梅木似乎从电话里听出情况紧急，说道："好啊，你来吧。"

在梅木的事务所里，夕子喝了一口灵芝茶，感觉浑身紧绷的弦终于放松下来。

梅木正在里面的房间接受上一位客人的咨询。这位客人是一位女性，好像是来咨询有关离婚的问题。等候室里时而能听到她带着怒气的声音。

十分钟后，那位客人从房间里走了出来。夕子听到梅木老师对她说，现在星象不好，不适合马上离婚。女人从事务所走出来的时候，一副气鼓鼓的样子。

夕子听到梅木老师叫自己，便走进房间。不知道梅木老师平常都吃了什么，总是那样神采奕奕。"我就知道你快来了。你今天的运程就是所谓的天中杀。"梅木老师微笑着说道，"……不过呢，天中杀也并非指将有坏事发生，而是说将要迎来重要的转机。"

梅木收拾着上一个客人的占卜表，继续说道。

"老师，我感觉自己又被卷进麻烦里了。"

夕子刚一落座，便伤心地说道。

"又是凑先生的事儿？"

夕子当然并没有将凑肇事逃逸和纯平他们曾经威胁敲诈的事告诉梅木，但梅木似乎也通过某种方式隐隐约约地觉察到事情的动向。

"事情正朝着我完全没有料到的方向发展……"夕子含糊其词地说道。

"你还别说，来得正好，我也正想跟你联系呢。"

梅木打断了夕子的话，从抽屉里取出一个笔记本。封面上写着夕子的名字。那是夕子的专用咨询记录。梅木打开笔记本，突然问道："夕子，最近你有没有遇到什么人？"

夕子没有找梅木占卜过爱情运程。因此，她这里所说的人，肯定是指夕子以前说过的那个能成为一流政治家的男人。当然，现在夕子想不出现在自己认识的人中，谁将会是那个人。

夕子像往常一样摇了摇头。

"是吗？"梅木今天又像往常一样表现出一副不可思议的表情，"……喂，夕子，你当时为什么答应当凑先生的经纪人来着？"

"为什么？因为我需要有个工作啊，而且……"

"不是的，我是说是什么让你最终做出这个决定的？"

"啊，因为凑的老家是秋田，您是说这个？"

"对，对，就是啊。我又看了看这个笔记本第一页上的记录，突然有一种感觉。我不知道你为什么会对秋田情有独钟，但我帮你算过，你只要继续留在凑先生身边，就一定能遇到命中注定的那个人。你再想想，最近真的没遇到什么人？和凑先生、秋田这两个因素都能联系起来的人。"

梅木老师的话让夕子很容易想到一个人。通过凑认识而且老家在秋田，这个人就是纯平。虽然想起这个名字，但夕子知道这绝不是正确答案。

"真的没有啊。"夕子摇了摇头。

就在这一瞬间，也就是夕子摇摇头准备拐弯抹角地开始咨询的时候，她突然感受到一阵冲击，仿佛散落在脑海中的各种形状的拼图碎片突然啪啪地拼在了一起。

脑海中首先浮现出纯平的样子。他从来不承认自己的错误，而且还拥有一种特殊的才能，那就是总能轻松地转换对自己不利的话题。无论是在歌舞伎町的咖啡馆还是在西新宿的意式餐厅，每次看到他，他都是如此。如果让他穿上一身干净整洁的西装，看起来倒也像是一个热血方刚的青年政治家。

夕子不由得"啊"了一声。

她盯着脑海中的那幅拼图，觉得实在有些离谱。

纯平倒是有很好的口才，可要他来当政治家吗？不可能，不可能。没钱，没后台，也没什么业绩。如果能得到某个党派的正式推选，或许还有可能。但是，不可能有什么政党正式推选纯平作为候选人的。

夕子回过神来，瞪大眼睛盯着面前的梅木。

"喂？果然还是遇到什么人了，对吧？"梅木的眼神中充满了期待。

"不，没有……"夕子回答。

"光晴叔叔说什么了？"

母亲蹲在二楼友香房间的角落里，挂断了电话。友香颤抖着声音问道。

"……嗯。"

母亲只嗯了一声，什么也不说。友香依偎到母亲旁边。床垫被掀开，柜子里的衣服全都散落在地板上。

"嗯？光晴叔叔怎么说？"友香又问了一遍。

"他说一会儿过来。"

"那他知道？难道他那边也……"

母亲没有回答友香的问题，只是又紧紧地抱住她。

友香扶起倒在地上的闹钟。若闹钟没有坏掉，时间准确的话，她和母亲已经在房间里像这样相拥了六个小时了。

昨天晚上，友香对母亲谎称去同学家住，其实和山崎飒太住在池袋的一家酒店。今天回到家里，发现客厅变得一团糟，母亲失魂落魄地坐在那里。

友香冲进房间，抱住神情呆滞的母亲。母亲茫然地小声说着："我没事儿，没事儿。"

友香以为家里进了贼，问道："妈妈，您当时在家吗？"母亲点了点头，重复道："不过，我没事儿。"

"报警了吗？打电话报警了吗？"

友香说完，正要拿出手机。

"友香，等等，等一下。"母亲慌忙握住友香的手。

母亲说，那些人谎称快递员骗她打开门，然后猛地把她推开，进来之后就大声喊："你老公把人撞死后拿回来的资料放哪儿了？"

不知所措的母亲根本不知道他们的意思，只是一个劲儿地回答："不知道，我不知道。"

"你再说不知道，我们就开始搜啦。"

男人们穿着鞋冲进房间，翻遍客厅的书架，打碎厨房的餐具，又跑到二楼把卧室和友香的房间也弄得一团糟。

他们并不是真的在找资料，而是想通过乱砸东西向母亲示威，不停地对母亲说：如果知道就赶快说，真的不知道就赶紧去监狱问一下你老公，资料到底藏在什么地方。

母亲惊吓过度，好像已经失去了情感。

想到母亲整晚独自待在这里，友香就止不住浑身颤抖。

然后，友香就这样一直和母亲待在房间里。起初在客厅，但一听到什么声响就害怕，便躲到浴室，在浴室又会听到别的声响，最后便逃到了二楼。

在这六个小时的时间里，友香试图思考一些事情，却总没有头绪。

比如，资料……父亲不可能拿，光晴叔叔也不可能知道……想到这里，思维便会停下来。现在连站都站不起来，更不要说以后怎么办了。

一起蹲在地上的母亲也和友香一样。她也不知道接下来应该怎么办，不知道应该什么时候从地上站起来，只是偶尔用一种吓人的声音自言自语地重复一句话："本来就不可能这么容易解决的。"

门铃响了起来。接到光晴的电话后感觉就像刚刚过了五分钟，又感觉像等待了漫长的两三天。

起初，她们不知道门外是否真的是光晴，都没有起身。然后，母亲的手机马上响了起来，友香也从电话里听到光晴的声音。"我在门口呢。"

母女俩手拉着手，踏着家中的狼藉，走向玄关。

打开门后，看到光晴站在门外。仅仅看到两人的脸，他就似乎明白了一切，脸顿时没有了血色："没、没事吧？"

然后，在玄关看到客厅的狼藉时，就连他也不由得双膝无力地跪在地上。

"那些人是什么人啊……什么资料啊？光晴，你知道吗？"

看到光晴后，母亲好像稍微放下心来，发出柔弱的声音。

"我也不太清楚。反正当时我没看到什么资料，现在我手上也没有。"光晴慢慢地站起身，说道，"总之，先离开这儿吧。你们待在这里，那些人还会再来的。"

友香母女将日常用品塞进包里，坐上在门口等待的出租车。

乘着出租车前往赤坂的途中，光晴一直跟经纪人园夕子通电话。怕司机听到，光晴只是听对方说，偶尔回答一句"嗯"或者"我知道了"。因此，友香和母亲越发担心起来。出租车的计价表上不断提升的数字告诉她们，虽然从家里逃了出来，但问题并没有得到任何解决。

光晴挂断电话，简短地告诉她们："园也在往那边去。"

母亲好像一直在担心，强忍住颤抖的声音问道："园小姐也知道这件事吗？"

"嗯，知道。"

"可是……"

"如果没有园，现在局面已经不可收拾了！"

不能继续在车里谈论这些。光晴稍微加重了一下语气。

到了赤坂的酒店，办理入住手续后，友香先带母亲去房间放下行李，马上又回到一楼的咖啡厅与光晴会合。

走出房间，乘上电梯的时候，母亲说道："应该告诉你爸爸吧。"友香不赞成妈妈的提议，反驳道："别让爸爸也跟着担心了。即便跟他说了，他现在也帮不上什么忙。"

走进咖啡馆之前，友香心惊胆战地打开手机的电源。她害怕那些闯入家里的人会打过来，所以从早上一直关机。

手机里收到飒太发来的三条短信。友香让母亲先进咖啡馆，然后打开了那三条短信。

"早晨你妈妈没有生气吧？"

"难道在睡觉？笑。"

"喂，快跟我联系啊。"

友香连着看完了三条短信。两人今天没有约会，但他们已经养成了习惯，头天晚上住在一起的话，第二天一定会互相通信。

友香慌忙写了一条短信："对不起，没能联系你。我没事儿。回头再给你发短信。"打完字后正要发出去，突然又停下，重新写了一条。

"一会儿能见个面吗？我现在在赤坂。"

刚发出短信，母亲便从咖啡馆里走出来叫她。

"干什么呢？园小姐也到了，你也快进来吧。"

友香被母亲拉住手腕，走进咖啡馆，看到光晴和夕子并排坐在那里。

不知道为什么，友香看到夕子的瞬间，眼泪便差点夺眶而出。友香坐下来，夕子握住她的手，说道："吓着了吧？你做得很好。"就在这一瞬间，和母亲在一起时强忍的泪水不知不觉地流了出来。

友香和母亲跟两人说了一下详细情况。母亲有漏掉的地方，友香便补充一下；友香不知道的部分，母亲便强忍着恐惧向他们讲述。

听完两人讲完事情的经过，首先开口说话的是夕子。

"我知道你们会害怕，但还是请你们听我说一下。我会把我查到的所有事情都告诉你们。"

友香说完自己这边的情况，已经筋疲力尽。接下来还会听到什么呢？但也不能堵上耳朵不听。

政治家。贪污或者受贿。作为证据的资料。肇事逃逸的那天晚上。目击事故经过的男子滨本纯平。敲诈。福田功。封口费。麻生组。

自己的身体已经扛不住夕子说出的这些词汇。友香几乎无法喘息，静静地等待夕子把话说完。

她第一次听说有人曾目击事故发生的现场，也从来不知道那个人曾以此来敲诈光晴。

夕子说的这些，她们之前完全不知道。而且，夕子还罗列了很多原本跟她们没有任何关系的政治家、黑帮和总会屋[1]的名字。

友香见母亲差点晕厥，在桌子下面用力握住她的手，可是母亲却连回握的力气都没有了。

"即便咱们坚持说手上没有资料，他们也绝不会善罢甘休。我不想吓唬你们，但你们要知道，他们会一直找，直到找到为止。只有这样，他们才能证明他们确实做了事……"

夕子把话咽了下去。不过，即便她不说，友香也知道她接下来要说什么。

"凑先生真的没办法了。你们是想让凑先生去警察局自首然后向警方寻求保护，还是再给我一段时间，让我想想办法？"

夕子和光晴好像已经商量过了。慌张的友香原本想说"只能向警方寻求保护啊"，但当她探起身子的瞬间，突然想到那么做将意味着什么。

那样的话，爸爸所做的一切努力不就白费了吗？！那样的话，

---

[1]　持有少数股份，出席股东大会进行敲诈、妨碍公司运营的股东。

我不仅会失去爸爸，还会失去光晴叔叔。我到底该怎么办啊?! 我
们到底哪儿做错了啊?! 谁能告诉我，我们到底……

最后，友香没有对夕子的提议提出任何意见，便搀扶着像病人
一样的母亲回到客房。

客房里虽然有扇大窗，但里面只有两张简单的床。看到简陋单
调的浴缸上方放着薄薄的浴巾，友香的心情便阴郁起来，心想：到
底要在这里躲到什么时候啊。

母亲坐在床边，一言不发。

"也没有办法啊。我们都无能为力了。"友香安慰道。

"……可是，我觉得还是得跟你爸爸商量一下比较好。"

"可是，都到现在了，即便把所有的事情都告诉爸爸，又能怎
么样。总不能对他说'把真实情况都讲出来吧'。爸爸现在在监狱，
本来就已经很痛苦了，现在再告诉他这些，只会让他担心，别的还
有什么用呢?"

"话虽然是这样说，可他们什么都没跟我们说啊。什么那天晚
上有人目击事故现场，还遭到那个人的敲诈。如果他跟我们说一
下，就不会……"

"可是，这些事都是在爸爸决定替叔叔顶罪之后才发生的啊。
而且……"

友香本来想说："你最后不是也没有反对爸爸去替光晴叔叔顶罪
吗? 你不是也觉得以后只能依靠光晴叔叔了吗?"但是，话到嘴边，
又慌忙咽了下去。

然后，母女二人就这样背靠背坐在床上。

就在这时，友香收到了飒太的短信。他说自己已经到了赤坂。

友香对母亲谎称："妈，我出去买点吃的，你在这里等我啊。"然后便留下母亲一个人，走了出去。

飒太在车站大楼的甜甜圈店等着。友香坐下后，他一脸担心地看着友香，问道："怎么啦？"

"……嗯。"

"什么？怎么啦？脸色不对啊。"

"……其实……"

友香努力忍住想把所有的一切都告诉飒太的冲动。如果把一切都告诉飒太，他肯定会帮忙。但是，友香却不知道从什么地方说起。

"其实……"友香慢吞吞地说了起来。

"嗯，怎么啦？"

"我家……其实，昨天晚上我家进小偷了。"

结果，友香嘴里说出来的却是这样的话。

"小偷？什么时候？"

"昨天晚上。"

"你妈妈呢？没事儿吧？"

"嗯，没事……可是家里乱成一团糟。我们待在家里害怕，就到这里来住酒店了。"

飒太原本拿着一个甜甜圈，正要送进嘴里。这时停下手来，不知道该说什么才好。

"不过现在没事了。也报警了，而且家里也没什么值钱的东西。"

"存折什么的呢？"

"也没事。不过，就是家里被翻得一团糟。"

友香仍旧在撒谎，但是看着眼前拿着甜甜圈的飒太，就像往常一样，心情稍微平静下来。

"要在酒店住到什么时候？"

听到飒太的问题，友香不知道该如何回答。

"知道你们会害怕，可是也不能一直住在酒店里啊。"

"嗯。"

"如果你不介意，我去帮你们收拾一下家里。先收拾好，然后找个安保公司什么的，买些防盗用品，要慢慢习惯才行。"

听到飒太非常现实的话语，友香也觉得的确如此。如果像现在这样把母亲关在狭窄的酒店客房里，肯定对身体不好。

当然，即便是自己，若是一天到晚待在那种房间里，也不知会变成什么样。

"你能帮我？"友香问道。

"当然啊。"

"真的很乱，一团糟，都不知道该从什么地方下手。"

"我知道了。入室盗窃的小偷不会去同一家第二次的。别担心了。要不，我把你家改造一下，弄得像军事要塞一样安全？"

听到飒太说话像孩子一样幼稚，友香的脸上突然露出微笑。紧绷的面部肌肉突然感到一阵甜蜜的疼痛。

"佐和婆婆，被子晒好啦，收起来还放进壁橱里吗？"

一直在里面的房间忙碌的室田峰子喊道。奥野佐和抚摸着腿上的老猫，回答道："明天就来，就放在外面吧。"

"也是啊。"

护工峰子即便是自言自语，声音也很大。在这边的房间能听得清清楚楚。

"话说起来，婆婆您真有福气啊。不仅有像凑圭司这样出色的孙子，连曾孙女都这样喜欢您。宏司大哥家的女儿叫什么名字来着？"拖着吸尘器来到佛室的峰子问道。

"友、香……"佐和仿佛也在努力唤起自己的记忆，慢慢地回答。

"说是住一段时间，准备住多久啊？"

"不晓得。友香说正好学校放假，跟她妈一起过来。怎么也得住个四五天。说是从这里去白神、白甲田还有乳头温泉那边玩一下。"

"宏司大哥过几天也来吗？"

"不，宏司太忙咯。"

"说是在著名高中当老师对不对？"

峰子这样问着，还没等佐和回答便跑到厨房。好像快到离开的时间了。原本干活就粗鲁的她，想在所剩不多的时间里把所有的活都干完，比平时发出了更大的声响。

前天，光晴打来电话，问能不能让嫂子和友香到这里来住一段时间。为了不让佐和担心，光晴说没什么大事，只是想让她们暂时离开东京休息一下。但是，九十多岁的奶奶心里清楚，这件事肯定与宏司的肇事逃逸事件有关。

佐和也没有问原因，便答应下来。

她和友香最后一次见面的时候，宏司还在高中当老师，兢兢业业地工作着。当时友香年龄已经不是太小了，是一个常梳着两条辫子的文静女孩。也许在大人中间感觉无聊，一直跟家里的这只猫玩耍。

而今，她已经从名牌大学毕业，而且据说还要上研究生。跟宏司和光晴一样，在这种多愁善感的年纪遭遇家庭变故。想到这也许是这家人的宿命，佐和就不由得想紧紧地抱住她。

所幸的是，宏司的事几乎没有传到这边来。

光晴从小学到高中一直在这里生活，但宏司从小就没在这里住过，所以这也是正常的。如果这边的人知道了，不管当事人有什么样的苦衷，峰子他们也不会对肇事逃逸犯的女儿和妻子表示出欢迎的姿态。

厨房里传来用力拧上水管的声音。然后峰子喊道："那我就回去了。"

佐和像往常一样礼貌地鞠了一躬，说道："辛苦了。"

"哦，对了，如果友香她们娘儿俩泡温泉要用车，可以随时找我借。"

峰子在玄关穿着鞋子，好像突然想起来似的，回过头来说道。

"真的？"

"嗯，当然咯，当然咯。我现在每天都坐公交车，根本不开车。车子要是放着不用，再开就不好开了。"

"那谁开哟？"

"现在的女大学生肯定都有驾照的……不过话说回来，真是太好了，婆婆您家要偶尔热闹一下才好呢。明天中午她娘儿俩来的时候，我再过来看一下。"

峰子穿上鞋子，朝佐和挥了挥手，说着"夜里您多小心"，便走了出去。

"一直以来，真的谢谢……"佐和慌忙说道。可还没等她说完，玄关的门便咣当一声关上了。

友香把猫抱在怀里，打开窗，深吸了一口气。佐和看着她的侧脸，觉得非常不可思议。

不知不觉间，友香已经出落成大姑娘了，而且她的表情和说话方式都跟宏司和光晴两兄弟的母亲美津子一模一样。

上午，两人一起来到佐和的家里。友香并没有像佐和担心的那样失落，可宏司的妻子直子却一副消沉的模样。佐和清清楚楚地看在眼里。她什么也没问，把两人迎进了家里。

"太奶奶，这里的空气真的和东京完全不一样呢。"友香坐在窗台上，一边抚摸着猫一边说道，"太奶奶，这只猫多大了？"

不用太大声说话，佐和也能听得清楚。但友香却体贴太奶奶，贴在她的耳边问道。

"嗯，多大来着？我也不晓得。肯定是个老爷爷了。"

两人一边抚摸着猫一边聊着天。直子好像终于把带来的礼品都放进了冰箱，又走过来正式对她们母女二人的突然到访表示歉意。

她脸色苍白，道歉的时候也是一副差点要哭出来的样子。佐和故意装作耳背，表示听不清楚。

"妈，你说话那么小声，太奶奶听不见。"

直子听了友香的话，这时大声说道："奶奶，实在对不起，要打扰您一段时间了。"

佐和希望两人在这里好好休息一下。

若是儿媳妇，也许多少会苛刻一些，但对爱孙的媳妇，则只会像疼孙子一样疼爱她。

到家后，吃完简单的午饭，也许是因为闲不住，直子开始打扫厨房和浴室。

佐和原本担心她这样做会让护工峰子感到不自在，没想到如约而至的峰子说着"哎呀，真对不起，一周过来打扫几次，总有擦不干净的地方"，高兴地告诉直子打扫用具和洗涤剂之类的东西放在哪里。

对于峰子来说，这里不过是她负责的几个寡居老人中的一家。

然后，直子一边向峰子确认，一边忙里忙外地打扫卫生。

当然，家里并没有太乱。不过打扫卫生的方式因人而异。峰子打扫卫生时会忽略柱子和柜子之间的空隙，而直子则会伸进手去打扫一番；反而平时峰子总会用力擦的窗台，直子却视而不见。佐和一边抚摸着猫，一边看着直子打扫卫生的样子，感觉很有趣。

友香在母亲的吩咐下跟她一起打扫了一会儿卫生，下午三点多的时候，她对妈妈说"我出去散散步"，便出了门。直子将她送到门口，一副很担心的样子，说道："不要走太远哦。"

直子回到客厅，佐和给她沏了一杯茶。直子便赶紧切了一块从东京带来的羊羹。

佐和想问一下宏司的情况，也想知道她们为什么要到这里来藏身，但她又觉得直子好不容易可以喝口热茶喘口气，若这时问她，肯定又会让她紧张起来，便什么都没问。她们只是面对面坐着，喝一口热茶，冲对方微笑一下，再吃一口羊羹，再默默地冲对方微笑一下。

"啊，好多年都没有像这样坐下来好好喝杯茶了。"

挂钟的钟摆不知摇摆了多久，直子突然开口说道。

"哦，我啊，跟你相反。好多年了，每天都是这样。"佐和说道。

佐和并没有开玩笑的意思，可直子噗的一下笑了起来，脸上第一次出现可爱的笑容。

直子做晚饭的时候，出去散步的友香回来了，一脸兴奋。

刚进门，直子就责备道："不是跟你说快点回来吗？"可友香似乎对母亲的过分担心感到不满，只应付了几句"对不起对不起"，然后反而开导母亲，"如果还是这样担惊受怕的，那干吗躲到这儿来啊。"

接着，友香继续说道："对了，我往车站方向走的时候，看到几年前倒闭的一家商场。本地的一些青年艺术家正准备把那个废墟改造成画廊。我碰巧路过，发现组织者竟然是我大学里的师兄……"

佐和一直在拉门后面听着友香开心的说话声。

"虽然是五层的大楼，但每一层都有一个主题，有绘画，有雕塑，还有影像装置艺术。"

从这个地方开始，佐和就听不懂友香在说什么了。

"……而且，师兄师姐还约我一起去吃饭呢。"

"啊？那可不行。"

"为什么？"

"因为……"

"哎，您就别担心了。反正我们现在也没有别的办法，只有等光晴叔叔跟我们联系。"

"那也不能……"

"您就真的别担心了。我走了。"

友香似乎要寻求帮助，打开拉门，问道："太奶奶，我在这边交了几个朋友。我可以出去跟他们吃饭吗？"

"去吧，去吧，反正这附近的餐馆也没有开到太晚的。"佐和答应道。

　　这天晚上，只有佐和与直子两个人一起吃饭。平常每周会和峰子一起吃几次饭，但大多数时候都是佐和自己一个人。

　　直子想着奶奶不会吃太多，便只给她盛了一点米饭，没想到佐和却说道："给我多盛一点。"

　　"哎呀，对不起，奶奶您胃口真好啊。"

　　"别的什么都干不了了，就只会吃了。"

　　听了佐和的话，直子又高兴地笑了起来。

　　到了这个年纪，就没什么可夸的了。如果有人夸奖，也只会说："佐和婆婆您这么大年纪，身体还这么硬朗啊。"或者说："佐和婆婆您这么大年纪，胃口还是那么好啊。"可是，人不管到了多大年纪，总是喜欢被夸奖的。峰子来家做饭的时候，还有每周三次送配餐的时候，有时佐和都会硬撑着把最后一口饭都塞进嘴里。这样峰子就会说："啊，今天也都吃完了，真的，如果大家都像佐和婆婆这样吃，我也乐意做。"听到她这样说，就很高兴。听到送配餐的曾根田说"哎呀，婆婆今天也都吃完了"，就会感觉很开心。

　　"直子，宏司到底怎么啦？"

　　佐和见直子辛辛苦苦做好饭，却几乎不动筷子，突然问道。

　　"对不起，总是让您担心。"

　　放下筷子的直子，脸上写满忧伤。

　　"我再怎么担心，也帮不上你们什么忙。不过，宏司这孩子从小就这样。自己的事不管不顾，一心想着让大家过好日子。那俩孩子的爹娘去世时也是这样。把自己的事放到一边，总想着光晴。直子，奶奶要谢谢你，一直帮着宏司。"

佐和缓缓地说到这里，带着浓重的口音，也不知道直子听懂了多少。不过，直子一直低着头，泪水扑簌簌地往下流。

"我也不知道怎么办了。"

直子带着哭腔无助地说道。佐和紧紧地握住她的手。

"这种时候得振作起来，总会有办法的。这样想就好了。难得到乡下来，去外面看看大山，散散心，总会有办法的。"

佐和自然而然地说出了这些话。说着说着，便突然心想，为什么当年克义和美津子走投无路的时候，自己没能对他们说这些话呢？

人生总会有很多无奈。或许三十多年前的自己还没有明白这个道理。

第二天，蒲公英保育院的面包车开来的时候，友香说想跟着一起去。

"友香在东京上美术学校。"佐和对诚老师说道。"那婆婆您给孩子们讲完故事，就让友香给孩子们指导一下绘画吧。"这位诚老师几乎是强推着友香上了面包车。

佐和听说友香她们要来的时候，本想暂停一次故事会，可是转念又想，自己只有像平常一样，两人才不会感觉拘束，便又改变了主意。

"太奶奶，您平常都跟孩子们讲什么故事啊？"

车开起来后，友香问道。佐和说了最近给孩子讲的两三个故事。

"如果我小时候多来几次太奶奶家，听太奶奶讲好多故事，该多好啊。"友香看着窗外，突然小声说道。

"以后有的是机会听太奶奶讲故事啊。"手握方向盘的诚老师说

272

道，"打算在这里住多久啊？"

"住一阵子。"

"那你就去以前的那个商场那里，有年轻人……"

"嗯，我知道。昨天我就去看过了。"

"啊，真的吗？像我这种不懂审美的人，都不知道他们在做什么。不过我知道，做这些事，能给这个城市带来活力与希望，真是太好了！"

听着两个年轻人的对话，佐和也一点点开心起来。

第
三
幕

第一景

电车发车的铃声响了起来，真岛美月仍然站在站台上，塞着一只耳朵打电话，语速很快。

丈夫朋生正在电车里冲她招手，"快点，快点。"

"……对，我要上车了……我知道了。那您就再帮我照顾一天瑛太吧，麻烦您了。"

美月说完，一个箭步冲进电车里。铃声结束了，但司机就像悠闲地等待美月上车似的，并没有着急开车。上车后才发现，原来不必那么着急，落座之后，车门才终于关上了。

美月捋了一下胸口，松了一口气，心想若是东京的新宿站，车门可能早就关上了。

她也知道日本的电车据说是世界上最准时的。

但电车毕竟也是由人操纵，因此时间上肯定多少会有些误差。而东京那样的大都市和这青森的弘前之间，误差的幅度或许会有很大不同。

电车发出咣当咣当的响声，缓缓地开了起来。旁边的朋生马上打开便当。

这个便当是这次活动主办方的负责人将他们送到车站时为他们买的"扇贝舞茸菇便当"。朋生打开便当的瞬间，甜甜的酱香味扑向美月的鼻子。

"哎，美月，你也吃啊。"

朋生又从袋子里拿出一盒便当，啪的一下放到美月的膝盖上。

"瑛太好像有点发烧。"

美月一边打开便当一边说道。

"美姬妈妈桑怎么说？"

"说再观察一下，如果还不退烧的话就带他去医院……要不，我还是今天就回去吧。"

"纯平哥还等着我们去呢。美姬妈妈桑总是很夸张的。比如上次非说瑛太哭声不对劲，火急火燎地送到医院，结果不是也没有什么事儿吗？"

"话虽然这样说……"

"你们两个都太爱担心了。你就是一刻也不想离开瑛太，所以才总不爱接这种地方上的工作。"

"可是，我更喜欢跟瑛太在一起啊。"

"我跟你讲啊，就算是这种地方上的工作机会，也是我拼命努力找到的，你至少也要考虑一下我的感受吧。"

"唉，这种生活要持续到什么时候啊？"

美月说这句话的时候，几乎没有经过大脑思考。吃了一口扇贝，美月突然意识到："啊，我可能说错话了。"

果然，朋生猛地把筷子扔到便当上，尖着嗓子说道："什么意思啊？不想干了是不是啊？"

"不是啊。"美月慌忙说。

"我也知道，你不会一直像现在这么受欢迎的。当然，如果有个比我有能力的经纪人，那可能就不一样了……"

"不是啦……"

"你想想，你在五岛的'朱薇尔'一个月拿多少工资？"

"八万日元……"

"对吧，可这次的活动，在舞台上跟今年的苹果选美小姐说说话，拿到的薪酬就是那里月工资的一倍多哦。"

"所以啊，我是感谢你的。"

为了哄朋生开心，美月夹了一个扇贝送到他嘴边。朋生起初扭头不理，但看见美月娇声撒了一下娇，便用嘴接过扇贝。

这两个月发生了很多事。首先，就美月本人来说，自从拍了电视纪录片，莫名地受到年轻女孩们的追捧，开始接受各种杂志的采访，上电视节目，甚至仓促出版自传等，忙得不可开交，就连美月自己也记不清这两个月在什么地方做过什么了。

不过，大张旗鼓进行宣传的自传却并不像预料中卖得那么好。（至少美月本人认为会畅销的。）虽然也火了一阵子，有五百万日元的版税收入，但支持美月的那些年轻女孩好像并没有读书的习惯。

自传畅销的期待落空后，工作机会明显减少。说心里话，美月也想趁着这个机会就此不干了，但自封为美月经纪人的朋生却依然干劲十足，所以美月始终无法跟他说出心里话。即便说了，也会出现刚才的那种场面。朋生会变得消极悲观，说什么"都是我不好"之类的话，结果美月还要反过来去鼓励他。

听到美月的鼓励，朋生就会继续逞强去为美月找工作机会。于是，就像这样在外地找到工作机会。在当地的文化节或者活动中，向人们讲述自己的人生经历。

在中老年人看来，美月不过是个没有受过什么苦的年轻女孩，现场的气氛并不热烈。但无论在哪个地方，都有像以前在老家时的美月一样的女孩，活动结束后，她们有时也会高兴地过来跟美月说话，说什么"听到你说这些，真的太好了"。

在这两个月中生活发生重大变化的，不只有美月。

　瑛太会走路了。帮着照看瑛太的美姬妈妈桑，俨然已经成为瑛太"东京的妈妈"。当她听说瑛太去的那个托儿所因为经营困难可能快要倒闭的消息时，马上成立了一个家长会，动用各种人脉，最后成功为托儿所从都政府和区政府申请到临时补助。

　另一方面，独自一人在五岛生活的美月的父亲由和，生活也发生了变化。

　应该还是在美月经常上电视的那时候。父亲罕见地打来电话，对她说道："有空的时候，能不能回来一趟？不着急，什么时候都行。我有话跟你说。"

　美月的直觉告诉她，父亲可能生病了，于是美月第二周便飞回了五岛。

　但是，却发现父亲的身体还像以前一样好，他要说的是自己再婚的事。父亲说，美月带着瑛太去了东京后，自己开始和以前的一个中学女校友来往，两人偶尔去经常光顾的酒馆一起喝酒，不知不觉间就开始谈婚论嫁了。

　"她丈夫去世也快五年了。有一个儿子，现在已经成家立业，在博多有个很好的工作。"

　美月看到父亲像初中生一样红着脸，说自己想和那个女人一起生活，便没能反驳。在老家停留期间，美月和那个女人见过两次，见她性格开朗稳重，所以回东京的时候，美月还向她鞠躬说道："爸爸就交给您照顾了。"

　另外，还有一个人，在这两个月期间，生活也发生了巨大的变化。那就是滨本纯平。

　现在，他已经辞去了美姬妈妈桑店里的工作，回到了老家秋田。

听朋生说，"他惹了麻烦，在东京混不下去了"，但纯平本人却一副若无其事的样子，在美月他们为他开的送别会上，还立下了豪言壮语，对大家说："我要回老家干一番大事业！"

虽然纯平并没有明说自己回老家做什么，但是在美月看来，纯平并不像是一个在东京待不下去而逃回老家的人。

现在想来，如果当时自己没有见到纯平，或许今天的一切将是另外一番景象。

虽然纯平并没帮自己做过什么，但可以肯定的是，如果当时没有遇到纯平，美月不会来东京。所以，人不可貌相，滨本纯平这个人正是改变别人的人生，至少是改变了美月的人生的那个人。

在弘前站乘上的电车在悠闲的田园风光中向前行驶。

美月夫妻二人吃完便当，依偎在一起打起盹来。

终于到了大馆站。两人走出检票口，发现这里真的什么都没有。当然，眼前也并不是空旷的原野。也有公路，公路上也跑着车，有红绿灯，也有房屋，却没有任何和美月他们这种来访者有关的东西。

朋生刚才在电车上说等下车了想喝一杯美味的咖啡，但从车站出来后却找不到一家像样的咖啡馆。

而且，原本应该来接他们的纯平还没有出现，两人在站前没有任何办法。

"我再打一次电话。"

朋生刚打开手机，一辆破旧的面包车鸣着喇叭开进了停车场。

车子停在两人面前。纯平从车上走下来，依旧满面春风，说道："哇哦，两位一起来了。欢迎欢迎！"

"纯平哥，你真是一点都没变啊。"

"那当然啦，你以为我会变成土包子？"

"不是，我老家也跟这里一样。不过看到你，就感觉像是从歌舞伎町走路过来的呢。"

不过才一个月没见，两个男人就高兴地勾肩搭背起来。美月在一旁静静地看着他们开心的样子。

"美月，欢迎欢迎。我这边有几个朋友也认识你。他们听说你要来，激动得不得了，一会儿能不能跟大家一起合个影？"

纯平一边说着，一边将他们推向车子的方向。

"……瑛太也长大了吧？"

纯平一副怀念的样子。美月赶紧打开手机，翻出最近的照片给他看。

"哇，这是瑛太？之前还是婴儿，现在跟普通的小孩一样了。"

美月没太听懂纯平的话，觉得应该是夸奖，也微笑着说道："对吧？"

面包车离开车站，首先去了小城的中心地区。说是中心地区，其实和美月的老家五岛很像，就连主要街道上的商铺也有很多已经关门歇业了。

"这儿啥都没有吧。"纯平每次打方向盘拐弯的时候，都会对坐在后座上的美月说。

"……不过，那啥，这边大街上不行，如果到后面的小巷子，也有不错的咖啡馆，而且沿着这条国道往前走，还有优衣库和茑屋书店呢。"

"这么说，跟我乡下老家比起来，这里真的算是大城市了。"

坐在副驾驶座上的朋生感叹。

"美月，你好像很忙啊。到弘前来也是因为工作关系吧？"

"对，参加一个活动。"

"……对了，纯平哥，你在这边做什么呢？"

两人说话的时候，朋生总是急着插嘴。

"我？怎么说呢……还在充电……"

"啥意思？"

"就是现在啥都没干啊。哦，对了，对了，我们现在要去的地方，以前是个大商场。倒闭后变成一个废墟。可是最近本地的一些年轻艺术家在那里搞一些活动。我有时候也去帮帮忙什么的。"

"帮忙？"

"光自己在这里闷着头搞这些也没什么用，我就通过东京的朋友，比如美姬妈妈桑，还有经常来店里的一些客人，搞点宣传什么的，为振兴这个城市努力……"

"哦？"

"打个比方，就像制作人一样，城市形象的制作人。"

仅仅听这两个人的对话，感觉好像挺有意义的，但想到谈论这件事的是纯平和朋生，便感觉分量轻了很多。

美月不再理会他们，将视线转向窗外。日本北方和南方的氛围有很大不同，但这座小城中体现出来的那种死气沉沉的氛围，却和美月以前生活的五岛十分相似。

就在这时，面包车紧急刹车。

"这里，这里。"

纯平马上下了车，美月和朋生也跟着下了车。眼前的这栋大楼好像就是倒闭的商场，大概已经倒闭了很多年，一点商场的影子都看不出来了。

看着两人走进去后，美月又给美姬妈妈桑打了个电话。乘电车前刚刚打过，觉得瑛太可能还在发烧，没想到美姬妈妈桑接过电话，开口便说道："瑛太退烧了，现在正吃哈密瓜呢。"

美月道谢，然后挂断了电话。的确如朋生所说，没有必要着急回东京。

她随便看了一下周围。五金店、服装店和洗衣店之类的商铺都关门了。路上虽然有车，但数量很少，路也很窄，只有十字路口播放的《请过马路》这首曲子音量很大。所有的一切，都和美月以前生活的五岛很像。

请过，请过，这条小路是什么路呀，是天神公公的小路呀……感觉自己一点也没变，不管是在五岛还是来到东京，都没有变。俺喜欢朋生，不想和瑛太分开。就算像现在这样做着喜欢的工作，拿着高工资，最想要的还是待在朋生和瑛太身边，光这一点就够了。俺这样很贪婪吗？

"哇，好厉害，真的，真的，真的是哦。纯平，你真的认识她？"

商场中突然传来一阵喊声，美月回过头去。

纯平带着几个男人从里面走了出来。

"美月，这就是我刚才跟你说过的那几个朋友。不好意思，你跟他们一起拍个照吧。"

"当然可以。"

"那大家一起照吗？"

听了纯平的话，大家说道："啊？这种时候还是俩俩合照比较好吧？"

"还有人买了你的书呢，给他签个名呗。"

纯平说完，站在最前面的一个男子怯生生地把美月的自传递过来。

美月熟练地接过来签了名。抬起头要把书还给男人的时候，看到他后面有个和自己年纪差不多的女孩。纯平注意到美月的视线，向她介绍道："啊，对了对了，她叫岩渊友香，有个著名的大提琴家凑圭司，你认识吧？这是他侄女。"

美月微微点头致意。对方也微微一笑。她刚才好像在画画，白色的罩衫上沾满五颜六色的颜料。

大馆能代机场一天只有四班飞机。除了往返羽田的航班出发或到达时间前后之外，机场的大厅里几乎没有什么人。

滨本纯平从自动售货机上买了一罐咖啡，小口小口地喝着，已经跟同样无所事事的租车接待处的女孩聊了十五分钟家常了。

今天，园夕子说乘坐下午五点到达的航班过来，纯平便准时来到机场接机，可由于天气原因，从羽田机场出发的飞机推迟了起飞时间，纯平已经等了将近三十分钟了。

纯平与租车接待处的女孩原本并不认识，只是见她好像也无所事事，便过去跟她搭讪。

"接机也好，租车也罢，客人不来，就没啥事儿干啊。"

也许是因为纯平的语气有些开玩笑的意味，女孩起初一脸吃惊，不久便打开了话匣子，一边与纯平聊天一边打发无聊的时间。

她说她父母在旧比内町养比内鸡，自己是家里的独生女，父母想招个上门女婿继承家业，但她自己没那个打算，父母那样反倒害她找不到男朋友，等等。

纯平啊啊嗯嗯地附和着，不久飞机就到了。

园夕子第一个走了出来。

"夕子姐，你出来好早啊，感觉就像是你先从飞机的窗子里飞出来一样。"

"只要看到有人走在我前面，我就不由得想超过去。"夕子看着一脸吃惊的纯平，笑道，"……对了，美月他们来了吧？上次我说的那件事怎样了？"

夕子一边跟纯平走向停车场，一边语速很快地问道。

"哦，这事儿啊，小事一桩。影碟租赁店的邮箱地址列表对吧？还有加油站的对吧？再加上初中或者高中的同学会名单，弄到了十二三个。"

"这么多，好厉害啊。"

"是吗？再要多少我都能弄到。"

上周，真岛朋生和美月来大馆玩。难得他们过来，便在米代川的岸边举行了盛大的烧烤晚会为他们接风。听说上过电视的美月要来，不仅纯平的朋友，就连那些朋友的朋友，以及朋友的朋友的朋友都来参加了，人数很多，最多的一次竟然有五十多人，非常热闹。

每次聚会，纯平便按照夕子的吩咐，完成夕子的要求。通过各种人的介绍，依靠他们的人脉，将各种邮箱地址列表弄到手。

"可是，夕子姐，你要那些东西干什么啊？"

在停车场上了车，纯平一边打开发动机，一边又问了一次。

"这你就别管了，总之我们说好的，今后一年你就按照我说的做就是了。"

夕子一边系紧安全带一边说道。

纯平突然想反驳一句，可转念一想，觉得"还是算了"，便踩下了油门。

现在想来，一切都始于一个多月前。自己突然被几个陌生男人强行绑架，并遭到拳打脚踢。

原来，那个在肇事逃逸事故中被撞死的男人手中掌握着重要的资料，可是他并不知道那些资料的下落，所以只能说自己不知道。

经历九死一生，终于逃了出来。但夕子后来通过调查，说对方不会就此善罢甘休，让他暂时找个地方藏身。所以他便在商务酒店或桑拿洗浴中心躲了一阵子。可他压根儿就不是那种能憋得住的人，这种生活坚持不了太久。

在此期间，夕子想了很多办法。说实话，他完全不知道夕子这个人的底细，但既然她能让绑架自己的黑帮收手，便只能认为她跟自己是站在同一战线上的。

谈判好像比较顺利。

"以后那些人都不会再找你的麻烦了。不过，我有个条件。"夕子说道。

夕子提出的条件就是在今后的一年里，纯平都要听她的吩咐。

当然，纯平也问过她自己具体要做什么。

"嗯。首先，我希望你离开东京，回到安全的秋田。"

"就这一点？"

"对，我希望你回到秋田后，为家乡做点事情。"

"家乡？我老家？"

"对，尽量多拉拢一些人。这期间的生活费，就用凑给你的封口费就好了。"

"为家乡做事情，可具体做什么呢？"

"比如，我现在马上能想到的，就是参加当地的一些文化节或者群众活动之类的。"

"啊？就这啊？这么简单啊？这种事我愿意做啊。"

纯平也害怕再被黑帮纠缠暴打，而且也一直觉得自己不能在歌舞伎町当一辈子酒保，便答应了夕子提出的条件。

但是，现在回想起来，与其说是因为绑架事件回了老家，不如说那次绑架事件来得正巧，给自己提供了一个回老家的借口。

实际上，回到老家，身体也好了，胃口也好了，早晨起来神清气爽。以前在歌舞伎町生活的时候，真是太难为自己了。现在回想起以前，自己都觉得吃惊。现在，老家的朋友们都对我回来表示热烈欢迎。每天晚上都跟他们出去喝酒，还按夕子姐说的，参加了青年会，积极投身各种活动中，比如，正月十五的糖果市场，神社的例祭，金山七夕节，盂兰盆节的大文字之类的，别提多有意思了。而且，我还是青年会成员中最年轻的。因为整天没什么事做，所以现在几乎都成了青年会里的领导了。总之，回来后感觉生活更丰富多彩了。

在大馆市内的酒店办完入住手续，夕子先去房间放下行李。纯平在空荡荡的酒店大厅里等着她。

虽然是旅游旺季，但酒店的大堂里甚至连个服务员都没有，只能听到卫生间传来打扫卫生时冲马桶的水声。

"对不起，久等了。附近有咖啡馆吗？"

夕子从电梯里走出来，又环视了一眼空荡荡的大堂。

"咖啡馆……想喝咖啡吗？"

"也不是想喝咖啡，只是想找个能静下来说话的地方。"

"市中心倒是有，这附近……不过，我觉得这里就挺安静的。"

纯平看了一眼酒店大堂。女服务员已经回到了前台，但完全没有注意两人的对话。

"那你去那边自动售货机买点喝的吧。"

夕子一副无奈的样子，坐到沙发上。

纯平一边说晚上到朋友开的比内鸡肉餐馆吃晚饭，一边迅速地从包里拿出目前为止收集的各种邮箱地址列表，放在桌子上。夕子啪啦啪啦地翻起最上面的文件。

"我还要问一下，您要这些到底是想做什么啊？"

纯平盯着夕子，问道。

夕子注意到纯平的视线，缓缓地合上文件，做出一副郑重其事的样子，将文件放回桌子上。

然后，她吐了一口气，将视线转向萧瑟的窗外。

"喂……"

纯平又不由得问道。若是这样沉默下去，夕子可能会盯着外面一直看下去，说不定能持续五分钟甚至十分钟。

"其实，我这次特意跑来见你，就是要跟你好好讲一下原因的。"

夕子又长长地吐了一口气。

"喂，我说……该不会是啥不好的事儿吧？"

"你先听我把话说完。这事说来话长。这半年发生的事，还有以后的事，要说的太多了。"

纯平以为她这就要开始讲了，没想到她又站起来，走向自动售货机。然后问纯平："要不要喝点什么？"纯平便回答说："那就给我买瓶茶吧。"

"热的还是凉的？"

"那就热的。"

夕子回到沙发上，喝了一口茶，终于用缓缓的语调讲了起来。

"那首先从你知道的事开始梳理一下。肇事逃逸事件发生时，榎本手中的资料是民生党代议士早乙女治收受贿赂的证据。"

"啊？可那些资料我根本……"

"你先听我说完。"

"哦，好的。"

"早乙女发现资料不见了，便认定是在那次事件中丢失的。于是，他便找人对所谓的'肇事者'奥野宏司先生即凑先生的哥哥家进行了彻底搜查。你调查奥野宏司时找的那个小混混垣内提到你的名字，几经周折传到早乙女的耳朵里，所以你被绑了。"

"嗯，这个我知道。所以，他才认为我跟那份资料有关对吧？"

"对。"

"可是，我没有拿啊。所以，您就拜托了某个人，让那些人以后不要再来找我和凑先生哥哥一家的麻烦。"

"对，我之前是这样跟你说的。"

"啊？啊？难道不是吗？"

纯平突然感觉屁股发痒，在沙发上换了个姿势。

"你听我慢慢讲啊。"

"那些家伙已经答应不来找我麻烦了，不是吗？"

"对，没错。可是，这不是因为你手上没有那些资料，而是因为'你手上有那些资料'。"

"啊？啊？！"

虽然连自己都觉得没出息，但只能发出这种声音。纯平面无血色，甚至听不清夕子在说什么了。

"我以前给一个准备竞选国会议员的人当过秘书，这件事我跟你说过吧？当时我认识了一个叫福田功的人，我也是请他帮的忙。这件事我也跟你说过吧？这个人对政界的内幕了如指掌。"

"等、等一下，您倒是先解释一下啊。根本就没有的东西，偏说拿了，这是怎么回事儿吗……"

纯平无奈地插嘴。就在这一瞬间，夕子正色道：

"你以为那些人会相信你说你没拿，你以为他们就会乖乖地收手吗？到了现在这一步，不管你拿了还是没拿，结果都是一样的。你要知道，在这种情况下，只能用政治手段了。明白吗？"

"不明白啊……"

"那你先站在对方的立场上想一下。"

"对方……找不到资料，肯定整天担惊受怕啊……"

纯平想都没想就回答道。

"那要怎样才能放心呢？"

"就得把资料抢回来啊。"

"但这时对方说他没拿，你会相信吗？"

"不信啊。"

"那你会怎么做呢？"

"即便把对方揍个半死，也要让他招供。"

"那如果对方说他拿着呢？"

"那就得想尽一切办法抢回来。"

"但是，如果对方告诉你，其实知道这件事的不止一个人，如果其中一人受到伤害，其他人就会把这件事披露给媒体呢？"

这时，纯平看了一下夕子的眼睛。他知道无须多问了。夕子肯定是这样跟对方说的。

纯平双手抱头，束手无策。他原本以为回到乡下，帮着家乡做一些振兴地方的事业，一切就万事大吉了。而现在，他觉得自己真的太愚蠢了。

"纯平，你有弱点吗？"

夕子突然没头没脑地问。

"没有啊。"

"假设你有弱点。你想让谁知道这个弱点？"

"不想让任何人知道。"

"那无论如何会有一个人知道呢？"

"那肯定是父母、朋友或者同伙啊。如果被自己讨厌的人知道了，那还怎么得了啊。"

"对啊，你这不是挺聪明的嘛。所以，早乙女跟你的想法也是一样的。这两个月，我一直在跟早乙女谈判，商量一个办法。这个办法能让我们彼此放心，而且可以双赢，让双方都能走向美好的人生。"

听到"美好的人生"这个词，纯平心中又突然燃起一线希望，马上抬起耷拉下去的脑袋。

"……然后，上周我们终于就这一点达成了共识。"

夕子脸上露出灿烂的微笑，放出豪言。

"共识？"

"对。我跟他说：我们知道你收受贿赂。但是，如果我们也做出见不得人的事，被你知道了，我们就变成同一条绳子上的蚂蚱，就都不敢背叛对方了。"

"什么意思？我不太……"

"也就是说，我打算让你作为秋田二区的代表参选众议院议员。"

"啊？"

"别担心。我有办法让你当选。"

"啊?"

"我知道你肯定有疑虑,觉得前不久还在歌舞伎町当酒保的人怎么可能突然选上国会议员,对吧?"

纯平已经不知道该说什么才好。

"所以,我们也使用了见不得人的手段。我拜托早乙女,让他想办法把你正式推选为这个地区民生党唯一的候选人。当然,一开始他也表现出为难的样子,但最后他好像也终于认识到只有这样做才是双赢的。当然,毕竟要通过选举,最后结果如何还不一定,但现在至少我们不仅有了资格,而且还有一些胜算。最终结果如何,就要看你的努力了。当然,我会替你打头阵,尽最大努力帮你参选。"

这时,纯平突然发现夕子伸过手来,好像要跟他握手。

狭窄的阳台上,真岛朋生正在抽烟,满脸焦躁。

紧闭的玻璃门内,瑛太被美月逗得咯咯直笑。抱他起来,他就像小猫一样扭动身体,差点从美月手里掉下来。

最近瑛太有点发胖,当然这都是因为美姬妈妈桑的溺爱。断奶后,美姬妈妈桑总是说他这也吃,那也喜欢,恨不得把所有能吃的东西都塞进他嘴里。瑛太也是个天生的贪吃鬼,无论什么东西送到嘴边,都会打着饱嗝咽下去。

朋生站在阳台上看到的风景并不差。马路对面也有一栋公寓,和这边一样,每个房间都有一个狭窄的阳台。

刚搬过来的时候,美月就说:"简直像照镜子一样呢。"朋生也是，像这样站在阳台上抽烟的时候，看着对面大楼的阳台上没有自己的影子，还会觉得奇怪。

对面房间住着一个女人，每周六晚上都会带男人回来住。

男人好像有暴露癖，上床之前一定要打开窗帘。从这边虽然看不到全部，但偶尔能看到男女交替的背部。

"不想看的话，拉上窗帘不就行了。"美月说。

但朋生总觉得如果拉上窗帘，就相当于向对方认输，不愿拉上。

幸好现在是工作日的白天，对面房间没有人。朋生看着对面紧闭的粉红色窗帘，开始猜测对面房子里住的那个女人究竟是什么人。

繁华商业街附近的西新宿，独自住在单身公寓。白天上班的话，也许是个白领。偶尔站在阳台上抽烟。回到家就一直开着电视。是那种会来牛郎店消遣的女人吗？不，这种类型的女人应该瞧不起来牛郎店消遣的女人。

想了一会儿，脑海中也浮现不出具体的形象。

朋生又打开手机。他正在等名古屋一家电视制作公司的回电。已经等了一个小时了。

"哦，美月小姐的经纪人啊？上个月承蒙照顾。啊，对不起，我接个别的电话，一会儿给您打过去可以吗？五分钟或者十分钟后，我一定打给您。"

朋生模仿了一下对方说过的话。

哪是什么五分钟或者十分钟啊。一个小时都过去了。出来抽烟之前，朋生一直在心里告诉自己，肯定是对方接的那个电话还没有打完。但事实完全不同，对方已经完全忘了回电了。而且，美月这个艺人的身价竟然已经跌到了让人忘记回电的地步。

朋生粗鲁地打开阳台的门。

美月和瑛太被推门的响声吓了一跳，怯怯地看着朋生。

"对不起。"朋生一脸不高兴地道歉。

"怎么啦？"

美月又把瑛太抱起来，问道。

"名古屋那个姓上田的导演，说要给我打电话，到现在还没打来。"

朋生把手机扔到沙发上，自己也躺在上面。

"……上个月不是在名古屋接了一个通告吗。就是名古屋发源的甜品特辑。那个节目的导演，说什么近期还会找你，我就给他打了个电话。"

朋生对着天花板发着牢骚。这时美月说道："我说，朋生，算了吧。"

"是啊，再也不要跟那种人共事了。"

"我不是这个意思……我是说算了。"

美月的声音是认真的。朋生腾地从沙发上坐起来。

"什么意思啊？"

"我是说你不用那么努力给我找通告了。我不想这样。别人会瞧不起你的。"

朋生瞬间想反驳一句，但突然感觉今天美月说的这句"算了吧"与往日的语气有点不同。

"大家不都这么说吗？像我这种红人，撑不过十天。十天过后，谁也不会记得我是谁。但是多亏有你在，我的人气持续了好几个月。我觉得你已经很厉害了。"

美月没有看朋生，而是看着瑛太，这样说着。就在这时，朋生屁股下面的手机响了起来。原以为是名古屋打来的，但拿起手机一看，却发现是另外一个导演的电话号码。刚才朋生也问他有没有什么节目可以参加。

"喂，您好。"

"您好，我是杰伊策划公司的小野。"

"哦，小野先生啊，我正要给您打电话呢。"

朋生看了一眼美月，摆出一副得意扬扬的样子。

"……上次说的那个节目，我们还是定了别的女孩，所以非常抱歉，这次还是取消吧。真对不起，没帮上您什么忙，请您代为转告美月小姐，希望下次能有机会合作。"

"啊？这……"

不等朋生说完，对方便挂断了电话。

结果，两个星期过去了，美月都没有接到什么通告。朋生把以前收到的名片一张张摆在桌子上，每天不停地打电话，希望能找到工作机会。可事到如今，他也已经完全泄了气。

也不是没有一点工作机会。但不是那种不给报销交通费的外地活动，就是完全没有听说过的杂志要拍什么人体写真。朋生实在没有勇气让自己的妻子去做那种事。

但美月却完全不在意，还是像往常一样每天去"雪村"上班。到了店里，还多少有些人气，据说还有新客人来到店里，说什么"啊，这就是那个上电视的女孩啊"。

不管怎样，对于美月来说，不跟瑛太分开就是最值得高兴的事，除工作外的时间都陪着瑛太玩，拼命找回这几个月来母子二人失去的时光。

看到他们的样子，朋生深深感觉到自己太没出息。但因为每天也没有什么事情做，不知不觉便泡在小钢珠店了。

在小钢珠店花了两万日元，手里的小钢珠所剩无几的时候，朋生突然接到纯平从秋田打来的电话。

朋生接了电话，在喧噪的店里冲着手机大声喊道："再有一分钟就结束了，回头我打给你。"

果然不出所料，剩下的小钢珠在几十秒内就输了个精光。朋生恨恨地从游戏厅走了出来。

大白天的，歌舞伎町的街上就挤满了行人。朋生走到通往商住两用楼地下的石阶的半腰处，看到下面的酒馆还没有营业，里面光线昏暗。

朋生蹲在石阶上，给纯平打电话。接通的铃声还没有响起，纯平就接了电话。

"喂，不好意思，耽误你忙了。"

听到纯平像往常一样开朗的声音，朋生刚才在小钢珠店的晦气一扫而光。

"忙啥忙啊。刚在小钢珠店输了个精光。"

"怎么？美月的工作不顺利吗？"

"完全没有进展。最近我也没啥心思做了。"

"这样啊。那美月呢？"

"美月倒是开心啊。这样一天到晚都能跟瑛太在一起了。"

电话那头传来纯平开怀大笑的声音。

"哦，对了，我给你打电话，是有件事儿求你，或者说是要跟你商量一下。"

"什么事儿啊？"

"你想不想给我当秘书？"

"啊？"

"哎呀，就是给我当秘书啊。"

"秘书？"

"对。"

朋生的大脑突然混乱起来。虽然马上便听懂了"秘书"这个词，但脑海中想象出来的画面却是这样的：穿着笔挺的白色西装的冷美人，高傲地用细长的手指托一下闪亮的眼镜框。

但是，他无法将这个女人的形象与纯平联系到一起。而且，如果自己是那个秘书，脑海中将女装的自己和纯平放在一起，就越发不知所以然了。

"什么？"朋生再次疑惑不解。

"反正美月那边的工作也不太顺利。你也不能天天这样玩儿吧？"

"嗯，话是这样说啊。"

"所以我才正式拜托你啊。说实话，以前我还真小瞧你了，但看到你给美月当经纪人的这几个月，就觉得你还是挺了不起的。所以，我就想着，你愿不愿意来给我帮把手。"

由于纯平没有讲最关键的环节，所以朋生完全不知道他在说什么。

"可是，你为什么需要秘书啊？"朋生问了一个理所当然的问题。"抱歉，抱歉。"纯平也好像终于意识到这个问题，笑着说道，"……哎呀，我忘了说最关键的部分。其实啊，我要参选下届众议院议员，所以需要一个秘书。"

"什么？中医院？"

"就是国会议员选举啊……啊？这你都不知道啊？"

"哎，我当然知道啊……可是从你嘴里说出来，我就以为是在说别的什么事儿呢。"

"不是，不是，就是那个选举。"

纯平在电话那头开心地笑了起来。

那天深夜，朋生把熟睡的瑛太从托儿所抱了回来。

瑛太啥时候长这么重了？是因为睡着了吗？不，太久没来接他了，可能在这段时间变胖了。每天吃那么多，说明身体好。可是，他吃的那么多东西，都跑到这小身体的哪里去了呢？喂，瑛太，你平常都在想啥呢？爸爸和妈妈对你说的话，你能听懂多少呢？对了，你这么信任爸爸和妈妈，这种信任感，到底从哪儿生出来的呢？

回到家后，朋生把瑛太放进被窝里，泡了个澡。深夜一点半过后，美月才迈着微醺的步子回了家，一回到家就一边抚摸着瑛太的脸颊，一边向朋生问道："木下老师说什么了吗？"

"木下老师？"

"就是托儿所的老师啊。"

"哦，长得像韩国电影演员的那个？"

"对，对，很帅吧。那个老师在妈妈们中还有一个粉丝团呢。"

听了美月的话，朋生抠了一下鼻孔，一副无所谓的样子。

"哦，对了，今天我在美容院见到美姬妈妈桑了。上次那件事，说希望你能认真考虑一下。"

朋生躺在一旁，美月踩了一下他的屁股，说道。

"上次那件事？"

"就是让你接替纯平在'兰'上班的事啊。"

听到纯平的名字，朋生坐起身来。美月吃了一惊，慌忙往后退了一下。"怎……怎么啦？"

"对了，对了，这个，你看看这个。"

朋生慌忙打开手机。也许因为太慌张，始终找不到自己想让美月看的那个页面。

"你看，这个，是真的！"

朋生把手机递到美月面前。打开的页面是民生党的官方主页，下期众议院议员选举正式候选人名单中有纯平的名字和照片。

"哇，纯平为什么还西装革履的呢？这样子看起来有点老气哦。"

美月接过手机，好像还没有搞清怎么回事儿。笑点完全偏离了主题。

"瞎说什么啊，你仔细看看。"

"民生党？就是那个民生党？众议院议员？就是国会的众议院议员？"

美月的反应和朋生接到纯平电话时的反应一模一样。

朋生先让美月坐在沙发上，把今天傍晚和纯平通话的内容详细说了一遍。

"……所以呢，他想让我给他当秘书。可不是什么女秘书之类的，是政治家的秘书哦。"

美月吃惊得张大了嘴巴，听着朋生的话，好像以为最后可能会有什么笑点抖搂出来似的，等朋生说完后，还一副等待朋生抖包袱的样子，似乎在问："那然后呢？"

"……就这样啊。"朋生说道。

"啊？就这样？"

"就是啊，全都跟你说啦。"

"嗯，我听到了。"

"所以，就是这么回事啊。"

"嗯，我有很多问题……首先，为什么纯平要当国会议员呢？"

"这我不知道。"

"那，如果有人说'我想当国会议员'，就一定能得到正式推选吗？"

"那怎么可能啊。"

"对吧？那纯平为什么会得到正式推选呢？"

"是啊，为什么呢？"

"喂，他该不会在秋田干了啥坏事儿吧？"

美月皱了皱眉，一副怕惹上麻烦的样子。

"那为什么做了坏事就能得到民生党的正式推选呢？应该反过来才对吧。"

"啊，对啊，那就是做了什么好事？"

"纯平哥？怎么会。"

"也对啊。"

夫妻二人都疑惑不解。也许是觉得怎么想也不会想出答案，美月便从沙发上站起身，说道："我去泡个澡。"

"喂，怎么办吗？"朋生喊道。

"什么怎么办啊？"

"就是我去当秘书的事啊。"

美月盯着朋生看了一会儿，仍表示疑惑不解，然后走进了浴室。

"已经决定的事情，也没办法了。"

山下美姬突然说起大阪话，把冰块放进空杯子里。

高坂龙也在包厢里，默默地听美姬讲述"没办法的事"。

店里还有另外两组客人，与店里年轻的小姐们说笑，发出热闹的笑声。

滨本纯平辞职后，临时从大阪总店调来一个服务生。美姬每次和这个服务生说话时，就不由得变成大阪腔，最近在店里跟客人说话时也经常改不过来。

美姬把烧酒倒进杯子里，递给高坂。高坂抓起一把花生米塞进嘴里，接过酒杯。

"……考虑到这边可能也会有各种状况，总公司说给我半年时间收尾，可是一旦说要关了，就一下子没啥干劲儿了。"美姬接着说道。

不管美姬说什么，高坂都只是默默地喝酒，不提任何建议，甚至也不点头附和，只是默默地喝着。

美姬跟他说这些话，自然是想让他也说点什么，可他一直沉默不语，美姬却不知为何反而说得更流利了。结果美姬也意识到，自己或许根本就不是要跟他商量，而只是想把自己的结论告诉他。

大概两个星期前，"兰"的老板打来电话，希望美姬抽空去一趟大阪总店。

老板打电话来商量事情倒有过几次，但让她亲自去大阪还是第一次，所以美姬周末便立即去了大阪。

这几年店里的营业额大幅减少，但时世如此，俱乐部的经营也不可能太好。美姬的这家店已经算是比较好的了。不过，无论生意看起来多么红火，也不可能有多少利润，从销售额减去必要的开支，也就所剩无几了。

有一段时期，美姬曾觉得不好意思，主动提出降低自己的薪水。但是社长根本不听，对她说道："说啥呢，如果叔公知道我让你吃冷饭，我哪还有脸去见他。"

这家店的总公司是由黑帮创建的，被现任社长称为叔公的老会长是美姬的远房亲戚。

到了大阪，社长带她去了丽思卡尔顿酒店的法式餐厅。虽然是在高级餐厅，但毕竟是大阪，社长毫不介意地大声喊服务员或侍酒师："喂，小哥！"

快吃完的时候，两人终于谈到正题。

简而言之，就是公司想关掉"兰"的大阪总店和东京分店，原因是公司的资金紧张。

无论是大阪还是东京，店铺本身都是公司拥有的不动产，所以低价（几乎相当于免费）出租经营，但据说现在公司的财政陷入困境，所以高层决定关掉这两家几乎没有什么收益的俱乐部，并将店铺卖掉。

无论是大阪的新地还是东京的歌舞伎町，都是一等地段。若卖掉店铺，对公司来说，都将会是一大笔收入。

"叔公嘱咐我，要妥善安排你以后的生活。所以，公司方面当然也准备了一笔退休金……"

社长几年前得了一场重病，与刚认识的时候相比，已经瘦了一半。美姬听着他的话，心情竟意外地平静。刚谈到这个话题的时候，美姬原本以为自己会多少有些抵触，但随着话题的深入，别说抵触，她甚至还产生了一种被解放的感觉，心情也突然变得好多了。

"我知道了。"美姬说道，看到社长一脸为难的样子，有些可怜他，便继续说道，"社长，你不用替我担心。自从我管理这家店，就拿着高工资，比一般人工资多很多。我要感谢你一直这么相信我。还有，如果你确实能筹到退休金的话，不如把这些钱分给在店里工作多年的小姐，怎么样？"

店里几乎所有的小姐都干不到一年便会辞职，但其中有两位小姐已经在"兰"工作到第五年了。

社长毫不犹豫地答应了美姬的要求。饭后喝了咖啡，然后两人又换个地方，去酒吧喝了鸡尾酒，在酒店门口道别时，两人已经商定了具体的细节。这将为美姬倾注了心血的一切画上一个终止符。

"……我不是逞强。社长他们对我真的很好，关了店也不会马上缺钱花。"

美姬往酒杯里倒了点烧酒，没有加冰便一口喝光。

"啊，好久没像这样一口气喝光了，真痛快。"

美姬伸出手去，准备放下杯子。这时一直沉默不语的高坂突然抓住她的手。

美姬把他的手推开。

"今年年初的时候，你跟我说这附近有个店面，对吧？那个……"

"喂，嫁给我吧。"

高坂小声打断美姬的话，盯着她问道。若是以往，说到这个问题，两人中总会有一个迅速转开视线，但今天不知道为什么，谁都没有那样做。

"……到最后还是嫁给黑帮老大啊。"

连自己也不知道自己内心真正的想法，可语言却诚实地从口中冒了出来。

"这话说得太损了。"高坂笑道。

"可事实就是这样啊。"

"像你这种女人，除了黑帮还有谁会娶啊。"

"你也够损的。"

美姬盯着高坂，脸上露出自然的微笑。

"……我可不像以前那么喜欢你了。"

"以前？是什么时候？"

"就是咱们刚认识的时候啊。"

"那如果这么说的话，我也是一样的。"

"既然不喜欢我，那为啥还要娶我？"

"这个嘛……当然是为了省钱啊。以后就不用到你店里来花钱啦。"

听了高坂的话，美姬笑了，发自内心地笑了。

"烧酒勾兑啥的，在家也能给你做。"

"没关系。酒我去别的女人那里喝完再回来。"

每说一句话，美姬都确定自己已经接受了对方的求婚。自己是在答复他。她知道自己感觉到幸福。

不知为何，美姬环视了一下店里。

真是不可思议啊。现在我啥都不需要，啥都不想要。觉得啥都不需要的时候，就突然能得到最想要的东西。真是不可思议。

"佳津子大姐，到这边来喝点茶吧。"

美姬从厨房的柜子里拿出脆饼，用平底壶烧水。

在浴室打扫卫生的佳津子也爽朗地回答道："好嘞，我冲一下水就过去。"

以前听高坂说他一个大男人自己在家，"家不过是个睡觉的地方"。美姬来到这里才体会到，他的家里真的没有一点生活气息。

从家政介绍中心招来的这个千叶佳津子每周来三次，照顾高坂的生活起居。所以空荡荡的家里倒是格外整洁，厨房的柜子里还放着今年六十六岁的佳津子喜欢的脆饼或者甜纳豆之类的零食，可能是她打算在工作间歇吃的。

水烧开后，美姬将高档茶叶放进茶壶。据佳津子说，高坂吩咐她，若有需要的日用品，就到店里买最贵的回来。

佳津子摘掉橡胶手套，回到厨房。美姬问道："他平常在家里吃饭吗？"

"不，几乎不在家吃。偶尔休息日我在的时候，他会让我做个蛋炒饭什么的，我就帮着做点。"

"佳津子大姐，做饭你拿手吧？"

"哪里哪里，一点都不拿手，就是做点跟妈妈学的乡土菜。"

"我住过来后，还能请你一周来三次吗？"

"当然，要是您不嫌弃。"

佳津子将美姬沏好的茶放到托盘上，端到客厅里。

决定关掉俱乐部"兰"后，美姬这半个月一直忙着处理各种事务。虽然社长说可以等一个合适的时机关门，但像这种风俗业，其实每天晚上情况都各不相同，所以随便哪天都算是合适的时机。既然决定关店，那么接下来就只要把一些事务上的问题处理好就可以了。

美姬跟店里的小姐商量了一下，决定于六月底关店。

决定关店后，很多常客，甚至最近不怎么露面的老客人也都会抽空过来看看。

在这忙碌的日子里，有一天，高坂突然顺道来到店里，把自家房间的钥匙扔到她面前。美姬认为他是在告诉她一切随意。

拿到钥匙后，美姬来过两次。这是一个独栋别墅，位于距涩谷不远的住宅区。高坂买下这里之前，据说七十年代活跃的一个歌星曾住在这里。

"夫人，时间来得及吗？您今晚跟先生约好出去吃饭了吧？"

美姬嚼着海苔味的脆饼，同样啪嚓啪嚓嚼着脆饼的佳津子对她说道。美姬看了一下表，发现已经六点多了。

"是啊，我得先回一趟新宿的家，差不多该走了。"美姬说道。

"先生虽然表面上看起来挺大老爷们的，但内心其实很细腻。"

"是吗？等以后真的在一起生活了，肯定哪儿都不带我去了。所以干脆趁现在让他好好请我吃几顿好的。"

佳津子听了美姬的话，哈哈大笑起来。说实话，美姬不喜欢跟家政妇这种人打交道。以前有一段时间，她家也请过家政妇。无论哪个都是表面上看着听话，背地里却总是捣鬼。但是，在这个佳津子身上却没有那种感觉。

"佳津子大姐，以后也请你一定过来帮忙。"美姬再次说道。

美姬先回了一趟家，然后来到与高坂约定的神乐坂高级日本餐厅时已经晚上八点多了。跟着服务员来到一个日式大包间，五六个男人围着高坂坐在里面。美姬原以为只是两人一起吃个便饭，所以起初吃了一惊，但看到这些人都是高坂的部下，便马上明白了。这就是所谓的内部婚宴了。

男人们当中，有些人跟高坂来过几次俱乐部，大家彼此都熟悉，因此酒宴也很热闹。

其间，有人将美姬称为"大姐"，美姬便慌忙纠正说："叫夫人就可以了。"

酒过三巡，这些原本有些拘谨的男人逐渐放开的时候，大家说到北海道的高尔夫球场，这时高坂手下一个叫城下的得力干将打断了话题。

"夫人，以前在您店里上班的那小子，叫什么来着，现在竟然成了民生党正式推选的候选人。"

美姬听他这么说，看了高坂一眼。高坂好像也已经知道这件事，却佯装不知。

"据说是呢。我也不太清楚他是怎么做到的。"

"那小子在您店里干了挺长时间吧？都没有联系过您？"

对于这个男人的问题，高坂好像也很感兴趣，一口气喝光了杯子里的酒，盯着美姬。

"不过，反正不管他就好了。在歌舞伎町的酒吧当过酒保，别说去当国会议员，就是去做别的什么事，也是不太光彩的经历啊。"美姬这些话不是对城下说的，而是对高坂说的。

美姬的语气有些严厉，城下便没有继续追问。

话题又回到北海道的高尔夫球场，说起美姬的得分情况。

高坂说要带兄弟们再找一家店喝一会儿，美姬便在餐厅门口与高坂道别。

原以为他们会坐同一辆车离开，没想到高坂却让兄弟们先上了出租车，自己留了下来。

美姬马上明白了高坂的意图。

"你想问纯平的事,对吧?"美姬一边走向前街,一边问道。

"嗯,发生什么事了吗?"

"我真的什么也不知道。他辞职后,倒是经常打来电话……如果他说的属实,情况就是这样的:他父亲原本是市议会议员。虽然他在东京的时候没什么出息,但回到乡下后,和当地的朋友一起积极参加各种活动,不知不觉间'就把事情搞大了'。可是,即便真的是这样,也不可能这么容易得到民生党的正式推选吧?"

"是啊。"

"然后,我就仔细问了一下。你知道的,以前跟那个凑圭司不是有过什么关系吗,他的经纪人以前给政治家当过秘书。这次就是她像军师一样帮纯平参加竞选的。"

"她在民生党里头有人?"

"也许吧。可纯平也不具体跟我说。只是高兴得不得了,就好像自己已经当上国会议员似的。"

来到前街,高坂叫了一辆出租车,问道:"你先走吗?"美姬回答说:"我去那边的药局买点东西。"

高坂乘着出租车离开了。看着出租车上闪烁的红色顶灯,美姬猜测高坂也许知道些什么。

第二景

　　凑圭司躺在事务所的沙发上，听完时隔三年灌制的新CD，睁开眼睛，小声说了一句"好嘞"。

　　唱片公司一直追着不放，但由于从去年到今年各种私事太多，他便以无法集中精力专心录音为由，一直拒绝此类邀约。

　　当然，唱片公司的负责人并不知道凑的私事，单纯地认为凑之所以要求延期录制唱片，"一定是因为电视节目或含演奏的演讲太忙了"。

　　其实，这次的唱片录制，凑仍然有点不太想答应。本周内即将辞去经纪人职务的园夕子强推了他一把，才让他终于踏出了这一步。

　　为了让凑能专心去御殿场的录音棚录音，夕子东奔西走，将他的电视节目和各种活动的演出日程进行了调整。她肯定要向不少人低头谢罪，但结果也没有引起不好的传闻，平安渡过了这个难关，这些无疑都是夕子的功劳。

　　夕子提出辞职的时候，凑并没有感到太吃惊。他知道，原本她的梦想就是培养政治家，对音乐并不感兴趣，当时也只是勉强答应给他当经纪人的。现在她一边给他当经纪人，一边对下次议会选举的候选人滨本纯平进行远程指挥。凑圭司看到她在事务所中打电话遥控选举的样子，便感觉此时的她就像自己演奏大提琴时一样，温和又用心，仿佛终于找到了自己的位置。

　　夕子也为他找到了一个值得信赖的经纪人。这个人叫谷本沙耶香，以前给一个写真偶像当经纪人，曾跟夕子共事过几次。那个写真偶像要结婚了，决定退出演艺界。据说谷本本来就有兴趣给音乐家当经纪人，现在已经从之前上班的那家演艺公司辞职，来到了凑的事务所。她之前供职的那家文化公司不大，社长夫妇也都是凑的粉丝，有时还会来听凑的演奏会，因此没有对她跳槽提出任何异议。当然，对方也曾提出，如果可以的话，希望凑能够加盟他的演艺公司，但由于他也知道自己公司的经营方向与凑完全不对路，因此也没有强求。

我主持的那个音乐节目从下一季开始，将邀请这个公司旗下的两个年轻艺人作为固定嘉宾加入，这应该是园提出来的。园真是一位了不起的女性。她辞职后，我真的还能继续做下去吗？

凑摘掉耳机，慢慢地从沙发上坐起来。因为躺了太长时间，后背有些酸疼。

凑一边抚摸着后背，一边起身，想去喝杯咖啡。这时，隔壁传来夕子的声音，好像正跟秋田的滨本纯平打电话。

刚开始，如果凑在事务所，夕子会顾忌一下，给秋田那边打电话的时候便出去打，但现在继任的经纪人已经确定，凑也向她表示："不用特意出去打电话。"

而且，听夕子和滨本纯平打电话非常有意思。凑决定竖起耳朵来听一会儿。

"……哦，对了，对了，推特上的回复，你又偷懒了，对不对？！那些给你留言的人就不用说了，就是那些只关注没留言的粉丝，你也要多少给人家发点什么才行……哎呀，什么都行，用你自己的话写就可以了。"

凑小心翼翼地打开门。夕子马上注意到他，动了动嘴唇，轻声说了句："对不起。"

"没关系，没关系。"凑摆了摆手，冲了一杯咖啡。

"反正我下周就过去……上次你说那个倒闭的便利店可以租来当事务所，谈得怎么样了？……啊？可以？还不要租金？好厉害啊。纯平，真佩服你这方面的能力。可是，不要租金的话可能会有问题，下周签合同的时候得再商量一下。"

又说了一会儿租金的问题，然后夕子挂断了电话，叹了一口气。"喝点咖啡吗？"凑问道。"哦，对不起。"夕子正要起身，凑连说着"没关系"，制止了她，给她也倒了一杯咖啡。

"看来很不容易啊。"凑笑道。

"这个家伙，只要我一不留神，他就想偷懒。哦，对不起，明明还在这里上班呢。"

"哎呀，我都说不要介意啦。而且，这个月的工资，你坚决不要，对吧？"

夕子不好意思地微微一笑。

"不过，秋田的纯平，倒是提起干劲了，对吧？"

"嗯，学习倒是挺认真的。说什么发现自己之前隐藏的政治才华都喷薄而出啊之类的。"

"对了，那件事怎么样了？不是说要召集当地的年轻人开什么讨论会吗？"

"是啊，刚才我跟他发火就是因为这件事。"

据夕子说，滨本纯平获得民生党的正式推选后开了推特账号，并发了一条提问的推特，内容为："现在的秋田县需要什么？"

当然这是夕子的主意。反响超过预期，尤其是与纯平年纪相仿的年轻人积极在推特上留言。为了抓住这个机会，夕子他们便趁机策划了一场讨论会。

"说能有五十多个人参加，还可能达到近百人。所以得改个大一点的会场。"

"哦。所以才提到倒闭的便利店？"

"啊，那是另外一件事。我们觉得差不多该布置一个临时的选举事务所了。说有一家便利店倒闭了，但房屋本身还保留着。据说纯平找房主商量了一下，房主说可以租，而且不需要租金。虽然不知道他是怎么谈成的，这个纯平，倒是很有这方面的能力。"

在凑看来，现在的夕子浑身充满活力。他正准备告诉她自己此刻的感想，这时玄关的门打开了，出门去买东西的谷本沙耶香回来了。

"辛苦了。"凑说道。

"您也辛苦了。唱片的效果怎么样？"

"嗯，我很满意。"

"太好了。那接下来就按原定的日程进行了。"

"嗯，拜托你了。"

谷本沙耶香与夕子不同，工作能力看起来并不太强。但是，她给人一种令人放心的感觉。无论什么人第一次看到她的瞬间，都会认为这个人值得信赖。

凑正要走进里面的房间，这时电话铃又响了起来。谷本接了电话，然后马上将话筒递给夕子。

"秋田电视台的岩下先生。"

"哦，谢谢。"

夕子先按住接过来的话筒，道歉道："对不起，也是秋田那边的事。"凑又微笑着说着"没关系"，走向里屋。这时背后传来夕子的声音。

"谢谢您特意打来电话……啊？这次讨论会您要来采访？太好了……对，以前当过酒保的事，不用特意隐瞒。只要能塑造一个敢于挑战现任老议员的年轻新候选人的形象，这就够了。"

凑佩服夕子的老练，正要关门，突然想到一件自己一直不解的事。

夕子认真地向对方说完讨论会的时间和规模等事宜，然后挂断了电话。

"园，我突然想起来……"凑见夕子放下话筒，问道。

"怎么啦？"

"没什么。其实也是刚想起来，当时我请你当经纪人的时候，你本来拒绝了，但听说我在秋田长大，才说要考虑一下，是这样吧？"

"是这样吗？"

"是啊。可是你是在东京葛饰区长大的，对吧？秋田难道是你父母的老家？"

"不是。"

凑突然感觉夕子的眼神变得冷冷的，便没有继续追问，而是轻描淡写地结束了这段对话。"哦，其实也没什么特别的事，只是突然想到，这次也是秋田。"

这天晚上，凑又在家里听了一遍新录制的唱片，给最近没有联系的哥哥宏司家打了个电话。

接电话的是嫂子直子，说最近没有什么特别的事发生。家里被人强行搜查过之后，去秋田的祖母家躲了一阵子。自从夕子和操纵这件事的幕后黑手达成协议后，直子母女二人便回了家。

"不过，友香又一个人去秋田了。"

直子表达了自己的担心。凑问道："还在那边给滨本纯平帮忙吗？"

"嗯，是啊。不过，反正有夕子小姐盯着，应该也不用太担心。"

"研究生院没去上，还在休学吗？"

"嗯，真对不起，让你费那么多心才考上的研究生……"

"没事的，年轻的时候，一年两年的时间，都能补回来。"

"友香倒是挺开心的。说那个滨本先生要参加选举，忙着帮他做各种资料和海报什么的。"

凑说自己会抽时间去秋田看一下情况，也想去看看奶奶了，然后便挂断了电话。挂断电话的瞬间，在监狱服刑的哥哥的模样浮现在眼前。哥哥曾严词告诫他："不要来看我。"但是，现在忍不住想去看看哥哥了。

阳光从会面室的窗子里照了进来。凑盯着哥哥的背影。他穿着一身囚服，正在墙边的桌子旁沏茶。

与凑想象的不同，这次见面并没有隔着玻璃窗。也因为是交通监狱[1]，据说服刑超过一段时期的犯人就会被允许在宽阔的大厅与亲属会面。

大厅里零零散散地摆着几张桌子。一个年轻的女子带着年幼的孩子，好像是来见她丈夫。稍远处的桌子上，坐着一个大概七十多岁的老人，正跟一个老妇人（好像是他的老伴）小声说话。

---

[1] 日本因交通事故而被判刑者的服刑场所。

　　凑坐到窗边的位置上。哥哥双手端着茶杯走了过来。拖鞋的声音响起来。

　　虽然那样严厉地告诉弟弟不要来探望自己，但当他在会面室看到凑的时候，却默默地点了点头。看到凑也点了点头，哥哥问道："没事儿吧？"凑又默默地点头，回问道："哥，你呢？"

　　"嗯，我没事。直子和友香多亏你照顾，谢谢了。友香好像没去上研究生，休学了……"凑听着哥哥的话，眼泪忍不住涌了上来。哥哥装作没看见，转身去倒茶。

　　凑接过盛着热茶的茶杯，盯着杯子。今天有很多话想跟哥哥说，却不知道从什么地方如何说起。突然抬起头，看到哥哥也盯着自己的茶杯。

　　"你不让我来，可是……"凑终于开口说道。"没关系。"哥哥答道。对话又中断了。

　　大概是觉得两个人都不说话太不自然，站在门边的狱警慢慢地朝这边走过来，冲着凑点了点头，然后又回到原来的位置。

　　"你还记得吗？"这时，哥哥突然小声说道。

　　"什么？"凑问道。

　　"虽然都是些不好的回忆。但在这里待着，就总会想起那时候的事。"哥哥脸上露出疲倦的微笑，"你还记得吧？有一次我们和那家伙去了一家餐厅。"

　　那家伙好像是指榎本阳介。说到"那家伙"这三个字的时候，哥哥的嘴变得扭曲。

　　"餐厅？"凑问道。

　　"一家看起来挺高级的餐厅。现在想起来，应该是忘年会什么的吧。那家伙，还有他的老婆、朋友什么的，一共七八个人。不知道为什么，让爸，妈，还有咱俩坐在末席。"

听到哥哥的话，本来已经遗忘的情景又浮现在眼前。

"那些家伙，像往常一样，当着大家的面，放肆地贬低爸爸和妈妈。桌子上摆着吃不完的丰盛饭菜，不给咱俩吃一口，更别说爸爸妈妈了。说什么没有能力赚钱的人不配吃好吃的，说如果气不过就赶紧赚钱来……"

当时的情景历历在目。即便现在回忆起来，仍感觉到一阵阵难受与窝心，怒火直往上涌。

榎本的朋友中有个女人看不过去，说："孩子是无辜的，让他们吃点吧。"可榎本的老婆却当着他们的面一把将女人递过来的肉夺过去，说道："不用，不用，即便是孩子，也得让他们知道他们的父母多没用，给人带来了多大的麻烦。"

"喂，你们的爸妈给这里的所有人添了麻烦。叔叔好不容易帮他们借到钱，他们却说还不上。喂，你们觉得这应该吗？"

年幼的凑看到榎本瞪着自己，可怜巴巴地向父母求助。但是，父亲脸色苍白，两眼无神地盯着脚下。母亲也只是低着头，眼泪哗哗地往下流。

为了平复在心中翻涌的情感，凑喝了一口热茶。热茶流进喉咙，与翻涌的感情一起落进肚子里。

"你没有做错。"

这时，哥哥突然说道。

凑按住激动的胸口，抬起头来。哥哥小声说道："……当时如果是我的话，我也会那么做。"

凑盯着哥哥的眼睛。虽然眼中有疲惫的神色，但他小声说这些话时，眼睛却依然和以前一样清澈。

"看到那家伙的瞬间，我就控制不住……"

"我知道。所以，你没有必要觉得对不起我。明白吗？……而且如果你是我，也会和我做出相同的选择。"

凑又看了一眼穿着囚服的哥哥。他的脸上浮现出微笑，说道："没事儿，没事儿。"

下届众议院选举中民生党的正式候选人滨本纯平主办的青年讨论会盛况空前，现在已经接近尾声。园夕子倚在门口的墙上看着现场的一切，内心无比充实。

紧急租借的市民会馆第三会议室可容纳的人数为一百人，但另外准备的折叠椅上也都坐满了人，甚至还有人站在左右两侧的墙边，夕子身边也站满了人。

在后半段的一个小时中，大家主要针对两个问题进行了讨论。一个是自称目前无业的一位女士提出的问题："这个地区现在最需要的难道不是就业机会吗？"另外一个是旧比内町的一位男士提出的问题："这个地区有丰富的旅游资源，为什么发展不起来？"

讨论会开始前，夕子再三叮嘱纯平。纯平按照她的指示，没有表达自己的意见，而是作为主持人，让更多的参加者发言，自己则在大家发言的间隙说一些自己在东京的经历，巧妙地引导大家继续讨论。

夕子很满意。参加者的意见相左，会场的气氛剑拔弩张时，纯平便赶紧插一句，询问一下两人的出生地，开个玩笑之类的，缓解一下气氛，比如说："哦，难怪呢，比内和大馆在当初合并的时候就打架来着，意见不可能一样啊。"

也许是纯平的说话方式有魅力，每当他这样开玩笑时，会场的气氛就会缓和下来。

这个讨论会的参加人员本来都是不太懂政治的，大家只是说一些不吐不快的问题，夕子从一开始就没有期待大家能从讨论会中得到什么建设性的提案。只要通过这次讨论会，让大家认识纯平，记住纯平，对他的为人产生兴趣，让大家发泄一下平常没机会发的牢骚，就是巨大的成功。

讨论会已经超出预计结束时间十五分钟。这时，纯平在歌舞伎町当酒保时的朋友——在讨论会上担任主持的真岛朋生插口道："时间不多了，再提最后一个问题吧。"两个半小时，充满了激情与欢笑的讨论会让每一个参加者的脸上都露出满意的表情。虽然讨论会没有解决任何问题，但夕子相信这次讨论会将会让大家燃起期待与希望。

而且，夕子觉得这个真岛朋生与第一印象不同，或许还真的能派上用场。虽然他对政治一窍不通，但不愧做过牛郎，长相和纯平一样帅气，与纯平站在一起的时候，简直就像是两个年轻的男演员召开电影发布会。

来参加讨论会的女性当中，有不少人对纯平甚至真岛朋生投以另外一种热切的眼神，当然这种热切与讨论本身无关。

提出最后一个问题的是站在会场最后面的一位年轻男性。他的问题是：

"请问以后还会召开这种讨论会吗？如果有的话，我们从哪儿可以了解相关消息呢？"

夕子忍不住想做出一个表达胜利的挥拳动作。这时，纯平立即回答说，现在正在准备开设事务所，希望这位男士有空来玩，随时欢迎。而且，他还毫不犹豫地在白板上写下自己的手机邮箱地址，说道："如果您着急的话，请随时给我的手机发邮件。"

当然，这也是夕子的策略之一。这个手机不是纯平的私人手机，而是夕子以事务所的名义购买的。

看到纯平毫不犹豫地写下手机邮箱地址，会场响起了一片细微的笑声。

"这种方式更便捷嘛。"纯平也笑着说。

夕子看了一眼旁边秋田电视台的导演岩下，见他一脸心满意足的样子，便问道："怎么样？"

这个四十多岁的导演岩下在电视台常年负责傍晚的新闻节目，昨天打电话的时候还再三叮嘱夕子他们，说如果拍不到有趣的画面便无法报道。

"呀，我还是第一次看到这里的年轻人如此热情洋溢呢。"

听了岩下的话，夕子也点了点头说道："对吧。"

"来参加这种类型的讨论会或者演讲会的一般都是老年人，他们唯恐这个社会发生任何变革，所以大多数人都会建议维持现状。可是，你瞧，这里的年轻人，就不一样。我也是本地人，好久没有这么激动了。说实话，我一直以为这个小城不会再有什么变化了，而且一直以为追求变化的人都会陆陆续续离开这里，追求改变的心情越强烈也就会越快离开这里。"

岩下不停地摸着下巴的胡须，像那些来参加讨论的年轻人一样，目光炯炯有神。

"不过，也没有提到什么具体政策……"

夕子正要解释，岩下却打断了她，坚持主张："哎呀，现在这个阶段，不需要那些东西。只要在电视上播出这里讨论的场面，让大家知道原来这里还有这么多年轻人，就足以让电视机前的观众耳目一新了。"

会场上担任主持的真岛朋生正宣布讨论会闭幕。在不太整齐的掌声中，纯平走了过来。夕子小声告诉他："辛苦了，挺好的。"

纯平正要回等候室，这时从后面走过来的朋生抓住他的袖子，说道："纯平哥，你最好去门口送送大家。"

"大家？"

"就是参加讨论会的人啊。大家离开的时候应该都想跟你说句话吧。"

夕子看着贴在纯平耳边说话的朋生，使劲儿点了点头，仿佛在说："说得对！"

摄影师回到岩下身边，开始跟他商量剪辑的日程。

"园小姐，如果来得及，今晚就会播出。"岩下说道。"不用那么着急。如果做成特辑，比新闻更好。"夕子回答道。

岩下先是吃惊，继而微笑着说道："哎呀，说实话，刚开始听说滨本先生竞选的时候，我觉得一个根本不知名的年轻草根不可能打败连任五届的德田重光。但是，看了今天的讨论会，我开始觉得接下来选战将非常有趣。"说着，他不好意思地挠了挠头。

"选战会不会变得有趣，就看您那边怎么报道了。"夕子回答道。

"嗯，对对，稍后您可以把滨本纯平先生的简介发给我吗？"

"嗯，当然，我马上发给您。"

"而且，如果能提供一些小时候的照片就更好了。"

听了岩下这句话，夕子已经确定他们会推出特辑了。

"好，这个我也马上着手准备。"

然后，岩下和摄影师一起快步离开会场。夕子冲他的背影深深地鞠了一躬，说道："请多费心了！"

讨论会结束后，夕子在秋田住了五天。这五天的时间里，夕子的日程安排得满满的，办理开设事务所的手续，签订公寓的租房合同，到那些接到早乙女的秘书联络的民生党员家里拜访等等，一天到晚几乎没有一分钟空闲。

其中，那个作为事务所租下来的原便利店，在夕子看来也是位置绝佳的，水电煤气等也都一应俱全。

夕子带纯平去拜会主要的民生党员时，原以为对方不会理会，但没想到其中大半都表示支持。因为，当天晚上岩下负责的那个新闻节目就对讨论会的情况进行了即时报道，这些党员也都看到了。当然，其中也有人说丧气话，"太年轻了"、"不知道该怎么支持才好"，但是，由于此前不管推举什么样的候选人，都在德田重光面前遭遇惨败，所以大部分人都认为，反正也是失败，不如让滨本纯平这种什么都不懂却唯独能让大家看到一线希望的年轻人去挑战一下，反而可能更好一些。

这次访问中，没有谈论任何具体的施政方针。这次访问的主要目的是让党员了解纯平的为人。夕子叮嘱纯平，如果被问到具体的施政方针，就背诵一下之前教他的那些对策，如果有人打破砂锅问到底，就要虚心道歉："我还要用功学习一下。"

几乎所有的党员都把纯平当成孙子一样看待。虽然大家都表现出担心，怀疑是否能把国家大事交给这样一个毛头小子，但他们所有人通过与纯平几十分钟的交谈，都会转变态度，表现出一种有责任培养一下这个年轻人的热情。夕子从他们的态度中能微微感受到这一点。她认为，仅此一点，就可以说这次访问是成功的。

在秋田住了五天，夕子又暂时回了东京。她原本打算在秋田住两个星期的，但这天晚上她与民生党的大佬早乙女治约好一起吃饭。

早乙女治是鸟取县人，生于一九四六年，庆应义塾大学法学系毕业，在大型贸易公司工作了一段时间后，于一九八三年在第三十七届众议院议员选举中当选国会议员，之后连续当了九届。

他第一次当选时是作为自由民主党的候选人参选的，但后来经历了退党，加入新党等，历任科技厅厅长、文部大臣等职，现在担任执政党民生党的国会对策委员会委员长。

一九九七年周刊杂志曾揭露他的政策秘书涉嫌在公共工程中收取几千万好处费，二〇〇七年则涉嫌违反政治资金规正法，但他均以"不符合事实"为由对出版方提出了诉讼。

而夕子他们声称掌握的"资料"好像与这两件都没有关系。

因为实际上手中并没有那些资料，所以夕子也并不太清楚具体的细节。但是，据福田功的调查，好像这份资料上详细记载了早乙女治在当地的公共事业中收取的各种贿赂。

聚餐地点在赤坂的一家高级日式餐厅。夕子比约定的时间早到了三十分钟，却发现福田功比她来得还早。

"听说你去了秋田？"

夕子坐下后，福田立即问道。

"嗯，开了个讨论会，参加者的人数远远超出预期。"

"我在报上看到了。不过，园小姐，真佩服你的眼光，找到这么一个年轻人。"

老板娘从包厢离开后，福田开始简明扼要地小声说起现在的状况。由于两人经常联系，所以并没有什么新的消息，但有一点是毋庸置疑的，那就是既然现在早乙女治运用铁腕手段将纯平推举为候选人，便没有了退路，到选举的时候必然会全面支持他。

这次是夕子第三次直接见早乙女治。不愧是连任九届国会议员的大政治家，真的坐到他面前的时候，夕子感觉完全被他的气势压住了。只要这个人嗯嗯啊啊地点点头，就会有以亿为单位的资金开始流动，他身上也就自然有了这样的气场吧。

第一次见到早乙女的时候，他已经和福田谈过了。也许他觉得与福田为敌并不是上策，因此在谈判中表现出积极配合的姿态。几乎所有的事情都在这两人的谈判中得到了解决。但早乙女与夕子第一次见面的时候，仍对她说道："为什么我一定要跟这个滨本纯平扯上关系呢？你倒是说来听听。"

夕子知道对方是在试探她，拼命掩饰住颤抖的手，尽量用充满自信的声音回答道：

"……我们现在一无所有，没有什么可失去的，但是，如果您同意帮助我们，那么我们也将会拥有'可失去的东西'。"

早乙女听完夕子的说明，说道："但你们不一定能赢得选举。"

"对。但我们曾得到您的协助这一点，将会变成事实。"

幸运的是，对于夕子这个简短的回答，早乙女非常满意。

在约定的时间过去了十分钟左右的时候，早乙女治出现在夕子他们等待的包间。

他之前每次来都带着秘书，但这次却是独自赴约。

夕子深鞠躬打了招呼，突然感觉轻松了很多。不带秘书，也许说明早乙女已经把他们当成了自己人。契机不怎么光彩，不，或者说正因为契机不怎么光彩，所以像早乙女这样的人才能信任对方。

刚一落座，早乙女便马上说道："我看了，秋田的报纸。那种形式挺好啊。"

"谢谢您。"夕子表示感谢。

"马上就要开始啦。"

早乙女用厚厚的毛巾擦了一下脸，说道。夕子瞬间没有明白什么要开始了，没能回答。

这时，旁边的福田问道："是吗？果然可以启动了吗？"

"嗯，要解散了。"

早乙女将粗大的手指塞进领口，解开衬衣的扣子。

"上次说的那件事？"

"嗯，本来以为还能坚持一段时间。但媒体掌握的资料中有那个大臣的名字。已经没办法了。"

说的是现在媒体大肆报道的某大臣的受贿问题。

"……国会很可能本月底就要解散。又要在大热天选举了。"

服务员好像一直在等早乙女发话似的，打开拉门端上酒来。

夕子慌忙起身，为早乙女倒了一杯啤酒。

"老板娘！"

早乙女喊了一声隔壁房间等候的老板娘。

"您好？请问有何吩咐？"

"这位是园夕子小姐，你记住她，不会有亏吃的。"

早乙女一口气喝光了杯子里的啤酒。夕子对面带微笑的老板娘默默地鞠了一躬，又往早乙女的空杯子里倒满了啤酒。

快啦。真的快要开始啦！我等这一天已经很久了。现在可以确定的是，真的要开始了。我觉得不会输的。当然赢起来也不会那么简单。但我一定会让纯平赢得选举。然后，让纯平坐到早乙女现在坐的这个位置上。

岩渊友香将滨本纯平的两款海报并排放在电脑屏幕上，已经端详五分钟了。

两款海报照片中滨本纯平的脸上都带着温柔的微笑，但写着名字和政党名等的文字以及背景颜色却不同。右边是蓝色，左边是红色。蓝色给人的感觉是干净，但印象不够深刻。红色虽能给人留下深刻的印象，但会凸显纯平的年轻。

仅看着照片，就知道滨本纯平一天比一天更像年轻的政治家了。

友香离开电脑前，从稍微远一点的位置又确认了一下。心里觉得蓝色那款设计更好，但是，却没有一处亮点可让她做出最后的决定。

她也问了事务所中的很多工作人员，意见各占一半。赞成蓝色设计的多是女性，而男性多喜欢红色那款设计。

当然，她也问了园夕子的意见。夕子说：“两个都做得很好。你做决定吧。”

回到电脑前，友香又长吁了一口气，双手合十，说了一句“拜托了”，然后关闭了红色的那款海报。电脑屏幕上只剩下虽然给人印象不深，但让人感觉干净清爽的蓝色那款设计。

友香看了一下墙上的钟表，发现已经下午两点多了。环视了一眼空荡荡的事务所。刚才还有几名志愿者在这里打扫卫生，现在大家好像都一起出去吃饭了。

这个曾是便利店的事务所，一天天变得更有事务所的样子了。

然后，再定制一些以这款海报设计为基础做成的招牌或旗帜，应该就能变成一个完美的选举事务所。

友香一边走向从曾祖母的护工室田峰子那里借来的汽车，一边给和纯平一起到党员家里拜访的夕子打了个电话。电话马上接通，友香说道："决定用蓝色了。"夕子便指示道："好，明天把其他设计也都确定下来，赶快定制吧。"正要挂断电话的时候，夕子又问道，"咦？不是今天吗，你男朋友说从东京过来玩？"

"是，我现在去大馆站接他。"

"哦？他坐电车来啊。"

"是啊！说是害怕坐飞机。"

电话那头传来夕子的笑声。

大学毕业后，山崎飒太一直在自家开的工务店帮工。友香突然决定到秋田生活，也没有告诉他原因，因此起初他很不理解，友香便对他解释说是夕子拜托自己，给参加下届众议院选举的候选人帮忙。

友香知道，若是这样一直交往下去，总有一天要把家里的一切都告诉他。她也感觉飒太会接受这一切，但还是觉得要说的事情过于沉重。

女友的父亲因一时疏忽引发交通事故后逃逸，现在在监狱服刑。若仅仅如此，飒太肯定也能理解。但是，如果说这其实是故意杀害，而且父亲其实是在为叔叔顶罪，那么即便是飒太，想必也难以理解。这超越了一般人能够理解的范畴。以二人现在的关系，友香觉得还不足以让飒太背负这么沉重的现实。

友香开着车，沿着已经熟悉的公路朝大馆车站的方向行驶。她刚把汽车停到站前的停车场，就看到飒太正好从车站内走出来。友香打开车窗，喊道："这边，这边。"

"感觉你已经完全变成本地姑娘了，是不是啊？"

飒太跑过来，看着握着小型汽车方向盘的友香，笑道。

"是吗？"

"是啊。我说，这里什么都没有啊。一出车站就能让人发现这一点，这地方也太厉害了吧？"

"你这人好没礼貌啊。再往市中心走一点，也有咖啡馆和爵士乐酒吧的。"

"啊？在这种氛围里？"

友香见飒太夸张地表示惊讶，对他说着"快点上车吧"，让他坐在副驾驶座上。飒太上了车，盯着友香看了一会儿，小声说道："感觉你有些变了。"

"胖了？那是因为这边的大米……"

"不是，感觉像打磨过一样，变得亮闪闪的。"

飒太的表达虽然很夸张，但友香衷心地感到高兴。来到这边后，连她自己也感觉身心一天比一天轻松。

"该不会在这边喜欢上什么人了吧？"

飒太一脸认真地问道。

"要真的喜欢上什么人了，我还会这么高兴地等你来？"

"哦，也是啊……也就是说，你开心是因为终于能见到我了？"

飒太挥了一下胜利的拳头。友香虽然故意做出一副无奈的样子，但看到飒太坐在身边，能这样亲耳听到他说话的声音，真的很高兴。

"对了，你支持的那个滨本纯平，最近好像挺厉害啊。"

友香将车子开出停车场，准备先去一下选举事务所。飒太一边调整副驾驶座的位置，一边说道。

"东京也有什么报道吗？"友香打着方向盘，问道。

"有啊。前不久傍晚的新闻里还播了呢。不过是对方候选人的采访。"

"哦，你说那个啊。"

两周后便是公示日，德田重光在电视采访中，对竞争对手滨本纯平表现出露骨的歧视，他这样说道："大家虽然可能对这种血气方刚的年轻人有好感，但有常识的秋田选民是否愿意将未来交给一个前不久还在歌舞伎町当酒保的人，这还要另说。"由于这些发言涉嫌职业歧视，在部分媒体掀起了不小的波澜。

"电视上也播了一些对秋田人的采访，上了年纪的人对这种职业还是很有抵触的。即便露馅儿是迫不得已的，那也要稍晚一点才好啊。"飒太加了一句。

"不是那样的。"友香马上回答道。

"什么不是？"

"不是露馅儿啊。"

"是吗？"

"夕子姐你见过的，对吧？"

"嗯，在凑圭司先生的音乐会上。"

"这是她的策略。她故意把纯平哥原本是个酒保，而且是在歌舞伎町当酒保的事公开出去的。"

"为什么？"

"一定是因为她早就猜到德田会这么说啊。总之，对方的一切行动都在我们的预料之中。"

"是吗？"

"我一开始也觉得这样做不对，但这次因为德田的失言，媒体对我们的关注度大大增加。之前德田的优势非常明显，可现在，只要我们努力，这里就能成为选举中的重点地区。若非如此，我们就没有胜算了。"

友香越说越激动。飒太吃惊地看着她。

"啊，我是不是太激动啦。"友香不好意思地笑道。

"嗯，感觉你也要去参加选举了。"

正好是红灯，汽车停了下来。飒太吃惊地笑出声来。友香再次看着他。

有一阵子没见，头发长长了不少呢。长长之后才发现是自然卷的。而且，一直都觉得奇怪，为什么飒太身上一点体味都没有呢。离这么近，真的一点体味都闻不到。男生虽然不搽香水，但也会有一种独特的味道。飒太身上却没有那种味道。在床上相拥的时候也常常这样想。不过，我并非不喜欢，或者说正因为这样，我才喜欢飒太的。

到了选举事务所，看到刚才出去吃午饭的志愿者都已经回来了，里面有些嘈杂。

友香推着有些不自在的飒太走了进去，看到一个说是纯平以前的高中女同学的志愿者，问道："怎么啦？"

"那边！"

她的脸转向事务所的北侧。友香的视线越过人墙，看到那边的光景，差点惊叫起来。

"怎……怎么回事儿？"友香不禁小声说道。

"幸好刚才没有人在。"女孩在旁边小声回答。

由于那面墙和停车场在不同的方向，所以刚才没有发现。原来一辆大型自动倾卸车的后部撞破了事务所的玻璃，半辆车冲进了里面。而且，地面上还有大量的沙子，肯定是倾卸车倒在这里的。

"发……发生了什么？"友香的声音不由得颤抖起来。

"说是司机也逃走了。冈田他们回来的时候就这样了。"

"是意外？"友香问道。

"应该不是。"女孩指着相反一面的墙。原本准备安装白板的墙上胡乱写着一个字："杀"。

看到那个红字，自家当时被人践踏的情景又浮现在脑海中，友香的脸色突然变得苍白。旁边的飒太慌忙抓住她的手腕，盯着她的脸关切地问道："没事儿吧？"

"……嗯。"

友香用力站稳脚跟。

好像已经报了警，远处传来警笛声。

"一定是德田那边的人干的。"

"真的谁都没看到呢。"

"应该装个监控摄像头来着。"

工作人员茫然地盯着地上的沙土。

警察和当地的媒体蜂拥而至，事务所里一片混乱。友香离开事务所，和飒太一起回到曾祖母家的时候，已经晚上十点多了。

和纯平一起到赞助人家中拜访的夕子马上赶回了事务所，熟练地应对警察的盘问和媒体的采访。如果没有她，或许事态到现在还没法收拾。

事务所的工作人员都口口声声对警察说，怀疑嫌犯可能是德田那边的人，但这一点没有任何证据，最后仅查到这辆被遗留在现场的倾卸车是十公里外一家当地的建筑公司今天一早失窃的车辆。

警察马上开始到附近调查目击情况。但这里毕竟行人稀少，没有人目击到倾卸车撞坏墙撒下沙子时的现场。

友香收起客厅的被炉，为飒太铺上被子。友香自己睡在光晴以前的房间，虽然和飒太睡一间房也没关系，但曾祖母那里还好说，让护工峰子看了也许有些不像话，所以表面上让男朋友飒太住在客厅。

友香他们从事务所回来的时候，佐和已经钻进了被窝。已经告诉过她今天飒太要住在这里，因此只简短地对她说了一句"明天再给您介绍"。

铺完被子，外面传来飒太从浴室轻轻走出来的脚步声。飒太蹑手蹑脚地从门廊走来，唯恐吵醒曾祖母，慢慢地拉开拉门，露出红扑扑的脸庞。"洗澡水没凉吧？"友香问道。

"嗯，没有。我没找到开关，灯还开着呢。"

飒太正想把换下来的内裤直接放进包里，友香接过来替他装进旁边的一个购物袋里，再放回包里。

"今天的乱子可真不小啊。"

飒太四脚摊开，舒服地呈大字躺在被子上。警察勘查完现场后，飒太帮忙将沙土清理到外面。

"对不起，难得来一趟，还让你帮着干活。"

"没事儿，没事儿，反正也挺好玩儿的。不过，没人受伤就是不幸中的万幸了。而且，如果选战正式开始，会不会出更大的事儿啊。"

飒太一骨碌翻了一个身，一脸担心地看着友香。

"没关系。今天出了这样的事，工作人员以后会更小心的。"

"夕子小姐也说或许应该雇一些安保人员。"

友香也轻轻地躺在飒太身边。躺下的瞬间，才感觉到浑身疲惫。飒太轻轻地伸过手来，从背后温柔地抱住友香。刚泡完澡出来的飒太的怀抱暖暖的。

"这里是你爸爸的老家对吧？"

"嗯，对。"

"凑先生是在这里长大的，对吧？因为你的爷爷和奶奶早年去世。你爸爸也在这里住过吗？"

这是友香第一次从飒太口中听到"你爸爸"这个词。她突然想从飒太胳膊中挣脱出来，可又不舍得，因为在他的怀抱里太舒服。

"你是第一次问到我爸爸呢。"

"是吗？"

"是啊。起初你问我爸爸是做什么的，我告诉你'他在别的地方'，那之后你就再也没问过。"

"是吗？那是因为你总会说起妈妈，却从来没说起过爸爸。"

友香突然觉得现在可以说出一切。就像这样，躺在曾祖母家的被窝里，被飒太抱着，便感觉自己能真诚地对他说出一切。

"我爸爸以前是高中老师。"

"是吗？"

无意识当中，友香开始说了起来。飒太一边听友香说话一边点头，下巴有节奏地触碰着友香的脖颈。

友香说起父亲因痴汉行为被捕的事。说自己直到现在仍认为父亲是被冤枉的。还没有与飒太交往的时候，每天早晨醒来，心里都难受极了，觉得很不甘心，晚上上床睡觉的时候，心里也难受极了。曾一直以为自己会这样心怀愤懑地过一辈子。

一口气说完后，友香已经泪流满面。

就在这一瞬间，耳边响起飒太的声音："你说的，我信。"

"没关系的，不信也没事儿。"友香逞强道。现在她就已经后悔把这些事说出来了。

"不，我相信你……我最擅长相信别人了。"

"这是什么意思啊？"

听了飒太的话，友香不由得笑了起来。有生以来，她第一次听人说自己擅长信任别人。

护工室田峰子为佐和沏了一杯热茶，佐和喝了一口。峰子沏的茶总是有些浓。

"佐和婆婆，您真是太幸福了。连曾孙女都带男朋友来玩。"

峰子也喝了一口茶，又感叹道。

"真的？"

"可不是嘛。现在很多人家，亲儿子闺女都不经常回家，可您孙子凑先生这么孝顺，连友香这么可爱的曾孙女也过来看您。"峰子将栗金团塞进嘴里，小声说道，"这个真的很好吃，一点也不甜。"

"那就拿点回去吧。"佐和说道。

"真的？那我就不客气了。"

峰子捏了两三个栗金团放进围裙的口袋里。这是友香的男朋友前几天来的时候从东京带来的礼物，据说是东京浅草的一家传统老店的特产。

"……对了，友香的那个男朋友，好像叫飒太吧？感觉挺好的一个男孩子。刚开始听说她男朋友要从东京来的时候，我还以为会是个冷冰冰的人呢。没想到那么阳光，无忧无虑的。友香这个男朋友挺好的。如果将来他们结了婚，这孩子肯定能成为一个好丈夫，也会是个好爸爸。"

听到峰子对友香男友的评价，佐和也吃了一个栗金团。正像峰子所说，吃起来不那么甜，却留有一口栗子香。

不仅峰子，佐和也很喜欢友香的男朋友。虽然她并没有因为对方是东京来的男孩便觉得他可能会比较冷淡，但孙子宏司因痴汉行为被捕后，曾孙女友香就一直有些忧郁，所以佐和也一直以为她的男朋友可能也会比较阴郁。但是，这个男孩却十分阳光开朗，这几天每天围在她身边亲切地叫她"太奶奶，太奶奶"，后来还接送她去日托所。

而且，她也认为，如果友香和这个青年结婚，一定能组成一个幸福快乐的家庭。

"啊，都到这个时间了？日托所的人马上就要来接您了。"

峰子慌忙起身，喝完茶，走向厨房。

"友香今天也会很晚回来吗？"

厨房传来峰子的声音。佐和也尽量大声回答："是的！"

"友香去当志愿者，真了不起……哦，对了。"

拉门再次打开，峰子伸出头来。

"……友香支持的那个滨本纯平，挺受我们这些大婶们欢迎的。"

"哦。"

"我朋友，就是鹰巢美容院的正枝姐她们，一有时间就跑到选举事务所去呢。"

"去那里做啥子？"

"我也不知道。说是挺开心的。到了那里，志愿者中一些年轻的男孩子给她们端茶倒水的，聊聊家常，顺便说一些这个地区的问题，这也不行那也不好的，再说说年轻时候的事，跟年轻人在一起聊上小一个钟头。她们开玩笑说，感觉这样就能年轻两三岁呢。"

"哦，还有这种事啊……对了，友香每天出去都做些啥子？"

"好像友香在事务所里做一些事务性的工作。友香不是在上研究生院学美术设计吗？所以帮着做做海报和传单什么的，帮了大家很多忙呢。正枝姐说的。"

"哦，友香？"

"不过，就上次跟您说过的，那次倾卸车事故，好像还没找到犯人。现在事务所那边保卫森严，让友香他们最好也不要工作到太晚。"

峰子又要回厨房的时候，玄关的门打开了，日托所工作人员的声音传了过来。

"听到了，这就出去。"

佐和听着峰子和工作人员在玄关的对话，慢慢地准备起来。今天下午好像有曲艺演出，所以今天可能会有很多老人过去。

说是曲艺演出，其实也不是什么大不了的演出，不过是工作人员到台上唱唱歌、跳跳舞什么的。即便如此，有演出的日子仍是佐和最喜欢去日托所的日子。

做好出门的准备，佐和被工作人员搀扶着，走向门口的面包车。正在这时，远处传来选举车缓缓驶来的声音。出来送行的峰子伸长了脖子，说道："咦？那不是友香他们那儿的车吗？"

"哦，是滨本纯平吧？"五十上下的工作人员也伸长了脖子，说道，"……跟德田先生对决，肯定没什么戏。每次都是德田先生以压倒性的优势取胜，连本地的媒体都懒得关注了。这个年轻人宣布参加选举，本身倒是挺新鲜的。"

听了工作人员的话，佐和想起那个叫作德田的议员曾来过日托所。

佐和还清楚地记得，虽然对方并没有对自己做什么，但看着他一边说着"你好你好"一边轮流跟大家握手的样子，就感觉很讨厌。

"啊，友香也在车上。"

峰子拍了拍佐和的背，佐和转向那辆缓缓驶过来的车。

"请大家多多支持滨本纯平！"喇叭里传来这样的呼吁声。友香从选举车的驾驶座上伸出头来，向路边的人挥手。

"啊！太奶奶！"

友香的声音传入扩音器，峰子他们笑了起来。

车子停在日托所的面包车后面。移门打开，一个年轻男子从上面跳了下来，身上披着一条印着"滨本纯平"的绶带。

"哎呀，是本人哦。"

峰子简直就像见到电影明星似的，高兴地喊了起来。

"您好，打扰了。您是友香的太奶奶吗？"

佐和听到年轻男子跟自己搭话，点了点头，说了一声"嗯"。友香也马上从选举车上走了下来。

"太奶奶，您这就要去日托所吗？"

"是的。"

峰子替佐和回答。

"今天有曲艺演出。"佐和也补充道。

"曲艺演出？应该挺热闹吧。"

身上挂着绶带的年轻男子脸上瞬间露出喜悦的神色。在佐和看来，他的笑容里没有任何虚假。

"纯平哥，难得遇见，也去我太奶奶去的那家日托所打声招呼吧。太奶奶，您说好不好？"

听到友香这样问，佐和看了一眼车上等待开车的老人们。所有人都饶有兴致地看着这边。

"可是，今天有曲艺演出。"佐和先这样回答了一句。

"曲艺演出，都演些啥子吗？"那个叫作滨本纯平的人问。

"唱唱演歌啥的。"

"演歌？太奶奶，您是谁的粉丝哟？"

"我欢喜冰川清志。"

"啊！冰川清志的歌，我最拿手了，连唱带动作，在歌舞伎町的卡拉OK里学的。"

听到纯平的话，友香他们笑了起来。

这天下午，在日托所度过了几个小时的佐和，此刻激动的心情仍旧未能平复。

她现在很想找个人说说今天日托所里曲艺演出的情况，但正巧峰子已经结束工作离开了，友香也还没有回家。

佐和先喝了一杯茶，盯着没有打开的电视机。没有任何画面的屏幕上，浮现出曲艺演出时欢乐的情景。

友香支持的那个滨本纯平，是一个非常优秀的表演者。曲艺演出开始前，他在入住养老院的老人和仅白天来疗养的老人之间忙碌地穿梭，和偶尔来这里的议员或志愿者团体一样，嘘寒问暖了一番，比如："有没有什么困难啊？""年轻的时候做什么啊？"这些问题可以说是大同小异。可曲艺演出开始后，这个滨本纯平就完全把佐和他们丢在一边，不知什么时候已经登上舞台，又说又笑地自我介绍着，一曲接着一曲，又唱又跳。

年轻志愿者们有时候也会这样做，但他们的神情中总是夹杂着同情的因素。而这个滨本纯平完全没有那种感觉，拿起话筒唱起歌来就忘乎所以了。

当唱起佐和喜欢的冰川清志的歌曲时，下面有观众喊了一声"清志！"捧场，这时，纯平关掉音乐，一脸认真地对大家说："各位，等一下，等一下，这种时候请大家叫我纯平！"佐和他们听了，都不由得笑了起来。

"纯平！纯平！"

大家摇着养老院的工作人员分发的铃铛和铃鼓，佐和也跟着大声喊了起来。佐和一直想去听一次冰川清志的现场演唱会，今天感觉就像是真正的冰川清志来演出了。

这天晚上，佐和梦见自己和滨本纯平对唱起来。梦中出现的还是六十多岁的自己。当她梦到自己在当地的卡拉OK大赛上胜出并晋级全国大赛时，梦醒了。

在欢乐的曲艺演出的第二天，孙子光晴突然回到秋田。

他说想回来看看友香的情况。佐和问了一下才知道，原来以前给他当经纪人的那位女士现在给滨本纯平当秘书。光晴也会参加明天举行的街头演讲会。

光晴好像非常疲惫，把东京带来的腌菜递给佐和，在客厅待了一会儿。

佐和给他沏了一杯茶，叫了他几声，见他没有回答，才知道他可能睡着了。

到了傍晚，光晴换上家居服走了出来，稍微有了些精神，咕咚躺在佛坛前面，问佐和是否已经想好了什么时候住进养老院。

"现在还不想住。"佐和答道。

"我晓得。可是，您不想来我这边住，也不想去大哥家里住，就总有一天得住进养老院啊。"

光晴声音疲惫地说到"大哥"这个词的瞬间，佐和不知道为什么突然感到脊背发寒。

"最近去看宏司了吗？"佐和问道。

"嗯。前几天去探望了一次。哥身体很好。"

光晴盯着天花板，无力地回答。

"怎么啦？"佐和问道。

"……没事儿，就是有点累了。"

"要是有啥子话，不要憋在心里，跟奶奶说。即便你瞒着奶奶，到了奶奶这个年纪，也全都能看得出来。离佛祖越近，能看到的东西就越多。"

听了佐和的话，光晴慌忙坐起身来。

佐和只是随口乱说，但光晴好像信以为真了。

"是宏司的事儿吧？你们有啥子事情瞒着奶奶？"

"没有啊……"

"你们只瞒着奶奶一个人。如果奶奶就这样走了，你们以后会后悔的。"

"我都说了，没有……"

"到了奶奶这个年纪，听到啥子事情都不会吃惊，你不用担心。"

不知不觉间，光晴已经完全坐起身来，盘腿坐在佛坛前面。

佐和虽然只是随口乱说的，但好像也确实猜了个八九不离十。

"我也不知道到底是怎么啦。"

光晴长叹了一口气，轻轻地将走近身旁的老猫抱起来。

佐和没有开口，等着光晴继续往下说。光晴终于停下抚摸老猫的手，说道："奶奶，其实，哥是替我顶罪的。"

佐和一时间没听懂光晴的话。脑海中浮现出宏司和光晴小时候的样子。两个孩子在附近的农田中嬉笑奔跑。

两个孩子年龄差挺多的，可奇怪的是，看上去却年龄相仿。哎，光晴，别跑那么快，会摔倒的！哎，宏司，你要好好拉着弟弟的手。啊？怎么啦？哥哥替光晴顶罪吗？光晴，你做啥子吗？哥哥替你顶啥子罪咯？光晴你又调皮了吧？怎么啦？是不是又偷偷跑到加藤爷爷家偷吃人家东西啦？别担心，奶奶去帮你赔礼道歉。

在令人怀念的风景中徘徊的佐和，突然听到有人在哭，睁开眼睛，看到长大成人的光晴低着头，坐在佛坛前面，低声啜泣。

佐和突然很想如同在幻想中那样，对他说："别担心，奶奶去帮你赔礼道歉。"

并非没有听到光晴刚才讲的那个长长的故事。撞死人的不是宏司而是光晴，而且那并不是意外，而是蓄意杀人。他说自己撞死的是那个人，是把光晴兄弟的父母，也就是佐和的儿子儿媳逼到双双自杀的那个人。

光晴还在哭泣，肩膀颤抖。想跟他说句话，却不知道说什么才好。到了这个年纪，已经没有力气去想到底什么是好，什么是坏。像我这种老太婆，再怎么努力去区分善恶，也没有人愿意听的。

佐和又想起昨天的曲艺演出，觉得当时真的好开心。

第三景

真岛美月用番茄酱在冒着热气的蛋包饭上画了一个王冠的形状。

半熟的蛋皮十分松软，用强火炒出来的饭粒亮晶晶的。

她把盘子放到桌子上，抱着已经开始舔勺子的瑛太坐下来。看到眼前的蛋包饭，瑛太竟然扔掉勺子，想伸手直接抓着吃。

美月用印着凯蒂猫花纹的勺子切开蛋包饭，盛起来一勺一勺地吹凉，喂进瑛太嘴里。

电视机旁边的镜子里，刚好照见两人叠在一起的身影。

"好吃吗?"美月问道。可是，瑛太一心只顾着吃饭，根本不理睬她。

趁瑛太咀嚼的时候，美月也吃了一口。糖也许放多了，但刚好做成了儿子喜欢的甜味蛋包饭。

美月又喂瑛太吃了一口，用遥控器打开电视。电视里正在播放午间的社会广角镜节目。这期加入了滨本纯平的特辑，现场的记者正激动地说着什么。

美月开大音量。

"……当初大家都以为现任的德田议员将会以绝对性的优势胜选，但选战开始后，到滨本阵营访问的本地人越来越多。我们今天来到事务所，又惊奇地发现，这里既有二十多岁的年轻人，也有六十岁以上的老年人。不，在我们采访的人中，甚至还有一位九十岁的老爷爷，而且可能还有年纪更大的。更令人惊奇的是，这里的年轻人和老年人之间有很多共通点。说白了，就是他们非常谈得来，我们能从中感受到一种其乐融融的氛围。他们都以自己的方式支持滨本纯平参加竞选。在最新的民意调查中，德田虽然仍有优势，但按这个势头下去，也许最终结果会颠覆大家当初的预料。"

这时，电视里朋生扛着一个大纸箱出现在纯平事务所前面的记者身后。

"啊！看，是爸爸！瑛太，爸爸上电视啦！"

美月慌忙指了一下电视，勺子里剩下的玉米粒朝墙上飞去。瑛太不可思议地盯着飞溅出去的玉米粒。

好不容易做一回好吃的蛋包饭。真想让朋生也吃点。不过，反正一会儿就能看见爸爸啦。瑛太也想爸爸了，对不对？妈妈也很想他。可是，你爸爸太没长性了。先从长崎跑到博多，没几天又跑到东京。妈妈想着咱一家人这回终于能在一起啦，谁想到他现在又跑东北去了……爸爸真是太奇怪了。不过，你喜欢这个奇怪的爸爸，对不对？妈妈也一样。妈妈最喜欢瑛太和爸爸了。

美月想喂瑛太吃掉最后一口，但瑛太却不再张口，而是打了一个饱嗝儿。美月决定放弃，把最后一口饭放进了自己嘴里。

她看了一下表，已经一点多了。去秋田的准备已经做好了。她打算在那里住一个星期，所以带了很多行李。或许应该预约一辆出租车。

几天前，美月计划去秋田看望一下朋生。她跟"雪村"俱乐部的妈妈桑商量了一下。妈妈桑说如果她请几天假，店里的生意没人招呼，不好办。可妈妈桑想着万一纯平真的选上国会议员，对自己也是一件好事，所以最后还是表示支持，说道："那你就去帮把手吧。"

美月去秋田，并不是去给纯平加油。她只是担心朋生的生活。衣服有没有洗啊，是不是总吃面包啊。当然，她也知道，自己毕竟曾经是电视明星，去了后多少能为纯平的竞选加点分。

美月打电话预约了出租车，盯着房间角落里的行李。

这时，幸福与担忧同时掠过心头。感到幸福是因为终于能见到朋生了，而担忧则是因为害怕自己过去后发现朋生已经离开那里，不知去向了。

美月和瑛太乘坐的飞机于下午五点准时到达秋田的大馆能代机场。飞行期间，瑛太一直酣睡，而且旁边的座位也正好空着，美月也得到了充分的休息。

下了飞机，美月打开手机电源，收到朋生的短信。他原本说好来接机的，可是短信里却说那边出了点急事，让事务所的志愿者过来接他们母子。

美月多少有些担心，走到到达大厅。一个和美月年纪相仿的女孩马上跑了过来，说道："我是滨本纯平事务所的工作人员。"

"对不起，麻烦您特意跑一趟。要是他在出发前就跟我说他来不了，我们就自己打车过去了……"美月表达歉意的时候，女孩已经从美月手中夺过行李，用手指轻轻捅了一下躺在婴儿车中熟睡的瑛太的脸颊。

女孩带美月上了车，开车带他们前往朋生所在的选举事务所。途中，美月终于想了起来。以前和朋生一起到弘前参加活动，顺便来这里看望纯平的时候，曾见过这个女孩。

当时，纯平带他们去了一个已经变成废墟的商场，很多年轻的艺术家在那里进行艺术创作。她是其中之一，叫岩渊友香。上次见面的时候没怎么交谈，刚才在车上聊天时才知道，原来她是东京人，现在住在秋田的曾祖母家，为滨本纯平的竞选提供志愿服务。

两人互相进行了自我介绍，美月问道："朋生有好好干吗？他发短信说突然有急事，不能来了……"

友香握着方向盘，稍微变了脸色，小声说道："嗯，出了点事儿。"从她的表情来看，美月知道自己再问下去，她也不会回答，便开始哄坐在腿上的瑛太了。

瑛太好像很喜欢友香身上的香水味，努力挣脱美月的怀抱，想过去拥抱开车的友香。

"他好像真的很喜欢女人。"美月笑道。"是吗？那真是前途无量啊。"友香也跟着打趣道。

汽车停在由便利店改造成的事务所的停车场。朋生马上跑过来，先从美月怀中接过瑛太，举到自己的脖子上，说道："哎？又沉了吧？"刚刚还在车上打盹的瑛太，好像很高兴见到爸爸，虽然还是睡眼惺忪的，却骑到爸爸的肩膀上，左右摇晃脑袋。

"干吗非要麻烦人家友香跑一趟吗。"美月说道。

"啊，对不起，出了点事儿。"

"又发生什么事故了？"

"你说的事故是指？"

"上次你不是说有辆倾卸车撞了事务所吗？"

"哦。到现在都还不知道到底是谁干的。挺吓人的。不过这回的事儿比上回更麻烦。"

朋生驮着瑛太走向事务所。美月正要从车上拿下行李，这时友香从驾驶座上走下来，说道："行李放车上就行。一会儿我送你去朋生住的地方。"

"对不起，谢谢你这么周到。"美月深深地鞠了一躬，追着朋生走进事务所。

事务所里有很多所谓的支持者，年轻人和老人们挤在一起。前面有点像大学的食堂，里面就像敬老院，但两边也并没有特别明确的分界线。放在墙边的大屏幕电视上，正播放本地的高中棒球联赛。大家都兴致勃勃地看着比赛，氛围很温馨，有一种其乐融融的感觉。

刚才听朋生说出了麻烦事，美月本以为事务所里出了什么乱子，但现在看来好像并非如此。

美月跟在朋生后面，走到里间。里间摆着办公桌，有点像公司。几个工作人员正忙忙碌碌的。

朋生敲了敲里面一个房间的门，门后立刻传来纯平的声音。

"啊，瑛太来啦！美月，辛苦啦。"

朋生他们打开门，躺在沙发上的纯平立马跳起来，把瑛太从他肩膀上抱下来。这时，瑛太也终于完全清醒，在半空中移动时发出开心的笑声。

"打算住一阵子吧？"

美月听纯平这么问，回答道："就住几天。"

纯平给人的感觉几乎没有任何改变。简而言之，就是简单，阳光，所有人只要一看到他，马上会精神起来。

美月跟着纯平的节奏，正想像以前一样跟他聊聊天，却突然想到朋生刚刚说的那句话，"出了点事儿。"

"不是出了什么事儿吗？"美月问道。

纯平"啊"了一声，看着朋生。

"我可什么都没说啊。没说具体是什么事儿。"

朋生一副着急辩解的样子。纯平看了他一会儿，又盯着美月看了大约五秒钟，然后无力地笑道："让美月知道也没事儿吧。"

"啊？到底什么事儿啊？"美月忍不住又向前走了一步。

纯平打开手机。

"没必要给她看啊。"朋生上前阻拦。"当然不会给她播放啦。"纯平回答道。

打开的手机屏幕上有个小小的视频画面。美月又向前走了一步，看到画面中有男男女女的裸体。

"今天早晨突然收到这种邮件。简直了。我自己都忘了。"

美月又贴近画面仔细看了看。好像是在一家高级酒店的客房，里面有三个男人和两个女人。

"这是什么啊。"美月疑惑不解。

"是纯平哥早年拍的 AV。"

朋生替他回答。纯平一边亲吻瑛太的脸颊，一边开玩笑道："瑛太，我跟你说啊，不管多缺钱，以后你都不要去拍这东西啊。"

纯平说，大学毕业后没找到工作，整天无所事事的时候，打工单位的一个前辈给他介绍，拍了这部 AV。三个小时的工资是五千日元。他说原本只是想赚点零花钱的。

"是谁发来的？"美月问道。

"现在还不清楚。"朋生叹了一口气，"就等着对方来威胁呢。"纯平有气无力地补充道。

"喂，美月。"纯平将手中的瑛太递给朋生，转了一下转椅，盯着美月问道，"……站在女生的角度，如果你得知自己一直支持的国会议员候选人拍了这种东西，肯定不会继续支持他了……对吧？"

"嗯，一般是这样吧……具体内容是什么呢？"

"内容？你也看到了，是那种群交的类型，而且宣传语是'素人女'[1]。标题也要我念一下吗？"

美月轻轻地摇了摇头。"肯定不再支持了吧？"纯平又问道。

美月老实地点头。

"对吧。就连夕子姐也失望透了。"

纯平抱着脑袋。旁边的朋生解释道："夕子姐，就是纯平哥的秘书。"

"发这种邮件的，是对方阵营的人吗？"美月问道。

"还不清楚。"纯平回答道。

"反正这种东西要是给媒体报道了，就全完了。"

朋生一脸不悦地说道。纯平也无言以对。

"如果选民都是男的，跟他们讲一讲，或许还能得到谅解。"

不知道是认真的，还是在开玩笑，纯平说这话时竟一脸认真。美月见了，不由得笑出声来。

"啊，美月，你是在笑话我吧？"

"的确很搞笑嘛……"

美月把往椅子上爬的瑛太抱起来，看着窗外。

自己也不知道什么地方可笑，总之就是忍不住想笑。

纯平果然还是当不了国会议员什么的。美月在心里小声嘀咕了一句。现在，只要将纯平和国会议员这两个词联系在一起，就觉得很好笑。

也许是为了忍住笑，美月抱瑛太时太用力。瑛太在她怀里闹了起来。

---

[1] 日语中，素人为外行、业余之意，或指一般良家妇女。AV 中的"素人女"往往是 AV 制作公司通过街头搭讪等方式物色的一般女性，而非职业 AV 演员。

　　"不过，是谁从那么久以前的色情片里找到我的呢。只拍到我的屁股而已啊。"

　　"就是因为拍到屁股才不行啊。"

　　"话是这样说，可就算我爸妈看了，也不会发现那个屁股就是我啊。我同意夕子姐的说法。你想，如果是在这次选举中才认识我的人，比如德田那边的人，偶然看到这种录像带，能认出我来吗？不可能吧。我觉得肯定是以前就认识我的人。"

　　"你当时是不是又跟别人吹牛了？"

　　"没有啊。怎么可能嘛。把这么丑陋的家伙敞在外面。"

　　"那可没准儿。"

　　听着两人在背后拌嘴，美月越发忍俊不禁。

　　果然，纯平当不了什么国会议员。这样的话，以后朋生也不用再留在纯平身边工作了，一家三口就能生活在一起了。

　　美月心中窃喜，回过头去。

　　这时，纯平的手机响起收到新信息的提示铃声。纯平盯着手机画面，激动地说道："啊！来了！来了！是发黄色录像的那家伙发来的！"

　　朋生慌忙堵住纯平的嘴，唯恐声音传到门外。

　　"好！我打开喽！"

　　纯平一边小声说着，一边打开那封短信。美月、朋生，甚至刚被妈妈放在地上的瑛太都把脸凑近纯平的手机屏幕。

　　纯平看了一下短信的内容。手机屏幕被他的头挡住了，美月看不到里面写着什么。但据说这次短信的内容和上次的完全一样。

　　纯平从桌子上拿起几本周刊杂志，从起居室的沙发上起身。

　　在厨房洗晚餐餐具的妈妈文惠，背后好像长了眼睛，头也不回地说道："那边的杂志还没剪呢。看完再给我放回来。"

　　"嗯。晓得咯。"纯平说着，走向二楼自己的房间。

　　选战开始后，纯平一直住在事务所附近夕子为他安排的公寓里。

　　今天纯平之所以回家，是因为曾经在市议会当议员的父亲政胜看到选举渐入佳境，说要给他介绍几个曾跟随德田重光的无党派议员。

　　在市议会当议员时，政胜虽然也是无党派人士，却是支持德田重光的多数无党派人士之一。

　　听儿子说要参加选举，竞争对手就是德田，而且还得到民生党的正式推选，政胜原本还怀疑他在东京吃了什么迷魂药。但是，纯平很快就把夕子介绍给他。听了夕子的话，又想起儿子善于为人处世，或者说其实根本就是一个没心没肺的乐天派，便觉得自己作为父亲曾经担心的他的那些缺点，现在看来也许真的会以这种方式结出硕果。虽然他仍然为儿子担心，但还是接受了现实，决定在暗中观察一段时间。

　　然而，选战开始后，媒体以前酒保和老奸巨猾的现任国会议员对决为噱头，特意将其夸大，大肆进行炒作，于是选民们被这些报道煽动，选举变得越来越热闹了。

　　他根本不相信儿子能战胜那位德田先生，原本不抱任何希望，但看到最近的形势，他好像也想为儿子做点什么，便决定给儿子介绍几个跟德田的关系不太亲近的前同事。

　　而母亲文惠一向对儿子要做的事都全力支持，无论是国会议员选举，还是运动会上的赛跑。只要儿子上了杂志，她就会把杂志买回来，把儿子接受采访的页面剪下来保存。因为社会广角镜不知道什么时候播出纯平的特辑，所以电视机一直处于预约录像的状态。

纯平回到二楼自己的房间，躺在床上，拿着其中一本杂志随便翻看起来。

《秋田二区，帅气酒保对决老辣候选人》。

偶然翻到的页面上刊登着有关自己的报道，当然，像这种类型的杂志已经在事务所中看过一遍了。很明显，媒体越来越倾向于支持自己。

两天前，当地的一份重要报纸甚至全文刊登了纯平提出的地区复兴十条方案。在记者招待会上首次发表这套方案的时候，纯平只是照本宣科地背诵了夕子为他写好的文章，说实话就连他自己也不知道自己说的是什么。但是，选举期间，纯平一直在努力学习。像这样努力学习，纯平有生以来还是第二次。第一次是在上中学的时候，为了打败喜欢的女孩的男朋友，在期中考试中考了第二。连他自己都感到不可思议，现在他在某种程度上竟然也记住一些有关年金[1]体系的知识了。

纯平又哗啦哗啦地翻开另外一本杂志。这是最新一期的周刊杂志，卷首印着他在站前广场演讲时的照片。照片拍下了他与德田阵营短兵相接的时刻。当时他正在街头演讲，平均年龄超过六十岁的大婶组成纯平粉丝团，头上系着蓝色的抹额，将扇子举过头顶，为纯平呐喊助威。

纯平本来就性格乐观，所以一直以来都觉得"没准儿真的能

---

[1] 养老金。抚恤金。对符合老龄、残疾、死亡等规定的对象，定期付给一定金额的制度。

赢"。现在看着杂志，又听夕子说下周有几个民生党的大佬会到秋田来演讲为他助威，便感觉自己真的已经当选，甚至感觉从容了很多，仿佛现在费力折腾的是别人，而不是自己。

然而！

想到这里，纯平猛地把杂志扔了出去。

夕子姐说什么现在的选举不过是靠"lucky&cute"，即运气好和颜值高的人才能赢得选举。听了她的话，我才终于下定决心干一番大事，可为啥偏偏这时候被人发现那种录像带呢。虽说当时是因为年幼无知，但素人群交这种类型的片子也实在太说不过去啊。先不说选举结果如何，就是老爸老妈看了也会哭的。唉，真是的，要威胁就赶紧来啊！这种让人活受罪的状态，真受不了。要这样等到选举结束吗？还是会像夕子姐说的那样，对方会在选举之前来敲诈呢？如果我输给了德田，对方也就没法来敲诈了。这样的话，不过是一个普通的酒保出演的AV，就很平常了。

唉，简直了。

事情有所进展，是在纯平第二天早晨来到事务所之后。几乎在同一时间，纯平接到了一个好消息、一个坏消息。这种事在卦象上叫作天中杀，是指事情发生变化时，好事与坏事同时发生。所谓的好消息就是，在最新的民意调查中，纯平的支持率首次与德田持平。而坏消息则是，收到了一封敲诈邮件，邮件里威胁说：若不想让那个黄色视频传到网上，就必须在三天之内准备三百万。

纯平先看到的是那封敲诈邮件，正要拿给夕子看，这时一个工作人员跑进来，告诉他最新的民意调查结果。于是，他一边举着那封敲诈邮件，一边挥了挥表示胜利的拳头，那姿势非常搞笑。

"桥本，高井婆婆家前面的水沟，你去帮忙清理了吗？"

夕子首先问前来通知结果的工作人员。

"还没有，我现在就去。"

"谢谢。高井婆婆应该会把邻居们都叫来的，多带点资料过去。还有调查结果，等傍晚大家到齐了咱们再公布吧。在此之前先不要把消息告诉大家。"

"知道了。"

这个叫桥本的学生一脸喜悦，走出了房间。

仍挥舞着胜利的拳头的纯平，这时又把手机递给夕子，有些不放心地问道：

"该怎么办啊？"

"还能怎么办啊？只能给啊！"

夕子看了一眼邮件，回答道。

"可是，我认为，像这种敲诈肯定不会一次就能打发的。"

"这很明显啊。用得着你说！"

自从素人群交录像带事件发生之后，夕子对纯平的态度就比以前更严厉了。以前跟工作人员喝酒的时候她也说过，她原则上不喜欢听别人讲荤段子。

"……反正得先把钱准备好。到时再想办法巧妙地说服对方，告诉他钱要等到当选之后才能给。"

"啊，当选后要一直给钱吗？"

"怎么可能！"

"那么找出犯人？"

"你这录像带市场上就能买到吧？即便找到那个犯人，还会出现另外一个敲诈者啊。"

"啊！那没有办法了吗？"

"所以才要等选举结束之后再说啊。"

"那选举结束后呢？"

"就只能放弃了。"

"放弃？啊……啊？！"

"肯定得这样啊。要不然什么时候是个头啊。"

"那我岂不是很可怜？"

"你这是自作自受，罪有应得！不过，丑闻有时也能派上用场，看怎么处理而已。我会好好想办法的。"

"可是我的屁股会被人传到网上，登上杂志吧？"

夕子没有同情心地点了点头。

"真要命了！好不容易当上国会议员。让我爸妈看了，他们会哭死的。"

纯平束手无策。夕子丢下他，准备离开房间。

"夕子姐，你最近的脸色……"纯平叫住夕子。夕子回过头来，纯平加了一句，"越来越可怕……"夕子听了，表情变得更加严肃。"我的脸色你不用在意。下午集会时的演讲稿，背好了吗？"

"倒背如流！全额征税方式和社会保险方式的区别，还有各自的优缺点，要我在这里跟你讲一遍吗？"

看到纯平一副满不在乎的样子，夕子的表情也稍微变得柔和了一些。

"喂，在这种时候问这个，我有点害怕……"纯平转换了话题。

"什么事？"

"我有点害怕听到真相。如果真是我说的那样，你比较委婉地回答一下就行……"

"什么事？"

"上次倾卸车那件事，犯人还没找到对吧？现在想起来，支持率迅速上升，就是在那次事件之后吧？那件事，难道是夕子姐你……"

纯平战战兢兢地问道。夕子变得面无表情，问道："你现在就想知道？"纯平慌忙回答道："不，不，你还是下次再告诉我吧。"

"反正，一会儿我给敲诈者回邮件就行了。无论如何也要把三百万准备好。"夕子回到刚才的话题。

"可我哪有钱啊……上次从凑先生那里敲诈来的三百万也基本已经用完了……啊！"

夕子见纯平才意识到这个问题，一脸无奈，使劲儿关上门走了出去。

房间里只剩下纯平了。他又看了一下邮件。

这时，他突然心想，如果这个人也像我一样是个不怎么纠缠的敲诈犯，那我当国会议员也就不是梦了。

夕子出去后，纯平坐在椅子上，伸了一个长长的懒腰。门外的集会室传来热闹的笑声。

"三百万啊……"

就算念叨，这么多钱也不可能从天而降。

从天而降？

纯平心中嘀咕时，突然感觉自己以前好像在哪里说过这句话。

他试图通过这个词回忆起什么，却怎么也想不起来。

"哎，什么来着……"

说着说着，他便不由得站起来，膝盖撞到拉出来的抽屉角。

"啊，好疼！"就在叫出声的这一瞬间，几年前一个晚上的场景像漫画一样浮现在眼前。

"啊……啊！敲诈人是垣内！"

在空无一人的房间里，纯平环顾四周，似乎在寻求赞同的意见。

"夕……夕子姐！"

纯平几乎用身体撞开门，猛地冲了出去，看到夕子正在集会室的角落跟老人聊天，便朝她喊道。

原以为自己没有跟任何人说过年轻时当过AV演员的事，但仔细回忆一下，其实有一次，而且只有那么一次。那应该是歌舞伎町的小混混垣内独自来"兰"喝酒的时候。当时包厢的位置正好都坐满了，他便坐在柜台上喝了一会儿。当时垣内提到和自己有交情的一家AV制作公司，纯平一不小心便对他说道："啊？这家公司的AV，我可能演过的！"

当时，两个人只是嘻嘻哈哈说着"哈哈哈，你傻不傻啊，那能赚多大点儿钱啊"，"说的也是啊"，便一笑而过。当时纯平还顺便讲了一下录像带的内容，说了一番下流话，最后两人都说："哎，要是哪天走到路上，有巨款从天而降就好了。"

纯平把夕子拉到办公室，激动地告诉她事情的原委。

夕子认真听完，好像终于松了一口气，说道："太好了。那我们就先发制人。"

"先发制人？"

"这不是很简单吗。他不就是歌舞伎町一个没有任何帮派背景的小混混吗。跟他说，如果他愿意跟我们混，以后能得到成倍甚至十倍的钱。"

"原来如此。"

"我去见他也行。可是这样的内容，还是找个男的去跟他谈比较好。哦，对了，紧急安排朋生去东京出差。"

"朋生？"

"朋生不认识那个垣内？"

"嗯……好像……以前我敲诈凑先生的时候……啊，应该没有见过面。"

"认不认识都没关系，反正让朋生去吧。"

"好的。"

"那么，傍晚把朋生也叫过来，我们再一起商量一下。现在马上到街头辩论的时间了。"

纯平看了一下表，发现已经过了十点半。街头演讲本身是从下午两点开始，但地点在男鹿，到那里还要花一些时间，所以他们打算早点去，先跟周边打个招呼。

"男鹿那边，上次凑先生帮咱们去打过招呼对吧？"

"对啊，他有个朋友在那边经营一家大型酒店，还兼任酒店行业协会的会长，所以这次辩论，他也会支持我们。"

"那，在男鹿要讲的是……"

纯平从桌子上成堆的文件中，抽出一本来，上面写着区域复兴计划（秋田的观光资源）。

"我越来越感觉自己能赢了。之前不知道敲诈人是谁的时候，还以为要完蛋了。现在知道那个敲诈人是垣内，就感觉这事儿能解决，说不定咱们会大获全胜！"

"你说得轻巧。对手可是德田啊。你以为他会坐以待毙？"

"是吗？"

"他肯定会不择手段地陷害我们的。接下来才要动真格的，千万不能掉以轻心。"

"是。"

即便被夕子这么说，纯平依然一脸高兴地系好领带。

"对了，政治家也挺累的，一边担心着自己的屁股，一边还得跟大家讲什么区域复兴计划。政治家该不会都这样吧？"

夕子听了纯平的问题，歪了歪脑袋表示无法回答他的问题。

在久违的新宿家中，真岛朋生难得睡个午觉，却被瑛太的哭声、美月和美姬妈妈桑的笑声吵醒了。

虽然卧室和客厅之间有隔断，但中间只是一个塑料折叠帘，在卧室里也能清晰地听到三人的声音。

朋生决定起身，从被窝里钻出来，打开帘子。美姬妈妈桑见他出来，问道："听说你一会儿要去见垣内？"

朋生马上嫌美月话多，瞪了她一眼。但纯平也曾对他说，万一有什么事就找美姬妈妈桑帮忙，所以听到她这么问，便老实地点头说"是"。

"我偶尔在电视上看到，纯平好像挺努力的啊。"

美姬妈妈桑被哭闹的瑛太拽着头发，吃力地说道。

"最新的民调结果出来了，支持率和对方持平。所以，考虑到那些应该会转投新人的犹豫票数，大家都觉得纯平哥没准真能胜选。"

朋生从冰箱里拿出一盒牛奶，单手掐着腰，咕咚咕咚地喝了起来。

"难得大家这么努力帮忙，纯平干吗去拍那种录像带啊，真丢脸。"

"是啊!"

朋生正要将底部还剩五厘米左右牛奶的牛奶盒放回冰箱,这时美月说道:"就剩那么点儿了,都喝掉吧。"

"啊!你怎么知道?确实就剩一点儿了。"

"听声音就知道。"

美月抱起往美姬妈妈桑头上爬的瑛太,用纸巾擦了一下他嘴角的口水。

"妈妈桑,您现在做什么呢?听说把俱乐部关掉了。"

"做什么?做个优雅的家庭主妇啊。中午到酒店吃午餐,然后去做美容,回家看看电视……"

"真的假的?"朋生笑道。

"一直想过这样的生活,可真的过上了,又觉得挺无聊的。"

美月接过美姬妈妈桑的话头,将视线转向朋生,言语中带着讽刺:"哎呀,是吗?我倒觉得这种生活超理想的。"

朋生避开她的视线,低头看了一下手机屏幕上的时间,说道:"我差不多该走了。"

他在厨房里漱了一下口,用烧水壶当镜子照了一下,整理了一下发型。回过头去,看到美姬妈妈桑也站了起来。

"哎,您这就要回去吗?"

"我也去。"

"去哪儿?"

"去哪儿?不是要去见垣内吗?"

"啊?没关系的,我自己去就行了。"

"这是什么话啊。我跟你一起去,事情会很快搞定的。而且,现在这种时候，我也想帮帮纯平。"

朋生突然觉得应该问一下在秋田那边的夕子，但他也觉得自己的责任太重，便说着"那好吧"，干脆地答应下来。

"大概的情况您都知道了吧？"朋生问道。

"别担心。你睡觉的时候，美月全都告诉我了。"

"啊，是吗？"

朋生又瞪了一眼美月。美月一副若无其事的样子，为瑛太擦着眼屎。

垣内的住处在离新宿站稍远的京王新线初台站附近。

出租车停在一栋破旧的公寓前。朋生和美姬妈妈桑从车上下来，抬头看着这栋楼龄大概有近四十年的公寓。

"你没说今天要来吧？"

听美姬妈妈桑问，朋生点了点头。

"不过，纯平哥说他白天几乎不出门。"

楼里没有电梯，两人从步行梯爬上四楼。出了楼梯口第一个房间就是垣内的家。玄关的门开着，好像正在为房间通风。门缝里挡着一只塑料拖鞋，代替门挡将门固定住。

"家里有人吗？"

"嗯。"里面马上传来应答声。垣内半裸着身子，躺在堆满纸箱的门廊对面，回过头来。

"你好。"首先打招呼的是美姬妈妈桑。刚才还睡眼惺忪的垣内腾的一下子从榻榻米上跳起来，说道："啊？妈妈桑！哦，不，大姐！"

"打扰一下啊。"

美姬妈妈桑不待垣内答话，便穿着鞋走上门廊，踩着散落在地上的杂志和报纸，朝里面走去。

朋生慌忙追了上去，不过脱了鞋。

二十五分钟后，朋生和美姬妈妈桑两人在与垣内生活的这个街区很不协调的一家有情调的咖啡馆里，喝着咖啡。

朋生从秋田出来的时候，怎么也没想到，这个对于自己来说多少有些沉重的说服任务，竟然只用了七八分钟就解决了。而之后两人竟然花了成倍的时间才找到这家好喝的咖啡馆。

简单来说，同行的美姬妈妈桑是真正黑帮老大高坂龙也的妻子这个事实，加速了这个棘手问题的解决，这一点是毋庸置疑的。即便如此，美姬妈妈桑的谈话方式，在某种意义上来说，当黑帮老大的老婆的确有点可惜。如果她用当时的语气谈论一下国家的未来，也去参加国会选举，想必连朋生也会背叛纯平，转而把票投给美姬妈妈桑。

"垣内，听说你在搞些麻烦事儿呢？"美姬直截了当地问道。

垣内起初原本想盘腿坐，但好像又觉得"还是正坐好"，可转念又觉得"正坐的话太丢脸"，逡巡了许久，最后才抱膝坐下。这种坐姿很暧昧，又很不自然。所以可以说，从这个时候开始，输赢就已经有了定论。

美姬首先向垣内确认他是否真的在威胁纯平。垣内原本想装糊涂，但大概考虑到美姬背后的男人高坂，所以很快就坦白招认了，说道："只是随便玩玩啦。"

美姬妈妈桑没有马上进入正题，而是跟他聊起了纯平。她说纯平有些像自己去世的丈夫。看到这种没用的男人要登上大舞台，她发自内心地支持他，帮助他。当然，她还说，不仅自己这样想，她的现任丈夫也是这样想的。然后，美姬将选举的具体情况非常详细地告诉了垣内。连朋生听了这些，都目瞪口呆。

她说的东西比昨天朋生对美月说的还要详细。看来，她肯定也是感兴趣，自己早就在网上查过了。

美姬妈妈桑说完秋田的现状，接着说道：

"你想想看啊，像纯平这样的人，万一真当上了国会议员，肯定会有很多像你这样的人抱着随便玩玩的想法，来跟他谈条件，对吧？所以啊，我们有件事儿想跟你商量一下。纯平现在考虑将他当选后收拾这些人的重任交给你，不知你可否考虑一下？"

这句话也比朋生昨天对美月说的那种说法更能打动垣内的心。

"对不起。我先给秋田那边的人打个电话可以吗？"

朋生坐在咖啡馆中奇形怪状的橘色沙发上等了很久，终于等到服务员过来，于是点了一杯咖啡，对坐在对面的美姬妈妈桑说道。

"替我跟纯平问个好……哦，对了，今天晚上的事，你回头也问一下美月。"

朋生朝美姬妈妈桑点点头，走到咖啡馆外面，长吐了一口气。虽然自己没有帮上什么忙，但总算解决了一个大问题，心中顿时感到舒畅多了。

他知道给纯平打电话他也不会接，便给夕子打了电话。但是，她的手机也没人接，转成了留言电话。他看了一下时间，发现现在刚好是从东京去秋田进行助威演讲的民生党大佬议员到达秋田的时间。现在这个时间，两人应该是去机场接机了。

"喂，我是真岛。垣内，搞定了！谈妥了。可以按计划进行。不用担心了。有时间给我回个电话。详细情况到时再跟您说。"

朋生留了个言。

他正要转身回咖啡馆，这时眼前浮现出抵达秋田的那些民生党大佬的形象。最近，朋生对政治也有了一些了解。即便在完全外行的朋生看来，这些大佬议员也很有威严。这种威严与金钱和名誉无关。他们的脸上自然透露出一种"把我们的国家建设好"的信念。他曾跟纯平和夕子去东京的事务所拜访过他们。看到他们第一眼的瞬间，朋生就被他们的人格震撼了。

朋生突然心想，如果社会上的政治家都是这样的，那么像纯平这样的人拼了命也选不上。想到这里，朋生笑了起来。

走进咖啡馆之前，朋生给美月也打了个电话，告诉她高坂先生和美姬妈妈桑准备请他们吃寿司，为他接风，欢迎他时隔多日再次回到东京。餐馆是高坂经常光顾的一家寿司店。可以带瑛太一起来。

美月立马答应下来。因为朋生也一起回到了东京，她原本便打算今晚请假，所以毫不掩饰地表达了自己的喜悦。"呀，太好了，我最喜欢吃那里的寿司了！"

走出咖啡馆，朋生与美姬妈妈桑道别。然后自己一个人慢慢悠悠地走到新宿。最近这段时间一直忙得晕头转向，像这样优哉游哉地散散步本身就非常新鲜有趣，心情舒畅。

走了三十分钟后，来到歌舞伎町的入口。朋生不由自主地走向以前上班的那家牛郎店。

本来想继续沉浸于"在秋田努力的自己"这种情绪中自我陶醉一会儿。但是，说到东京他熟悉的地方，也就只有这家牛郎店了。

白天的歌舞伎町其实只是一个普通的街区。若在这里生活，便能看清楚很多东西。但若只是作为路人在远处观望，这里也不过一个热闹的观光景点而已。

朋生从外国团体游客中间穿过，朝里面走去。走进小巷里，看到以前工作的地方。美姬妈妈桑的俱乐部已经改装成一家夜总会。

朋生看着自己在这里生活了几个月的商住两用楼。昏暗的大厅前方的电梯，不知为何感觉竟有些像神社里的神殿。他不由得觉得，若是打开门，里面可能摆放着神坛。

看到周围没有人，朋生啪啪击了两下掌，然后双手合十，闭上眼睛祈祷起来。

嗯，虽然不怎么信这玩意儿，但姑且拜拜吧。感觉前面有神，就不能这样理都不理就走掉啊……啊，对了，首先感谢上神，让俺家瑛太长得那么健康结实。还有，纯平哥，他虽然表面上有点不着调，但其实是还很有素质的，总是喜欢帮助别人。所以，我认为他适合当国会议员。俺会继续努力，请您一定保佑他打下天下！

朋生睁开眼睛，又击了一下掌。正在这时，刚才停在一层的电梯开始上升，二层，三层……

朋生不由得"哦"地叫了一声。

"……果然能成吧。"

比地板稍微高出一点的榻榻米上放着两张坐垫。瑛太在上面睡得很香，发出均匀的呼吸声。朋生他们所在的柜台传来热闹的笑声，他却仿佛充耳不闻，睡得那么香甜，舒服得仿佛要融化了似的。

原木柜台前，朋生坐在最前面，旁边坐着美月，然后是美姬妈妈桑，高坂坐在最里面。刚才朋生说到自己在电梯前拜神电梯突然上升的事，连寿司店的老板听了都大声笑了起来。

朋生第一次见高坂，刚开始非常紧张。他毕竟是真正的黑帮老大，而且听美月说他以前还杀过人，坐过牢。所以不管他说什么，朋生都只是一个劲儿地说"是"或者"谢谢您"。

但是，两杯扎啤和两壶冷酒下肚后，就一点都不紧张了。其中一个原因是高坂并不像想象中那样盛气凌人。但是，更主要的原因是他看到美月和瑛太都跟他非常亲近，美月总是说："去，让高坂伯伯抱抱。""瑛太，不能把手指伸进高坂伯伯的鼻子里啦！"朋生看到他们这样，也不由得放松下来。

"啊，对了，趁现在还没醉，把那件事跟朋生说一下怎么样？"

朋生正想着怎样才能把大个的海鳗寿司吃下去，这时美姬妈妈桑突然说道。

美月刚好去上厕所，刚才还在店里的另外一对好像是店里常客的夫妻也刚从店里离开。

"是啊。"

高坂现在说话时的语气和他被瑛太揪眉毛和捅鼻孔时完全不同。

朋生不由得坐直了身子。

"老板，你把耳朵塞上。"高坂开玩笑似的说道。

"高坂先生，我耳背，这您是知道的。"老板笑着说。

朋生越发正襟危坐了。

"哎，那什么，我听到一个不好的传言……"

高坂说了起来。朋生目不转睛地盯着他的脸，仿佛觉得只要自己转开视线就会马上被人杀掉似的。

"……这附近有一对姓木岛的兄弟。他们的母亲是日本人，父亲是俄国人，长得人高马大，脾气暴烈，在这一带是出了名的。如果他们属于某个帮派，我还有办法搞定他们。可是他们生性孤僻，不愿加入任何组织。简而言之，他们就是杀手，是那种只要有钱就什么都做的人。"

"啊……"

除了表示吃惊，朋生不知道该如何回答。

"……然后，我最近听说木岛兄弟跟德田重光相关帮派的人频繁见面。"

这时，高坂喝光了杯子里剩下的冷酒。

"具体情况我也不清楚。但是你要跟纯平说一下，让他多加小心。"

"……啊，好的。"

"我也有心帮忙，可是对于那兄弟俩，我也没办法。"

朋生脑海中突然浮现出一个场景：正要坐上面包车的纯平遭到敌人狙击，浑身是血。"不会的，不会的，都平成时代了。"朋生正要否定，却看到高坂的眼神中闪着凶光。

高坂美姬一边在厨房里喝着冰红茶，一边听两个男人坐在客厅的沙发上说话。

丈夫高坂龙也和歌舞伎町的小混混垣内面对面坐在沙发上。他们正吃着叫来的外卖。高坂边吃着拉面边说话，而垣内则好像吃不下，只是时而夹起同一片干笋。每当与高坂对视时，又把干笋放回碗中。

"……你也不能一直这样在歌舞伎町当个小混混吧。今年多大啦？"

"三十四岁。对。"

"能这样跟你一起吃拉面，肯定也是一种缘分。"

"啊，谢谢您！"

"不用谢啊……不过呢，以前在美姬店里上班的纯平，运气好得很，听说可能会当选下一届国会议员，对吧？我也认识他，怎么说呢，我也并不讨厌那种运气好又开朗的孩子。"

"啊，嗯。"

"不过呢，我也不勉强你，不过我只是想对你说，我跟美姬的想法是一样的。这件事能不能请你认真考虑一下？"

高坂说到这里，又吃了一口拉面。

"哪里哪里，只要高坂大哥一声令下，小弟……"

"你也不用那么着急答复我。我也并没说让你当我小弟。总之现在这个时期很关键，你去纯平那里帮他盯一下木岛兄弟，我想对你肯定只有好处而没有坏处。"

听了高坂的话，垣内表现出一副诚惶诚恐的样子。大约三十分钟前，当垣内踏进这个门的时候，美姬就已确信垣内会答应高坂去秋田了。

朋生很快把木岛兄弟开始行动的消息带回了秋田。纯平周围好像还没有什么异样，但高坂刚刚得到消息，说木岛兄弟很快就要动身去东北了。

是美姬让高坂出面的。原本应该报警才对，但目前掌握的这些信息，根本不足以让警方受理案件。

美姬负责联系总管纯平和其他一切选举事务的秘书园夕子。垣内则马上回了家，收拾好行李准备出发。正所谓事不宜迟，垣内今天傍晚就会开着高坂为他准备的奔驰赶往秋田。

垣内离开后，高坂在客厅里看起了电视。美姬问道："他行吗？"

"派不上什么太大用场，不过，有这样的家伙跟在身边，纯平他们也就不会疏忽大意了。"

"那么，在你看来，木岛兄弟到底怎么样？"

"什么怎么样？"

"就是到底有多厉害啊？"

"多厉害？现在我们办不了的人，也就只有他们俩了。兄弟俩都是大块头，体重差不多得有一百五十公斤。对了，大概一年前，有个中国福建省的黑社会被人杀了，你知道吧？就是他们干的。"

"哎，这兄弟俩只要给钱就什么都干，对吧？那我们能不能花点钱把他们收买过来呢？"

"很遗憾，这俩人脑子都不怎么好使。只要接受了别人的委托，就会忠诚到底。"

"那你就准备把这件事儿都交给垣内，自己就撒手不管啦？"

也许是想专心看电视，也许是被美姬追问得心烦，高坂坐起身来，说道：

"嘿，我说啊，你怎么这么帮着纯平啊？"

"什么怎么啊。"

"他能走到现在这一步，我也觉得他很了不起，有心想帮帮他。可是像我们这种人，跟他走得越近，可能越会给他添麻烦。"

"这我知道的。可一想到木岛兄弟……哎，他们是想杀掉纯平吗？还是只是想把纯平打伤就算了呢？"

"不知道。不管怎样，他们肯定会找个地方发动袭击。先让垣内观察两天，了解一些具体情况后，我再带几个年轻的小弟去看看。"

"真的吗？"

美姬面露喜色，高坂无奈地看着她。美姬并不担心高坂会怀疑自己跟纯平的关系。但不知道为什么，自己总想帮一下纯平。至于原因，连自己也不知道。

"我希望纯平能赢得选举。我自己也不知道该怎么说。不是说选战开始后，支持纯平的人越来越多吗？我感觉我跟那些人的心情是一样的。"

高坂似乎已经厌倦了这个话题，躺在沙发上，一边看电视一边用力地用手指挖耳朵。

"……你不觉得，如果像纯平这样的人当上国会议员，会让人觉得很解气吗？虽然自己也没有被人欺负过，也不想去报复谁，但无论是谁，总会有一些小小的烦恼，因为那烦恼太小所以一直忍着。当然，即便纯平当选了，现实也不会有什么改变，但感觉这些小小的烦恼都会随之烟消云散。即便大家都已经没有力气一点点地消除心中多年的积怨，但心中还是寄托着一种期待。大家之所以支持纯平，都是出于这样的想法吧？"

说到这里，美姬才发现高坂根本没有听他说话，便小声说了一句"真没劲"，开始收拾东西准备出门去美容院了。

这天晚上，美姬从美容院回来后，对高坂说道："我要不要也去一趟秋田呢？"

"你去做什么？"高坂笑道。想想也是，即便去了，也只会给纯平添麻烦。但话虽如此，现在选战已经开始，比起在东京焦急地等待选举结果，她更想近距离地看一下纯平参选的情形。

结果，高坂只说了一句："去也行，但不可以乱来啊。"

听他这么说的时候，美姬没有注意，但第二天一大早将行李装进出租车后备厢，乘车前往成田机场的时候，她突然想起高坂当时的表情。

他是真心喜欢我的。他觉得我这么担心纯平，其实不是为了纯平，而是把纯平当成了亡夫的替身。他应该记得我对他说过我只要看到纯平时就会想起晃信。他表面上看起来挺聪明的，没想到也是个傻瓜。我早就把晃信忘了。我一直喜欢的就是你，我是你的女人啊。真是个傻瓜。

美姬乘飞机到达秋田后，直接去了纯平的事务所。

事务所里比想象中更充满活力，感觉就像纯平已经当选了一样。也许是因为年轻的工作人员刚搬进几个达摩不倒翁的缘故。

美姬环视了一眼事务所。这时，垣内跑了过来。

"大姐，您怎么来了？"垣内吃惊得瞪大眼睛。

"辛苦了。"美姬说道，"……纯平怎么样？"

美姬这么问的时候，一个在旁边指挥大家摆放达摩不倒翁的女人回过头来，打招呼道："您就是'兰'的妈妈桑吗？"

"是啊。"

"我是滨本纯平的秘书园夕子。"

"哟，原来是您啊。"

见到夕子的瞬间，美姬就松了一口气，直觉告诉她可以放心把纯平交给夕子。

"麻烦您特意过来一趟。"

美姬见夕子表达歉意，遂说道："我把俱乐部关了，别的什么也没有，就是时间多得很。"

"听说您还让垣内过来帮忙。"

这时，美姬看到夕子投向垣内的视线，便知道他什么忙也没帮上了。

"……纯平呢？他还好吗？"美姬转换了话题。这时，夕子又看了一眼垣内，说道："他呀……"

"怎么啦？"

夕子提议先找个地方坐下，带着美姬走进里面的房间。纯平一个人在房间里，可怜巴巴地说道："啊，妈妈桑。"然后又用更加可怜巴巴的语气说道，"木岛兄弟的事，是真的吗？"

"自从听说这个消息后，他就一直这样。"夕子无奈地说道。

"可你们说的木岛兄弟，就是那对木岛兄弟对吧？我在歌舞伎町混了这么多年，当然也有耳闻啊。木岛兄弟要杀我，让我怎么去车站演讲啊！我现在连门都不想出了！"

刚到就听到纯平这般哭诉，美姬忍不住骂道："瞧你那点出息吧！"

美姬丢开一直哭诉的纯平，邀夕子一起出了房间。问了一下才知道，虽然纯平现在状态不佳，但民生党的大佬议员们纷纷来这里演讲助威，所以，根据本地报纸的调查，现在纯平的支持率已经以微弱的优势超过德田了。

"能赢吗？"美姬问道。

"我会让他赢的。"夕子回答。

虽然是第一次见面，但美姬却感觉夕子就像一个已经认识多年的故人。

"……不过，这么关键的时候，如果他一直不肯出门……"

"夕子小姐，我上次说的那事儿，你可能也听说了。现在有没有什么异样？"

"现在倒没有。有关木岛兄弟的消息，可信度有多大？"

"很遗憾，我也不太清楚。但我觉得他们肯定是要做什么的。"

"是德田那边的人找的他们吗？"

"对。但报警也没用。他们没有留下任何证据，而且万一报了警，还会被他们以咱们侵犯他的名誉权反咬一口，那可就全完了。"

夕子深深地叹了一口气。美姬鼓励道："反正就剩下五天了……首先得把纯平从房间里弄出来。"

听了美姬开朗的声音，夕子好像也松了一口气，脸上露出微笑。

美姬立即走到外面，给高坂打了个电话。她首先说了一下这边的情况，并说只有垣内一个人不行，希望他能多派几个小弟过来，好让纯平放心，结果高坂的答复却是："已经派过去了。"

"啊？已经派来了？"

"嗯，你过去之后，我怕有什么闪失，就派了五个年轻的小弟过去了。我让他们尽量不要让人看出来是黑社会的，应该不会太引人注意。而且，身边有五个保镖的话，纯平应该也敢放心大胆地出去了。"

电话那头传来高坂的笑声。美姬突然感觉或许他也和自己一样，在纯平身上下了某种赌注。他也是因为一念之差走错了人生路。也许他也觉得，如果纯平赢了，就能把心中的悔恨一笔勾销，以后就能像普通人一样，梦想过上普通人的生活……

走出酒店的客房，坐着电梯来到一楼，一脚迈进酒店大厅的瞬间，美姬感觉到一种与昨天完全不同的气氛。起初她以为大概是团体游客正在办理入住，但环视了一眼，看到前台依然像往常一样只有一个工作人员，镶嵌着大理石的酒店大厅里一个人影也没有。不過，附近好像有群众的喧闹声。

视线从前台转向外面的瞬间，美姬不由得"啊"了一声。百米远处大馆车站和酒店之间的大路上聚集了几百人。

因为行人太多，这段路已经禁行。几个警察忙忙碌碌地引导着大街上的人群。

美姬赶紧跑了出去。酒店的自动门打开的瞬间，群众的呼声变得更大了，有一种地动山摇的感觉。

原本空荡荡的大路上，不知从什么地方冒出来这么多人。他们都在等待一个人站到站前广场的选举车上进行演讲。

美姬突然感到背后有人，回过头去，发现前台的服务员站在身后。

"好厉害啊。这次的候选人滨本纯平要在这里演讲。忽然之间，简直是人气大爆发。"服务员说道。

美姬对服务员微笑了一下，走到大路上，感觉自己差点被狂热的人群吞没。她从人群中穿过，走近站前的选举车。纯平还没有出现，但现场的群众已经激动万分，伸长脖子等待纯平出现。这也许类似节日庆典开始前的狂热，美姬发现自己的身体也已经开始颤抖。

在这个人口不到八万的小城，纯平不知不觉间竟然成了这么多人寄予期望的对象。

美姬推开人们的肩膀，毫不顾虑地拼命往前挤。与其说是主动向前走，不如说是被什么东西吸引过去的感觉。

昨天抵达秋田的高坂的小弟，穿着清一色的黑西装，站在选举车周围。几百名群众用热切的眼神盯着空荡荡的选举车，仿佛那里有他们自己的"幸福身影"。

美姬挤到绳子围住的地方时，这才发现自己已经热泪盈眶。

第四景

北方的夏天很短，所以日头很烈。凑圭司坐车赶往事务所的途中，这样想着。现在手握方向盘的是他的侄女友香。她好像已经完全熟悉了这边的路线，穿过一条连他都不认识的小路。

"……然后呢，当然也就几个主要的志愿者知道木岛兄弟的事。怎么说呢？我觉得秋田人真的太勇敢了，有魄力，大家知道有人想伤害纯平后，不仅没有临阵脱逃，反而对选举投入了更大的热情。"

友香激动地说着敌方德田阵营暗中找杀手的事，但在凑听起来，却感觉这些事离自己很遥远，一点都不真实。这几个月来，虽然自己也经历了很多事，但也许是因为身处这种和谐的田园风景中，听到杀手这个词，便感觉有些扫兴。

凑之所以又来到秋田，是因为日程上空出来三天，想过来给在这边奋斗的园夕子帮一下忙。东京的电视连续几天对这边的选举情况进行了报道，一本周刊杂志甚至断言，秋田二区的胜败将会左右这次大选的结果。

滨本纯平作为敢于挑战权威的年轻候选人的形象在全国得到广泛宣传，已经深入人心。提到纯平，大家都认为他是一个勇敢的年轻人，敢于向代表既得利益阶层的老奸巨猾的政治家发起挑战。

而且，有个叫作真岛美月的电视明星在接受杂志采访时说，当年她在歌舞伎町走投无路时，就是滨本纯平救了她。此后，便出现了日本选举中比较罕见的情况。人气电视明星、为新电影做舞台宣传[1]的女演员等都公开宣称自己是纯平的支持者，各地区甚至还成立了他的粉丝俱乐部。纯平那张在凑圭司看来不可靠的娃娃脸，在现代的女孩心中却是清纯可爱的。

事务所里人头攒动。后天就要投票了，志愿者们忙前忙后，很多本地人坐在事务所里的折叠椅上，三五成群地聚在一起，商量如何提升投票率。

凑出现时，大家发出了欢呼声。几个中老年主妇慌忙跑过来，跟他说去年去听过他的音乐会。

"凑先生也是来支持滨本纯平的？"听到有人这样问，凑稍微犹豫了一下，回答道："是的，我觉得可以把家乡交给像他这样的年轻人。"这时，事务所内又发出一阵小小的欢呼声。

凑跟着友香走进最里面的办公室。滨本纯平出去了。在桌子上放了三部手机的夕子，手里还拿着一部手机，正在打电话。

凑举起一只手打了个招呼。夕子看到他，一边用电话进行指挥，一边冲他点了点头。

凑见电话一时半会儿还不会结束，便准备在椅子上坐下。这时友香向他介绍站在门口的一位女士："这位是纯平哥以前上班的那家俱乐部的妈妈桑，美姬女士。"

美姬见凑点头致意，说道："哎呀，您就是凑先生吧？"然后站起身来，指着在旁边打电话、一脸凶相的男人，介绍道，"这是我丈夫。"

刚才已经在车中听友香说起他俩的情况。虽然还不知道将会发生什么，但据说高坂的手下正在打探杀手木岛兄弟的动向。起初

---

[1]　在电影首映日等，演员和导演出席舞台，向观众致意的宣传活动。

只有美姬一个人来到秋田，但高坂担心妻子，也于昨天晚上赶过来了，说要在这里住到投票那天。

"好像不怎么太平啊。"凑对美姬说道。

美姬让凑坐到椅子上，担心地说道："就剩下两天了，希望这两天别出什么事儿。"

"不过，我总觉得……"凑含糊其词。就在这时，高坂语气平静地说了一句"是吗"，然后挂断了电话，以一种盛气凌人的语气说道："纯平今天的日程安排，告诉我一下。"

"嗯，选举车正在比内那边巡回。之后应该是直接去东大馆那边小学的体育馆演讲。"友香回答道。

凑瞪大了眼睛。美姬神情紧张，问道："怎么啦？"

"如果他们要对纯平发动袭击，应该就在今天。我小弟刚刚找到木岛兄弟这几天藏身的地方。以前户田帮的一个小弟回到了这边，兄弟俩果然藏在他家。"

听了高坂的话，美姬问道："你怎么知道他们会在今天行动？"

"今天早晨，木岛兄弟从那个人家里离开了。我小弟抓住那个人，逼他说的，消息来源肯定可靠。"

紧张的对话在凑面前持续。这时，他突然感觉到身后有动静，回过头去，看到脸色苍白的夕子站在那里。夕子打开手机，说道："我、我马上给纯平打电话！"

"让他马上回来！"

听到美姬严厉的声音，夕子突然停下，说道："……不行，如果这种时候中止演讲，那之前的一切努力都白费了。"

夕子的声音虽然小得几乎听不到，却体现出一种谁也无法撼动的决心。

然后，办公室里发生了小小的争执。美姬坚持主张把纯平转移到安全的地方，而夕子则反驳说不能让之前的努力白费。

"万一纯平受到伤害怎么办？"

"如果这时候退缩，一切就都完了。"

"如果纯平都没了，选举还有什么用啊！"

"可是后天就要投票了！"

高坂在一旁劝架。他说自己的小弟跟在纯平身边，而且电视台的摄像机也有好几台呢，木岛兄弟再怎么厉害，要靠近纯平也没那么简单。他说在这里争执也没什么用，成功说服大家一起赶往纯平演讲的小学。

由于凑正好也在场，他也只好决定跟大家一起去了。

坐在开往小学的面包车上，除了高坂在打电话向他的小弟询问有关纯平的情况外，没有一个人开口说话。

到了小学的体育馆，看到很多选民聚集在摄像机灯光下的舞台前。为听众准备的折叠椅上已经坐满了人。年轻人站在墙边，里里外外围了好几层。

体育馆里没有空调，热气与汗味让人感到窒息。

舞台前面站着四五个人，大概就是高坂的小弟。他们被迫统一着装，穿上与他们的形象不怎么相符的蓝T恤衫，目光凶悍，双手掐着腰，叉开腿稳稳地站在那里。

夕子和友香从车上下来后，好像直接去了等候室。体育馆的钟表显示已经到了演讲开始的时间。与此同时，前来参加集会的选民喧闹起来，甚至有人迫不及待地开始鼓掌了。

凑不知道自己应该站在什么地方才好，便跟着同行的高坂和美姬走向后台。滨本纯平神情紧张地在那里等待上场。在他的身后，可以看到夕子等人的身影。

"这里这么多人，真的有人准备在这里发动袭击吗？"凑半信半疑地问高坂夫妇。

高坂锐利的目光透过幕布投向前来听演讲的选民。

"记住，一定要昂首挺胸，大胆地讲。"

夕子咚地拍了一下滨本纯平的背。然后，他满面微笑，走上舞台。震撼整个会场的欢呼声从脚底传递过来。

"总之，只要让这次演讲成功，我们就能看到胜利的曙光了。"夕子走过来，小声说道，"……刚才接到消息，说德田重光现在也在大馆站前演讲。参加者的人数绝对没有咱这边多，媒体也只去了几家。"

夕子好像自言自语似的这样说道。就在这时，紧盯着听众席的高坂突然"啊"地叫了起来。

在场的所有人都将目光转向高坂。

"是那边……不是这边。"

没有人明白高坂的意思。演讲已经开始了，可这时高坂却走出后台，从后门飞奔出去。凑圭司和美姬虽然不知道发生了什么，但也跟着跑了出去。

高坂奔向来时坐的那辆面包车，乘了上去。车正要开起来的时候，美姬打开了后座的推拉门，上了车，凑也跟着上了车。这时他们仍然不知道到底发生了什么。

"去……去哪儿啊？"

坐在疾驰的面包车里，凑问道。这时高坂紧急打了一下方向盘，凑和美姬的身体在座位上滑动。

"德田这家伙是想让木岛兄弟袭击他自己！原来如此。所以啊，所以他才找歌舞伎町的木岛兄弟的。他想让人觉得这是纯平指使的。不，应该不是袭击他本人，而是袭击事务所里的志愿者什么的……这样一来，大家肯定都不会再支持纯平了。大家肯定想，果然还是一个在歌舞伎町当过酒保的人，也就只会在背地里做这种事。"

高坂激动地说着。听他这么说，凑这才终于感受到木岛兄弟这两人存在的真实性。

高坂驾驶的面包车几乎一路闯红灯，奔向大馆站。马路对面出现了德田重光站在选举车上的身影。正如夕子所说，周围几乎没有什么人，只有穿着黄色T恤衫的工作人员比较引人注目。

高坂放慢了面包车的速度，仔细确认通往大馆站的每一条巷子。

"啊!"这时，美姬突然发出一声惊叫。顺着美姬的视线看去，两个大个子男子从后巷走过。

高坂急刹车后从车上飞奔下去。美姬也准备追上去，高坂却对她说道:"你跟着凑先生，在这里等着。"但美姬还是追了上去。凑也几乎条件反射似的下了车。

"喂!"

两个男人眼看着就要消失在前方的胡同口，这时高坂大声喊道。两个大个子停下脚步，就像缓缓滚动的巨石咣当一声停下来似的。

凑看到他们回过头来的面相，不由得停下了脚步。

"喂，你们想干什么?"

高坂的声音响彻整个胡同。他们好像认识高坂，面部突然变得扭曲，互相看了一眼。

他们一言不发。正因如此，凑甚至感觉他们两个人的脸上唯独没有嘴。

就在这时，紧盯着高坂的那两个男人突然朝他扑了过来。旁边的美姬发出一声凄厉的喊声。

一个男人扑过来，高坂慌忙躲闪。凑感觉男人猛力挥出来的拳头就像朝自己打了过来。

高坂躲开其中一个男人，身体突然失去平衡，但他仍飞起一脚，踢到另外一个男人的腰部。男人扑通一声跪在地上，高坂马上骑在他的背上。但毕竟双方的体格相差太大，高坂很快便被对方掀翻，仰面朝天躺在地上。

"快去喊人！"

高坂一边咳嗽，一边用浑浊不清的声音喊道。美姬慌忙喊着"来人啊，救命"，跑向大路的方向。

他们听到美姬的喊声，面相变得更加凶恶。高坂挣扎着起身，他们使劲踢着他的肚子，发出沉闷的响声。高坂嘴里流出来的口水滴落到地面上。即便如此，他仍在挣扎着反击，殴打男人的下巴。这时，啪嚓一下，传来一种碎裂般的声音，其中一个男人这才像野兽一样发出吼声。

正在这时，另外一个男人拿出刀子。高坂正准备朝压住自己下巴的那个男人发起反击，这时尖刀嗖的一下刺中他的腹部。凑亲眼看到，尖刀嗖的一下插了进去。下一个瞬间，高坂脸色变得苍白，双膝扑通一声撞在地上。

凑几乎在无意识中扑向男人的后背，拼尽全力抓对方的手腕，可对方却纹丝不动。

"住手！"凑喊道。

就在这一瞬间，男人的身体离开高坂，摇晃了一下后背，将凑甩在地上。男人手中有刀，凑下意识地举起手来挡住脸。然后，他看到从眼前划过的刀刃切下了自己左手的手指。小指到中指，就像慢镜头一样从手上脱落。没有感觉到疼痛。不过，跪在地上的他拼命伸出另外一只手，试图抓住掉在地上的手指。他在无意识中喊着：我还要拉大提琴。

就在这一瞬间，父母出现在眼前。自从撞死榎本阳介后，再也没有在自己梦中出现过的父母此刻站在眼前。他们的脸上露出温柔的微笑。

为什么？为什么爸爸和妈妈都在笑？儿子都这么惨了。为什么之前你们都不出现啊。我一直等你们出现。我替你们报仇了。你们夸一下我不行吗！之前都不出现，为什么现在出来，还对我笑？看到我现在这个样子，你们开心吗？你们想说这是报应吗？

美姬好像叫来了几个人，他们的声音和脚步声越来越近。两个男人已经不见了踪影。高坂蹲在地上，侧腹流出鲜血。他紧紧地盯着地面，脖子在不停地抽搐。

凑举着没有手指的手，茫然地看着这幅光景。

跑到高坂身边的美姬，口中似乎喊着什么，试图把他抱起来。但是，凑却完全听不到她的声音。

凑感觉有人将手伸向他的腋下，要把他扶起来。有人正要捡起掉在地上的手指。

"住手！那是我的！"

他想大声喊，却发不出声音。

凑粗鲁地推开想要扶他起来的人的手，再次跪倒在地上。

"……对不起，爸爸，妈妈，对不起。"

口中自然而然地发出这样的声音。

"……不管日子过得多么苦，爸爸妈妈都一直拼命努力地养育我们。即便如此，最后还是坚持不下去，他们心里一定很难受。他们被逼到了绝境，还总告诉我们要做个好人。他们把我们兄弟培养成了善良的人。"

不知不觉间，凑趴在地上哭了起来。泪水、鼻涕和口水，滴落到被砍掉的小指上。

在热烈的掌声与喝彩声中，滨本纯平的演讲即将结束。

园夕子一直站在后台，一边看着纯平，一边紧张地盯着前面的听众席，一刻也不敢放松，唯恐出现不速之客。演讲结束后，纯平举起双手，朝听众深深地鞠了一躬，说道："请大家多多支持！"看到纯平的样子，夕子也终于松了一口气。

纯平一边回应着大家的掌声，一边慢慢地走到后台。原本应该走下舞台，到听众席和所有人握手致谢，但由于今天还不知道接下来会发生什么不测，便没有那么做。

"辛苦了，很完美。语言清晰，而且演讲的时候看着每一位听众。"夕子开始慰劳回来的纯平。

然后，她正要和纯平一起回等候室的时候，不经意间看到正在打电话的友香。虽然不知道她在说什么，但可以看到她脸色苍白。

夕子让纯平先回了等候室，然后跑到友香旁边。这时，友香刚刚打完电话，她面色苍白地说道："光晴叔叔他们……"

"怎么啦？凑先生他们怎么啦！"夕子大声问道。

友香终于平静下来，眼神中充满了惊恐不定的神色，说道："……不知道，说是光晴叔叔他们被人刺伤了。送医院了。"

工作人员看到她们的样子，也停下脚步。

"哪家医院？"夕子摇晃着友香的肩膀，友香断断续续地说着。夕子没有听清，旁边的工作人员好像听了出来，替她又说了一遍："市立综合医院？"

"快去，我们赶紧去。"

夕子抓住友香的手腕，叫了一声选举车的驾驶员，奔向停车场。她一边跑一边对另外一个工作人员喊道："把纯平带回事务所，千万别让他离开事务所半步。"

夕子她们坐着车，十分钟左右之后到达了医院。在车上，友香不停地颤抖，夕子只从她口中得知高坂龙也和凑圭司被人用刀刺伤了。刺伤他们的人是不是木岛兄弟？如果是的话，那么他们现在在哪儿呢？这些夕子目前都无从知晓。

到达医院后，夕子她们首先奔向等候室。门诊时间已经结束了，现在医院里空荡荡的。坐在走廊尽头椅子上的美姬映入眼帘。

夕子在走廊里跑了起来。美姬听到她们的脚步声，站起身，反而安慰夕子她们："别着急，现在两人都在做手术。"

"不……不要紧吧？"

夕子用颤抖的声音问道。

"还不清楚，凑先生的手指，左手的三根手指被砍掉了，现在正在进行缝合手术。医生说即便成功缝合，也会留下相当严重的后遗症。"

夕子顿时感到眼前一阵发黑，不由得抓住旁边的友香的肩膀。如果没了按弦的左手指，那凑的大提琴手生涯也就结束了。

"……高坂先生呢？"

也不能光问凑的情况，夕子接着问道。

"高坂好像更严重一点。说是被长刀刺伤的，插得很深。"

"大夫怎么说？"

"说可能不行了。"

美姬面不改色地回答。根本看不出来这个女人的丈夫正徘徊在生死的边缘。她并不是放弃，而是清楚无论自己如何闹腾，也已经无法改变命运的安排。

"伤人的人真的是……"

听到夕子的问题，美姬点了点头，然后抓住夕子的手，把她拉到墙边。

"你冷静一下，听我说。一会儿警察可能会来找我调查情况。到时我会这样告诉他们：我和高坂两人散步的时候，碰巧遇到以前在工作上曾有过节的木岛兄弟。他们要逃走，高坂想抓住他们，结果他们就拿刀袭击我们。当时，凑圭司先生正巧路过，我们向他求救。木岛兄弟刺伤两人后逃跑了。听明白了？我不会说我们和纯平之间的关系。当然警察可能会查到，到时我会说他以前曾是我店里的服务员，所以我就过来支持一下。然后，我会说木岛兄弟拿着刀朝正在街头演讲的德田那边去了。这样一来，以后警察就会加强德田身边的安保。木岛兄弟也就没法动手了。详细情况以后我再跟你解释。总之，你们就当什么事都没有发生，要坚持到选举的胜利。"

美姬一口气解释了这些。夕子耐心听完，然后点了点头，说道："我明白了。"

就在这一瞬间，美姬将她推向后门的方向，"快走！"

夕子回过头去，看到两个警察正从医院的门口走进来。

多亏美姬随机应变，第二天关于凑和高坂的新闻报道中都没有出现纯平和德田的名字。

当然，由于凑是著名的大提琴家，他被砍掉了宝贵的手指的事，电视和报纸都作为重大新闻进行了重点报道。夕子作为凑的前经纪人，也接到各种相关人士打来的电话。因为这里是凑的老家，偶然卷入黑社会的争斗这种说法更具有真实性。媒体自不必说，就连那些知道夕子现在正在给纯平当秘书的人，也都没有将这次的事件和选举关联起来。

正像美姬预料的那样，警察提出加强德田重光身边的安保。虽然没有听说德田本人如何应对此事，但他肯定不会对警察说："他们是我找来的，没关系。"所以在那之后木岛兄弟就再也没有出现过。

过了一夜，成功接受了一次大手术的凑圭司第二天直接在综合医院住院了。虽然恢复了意识，但由于手术时用了很强的麻药，他总是睡睡醒醒。缝合手术虽然大获成功，但据说医生断言他将来还能继续用缝合上的手指拉大提琴的概率只有不到百分之十。

按照美姬的指示，夕子与纯平一起全力以赴迎接选举的最后一天。

夕子认为，选举的结果其实都是难以预测的。以前她一直觉得，如果再多一点时间就好了，但到了最后一天，站在纯平那些狂热的支持者面前，她突然觉得若推迟一天投票，那些支持者的狂热也许就会降温。她觉得，当这些支持者有时间停下来想一想的时候，会觉得他们面前的这个纯平只是一个靠不住的年轻人。

夕子捋了一下胸口，庆幸自己没有算错。如果这种时候，歌舞伎町的黑社会袭击德田的新闻被媒体曝光，大家怀疑的目光一定会投向纯平。这种狂热也必然在投票日之前降温。

开始投票的前一天晚上，夕子和大家把简单的饭菜带回事务所，与所有志愿者进行了一次简单的聚餐。

虽然大家都知道明天才是真正的投票日，但选举期间哑着嗓子奔走的工作人员中，已经有人感觉到胜利的满足和胜利后无所事事的失落。聚餐到了最后，不少人都抱在一起痛哭起来。

但是，只有纯平没有流泪。因此，有的志愿者感觉似乎缺了点什么。然而，聚餐结束后，夕子轻轻打开里面办公室门，发现纯平正趴在沙发上，拼命地压低声音悄悄地哭泣。

本想跟他打个招呼，但夕子还是默默地关上了门。

炽热耀眼的朝阳从病房的窗子里照进来。虽然房间里有一种病房的独特气味，但开着空调，很凉快，让人不由得打起盹来。

夕子来病房探望的时候，凑刚刚吃完早饭。虽然旁边有护士，但凑还是坚持自己端着碗喝粥。握着汤勺的右手和平常一样，但放在被子上的左手却缠着厚厚的绷带。

夕子没能开口打招呼，呆呆地站了好长时间。护士拿着餐具离开，只剩下两人的时候，凑才终于微笑道："有麻药，不疼，但也没有了味觉。"

即便如此，夕子仍说不出话来。凑让她坐下。她坐到椅子上，紧紧地盯着凑缠着绷带的左手。

"你又没做错什么。是我自己非要跟着高坂先生出去的，才变成这样。"

"可是……"

"刚才护士告诉我，高坂先生还没有清醒。"

"我刚才也听美姬小姐说了。"

对话又很快中断，陷入沉默。

"……手指被砍断的瞬间，爸爸和妈妈出现了。当然那只是幻觉，但清晰地出现在眼前……不过，真是不可思议，自从看到爸爸和妈妈，最近压在心头的那块大石头也终于放下了。"

凑突然讲了起来，讲到这里又突然停了下来。沉默持续了一会儿。夕子往凑的茶杯里倒了新茶。麻药劲儿还在发挥作用，不知不觉间，凑又闭上眼睛睡着了，发出均匀的呼吸声。

夕子盯着凑的睡颜看了一会儿。

投票已经开始了。现在，纯平和工作人员一起去了投票地点，在镜头前投票。或许，在上午的出票调查中，德田会占优势。但是，希望在下午的投票中，纯平的得票率出现逆转。

夕子轻轻地从座位上起身，这时，原本以为已经睡着的凑睁开眼睛。

"……园，我有个问题，不过如果你不想回答，就不用勉强。"

凑先如此声明，然后盯着天花板说道：

"……你和德田重光之间有什么过节吗？……也可能只是我想多了。你听说我是大馆人，就答应做我的经纪人，再看到这次的事情，就突然有这种感觉。"

不知不觉间，夕子又坐到椅子上。凑缓缓地扭过头来，对夕子微笑。

夕子想起凑刚才说手指被砍掉的瞬间，看到了爸爸和妈妈的幻影。这时，她突然心想，如果自己的父亲突然出现在这里，会做出什么样的表情呢？

"我……"

夕子吃惊地发现自己要把事实说出来，想要阻止自己。但一旦敞开的心扉是不会那么容易合上的。

"我父亲以前是德田的秘书。"夕子说道。

微笑从凑的脸上消失了。他又把视线转向天花板。对于夕子来说，这样更容易把事情说出来。

"我父亲就像现在的我帮助纯平一样，拼命帮德田当上了国会议员。接下来的故事就很稀松平常了。议员收受贿赂，秘书顶替所有罪名自杀。父亲独自承担了一切，自杀身亡。据说德田曾答应父亲，会拼尽全力照顾我和妈妈。但是……"

凑把手伸向夕子。没有缠绷带的右手紧紧地握住夕子放在被子上的手。夕子也握紧凑的手。

只有一次，妈妈实在凑不够房租，去找了德田。在议员会馆他无论如何也不接见我们，妈妈便带着我去了他世田谷的家里。院子里栽着松树，房子很大。我们让男用人进去通报，结果出来的却是德田的妻子。妈妈说完情况后，德田的妻子这样说道："你可饶了我们吧，瞧你们这穷酸样！"但妈妈仍拼命哀求。德田的妻子从钱包里拿出五万日元，扔到玄关光滑的地板上。我替妈妈捡了起来。我不忍心让妈妈去捡。

"德田认出你了吗？"

凑的声音突然在耳边响起，这时夕子已经将脸埋进凑的右手中。

"不，应该不知道，上初中的时候我就随了妈妈的姓。别说记得我长什么样了，他可能连我这个人的存在都不记得了。"

凑又握紧她的手。

"……其实，我一直觉得很奇怪。当时我把撞死榎本阳介的事告诉你的时候，你一点也不吃惊。现在我可以说，我觉得你当时虽然装作很吃惊的样子，但脸上的表情却明明在说：就应该这样。"

听了凑的话，夕子默默地点了点头。她以为向凑诉说时自己会哭起来，但也许是因为以前和妈妈两个人哭得太多，现在已经没有了泪水。

"我当时非常理解你踩下油门时的心情。非常理解。"

夕子松开凑的手。

"我会想，骗人的人，可能也有他的理由，所以才会那么理直气壮地骗人。结果，能够骗人的人就是那些认为自己对的人。而被骗的人，则是那些总是怀疑自己是否对的人。本来这些人的做法才是人之正道，但现在的社会并不接受自我怀疑的人。这样的人马上就会被社会淘汰出局。所以，人们便误以为只有那些坚称自己对的人才是对的。"

一直听着夕子说话的凑小声说道：

"……今天要是赢了就好了。"

"……即便这次输了，我也不会放弃的。"夕子回答道。

走出病房，夕子直接去了选举事务所。

凑说他看到父母幻影的事，一直盘旋在她的脑海中。她也在拼命地想象，如果父亲看到现在的自己，会是什么样的表情呢？

但是，到了事务所后，因为忙着准备等待开票结果的工作人员过来问这问那，回答他们这些问题的时候，不知不觉间就把自己刚才和凑的对话抛到了脑后。

只有坚称自己对的人才会胜利。德田和纯平，就看谁能更大声地说"我是对的"，仅此而已。然后，能坚持大声呼喊到最后的人便能取得胜利。

夕子在心里小声对自己说。她告诉自己，一定要坚信自己现在所做的一切都是对的。现在还不是怀疑的时候。

"刚才滨本纯平候选人好像走进了选举事务所。选举事务所中来了很多支持者。每当秋田二区的开票情况出现在电视上，事务所里就爆发出热烈的掌声与欢呼声。此次秋田二区的投票率达到了70%以上，远远超过了上次的58%。这个投票率对原本依靠浮动票的滨本纯平候选人是有利的。那么，接下来如果有新的消息，我们将会进一步跟踪报道。"

女记者在外面直播的声音和电视机里的声音，同时传入在办公室等待结果的岩渊友香等人的耳朵里。

各民营电视台的选举速报节目已经开播两个小时了。其他地区已经确定当选的候选人们纷纷高喊三声万岁，喜极而泣，哽咽着回答电视台的采访。

友香将视线转向滨本纯平。他坐在旁边的椅子上，目不转睛地看着电视屏幕，紧紧地咬住下唇。友香从没见过他这么紧张。坐在他身边的夕子也紧紧地盯着屏幕，对纯平说道："反正我们努力过了，现在就听天命了。"

纯平突然回过神来，小声说道："我觉得能赢。"

"不到最后一刻，谁也不知道结果会怎样。德田每次都是以组织票[1]获得压倒性的胜利，因此开票后便能确定当选。从这一点上

---

[1] 在选举中，以各种团体为单位投给特定候选人或者政党的选票。若某个团体的领导人或由集体意志决定投给某个候选人或政党，则经常会强制要求该团体所有成员将选票投给特定候选人，或将本团体成员的选票汇总进行投票。

来说，这次我们已经做得很好了。"

"哎，不是，该怎么说呢，我现在才真正意识到自己要当国会议员了……刚才电视里不是播放了门外的情况吗？那么多人努力地支持我，把未来寄托在我身上。我一定要赢。这不是为了我自己，而是为了那些相信我的人。"

纯平的眼睛里泛起泪花。友香发现自己听到纯平和夕子的对话，也跟着激动起来。或许这就是历史性的瞬间：原本靠不住的纯平在这一瞬间终于接受大家赋予他的使命，变成了一个可托付之人。

"……即便这次失败了，我也还会一如既往地支持你。"夕子说道。

听了夕子的话，纯平平静地点了点头。就在这时，门外传来了大家的欢呼声。同时，门被猛地撞开了，志愿者大声喊道："快看秋田电视台，确定当选了，确定当选了！"

友香握住桌子上的遥控器，赶紧换了台。

"本台刚刚接到的消息，秋田二区的选举结果出来了。啊，是滨本纯平！新人滨本纯平打败了德田重光！"

友香握着遥控器，不由得站起身来。她已经激动得说不出话来。就在下一个瞬间，工作人员喊道："NHK！ NHK也在播报。"

友香用颤抖的手换了台。NHK的播音员用一种与民营电视台不同的平静口吻，播报着滨本纯平确定当选的消息。

友香看着依然坐在椅子上的纯平和夕子。他们都张大了嘴巴，看着电视屏幕的字幕条上写着："滨本纯平，确定当选！"

"纯平！赢了……赢啦！纯平！"

发出喊声的是夕子。她使劲摇晃着呆若木鸡的纯平的肩膀。纯平仍旧一脸茫然，一副还未从梦中醒来的样子。

就在这时，门外的工作人员涌了进来。"成功啦！""纯平，我们赢啦！""赢啦！""我们赢啦！"大家高兴地欢呼着，将纯平团团围住。

有人准备了礼花筒。友香接过一支，冲着相互拥抱的纯平和夕子的头顶，拉开了礼花炮。礼花炮一个接一个地鸣响。飞溅的彩色纸片翩翩飞落在纯平和夕子的身上。

"纯平哥，恭喜！"

友香不由得抱住纯平。别的工作人员也都拉住纯平的手，拍拍他的肩膀，说道："恭喜恭喜！"

纯平依然呆呆地站在那里，就像梦呓一般回应着大家的呼唤："嗯，谢谢，嗯，赢了，谢谢。"

这时，夕子使劲拍了一下他的后背。听到"咚"的一声响，纯平才终于醒过神来，接连喊了两声："我们赢了！赢了！"

"我们出去吧！大家在那边等着呢！"

纯平被一个工作人员推着，在大家的前呼后拥中走向支持者等待的地方。纯平出现的瞬间，现场爆发出震耳欲聋的欢呼声，连房子似乎都跟着晃动起来。纯平的背影逐渐被媒体的闪光灯吞噬。友香目不转睛地看着他的背影，感受到自己与大家齐心协力撼动庞然大物后产生的成就感，和纯平独自一人走向远方后给她带来的失落。

在那之后，电视上频繁播放纯平当选的消息。无论打开哪个台，都在播放如下画面：纯平站在台上，在不停闪烁的闪光灯和热烈的掌声中，为达摩不倒翁画上眼睛[1]，高呼三声万岁，声音有些激

---

[1]　日本祈福的习俗。选举当选时，常用墨给不倒翁画上黑色的眼睛，意"开眼"，图个吉利。

动地向现场的支持者表示感谢，并表达自己参政的热情。

在各个电视台的采访中，纯平的待遇也非同一般。有家电视台甚至将新当选的年轻议员纯平和在选举总部等待的首相关联起来，并引用首相的话："像这样的年轻人才是改变我们党，甚至整个日本的原动力。"

即便不站在拥护者的角度，也不可否认这次全国大选的主角是纯平。当然，各地都进行了激烈的选举战，这是毋庸置疑的。但在这次选举中，只有新人滨本纯平当选和瞄准八期连任的德田重光意外落选这个事实深深地留在全国选民的记忆中。

友香他们站在纯平旁边看着他接受各家电视台采访的样子。每家电视台的选举特别节目都邀请了知名评论员和知名搞笑艺人。看到纯平面对镜头和这些人说话时一点也不怯场，友香他们都感到非常自豪。

投票当天的疯狂一直持续到第二天早晨。深夜一点过后，各家电视台的选举特别节目都结束了。但是那之后事务所仍不断接到表达祝贺的电话，收到电视台或广播电台演出邀请或杂志的采访邀约，包括友香在内，所有的工作人员都没能离开。

其中，最忙的人还是夕子。甚至有电视台邀请纯平参加当天一早的新闻节目。每当收到这样的邀约，她都要和民生党的选举总部取得联络，尽量争取让纯平的后台早乙女治议员作为嘉宾与纯平一起上台。夕子忙着为纯平调整日程，一刻也不得休息。

即便在如此繁忙的时刻，夕子也没忘记给仍在医院照顾高坂的美姬打个电话。当时，友香刚好在她旁边。

夕子首先告诉美姬纯平当选的消息。通过两人的对话可以看出，美姬已经知道了。听着美姬说话的夕子，这时突然站了起来。

"真的吗？"

夕子的叫声响彻整个事务所。友香看到夕子的表情，马上明白了。"得救了，高坂先生得救了。"

就在这一瞬间，按住话筒的夕子，哽咽着说道："高坂先生得救了。说是醒过来了。"在成功当选的喜悦中，事务所里又响起一阵欢呼声。正在接受本地报纸采访的纯平也跑进事务所，从夕子手中夺过话筒，眼里含着泪水，说道："妈妈桑，我当选了！高坂先生得救了，真的太好了！多亏高坂先生。"

凌晨四点过后，电话铃声终于平息了。夕子提议分发啤酒，大家一起举杯庆祝。

大家虽然都很疲惫，但达成目标后的疲惫感，舒服又甜蜜。

最后的最后，工作人员把纯平抬了起来。然后，在纯平的提议下，大家把夕子也抬了起来，以此结束了选举。

纯平和夕子小睡了两个小时后，便前往东京参加电视节目。友香把他们送出去，等所有工作人员都离开后，环视了一下空荡荡的事务所。

最先浮现在脑海中的是男友山崎飒太的脸庞。纯平确定当选之后，友香马上收到他发来的祝贺短信，但因为太忙还没顾得上回复。

"好了，得跟飒太联系一下。"友香心想。

选举结束之后的两天时间里，友香一直待在曾祖母的家中，仿佛被抽空了一般。由于一直以来的紧张和连续多天的熬夜，精神和体力好像都到了极限。佐和看到曾孙女在家里除了吃就是睡，也不干涉，白天只是欢欢喜喜地去日托所，夜里早早地就钻进被窝，早晨起来就诵经念佛。

投票日之后的第三天，顺利做完手指缝合手术的光晴决定先回东京，说是要手上缠着绷带录制定期播出的电视节目。

友香觉得自己也不能一直像这样除了睡就是吃，便决定陪着叔叔一起回东京。

当地的志愿者工作人员已经开始收拾选举事务所了。像友香这样从秋田县外赶来的志愿者们相约三个星期后纯平搬进议员会馆时在东京举办庆功宴，几乎所有人都离开了秋田。

因为这次选举相关的报道，所谓的"凑圭司事件"已经不再是头条新闻，但电视每天仍会进行一些相关的报道。

出院那天，友香去医院接叔叔的时候，看到医院门前来了很多媒体。

新经纪人谷本沙耶香也来了。她正在医院外面对各报社的记者耐心地介绍情况，比如：手术过程很顺利，下周就能回去主持节目了；还有，看恢复情况，一年内争取开一场复出独奏音乐会。

友香看着他们走向病房。这时光晴已经换好了衣服，说是一会儿要在这里开一个小型记者招待会。

"复出独奏音乐会的事，是真的吗？"友香满怀期待地问。

但是，光晴无力地微微一笑，回答道："还不知道呢。但现在只能这么说，没办法。不过，谷本小姐说，会打造成一场令人感动的复出大戏。说演奏水平比以前差一点也没关系。对，从现在开始就要打起精神，我必须努力了。"

光晴的语言虽然没有力量，但友香已经发现，自从出了事之后，他的表情就像被清风吹过一样，脸上的某种阴郁一扫而光。她不清楚原因何在，但从他的脸上能看出一种清爽的感觉，就像终于卸下一个沉重的担子。

"回到东京，我去看看爸爸。"友香说道。

"哦……"光晴小声道。友香见他沉默不语，稍微有些紧张，说道："我来说可以吧？爸爸知道您手指受了伤，肯定会很伤心，不过这次我一定会让他高兴起来。"

"你？"

"我不行吗？"

"不，现在的友香没问题的，看到你就有精神。"

光晴的说法有点夸张。不过就连友香自己也觉得现在跟以前有些不一样了。

光晴在医院外面接受短暂的采访时，友香去同楼层高坂的病房探望。前天晚上夕子和纯平已经来辞行了。今天早上光晴也来过了。坐在酣睡的高坂旁边削苹果的美姬看到友香，说道："哎呀，你也来啦。"

据说高坂虽然已经恢复了意识，但仍处于半昏迷的状态。

"……之前我也跟夕子说过。真是奇怪。高坂变成这样，我才感觉自己真正成了他的妻子。像你这么大年纪的女孩，听我说这些可能不理解。看着他睡觉的样子，有时我就会想，真希望他就这样一直睡下去……哎，我这是在秀恩爱哪。"

虽然友香刚刚认识美姬不久，但看她这样说着话，脸上浮现出微笑的样子，友香就感觉自己已经和她相识多年了。

采访结束后，友香一行直接去了机场。等待登机的时候，友香在机场买了一本杂志，上面已经刊登了滨本纯平当选的消息。

在飞往东京的飞机里，透过舷窗，可以看到下面美丽的云海。表面上看起来柔弱无力却坚实可靠的云层，软绵绵的，亮晶晶的。

感觉即便从飞机的窗子里掉下去，也会被那云层温柔地接住。

窗外是一片精心修剪的草坪。点缀其间的树木郁郁葱葱，在夏日的阳光下熠熠生辉。也许是因为这个缘故，从大玻璃窗中照进来的阳光竟散发出绿叶的香甜。

友香盯着窗外看了一会儿，放下已经握了几个小时的画笔。

回到东京后，友香获准九月份复学，继续研究生的学业。她决定在一个星期之内，新学期开学之前，将没有画完的屏风画作完成，便一直待在大学的画室里。

友香从眼前四扇巨大的屏风前离开，从稍远的地方再次审视。第一扇上画着一个幸福的家庭。父亲抱着小时候的自己，母亲在微笑。第二扇上画着父亲蒙冤事件发生的那辆电车车厢。第三扇上画着父亲被捕时的情景，母亲和自己在哭泣。然后，第四扇是美丽的云海，是从秋田回来的飞机内看到的云海。云海从第四扇延伸到第三扇、第二扇和第一扇的底部，低低的，但有着强大的存在感，假使每一扇上的人们从画上掉下来，云层也会稳稳地把他们接住。

在没有人的画室里，友香盯着自己的作品看了很长时间。

这幅作品完成了，也改变不了什么。但是，没能完成这幅画的自己，与成功完成这幅画的自己，肯定是不一样的。对，不一样。我完成了一部作品。或许仅此而已。但是，还是有些不同。

"不一样吧。"友香出声问道。

在没有人的画室里，友香得到一个明确的回答："对，不一样。"

……南无妙法莲华经，南无妙法莲华经，南无妙法莲华经，南无妙法莲华经，南无妙法莲华经，南无妙法莲华经。

最后敲响的钟声缓缓地渗入家里的每个角落。

奥野佐和等着钟声完全渗入破旧的柱子和墙壁，从坐垫上起身，回到铺在榻榻米上的被窝里。被子里还有自己的体温。

以前每天早晨念完经就会直接起床，而最近她则经常会回到被窝里，等待两小时后来家的护工室田峰子。

一开始，峰子不停地问她是不是身体不舒服。一个年近百岁的老人，身体不可能太好，但她也不是因为身体不好才睡的。只不过因为醒着和睡下的感觉差不多，所以才躺进被窝里。

佐和生活的这个家里没有声音。像这样躺在被窝里一动不动，便感觉唯独自己被整个世界抛弃了。若是年轻人，也许会因此感到焦躁，但到了佐和这样的年纪，被世界抛弃也好，不被抛弃也罢，都感觉不到平常看到的景色有什么不同。

原本以为才回到被窝，可是迷迷糊糊打盹的时候，就听到玄关传来峰子充满活力的声音。

拉门打开后，峰子看到佐和像往常一样还在睡觉，对她说道："今天要去保育院讲故事吧。"

"是啊。"佐和在被窝里回答。

"对了，对了，说到保育院啊，上次我把报纸上登的您的照片放进画框里了，今天又忘了拿来了。"

峰子好像已经在厨房里了。她说话的声音和水声一起传了过来。

对于佐和每月到附近的保育院去给孩子们用本地方言讲故事这件事，本地的报纸进行了重点报道。

峰子奉承说"大家都喜欢您"，但看到报纸刊登的照片中那张布满皱纹的脸，佐和感觉自己像是三十年没照镜子了。

听到峰子在厨房里干活的声音，佐和慢慢地从被窝里出来。刚巧，峰子端来一杯刚沏好的热茶。

"友香他们是今天傍晚过来吧？"

听峰子问，佐和简短地"嗯"了一声。

"对了，友香可真了不起。说是在意大利得了个啥子大奖。我在电视里看到友香画的那张屏风咯。不过，像我这样的外行，看着感觉怪吓人的。可是这样的艺术在欧洲能得到认可，您也觉得很有面子吧。"

还没等佐和回答，峰子就叼着一个脆饼回到了厨房。

友香为了支持一个叫作滨本纯平的年轻候选人参选国会议员，曾在这里住过一段时间。那已经是一年前的事了。但对于佐和来说，那时的事还恍若昨天。那个年轻人顺利当选，到现在好像仍然很受欢迎。经常在电视里看到他。听峰子说，还有一个国会议员是一个曾经很受欢迎的前首相的儿子，他俩的人气基本持平。据说，只要有他俩出场的国会直播，收视率就和红白歌会或世界杯日韩赛时差不多。佐和听友香说，滨本纯平的秘书，也就是光晴以前的经纪人园夕子故意将相关信息告诉媒体，让他们将两个人放在一起进行比较。

虽然选举时很热闹，但没有人真的认为这个年轻人当选后会为秋田带来什么改变。不过，要让峰子来说，是这样的："说到秋田，大家就想到'滨纯'，全国人民看秋田的眼光都变了。看着那个娃娃在电视里头用秋田话说说笑笑的，连我都心情舒畅，每天都好开心。"

佐和喝完茶，峰子为她准备了简单的早餐，少盛了一点米饭，按她的口味把味噌汤做得稍微咸了一点。佐和吃完米饭，喝了一点味噌汤，然后便只吃了一口腌黄瓜。

"哎呀，您家运气可真是好啊。这肯定是您每天念经修来的福气啊。"

峰子紧紧地盯着佐和的嘴角，发自内心地小声说道。

"……凑先生意外断了手指，我本来还担心呢，结果友香现在又成了著名的艺术家。"

峰子把盘子摞起来，一边说着一边走进了厨房里。

佐和吃掉粘在手指上的米粒。不知道是残留着味噌汤的味道，还是皮肤的味道，吃下的米粒咸咸的。

据说光晴的复出独奏音乐会非常成功。缝合上的手指当然还没有恢复到原来的状态，演奏中出现了好几次破音，即便如此，光晴努力弹奏音乐的样子让现场观众十分感动。他们原本仅计划在东京举办独奏音乐会，现在已经改变了计划，准备用一年的时间在全国巡演。这些也是峰子说的。

光晴每周都与佐和通一次电话，还是会劝她去那家设施完善的养老院。他一边劝，一边大概也知道她打算终老在家里，听她总是拖延着说"晓得啦，晓得啦"，也不强行说服她。

佐和吃完饭，开始慢慢地做起去保育院的准备，这时门口传来停车的声音。

门马上打开了。保育员诚老师年轻的声音传过来："早上好！"

"听到了，马上出去。"

峰子一边回答，一边过来给佐和帮忙。从玄关探进身子的诚老师问道："婆婆，您今天给孩子们讲啥子故事吗？"

"哦，讲啥子好吗……我晓得的故事，全部都讲完咯。"

佐和在峰子的搀扶下站起来，想着出门前要小解，去了一下厕所。

她扶着光晴请人安装的扶手，慢慢地蹲到马桶上。峰子和诚老师在玄关说话的声音传了过来。

"……对了，峰子大婶，您听说了吗？听说比内的服部建设倒闭咯。"

"听说咯，听说咯，那个公司也是在德田重光的照顾下得以生存的企业。现在滨纯非常受欢迎，德田先生也上了年纪，没啥子出场的机会。不光服部建设，德田先生照顾了几十年的那些企业以后都会一家家倒闭的。所以滨纯一方就更有势力了。"

"好像是这样啊。不过，服部建设虽然倒闭了，但东京的一家公司接管了企业和员工。上次凑圭司不是卷入黑社会的火拼吗？好像就是当时被刺伤的那个人开的公司。不过，收购价格据说很低。"

"哦，是吗？那人不是黑社会的吗？"

"不过，服部建设说起来原本也是黑社会的。"

"啊，这样啊。"

听着两人的笑声，佐和一边扶着扶手，一边从马桶上站起来，整理了一下衣服，为自己鼓了一下劲。"哟嗬。"

佐和走出厕所。这时，大约半年前搬到附近的一个年轻的母亲抱着儿子跑了过来。

"啊，太好了，赶上了。诚老师，我还以为你已经把佐和婆婆接走了呢。"

母亲夸张地表达着喜悦。儿子从母亲怀中挣脱下来，朝佛坛的方向跑过来。

"喂，瑛太，不能在佛坛那里玩。"

母亲马上制止。瑛太根本不听母亲的话，啷啷啷地敲起了木鱼。

"……我家先生突然说要开车去事务所。我真不知道该怎么办了。诚老师，不好意思，能顺便带我们一下吗？"

"当然可以啊。可是瑛太妈妈，去的时候行，回来的时候你怎么办啊？"

"啊，也是啊。"

"没关系，没关系，你就让瑛太自己跟佐和婆婆一起去就好了。"

"真的吗？"

瑛太完全不顾两人的对话，只顾敲木鱼玩。佐和在旁边和着他的调子，敲了一下钟。瑛太高兴地和着钟声，更加兴奋地敲起木鱼。

这个母亲叫作真岛美月，几年前还是一个电视明星。据说她的丈夫负责管理滨本纯平老家的事务所。两人都来自九州的离岛，说话时偶尔带出九州口音。大馆这个地方原本是不容易接纳外地人的，但因为夫妻二人都性格开朗，瑛太也正是调皮的时候，所以当地人都非常喜欢他们一家。

"美月，听说你在送餐行业工作？"峰子问道。

美月爬过来去抓瑛太，说道："是啊。以前我的梦想是当个家庭主妇，可真当起来又觉得太无聊，所以纯平的后援会会长帮我介绍了这个工作。因为负责的路线不同，所以我不来这边送餐，但其实佐和婆婆您订的餐也是我家配送的便当，对吧？"

听到抓住瑛太的美月这样问，佐和简短地"嗯"了一声。

"那我们就准备走吧？"

诚老师慢慢地站起来。

"喂，瑛太，你今天跟佐和婆婆一起去保育院。"

听了美月的话，瑛太突然想闹，但佐和婆婆拉起他的手，他便乖乖地跟着走向了玄关。

"佐和婆婆的话，他怎么就听呢？"

美月发自内心地感到不可思议。峰子他们听了，也笑了起来。

美月和峰子挥手送别，诚先生驾驶的面包车缓缓地在田间小道开了起来。佐和旁边的小瑛太由于被安全带紧紧地固定住，便老老实实地坐在那里。

"瑛太，今天想听婆婆讲哪个故事？"佐和问道。

"我想一哈（下）。"

父母都不会说秋田话，只有瑛太已经会说了，这很有意思。

"啥子都行。"

"我想一哈（下）。有个猴子和螃蟹的故事吧，我想听那个。"

"瑛太，你喜欢那个故事啊。"

"嗯，喜欢。"

"为啥喜欢那个故事？"

"嗯，觉得痛快。"

"痛快？"

就连手握方向盘的诚老师听到瑛太的回答，也笑了起来。佐和伸出手，摸了摸瑛太的头。

"……让人痛快的故事里头都有毒哟。"佐和摸着瑛太的脑袋，说道。

"我不是小细娃儿了！"瑛太推开她的手。

"是啊，瑛太不是小细娃儿了。"

三人乘坐的面包车沿着长木川缓缓地行驶。视野开阔的风景中，能清晰地看到远处凤凰山上的大文字。

因为之前上过报纸，因此到了保育院后发现，除了孩子们之外，还有几个附近的居民来听故事。

佐和喝了一会儿茶，其间和老师们聊起了报纸上刊登的照片。园长说是去银行了。等她回来后，佐和去了孩子们等待的教室。

在老师和附近居民们的掌声中，佐和走进教室。以瑛太为首的孩子们马上围在佐和的身边。

"喂，不能推。佐和婆婆会摔倒的。"

诚老师哄开孩子们，搀着佐和坐在坐垫上。

佐和慢慢地坐下。

孩子们看着佐和，在她周围围成一圈坐了下来，目光里充满期待。

"好了，想听佐和婆婆讲故事的小朋友，请举手？"

听到诚老师的问话，好几双小手举了起来。

佐和闭上眼睛，突然想起瑛太说的"痛快"那个词，觉得很好玩。

她睁开眼睛，环视了一下教室，想着若是这些孩子都能幸福就好了。不，她坚信这些孩子无论遇到什么样的困苦，最后都能得到幸福。

"好久好久以前……"

说到这里，佐和突然停下来，抬头看着窗外碧蓝的天空。

"哦，今天我给大家讲个更有意思的故事……也不是好久之前发生的事情。在离这里很远很远的九州，有一个很小很小的小岛，那里有一个漂亮的女娃娃和一个诚实的男娃娃。

女娃娃和男娃娃互相喜欢对方。他们长大以后，就结了婚，生了一个漂亮的小男娃儿。

不过，那个小岛真是太小了。他们在那里找不到工作，也买不到牛奶给小细娃儿喝。没有办法，爸爸就去城里头找工作了。

妈妈一直等啊等啊，晚上看着月亮，寂寞得不得了，白天看到大海，也寂寞得不得了，最后，她终于决定抱着小细娃儿去爸爸上班的城里头。

城里头跟小岛一点儿都不同，那里很大很大，有好多人。妈妈找了好久好久，也没有找到爸爸。

妈妈抱着小细娃儿，累坏了，就坐在路边休息。

不过，城里头也有好人。一个陌生的男人过来跟妈妈说话。妈妈一个人来到城里头，本来就很担心。她本来是蹲在地上的，可听到有人过来跟她说话，非常高兴，真的很高兴，就嘿哧一哈站了起来……对，嘿哧一哈……"

文
景

社 科 新 知　文 艺 新 潮

Horizon

平成猿蟹合战图

［日］吉田修一　著　岳远坤　译

出 品 人：姚映然
责任编辑：廖　婧
封面设计：@broussaille私制
版式设计：安克晨

出　　品：北京世纪文景文化传播有限责任公司
　　　　　（北京朝阳区东土城路8号林达大厦A座4A　100013）
出版发行：上海世纪出版股份有限公司
印　　刷：北京中科印刷有限公司
制　　版：南京展望文化发展有限公司

开 本：890mm×1240mm　1/32
印 张：12.75　字 数：295,800　插 页：2
2017年11月第1版　　2017年11月第1次印刷
定 价：45.00元
ISBN：978-7-208-14749-2/I·1667

图书在版编目（CIP）数据

平成猿蟹合战图/(日)吉田修一著；岳远坤译
.—上海：上海人民出版社，2017
ISBN 978-7-208-14749-2

Ⅰ.① 平… Ⅱ.① 吉… ② 岳… Ⅲ.① 长篇小说-日
本-现代 Ⅳ.① I313.45

中国版本图书馆CIP数据核字（2017）第207729号

本书如有印装错误，请致电本社更换　010-52187586